# Amor e Memória

AYELET WALDMAN

# Amor e memória

TRADUÇÃO: DEBORA FLECK

Casa da Palavra

Este livro foi revisado segundo o Novo Acordo Ortográfico da Língua Portuguesa.

Copidesque
Elisa Nogueira

Revisão
Rodrigo Rosa

Ilustração de capa
Carrie May

Adaptação de capa
Joana Figueiredo

Diagramação
Abreu's System

CIP-BRASIL. CATALOGAÇÃO NA PUBLICAÇÃO
SINDICATO NACIONAL DOS EDITORES DE LIVROS, RJ

W165a

Waldman, Ayelet
Amor e memória / Ayelet Waldman; tradução Debora Fleck. – 1. ed. – Rio de Janeiro: Casa da Palavra, 2014.
400 p.; 23 cm.

Tradução de: Love and treasure
ISBN 978-85-7734-496-3

1. Romance americano. I. Fleck, Debora. II. Título.

14-15259 CDD: 813
CDU: 821.111(73)-3

**CASA DA PALAVRA PRODUÇÃO EDITORIAL**
Av. Calógeras, 6, 1001 – Rio de Janeiro – RJ – 20030-070
21.2222 3167  21.2224 7461
divulga@casadapalavra.com.br
www.casadapalavra.com.br

*Para Michael. Único e eterno.*

*Prólogo*

# MAINE

*2013*

JACK WISEMAN, IMERSO COMO SEMPRE nas páginas de um livro, só percebeu a chegada do ônibus quando o alvoroço tomou conta das pessoas que aguardavam no pátio superaquecido da estação. Seu queixo protuberante apontado para as janelas do veículo trazia vestígios de lenço de papel manchado por um fiapo de sangue, e a camisa passada e engomada estava escancarada no colarinho, revelando pregas na pele de seu pescoço e uma grossa e desordenada camada de pelos brancos no peito. Ele semicerrou os olhos, viu de relance o exuberante cabelo da neta e se pôs de pé. Rasgou o canto da última folha do *Ellsworth American* descartado por alguém e enfiou-o entre as páginas de sua antiga edição Loeb de Heródoto, avaliando com expressão de pesar os centímetros que ainda faltavam ser lidos. Ele nunca fora do tipo de deixar um trabalho inacabado, fato em que supunha estar se agarrando, talvez de forma inconsciente, ao encarar a releitura do mais prolixo dos historiadores clássicos pelo que devia ser a oitava ou nona vez.

Enquanto o ônibus cuspia seus primeiros passageiros, por um instante Jack se perdeu em pensamentos, imaginando os soldados que desembarcavam para a licença em casa, chegando de campos de batalha muito remotos, como no livro que estava lendo, da Babilônia e da Báctria, seus uniformes camuflados da cor de cinzas e poeira e a estampa serrilhada como os pixels de uma tela de computador. Então, o cabelo de Natalie reluziu na porta do ônibus, e ele ergueu o pequeno volume de capa verde para chamar a atenção dela. Pela expressão de choque que cruzou o rosto da neta logo antes de ela sorrir, ele percebeu que o câncer no pâncreas havia causado mais estragos do que imaginara. Os lábios dela se moveram.

Jack levantou o dedo, sinalizando que ela esperasse. Apertou um botão em seu aparelho de ouvido e exclamou:

– Querida! Você chegou.

– Oi, vô!

O olhar dela estava cansado e as marcas vermelhas em sua bochecha, por se recostar contra alguma coisa, faziam o avô se lembrar da aparência da neta quando criança, logo após acordar de uma soneca vespertina. Ou talvez ele estivesse lembrando da mãe da menina, uma imagem oriunda de um lugar mais longínquo e um tempo mais distante. Registrou a palidez, o aspecto ferido da pele sob os olhos verdes, e pensou que o mais provável era que ela tivesse vindo para o Maine tanto para fugir de seus próprios problemas quanto para se distrair por completo ao aliviar os problemas dele. E exatamente a possibilidade de ela encontrar consolo ao se preocupar com o avô é que foi um dos motivos – não que se precise de motivos para querer ver a única neta – de ele ter aceitado com tanta rapidez quando ela ligou dizendo que queria fazer a viagem.

– Você está com fome? – perguntou ele. – Não tem muita coisa em Bangor, mas, se der pra esperar, o Grill está aberto. Eu podia te levar até lá.

– Me levar? Você veio dirigindo?

Ele apenas piscou os olhos, mas ficou tentado a usar uma das expressões preferidas da neta durante a infância: *dã*. Estava mesmo esperando pela pergunta.

– E de que outra forma eu viria pegá-la?

– Eu pensei que você tivesse chamado um táxi.

– Dave tinha uma corrida. Ida e volta para Portland. Eu não podia pedir que ele desmarcasse, não na baixa estação. Os negócios andam ruins.

– Sério? – Ela balançou a cabeça, em sinal de reprovação, sendo ao mesmo tempo afetuosa e sincera. – Então não tem nada a ver com teimosia nem com orgulho?

– Eles fazem uma ótima torta de abóbora no Grill. Que tal?

Ela estendeu a mão até o queixo dele e, num misto de ternura e repreensão, limpou os restos de lenço de papel que cobriam o corte provocado pelo barbear.

– Por que você não chamou um táxi de Bangor? – perguntou ela, tendo herdado por completo a teimosia dos Wiseman, quiçá o orgulho.

– Um táxi de Bangor! – exclamou ele, verdadeiramente horrorizado com a ideia. – Esses sujeitos só pegam a Rodovia 1! A esta hora do dia, nós ficaríamos presos por muito tempo num engarrafamento de matar.

Neste ponto, eles já haviam chegado ao carro, uma caminhonete Volvo DL que durante vinte e três anos, nos verões, por ocasião de férias ou períodos sabáticos, fizera a travessia, primeiro de Jack e sua mulher, depois de Jack sozinho, da cidade de Nova York até o Maine e na sequência o trajeto de volta. Ele cogitava se valia a pena deixar o Beemote azul para Natalie. Como era de praxe com todos os seus bens – com tudo o que a sorte ou o destino confiavam aos seus cuidados –, ele mantinha o carro de forma impecável. Se fosse conservado da maneira adequada, o veículo ainda seria capaz de rodar por muitos anos. Porém, Natalie talvez não quisesse pagar os preços exorbitantes dos estacionamentos nova-iorquinos. Depois que ele partisse, era mais provável que ela nunca mais quisesse percorrer o longo caminho até Red Hook, no Maine. E embora ela fosse sua *tzatzkeleh* – como para sempre seria –, seu pequeno tesouro, o amor que sentia pela neta era tão desprovido de ilusões quanto de reservas. Pelo jeito como vinha conduzindo sua vida nos últimos tempos, havia pouca indicação de que ela soubesse como manter seja lá o que fosse.

– Você acha que vai querer o carro? – perguntou ele ao abrir a porta do motorista para Natalie. Deu a volta, abriu a porta do carona, entrou e entregou a chave para ela. – Ou eu ponho um anúncio no jornal?

– Não vende ainda, não. A gente vai precisar dele enquanto eu estiver aqui. A não ser que você tenha planos de ir para Nova York.

– Aqui também existem hospitais para doentes terminais. Só que aqui eu estou na minha própria casa, enquanto em Nova York eu seria obrigado a morar num asilo espúrio. Tudo por causa da grata generosidade da Universidade de Columbia.

– Vô, na verdade você não estava morando naquele apartamento. Você passava quanto tempo lá? Três meses por ano?

– Mais para quatro.

– Eles precisam hospedar muitos docentes em tempo integral. Você não pode pôr a culpa neles...

– Quarenta e seis anos, Natalie. Eles não teriam morrido se eu ficasse quarenta e seis anos e meio.

Ela ligou o carro e esperou, aquecendo-o da forma como o sistema exigia. Os dois ficaram sentados, ouvindo o barulho do motor no interior gelado do veículo, dando a Jack tempo suficiente para que se arrependesse das palavras amargas. Apesar de ter encarado ou vivido algumas das maiores calamidades do século XX, tanto no plano pessoal quanto no histórico mundial, até então ele raramente cedera espaço para a amargura. Supunha agora que isso era um sintoma da doença que o estava matando.

– Você podia ficar comigo – disse Natalie, por fim. – Agora que o Daniel foi embora, tem muito espaço.

– Eu estou aqui – declarou Jack. – E agora você também está.

– Claro.

– Posso perguntar quanto tempo você planeja ficar?

– Enquanto você precisar de mim.

– Não deve ser muito.

– Vô...

– Mas que bom que a empresa te deixou vir.

– Eu tinha férias acumuladas. – Ela engatou a marcha a ré e, ao mesmo tempo, checou o espelho retrovisor e os dois espelhos laterais, só porque o avô estava ali. Em seguida, suspirou e voltou a pôr a marcha do carro em ponto morto. – Bom, isso não é verdade.

– O que é que não é verdade?

– Não estou de férias. Eu pedi demissão.

– Você pediu demissão? – Ele bateu com a mão no painel. – Para tomar conta de mim? Isso é totalmente descabido, Natalie. Não vou permitir uma coisa dessas.

– Não foi por sua causa. Eles teriam me dado uma licença.

Ela começou a dirigir com calma, acelerando aos poucos, de modo a não derrapar na pista gelada ou, o que era mais provável, para evitar as críticas dele de que estaria indo muito rápido.

– Então foi por quê?

– Porque sim. – Ela parecia irritada. Com a pergunta, consigo mesma e talvez só pelo fato de ter de repetir a história mais uma vez. – Bom, eu estava na sala de uma colega de trabalho e ela estava respondendo a um pequeno interrogatório. Eram as perguntas do advogado da outra parte numa ação judicial.

Ele esperou.

– Eram do escritório do Daniel.

– Ele escreveu as perguntas?

– Não. Ele é do societário, e o documento era um documento de contencioso.

– E? – Ele percebeu que ela havia ligado a seta. – Esqueça a Rodovia 1 – disse Jack, de forma abrupta. – Siga em frente até chegar na Quarenta e Seis.

– Está bem.

– Ver um documento do escritório do Daniel fez você largar o emprego? – perguntou ele, avaliando se o seu cérebro estava ficando devagar e se havia ali uma conexão óbvia que qualquer um, exceto um velho moribundo e abestalhado, era capaz de enxergar.

– Isso me fez perceber que as nossas vidas estavam muito emaranhadas. Ele podia acabar aparecendo no meu escritório para um acordo. Ou talvez eu fosse ao dele para uma reunião de conciliação. Eu simplesmente não quero que isso aconteça.

– Você abandonou um emprego em que ganhava o dobro do que eu juntei no meu último ano como professor titular porque tem medo de dar de cara com o seu ex-marido numa sala de reunião?

– Soa ridículo, né?

– Mas *é* ridículo.

– Eu só quero começar de novo.

– Fazendo o quê?

– Não sei. Eu não quero mais falar sobre isso. Pode ser?

Ele fez que sim com a cabeça. Na visão de Jack Wiseman, não falar sobre as coisas era sempre uma opção, senão a melhor opção. Nesse caso, em particular, porque tudo o que conseguiu pensar em dizer para a neta se resumia a "mas o que foi que aconteceu com você?". Ela sempre fora tão sensata e resiliente, tão determinada, até mesmo obsessiva. Contudo, desde o divórcio – não, desde o momento em que optou, inexplicavelmente, pelo casamento precipitado e imprudente com Daniel Friedman – a vida da menina tinha virado de cabeça para baixo.

– Dobre à direita no sinal amarelo – indicou ele, mas a seta já estava ligada. Sob este aspecto, pelo menos, ela ainda sabia que caminho seguir.

O Red Hook Grill, um conjunto de cabines de PVC organizadas como uma armadilha para lagostas junto às cataratas de Caldecott, era o único restaurante da cidade que permanecia aberto durante toda a baixa temporada.

No lusco-fusco carregado de tons de cinza daquela tarde gelada, o lugar flamejava como uma promessa extravagante de calor e conforto, e, embora o balcão fosse coberto de fórmica e a torta, de chantilly, a população local dependia dele – assim como Jack – para brindar o interminável buraco negro de um inverno em Down East. Jack fez o pedido de sempre – iscas de peixe com cebolas fritas, no lugar de batatas –, ainda que soubesse que não aguentaria comer mais de um ou dois pedaços. Já fazia um tempo que ele não conseguia ingerir grandes quantidades do que quer que fosse, apesar do que os médicos haviam prometido quando o convenceram a pôr um stent para abrandar a icterícia. Vinha perdendo peso tão rápido que achava que desapareceria antes de ser vencido pelo câncer.

Natalie, em geral, pedia hambúrguer e Coca-Cola zero, mas naquele dia escolheu um milk-shake preto e branco. Quando Louise trouxe a comida, ela pôs um canudo dentro do grande copo metálico em que o Grill sempre servia seus shakes e deslizou-o pela mesa em direção a Jack.

– Deve ser mais fácil engolir isso aqui.

Ele afagou a mão dela e, por uma questão de boas maneiras e gratidão, tomou um gole da bebida densa e açucarada, como se a estivesse saboreando. Na verdade, detestava milk-shakes.

Ao final da refeição, Louise apareceu com um pedaço de torta preparada naquela manhã, com blueberries congeladas no verão anterior. Cortesia da casa.

– Para você aguentar até o próximo verão.

Natalie e ela trocaram um olhar. Louise pôs a mão sobre o ombro de Jack.

– Como você está, Jack?

– Estou bem, Louise.

Então, ele se sentiu obrigado a comer um pedaço da torta. Para seu paladar comprometido, o gosto era de vinagre e sal.

– Muito saborosa – disse ele.

– Obrigada, Louise – agradeceu Natalie.

Enquanto observavam Louise voltar para a cozinha, ela disse:

– Desde que o Daniel foi embora, as pessoas vivem me perguntando: "Natalie, como você está?", como se esperassem que eu começasse a chorar ou me descabelar, sei lá. Eu nunca sei o que dizer.

– É exatamente para esses momentos que a palavra "bem" foi inventada.

– Acho que sim. O papai me liga todo dia e pergunta: "De um a dez, como você está hoje, meu benzinho?" E eu respondo com um número. Nos primeiros dois meses, me mantive firme no um, no dois, mas acabei subindo para cinco, por aí.

– O seu pai faz o mesmo comigo. Todo santo dia.

Jack gostava de Neil Stein, seu genro, e era mais próximo dele do que tinha sido da própria filha. Na verdade, era próximo o bastante para que aquele ritual diário o confortasse em vez de chateá-lo.

– E que número você dá a ele? – perguntou Natalie.

– Eu tento ficar acima de seis.

– Mesmo com câncer no pâncreas, você responde seis. O idiota do meu marido me trai e eu fico no um. Bom, isso me torna a pessoa mais egoísta do mundo.

O comentário fez Jack sorrir.

– Eu fico feliz que você está aqui, querida. Agora venha cá – disse ele, empurrando a cadeira para trás. – Vamos sair um pouco e dar uma olhada nas cataratas antes que fique escuro demais para ver qualquer coisa.

– Deve estar bem escorregadio, e além do mais está nevando.

Jack vestiu o casaco e as luvas e entregou à neta seu cachecol.

– Coloque isto aqui. Não sei onde você estava com a cabeça quando resolveu trazer um casaco desses para o Maine em janeiro.

– Eu queria que você me achasse bonita.

– Mas eu sempre te acho bonita.

– Então eu é que queria me sentir bonita. Como você sabe, isso ajuda.

Porque o fato era que se sentia feia e desprezada por dentro.

– Eu entendo. Vamos lá, meu amor.

Ele pegou o braço dela enquanto caminhavam pela neve até a beira da água. Só não sabia se o gesto era para estabilizar a ela ou a si mesmo. Chegaram às quedas, uma misteriosa agitação de água do mar que mudava de direção a cada virada de maré. A maré devia estar quase parada. A água girava em círculos nos espaços estreitos entre as margens, como se em dúvida sobre aonde ir. Natalie jogou um graveto dentro d'água, e os dois ficaram observando-o à deriva, hesitante com o vaivém.

– Sua vida não terminou, Natalie. Você vai conhecer outra pessoa.

– Será? Eu quero o que você tinha com a vovó. Aquele tipo de romance, dos grandes. Na primeira vez que você a viu, já teve certeza.

– Tive certeza? Que interessante. Agora, me diga, do que é que eu tive certeza?

Ele percebeu que havia chocado a neta.

– Ah, você sabe... Que ela era a "tal".

– "A tal" – repetiu ele, balançando a cabeça.

– A vovó não era a tal?

– Sua avó era uma mulher bonita, de bom coração, e eu a amava bastante. Se ela era "a tal"? Eu não sei. Isso me parece simplista demais.

– Vô, o que aconteceu com o Daniel não é muito complicado. Ele me amava. Depois não me amava mais. Ou talvez ele apenas amasse mais essa outra.

– Pode ser. Ou talvez ele seja um merdinha.

– Uau!

– Isso é simples o bastante pra você?

Ela riu com tanta intensidade que foi obrigada a pegar um lenço de papel no bolso para assoar o nariz.

– Veja – disse ele, apontando para o lugar na água onde tinha despontado a cabeça escorregadiça de uma foca. – É assim que as focas dormem. Com o corpo sob a superfície e a cabeça do lado de fora, como um snorkel.

– Ai, meu Deus, você nunca gostou do Daniel.

– É, eu nunca gostei do Daniel.

– Por que você não disse nada antes de a gente se casar?

– Achei que você não fosse me ouvir.

Embora ela já estivesse com Daniel Friedman fazia muitos anos, sendo o casamento uma possibilidade discutida com frequência, mas sempre postergada, no fim acabaram se casando num impulso, sem aviso prévio ou, até onde Jack sabia, sem qualquer tipo de debate. Os pais de Daniel estavam a caminho de suas férias em Nova Escócia. Jack tinha oferecido a eles o quarto de hóspedes e uma chance de fracionarem a longa viagem desde Nova York, antes que seguissem para pegar a balsa em St. John. Natalie e Daniel já haviam marcado de passar a semana com Jack, junto com

Neil. Ao se dar conta de que o que restava de suas respectivas famílias estava prestes a se reunir na mesma casa por um dia e uma noite, Natalie decidiu, abruptamente, se casar. Jack achou que era uma péssima ideia, mas segurou a língua, imaginando que o jovem rapaz encontraria um meio de escapar. Porém, Daniel, apreciador que era de umas escapadinhas, deixou o barco correr solto, sabendo que seu casco estava danificado. Assim, Jack se viu ciceroneando uma bela e pequena cerimônia à beira-mar, na qual aos núcleos familiares de Natalie e Daniel se juntou um grupo aleatório de conhecidos que por acaso estavam nas proximidades de Red Hook na tarde de 20 de junho. Quando, apenas três meses depois, Daniel chocou a pobre Natalie ao confessar que tinha um caso com uma advogada júnior havia dois anos, Jack não se surpreendeu.

– Você tem razão – concluiu Natalie. – Eu não teria ouvido, porque sou uma idiota. – Ela continuou observando fixamente a foca, e Jack percebeu uma expressão preocupada tomar conta dos olhos da neta, familiar a ele desde os tempos em que a menina ainda engatinhava. – Se um tubarão surgir enquanto ela estiver dormindo, será que ela acordará?

Os calafrios começaram a alguns quilômetros de casa, e, quando os dois chegaram ao par de postes caiados que delimitava o início da longa entrada de garagem feita de cascalhos, todo o corpo de Jack tremia, as pernas sacudiam e os dentes batiam uns contra os outros. Ele uniu as mãos para evitar que ficassem saltitando em seu colo como um peixe num anzol. Mais à frente, o carro emitiu um estalo ao passarem por um amontoado de neve azul-esbranquiçada. Enquanto Natalie seguia adiante até a entrada da casa, Jack manteve os olhos fechados. Não tinha forças nem mesmo para abrir a própria porta, quanto mais para sair dali. Ficou esperando, ouvindo o ranger e bater do porta-malas e o barulho das malas da neta se chocando contra os degraus da varanda.

– Vô? – chamou Natalie. Tinha aberto a porta dele e permaneceu ali, ao redor, vacilante, com um tom de pânico na voz. – Está tudo bem?

– Só estou cansado.

– Você está suando.

Ele sentiu o suor escorrendo pela testa, formando poças em suas axilas e entre as pernas.

– Eu preciso tirar um cochilo – anunciou ele.

Jack permitiu que a neta o tirasse do carro e o ajudasse a entrar em casa, mas, quando ela tentou acompanhá-lo até o quarto, ele deu um basta. Fechou a porta e, depois de uma tentativa capenga de desabotoar a camisa, rastejou para debaixo do edredom e deixou que a febre o dominasse. Dormiu por doze horas seguidas e acordou às seis, sentindo-se melhor do que nas semanas anteriores. Estava bem o bastante até para alimentar e acender o fogão a lenha. Bem o bastante para preparar um café e talvez para tomá-lo.

Natalie desceu logo depois. Em seu camisolão de flanela, com o cabelo desgrenhado e os olhos inchados de sono, parecia novamente a garotinha com quem ele havia passado tantas manhãs contando histórias como a de Troia, da Guerra do Peloponeso, de Antígona e Polinice, Ulisses e Penélope. Algumas dessas histórias eram totalmente inadequadas para uma criança pequena: histórias de matança, caos e traição. Ela adorava.

– Você está com fome? Quer que eu prepare uma panqueca no formato de um N?

Ele quis fazer uma gracinha, mas a proposta acabou parecendo verdadeira. Ela sorriu.

– Faz muito tempo que eu não como uma dessas.

– Ah! – exclamou ele, ligeiramente em pânico agora que ela parecia ter aceitado sua proposta boba. Ficou pensando se tinha os recursos necessários, quer na despensa, quer em sua estrutura física. – Eu podia...

– Não estou com fome.

– Entendi... – disse ele, demonstrando uma decepção disparatada.

– Vô, como você está se sentindo?

– Estou me sentindo bem melhor – retrucou, olhando para ela. – Você dormiu bem?

– Não muito.

– A cama estava...

– A cama estava ótima. Eu também não durmo direito em Nova York.

Ela foi até a bancada, encheu uma xícara de café e acrescentou um pouco do leite que estava na geladeira. Quando se virou de novo para ele, estava segurando um pedaço de papel.

– Isto aqui é pra você – explicou ela, entregando ao avô um cheque dobrado. Quando ele abriu, viu que estava preenchido com o valor de quinhentos dólares. – É o presente de casamento que você deu pra mim e pro Daniel. Estou devolvendo.

– Querida, isso é uma maluquice. São só mais quinhentos dólares de herança sobre os quais você terá de pagar o imposto – ponderou ele. Em seguida, caminhou até o fogão a lenha, abriu a porta e atirou o cheque à chama.

– Então essa parte do meu plano já era – disse Natalie, parecendo tão perdida que ele quase se arrependeu do gesto que fez.

– Que plano é esse? Devolver seus presentes?

– Você não acha que eu devia, já que o casamento só durou três meses?

– Você quer saber o que eu acho? Acho que se o bostinha do seu marido te troca por uma qualquer depois de você ter dedicado a ele doze anos da sua vida, você tem o direito de usufruir de uma máquina de fazer pão, uma modesta forma de se consolar. Ou de um cheque de quinhentos dólares dado pelo seu avô.

Ela fez um pequeno aceno com a cabeça, num gesto infantil de submissão, o que apertou o coração dele.

– Acho que eu preciso de um novo plano – concluiu.

Foi então que começou a chorar. De forma suave, demorada, sem dizer uma palavra sobre o avô que em breve perderia ou sobre o marido que já perdera. Ele afagou suas costas e, em seguida, como ela não demonstrou sinais de que pararia, foi procurar uma caixa de lenços de papel. Havia se esquecido de comprar mais. Cogitou pegar um rolo de papel higiênico, mas lembrou que em seu quarto havia uma gaveta cheia de lenços antigos de linho, todos engomados. Ao pegar um dos lenços que estavam na pilha, viu na gaveta uma bolsinha de veludo preto surrado. Levantou-a, recordando com uma leve pontada o peso dela contra a palma da mão. Houve um tempo em que o conteúdo daquela bolsa representava uma espécie de obsessão. Agora, a bolsa de veludo era apenas uma das coisas amontoadas nas gavetas da cômoda. Ele gostaria que existisse um meio de ajudar Natalie a entender o caráter frágil, delicado, dos objetos, da memória, até mesmo das emoções diante do tempo e de seu poder devastador, maior do que o de Dario na Pérsia ou de Hitler na Alemanha. Porém, ela teria de viver bastante e sofrer algumas perdas para descobrir por si mesma.

Jack ficava apreensivo ao pensar no que Natalie faria depois que ele morresse, sem um emprego fixo para se distrair. Podia imaginá-la sentada sozinha em meio ao inverno do Maine, tornando-se cada vez mais deprimida, perdendo as últimas centelhas que a haviam transformado no grande encanto da vida do avô. Ele novamente sentiu o peso da bolsinha de veludo em suas mãos e depois a levou consigo até a cozinha. Ofereceu à neta um lenço e, em seguida, enquanto ela enxugava os olhos e assoava o nariz, despejou o conteúdo da bolsa sobre a palma da mão e pegou a corrente de ouro. O pingente de filigrana dourada balançava. Trazia a imagem de um pavão, em esmalte vidrado, e uma pedra preciosa saía de cada ponta das plumas pintadas.

Natalie se encolheu, como se, em vez de uma bijuteria bonita, em estilo *art nouveau*, aquilo fosse algo medonho de se contemplar.

– Argh! – exclamou ela.

– O que foi?

– Eu devia ter te ouvido. Você não queria que eu usasse isso no casamento, mas usei mesmo assim. Agora vou pensar nele sempre que olhar para essa peça e sentir vergonha.

– Isso não é nada justo. Afinal de contas, eu já possuía esse colar muito antes de você e o Daniel terem nascido.

– Você que comprou pra vovó ou ela herdou?

– Nem uma coisa nem outra. Era meu.

– Não era da vovó?

– Não.

– Sério? Por que você me falou que era dela? Eu só usei por causa disso.

– Eu nunca te disse que era dela. Por que eu falaria isso, se não é verdade?

Ela franziu os olhos, tentando lembrar.

– Ah... – disse Natalie, como que dando o braço a torcer. – E de quem era o colar? Da sua mãe?

– Não.

– Então era de quem?

– Bom, essa é a questão. Eu não sei. – Ele pôde ver certo brilho de interesse no olhar dela, o reacender de uma fagulha que até bem pouco tempo era constante nos olhos de Natalie Stein. Estava decidido a alimentar aquela discreta chama com qualquer artigo inflamável que chegasse às suas mãos. – É por isso que eu preciso da sua ajuda.

*Parte Um*

# SALZBURG

*1945-1946*

# 1

Eles encontraram o trem parado num ramal a céu aberto, não muito distante da estação de Werfen. Quando estacionaram os jipes ao chegar ali, o capitão Rigsdale saltou do veículo com entusiasmo, mas Jack se conteve e ficou apenas observando o trem. Mais de quarenta vagões, tanto de passageiros quanto de carga. A natureza do carregamento ainda não era conhecida, mas naquele recanto verde e montanhoso da Zona Americana, Jack nunca se sentia ávido por explorar uma fileira de vagões daquele tipo.

Tropas inimigas cercavam o trem, vestindo trajes militares esfarrapados. Carregavam rifles FÉG 35M, mas haviam amarrado trapos de lençóis brancos nas mangas direitas do uniforme e não pareciam muito contentes com a interceptação do trem. Ao lado dos trilhos, havia uma mulher agachada junto a um balde de madeira com água e sabão, torcendo um pedaço de tecido de algodão branco. Dois meninos pequenos revezavam a vez para pular da porta de um dos vagões de passageiros, marcando a distância dos saltos com algumas pedrinhas e discutindo sobre quem pulava mais longe. Falavam em uma língua que Jack desconhecia, mas, com base no que Rigsdale lhe dissera, supunha ser húngaro.

– Vamos lá, Wiseman – chamou Rigsdale por cima do ombro dele. – Dizem que você é fluente em conversa fiada.

– Sim, senhor.

Jack desceu do jipe e seguiu Rigsdale em direção ao trem. Nunca havia trabalhado para esse capitão em particular, mas àquela altura já estava acostumado a receber missões repentinas de oficiais superiores encarregados de empreender excursões rumo a alguns fins de mundo obscuros e suspeitos da Zona Ocupada. Ele era bom em topografia e tinha uma boa memória fotográfica para mapas. Era dotado de conhecimento intuitivo para paisagens e possuía uma verdadeira bússola interna; em sua imaginação, a descrição mais vaga e superficial – mesmo um rabisco bidimensional em um pedaço de papel – ganhava profundidade e precisão. Essa aptidão, que no dia a dia se traduzia basicamente em sempre saber a direção que deveria tomar ao sair da estação de metrô, encontrou aplicação perfeita durante a guerra. Mesmo em meio à confusão das batalhas, o comando podia confiar em Wiseman para estar onde deveria estar e, ainda mais importante, para se movimentar na direção certa, algo que nem sempre valia para o resto da divisão. Essa acuidade espacial e a fluência em alemão, francês, italiano e (menos útil) latim e grego clássico tornavam-no bastante requisitado entre os militares de alta patente, que brigavam entre si para tê-lo em seus grupamentos.

– O que é que eles estão falando? – perguntou Rigsdale.

– Eu não sei, senhor.

– Então trate de descobrir!

– Sim, senhor.

Um dos soldados inimigos se escondeu depressa no vagão de passageiros de onde os meninos estavam pulando. Jack ergueu o rifle. Um instante depois, um homem baixinho e corpulento, vestindo um terno cinza, com colete e relógio de bolso, surgiu do mesmo vagão e desceu do trem, esfregando a boca com um lenço e mastigando alguma coisa em quantidade. Assim como as sentinelas, ele havia amarrado um pedaço de tecido branco no braço.

O homem se apressou em direção a alguns soldados americanos parados junto a seus dois jipes, com expressão ao mesmo tempo servil e observadora, como se eles fossem clientes potenciais de produtos indeterminados. Estendeu a mão para cumprimentar o capitão Rigsdale, pensou melhor e, em vez disso, fez uma continência fria e teatral.

Rigsdale, por sua vez, manteve as mãos presas pelos polegares ao cinto militar em volta da cintura.

– Capitão John F. Rigsdale, Exército dos Estados Unidos, 42ª Divisão. Você é o condutor deste trem?

O homem balançou a cabeça, franzindo as sobrancelhas.

– Não falar sua língua. *Deutsch*? *Français*?

– Vai lá, tenente – disse Rigsdale, fazendo um gesto para Jack se pôr à frente.

– *Deutsch* – respondeu Jack.

O homem falava alemão fluente, embora o sotaque húngaro fizesse o idioma parecer mais suave e doce, os erres enrolados na língua e não no fim da garganta, a ênfase posta no início das palavras. O sotaque de Jack também tinha suas peculiaridades. Sob o elegante alemão formal cultivado pelo refugiado berlinense que lecionara a matéria na Universidade de Columbia, ele falava com um toque do ídiche galiciano de seus avós maternos. Pelo que sabia, os pais de seu pai, de autêntica origem judaico-alemã, nunca haviam pronunciado uma palavra sequer nessa língua.

– O nome dele é Avar László – reportou Jack a Rigsdale. – Ele é o responsável pelo trem.

– Pergunta se ele é oficial militar e, se for mesmo, por que não está vestindo uniforme.

Avar respondeu que era funcionário público, ex-prefeito da cidade de Zenta, e que no momento estava trabalhando para o que chamou de Departamento de Propriedades.

– Pergunta pro senhor László por que cargas d'água os homens dele não entregaram suas armas pro governo norte-americano – disse Rigsdale.

– Avar. Meu sobrenome é Avar. Dr. Avar. László é o meu primeiro nome – explicou em alemão o húngaro.

Jack perguntou ao Dr. Avar se ele estava ciente de que os termos da rendição exigiam a entrega das armas pelos soldados inimigos.

Avar disse que sim, mas que infelizmente as armas eram necessárias para proteger o carregamento do trem. Informou que seus homens vinham lutando contra saqueadores desde a saída da Hungria. Em maio, envolveram-se num tiroteio com um grupo de soldados alemães, e agora estavam enfrentando cada vez mais problemas em relação à população local, cuja ganância parecia inflamada por rumores sobre o conteúdo dos vagões.

– Fala que eu lamento profundamente saber que a vida dele tem sido tão difícil nos últimos tempos e que o Exército dos Estados Unidos está aqui para livrá-lo de todo esse sofrimento. E também dessas armas – disse Rigsdale.

Neste ponto, um pequeno grupo de civis desceu dos vagões de passageiros. Um deles se pôs à frente e trocou algumas palavras com Avar, que fez um gesto vigoroso com a cabeça.

Jack traduziu.

– Eles querem que a gente saiba que ninguém deu a eles nenhuma provisão. Avar disse que estão mortos de fome.

Jack olhou incrédulo para as sentinelas, os homens, robustos em seus ternos aprumados e as crianças de bochechas carnudas. Morrer de fome, pensou, era um conceito relativo.

– Explica que todos eles receberão comida assim que chegarem aos campos de refugiados de guerra. Agora eu quero dar uma olhada dentro dos vagões. Quero ver o porquê de todo esse rebuliço – informou o capitão.

Avar conduziu-os até o primeiro vagão de carga, cujas portas haviam sido lacradas por um documento oficial, no qual constava um emaranhado de carimbos e insígnias. Jack observou a fileira de vagões. Alguns lacres ao longo do trem permaneciam intactos. Outros estavam rasgados, aos frangalhos. O que isso provava ou deixava de provar ele não sabia. Não era possível ter ideia se os lacres haviam sido postos ali seis meses ou seis horas antes.

Junto à porta do primeiro vagão de carga, Avar fez uma pausa. Após debater em húngaro com um de seus colegas – um senhor de idade, alto e magricela, de bigode extravagante com cera nas pontas –, transmitiu a Jack sua demanda.

– O que é que foi agora? – perguntou Rigsdale.

– Ele está pedindo um recibo.

– Ah, vai à merda.

– Para mostrar que estamos nos responsabilizando pela proteção desses bens em nome do governo húngaro.

Avar não precisou que Jack traduzisse a expressão facial do capitão. Estufando o peito, o homenzinho pediu a Jack para lembrar ao comandante que o carregamento do trem era propriedade do Estado húngaro e, portanto, ele, Avar, com o devido respeito, só poderia entregar a custódia de tal carregamento se fossem feitas garantias de que tudo seria devolvido, no devido tempo, ao governo da Hungria.

– Tenente, por favor, lembre ao Sr. Avar que o governo da Hungria acabou de se dar muito mal, e, por gentileza, faça com que ele, os homens dele e a bosta do país dele entendam que estão agora sob a autoridade das forças aliadas. Não vou dar merda de recibo nenhum e é melhor ele abrir a porra dessa porta agora, antes que eu use a enorme cabeça dele como aríete.

No alemão mais formal que conseguiu empregar, Jack disse:

– O capitão Rigsdale ressalta que está falando com a total autoridade do Exército dos Estados Unidos e solicita que você não atrase mais a abertura do vagão.

Avar olhou de relance para as suas sentinelas, e Jack amaldiçoou em silêncio o comando militar que havia mandado seis homens para desarmar sessenta. Embora nunca verbalizasse suas críticas, aprendera a duras penas que um soldado raramente perdia dinheiro ao apostar contra a sabedoria de seus superiores. A estupidez institucionalizada era um dos vários motivos pelos quais durante quase todo o período dos dezoito meses anteriores, desde o seu alistamento, Jack nutrira ódio pela guerra, pelo exército e até mesmo pelos civis, que, com muita frequência, pareciam odiar muito mais os americanos que os haviam libertado do que os alemães que os haviam conquistado. As únicas pessoas que ele não detestava eram os homens com quem tinha servido no 222º Batalhão da 42ª Divisão de Infantaria, a Divisão Arco-Íris. Conhecia todos eles fazia menos de um ano, mas os adorava com uma devoção que nunca sentira por ninguém, nem mesmo pela namorada que, como era de se esperar, havia partido seu coração em uma carta, apenas três semanas após ele ter recebido sua missão. Jack gostava especialmente dos homens da Companhia H, cujas fileiras declinantes ele havia liderado numa labuta implacável em meio a um cenário de devastação, passando pela França e pela Linha Siegfried até chegarem a Fürth, onde o comandante do batalhão, após uma extenuante negociação com um recalcitrante fazendeiro local, decidira que precisava da ajuda de um assistente com conhecimentos de alemão e transferiu Jack para longe daqueles que eram os únicos com quem ele se importava naquela guerra miserável. Suas várias tentativas de voltar para a companhia fracassaram. Deixaram-no cozinhando seu ódio e esperando ganhar pontos suficientes para uma dispensa. Mesmo levando em conta as condecorações que recebera numa recente revista de tropas, estava três pontos abaixo dos 85 necessários para ser mandado para casa. Melhor resultado possível: 82 pontos mantinham-no em Salzburg por mais três meses. O pior resultado possível: tomaria o rumo do Pacífico.

Como o húngaro não respondeu à ordem, Jack repetiu:

– Abra, por favor, os vagões.

Pelo rosto de Avar pareceu ter passado toda a história de seu povo inculto naquela guerra interminável: orgulho, beligerância, bravata, postura defensiva, nervosismo, desespero. E, por fim, resignação. Ele tirou uma imensa chave de ferro de dentro do bolso superior interno do paletó, encaixou-a no pesado cadeado e, com um grunhido, fez saltar o ferrolho. Quando empurrou a porta para trás, os lacres se rasgaram num estalo, como um saco inflado de papel a estourar. A porta se abriu, resmungante em suas ferragens.

O vagão estava coberto de engradados e caixas de madeira. Alguns tinham dobradiças e fechos de ferro; outros haviam sido fechados com pregos. Mais para o fundo, estavam empilhados em ordem, porém muitos dos que se encontravam mais perto da porta tinham sido abertos à força e estavam amontoados aleatoriamente, uns sobre os outros.

– Traz uns desses pra cá, tenente – pediu Rigsdale. – Vamos ver com o que estamos lidando.

Jack subiu no vagão e arrastou um dos caixotes abertos. Vasculhou a palha e tirou dali uma xícara de chá adornada com uma rosa cor-de-rosa e pequenos amontoados de folhas verdes. A asa da xícara, de bordas douradas, se soltou na mão dele.

– *Vorsicht!* – exclamou Avar.

Jack lançou um olhar significativo para o amontoado de caixas abertas. Ninguém havia se preocupado em tomar o cuidado que Avar parecia esperar.

– Tenta outro – sugeriu o capitão.

O caixote seguinte continha uma pilha de equipamentos para câmeras, todos com aspecto de coisas caras, mas nada envolvido em palha ou aparas. Algumas lentes estavam quebradas. Jack queria saber por que aqueles húngaros se deslocavam pelo interior da Áustria num trem repleto de artigos domésticos.

O capitão Rigsdale ordenou que Avar abrisse outro vagão. Esse continha principalmente rolos de tapetes. A maioria estava empilhada de maneira ordenada, mas alguém tinha surrupiado os tapetes mais próximos da porta. Tapetes menores haviam sido desenrolados e estendidos sobre as pilhas e viam-se pegadas de botas enlameadas por toda parte.

– Saqueadores – explicou Avar.

– Em busca do tesouro – concluiu o capitão Rigsdale depois da tradução de Jack. – Tudo isso devia estar a caminho do *Alpenfestung*.

Entre as estranhas ideias compartilhadas tanto pelos aliados quanto pelas tropas alemãs derrotadas estava a quimera de que, escondida nas montanhas do sul da Bavária e protegida por 100 mil oficiais da SS, os nazistas haviam construído uma última fortaleza. Embora houvesse tanta evidência sobre a existência desse reduto nacional quanto havia sobre a cidade de Atlântida ou o vale de Shangri-la, todos, em ambos os lados, pareciam ter certeza de que a construção estava lá, pairando acima deles, um Valhalla para os alemães desesperados e um sonho angustiante para os aliados, muitos dos quais tiveram dificuldade em aceitar que os míticos guerreiros teutônicos oponentes não lutaram até o fim previsto por suas insígnias em forma de caveira.

– Tesouro meio esquisito esse – comentou Jack, segurando uma taça de cristal para licor. – Senhor, pelo visto não são coisas de muito valor. Parece ser apenas um bando de objetos.

– Vamos continuar olhando – proferiu Rigsdale.

Avar conduziu-os pelo trem, um vagão de cada vez. Mostrou-lhes caixotes rústicos de pinho contendo roupas de cama e casacos de pele e caixas com relógios masculinos de bolso e de pulso, além de joias femininas. Jack abriu uma caixa cheia de bolsas de festa, a maioria adornada com correntes prateadas. Outra tinha açucareiros e bules de prata com monogramas gravados e estatuetas de bronze de homens montados a cavalo. Em alguns vagões, encontraram pilhas de carteiras de couro lado a lado com cigarreiras de prata, casacos de pele pesados cheirando a mofo e empilhados por cima de tapetes orientais coloridos, emaranhados de bijuterias e quadros de todos os tamanhos, uns sobre os outros. Em outros vagões, o conteúdo havia sido arrumado meticulosamente: aparelhos de rádio dispostos de forma organizada dentro de caixotes de madeira, castiçais de prata separados de vasos, conjuntos de pratos e travessas de porcelana cuidadosamente embrulhados.

No quinto vagão, Avar abriu uma caixinha de madeira destravada, com dobradiças de cobre. Estava abarrotada de pedacinhos desiguais de ouro e moedas de ouro cunhadas com insígnias misteriosas. Isso sim era um tesouro, como o que habita o imaginário infantil sobre piratas, daquele tipo que reluz à luz do sol.

– Está vendo? – comentou Avar, em alemão. – Permaneceu intocado desde que saímos de Brennbergbánya.

– Onde fica Brennbergbánya? – perguntou Jack. – É de lá que vocês estão vindo?

– Este trem foi carregado em Brennbergbánya. Antes disso, a gente fez uma triagem e organizou tudo no castelo de Óbánya, em Zirc. E antes, ainda, a maioria dos itens estava guardada nos depósitos do Banco Postal.

– Mas isso pertence a quem?

Um dos companheiros de Avar disse alguma coisa em húngaro.

– Todos os bens pertencem ao povo da Hungria. Tudo deve ser devolvido ao povo húngaro – declarou Avar.

– Diz a ele que o governo americano não rouba ninguém – comentou Rigsdale após a tradução de Jack. Em seguida, apontou para a caixinha. – Isso é tudo o que tem de ouro?

Havia mais ouro, contou Avar, mas eles tinham distribuído tudo ao longo do trem, para dificultar o trabalho dos saqueadores. Havia também uma pequena quantidade de pedras preciosas. Avar fizera o melhor para proteger os bens mais valiosos, mas, como tinha dito, os saqueadores se fizeram presentes. E oficiais do governo também confiscaram muita coisa.

– Do governo americano? – indagou Rigsdale.

– Não, do governo húngaro – retrucou Avar.

– Espera aí – disse o capitão após Jack traduzir a resposta de Avar. – Oficiais do governo húngaro estiveram aqui?

Não, não aqui em Werfen, explicou Avar. Mas, antes do fim da guerra, alguns oficiais do governo, de forma individual, retiraram certos itens do trem. Avar havia tentado manter um inventário e iria mostrar-lhes.

– Mais alguma coisa de valor neste vagão? – gritou o capitão Rigsdale.

– Relógios – respondeu Avar, abrindo outra caixa. – De ouro. Banhados a ouro. Muito valiosos. E está vendo? Também ficaram intocados.

Em outro vagão, Avar pegou uma caixa de aço antiga, destravada, que parecia conter sobretudo envelopes.

Jack se agachou junto à caixa e pegou um dos envelopes. Fora aberto por um rasgo e estava vazio.

– O que é que está escrito? – perguntou, mostrando-o a Avar.

– É um nome. Korvin György. Este é um endereço em Kolozsvár, uma cidade da Transilvânia. E aqui diz: "Anel de ouro com diamantes. Um quilate."

– Onde está o anel?

– Quando fizemos a triagem, tiramos os itens dos envelopes. Além disso, em geral removemos as pedras preciosas das joias.

– Por quê?

– Para proteger o que fosse mais valioso.

Ou, pensou Jack, para facilitar a venda.

O restante da caixa estava tomado por folhas de papel cobertas de uma caligrafia rebuscada, de traços finos e longos, generosamente povoada por acentos e tremas.

– Um inventário, com nomes – disse o húngaro.

Enquanto estavam passando em revista o conteúdo de um vagão com pratarias – faqueiros, aparelhos de chá, travessas, tigelas e castiçais –, Jack entendeu a origem daquele tesouro. Acima de seus ombros, num caixote que seu superior lhe havia ordenado que abrisse, ele apanhou um pesado candelabro de prata. Por um momento, ficou em dúvida. Havia, porém, quatro braços de cada lado e um no meio. Ele retirou a menorá do emaranhado em que estava e, em seguida, desenterrou uma taça também de prata, com uma inscrição em hebraico. Uma taça de *kiddush*, como aquela que sua avó mantinha acima da lareira. Sem pedir a permissão de Rigsdale, pegou mais uma caixa e abriu-a com um pé de cabra. Dessa vez, encontrou um peitoral em prata e algumas coroas que se pareciam muito com as que haviam adornado a Torá a partir da qual ele entoara os cânticos em seu bar mitzvá no templo Emanu-El, no Upper East Side em Manhattan, nove anos antes.

– Tudo que está neste vagão é de prata? – perguntou Rigsdale a Avar.

Avar olhou para ele com cara de que não havia entendido.

– Prata, meu Deus, prata. Wiseman, pergunta a ele se neste vagão só tem prata.

– Capitão, são todos artigos judaicos – disse Jack. A única evidência de seu desconforto eram as gotas de suor se acumulando acima dos lábios.

– O que é que você quer dizer?

Ele segurou o peitoral da Torá e apontou para as palavras em hebraico. Depois, pegou as mãozinhas que ajudavam na leitura dos rolos. Tinham pequenos sinos de prata que tilintavam em suas mãos trêmulas.

– Esses objetos pertencem a alguma sinagoga – disse ele, virando-se para Avar. – Onde vocês conseguiram isto? E isto aqui?

A expressão confusa de Avar não foi convincente o bastante.

– Isso tudo foi roubado de judeus! – afirmou Jack. Ele percorreu com as mãos a pilha de artigos em prata, puxando com força castiçais e taças de *kiddush*, agitando peça após peça na cara do homem.

Avar soltou uma sequência de sons em alemão, mas Jack estava perturbado demais para entender grande coisa. Ouviu "funcionário público" e "negócios oficiais de governo". Avar então se encolheu todo, como uma tartaruga se escondendo debaixo de seu casco burocrático.

– O que é esse "Departamento de Propriedades" para o qual você trabalha? Trata-se de quais propriedades? – gritou Jack.

Avar ergueu o queixo, na defensiva, e explicou a Jack que era funcionário do Departamento de Propriedades Judaicas, uma divisão do Ministério da Fazenda húngaro, e que no papel de funcionário desse departamento ele havia protegido os bens em questão em nome do governo húngaro.

– Wiseman! Desce aqui agora! – ordenou o capitão Rigsdale.

Jack se esforçou para que o corpo se acalmasse e a respiração voltasse ao normal.

– Sim, senhor – respondeu, dando um pequeno salto para descer dali.

– Você tem ordens para traduzir, tenente. E só isso.

– Sim, senhor.

– Faça o seu trabalho.

– Sim, senhor.

– Agora, pode me dizer o que é que está acontecendo?

Era importante que os americanos entendessem, explicou Avar, que ele e os outros oficiais no trem eram funcionários públicos encarregados de cumprir a lei e proteger os bens sob seu controle. Esses bens eram provenientes dos bancos.

E antes disso? O capitão Rigsdale pressionou-o.

Avar admitiu que os bens tinham sido recolhidos dos judeus da Hungria pelo comissário de questões judaicas.

– Por quê? – perguntou Jack.

– Por quê? Para ajudar no esforço de guerra – explicou Avar.

Ele, pessoalmente, só era responsável pelo transporte dos bens, e não pelo seu recolhimento. Os judeus entregaram seus bens aos bancos; os bancos entregaram esses bens ao Departamento de Propriedades Judaicas; alguns oficiais do departamento fizeram a triagem e depositaram a carga nos vagões, e então o conteúdo chegou às mãos de Avar. Ao proteger aqueles bens, disse-lhes, arriscou bastante a própria vida.

Quando traduziu essa última parte para o capitão Rigsdale, Jack pôs-se a imaginar se Avar ainda estava confiante de que sua vida não corria mais riscos.

– Pergunta se ele precisa me mostrar mais alguma coisa – disse Rigsdale.

– Um minuto – pediu Avar, virando-se apressadamente. Jack ficou pensando em como seria fácil erguer sua arma, disparar uma única bala e derrubar o homem no chão.

Avar voltou logo depois, balançando uma maleta. À entrada do vagão, destravou-a. Em seu interior, pilhas de cédulas num arco-íris de cores. Pengos húngaros, dólares americanos, libras esterlinas, francos suíços, reichsmarks. Havia, inclusive, uma pequena pilha de notas verdes e amarelas: libras palestinas. Jack nunca as vira antes. Avar abriu um saquinho e despejou na mão um punhado de pedras coloridas e pérolas.

– Era isso que a gente estava procurando – afirmou Rigsdale.

Avar devolveu as pedras para o saquinho, fechou-o e enfiou-o dentro da maleta. Em seguida, travou a maleta e, com toda a solenidade, passou-a às mãos do oficial americano.

Sob as ordens do capitão Rigsdale, os homens de Avar entregaram suas munições. Rigsdale mandou um soldado à estação para trazer de volta o chefe de lá e alguns trabalhadores da estrada de ferro de modo a desengatar os vagões de passageiros. Acordou-se que Avar e o restante dos civis húngaros seriam escoltados até um campo de refugiados de guerra. Rigsdale ordenou que os guardas, agora desarmados, acompanhassem o trem até Salzburg, sob a vigilância de alguns soldados. Depois, virou-se para Jack.

– Você, aqui comigo.

Jack seguiu Rigsdale até o jipe. Embora tivesse viajado ao lado do motorista no caminho para Werfen, Rigsdale mudou de lugar e sentou-se no banco de trás. Jack, por sua vez, encaminhava-se para o banco da frente quando ouviu o grito do capitão:

– Comigo!

Rigsdale não falou nada durante a primeira parte da viagem de volta a Salzburg, e Jack permaneceu em silêncio ao lado dele, aguardando a reprimenda inevitável e tentando limpar um rastro de sujeira no joelho esquerdo da calça. Por mais que abominasse tudo que fosse militar, era meticuloso com o uniforme. Sempre que possível, mantinha-o limpo e arrumado, o colarinho e os punhos impecáveis, a camisa enfiada nas calças com firmeza e presa pelo cinto. Ao contrário de muitos oficiais do exército norte-americano, e certamente dos homens, ele se recusava a cair no desleixo, mesmo quando coberto pela imundície dos campos de combate. Procurava fazer a barba todos os dias e conseguiu manter esse feito durante longas semanas de batalha, quando a possibilidade de tomar banho era tão remota quanto a ideia de voltar para casa. Quanto mais furioso ficava em relação à perversa máquina militar, mais a fivela de seu cinto brilhava, como para provar que não era ele que não servia para as forças armadas, e sim as forças armadas que não serviam para ele.

Quando chegaram aos arredores de Salzburg, Rigsdale disse:

– Foi um desempenho e tanto, hein, tenente?

Ele não parecia esperar uma resposta, então Jack ficou em silêncio.

– Você tem que se lembrar de uma coisa, soldado. Isto aqui é uma guerra, não é uma cruzada. E você é um soldado americano, e não um rabino.

– Sim, senhor – respondeu. A única evidência de seu constrangimento foi o tremular de um músculo no maxilar cerrado.

# 2

Pelos pecados de Jack, Rigsdale deu a ele um caminhão M35 de 2,5 toneladas de capacidade e deixou-o responsável por descarregar o trem. Ele tinha 25 prisioneiros de guerra húngaros, meia dúzia de recrutas para protegê-los contra saqueadores e negociantes do mercado negro e um caminhão para descarregar 1.500 estojos com relógios, joias e prata, 5.250 tapetes, milhares de casacos, estolas e regalos de pele de vison, raposa e arminho, caixotes com microscópios e câmeras, porcelanas e artigos de vidro, móveis, livros, manuscritos e tapeçaria, moedas de ouro e metais preciosos em barras, as poucas pedras preciosas remanescentes, objetos litúrgicos, coleções de selos e escovas de cabelo de prata, todos os itens, uns valiosos e outros nem tanto, que constituíam o patrimônio dos judeus da Hungria, dos quais 437.402 haviam sido deportados para Auschwitz em um período de apenas 56 dias, quase exatamente um ano antes.

Um dos recrutas se ofereceu para arranjar mais transportes, mas Jack já tivera uma boa amostra do que aqueles soldados entendiam por arranjar. Nos primeiros dias de sua unidade na Áustria, seus homens tinham "arranjado" tudo: das bebidas às roupas de cama, das armas aos ovos e aos aparelhos de rádio. Certa vez, dois cabos arranjaram até mesmo um Volkswagen e partiram em uma viagem. Demoraram uma hora para se dar conta de que o estranho som no banco de trás, que vinham ignorando, era o choramingo de um bebê dentro de um cesto. Jack localizou a mãe, que estava fora de si, e devolveu a criança. Seu comandante ficou com o carro.

– Venham! – berrou Jack, em húngaro, da traseira do caminhão, onde fazia o carregamento de peles e tapetes. Como seus cativos não tinham o menor interesse em aprender nada em inglês exceto as palavras "Lucky Strike" e, além disso, resistiam até mesmo a falar alemão, idioma que os superiores falavam fluentemente, ele fora obrigado a aprender algumas palavras em húngaro.

Um dos soldados surgiu na parte de trás do veículo. Jack ordenou que ele pegasse uma das pontas de um tapete que estava enrolado. Os prisioneiros de guerra ainda se surpreendiam ao vê-lo engajado no trabalho pesado, carregando devagar e com dificuldade as caixas e os engradados, um por vez, dispondo-os dentro do caminhão e levando-os até o antigo depósito da Wehrmacht, onde o exército decidira guardar o que havia no trem. Não que ele estivesse buscando trabalho extra, tentando dar o exemplo ou, sabe Deus, procurando proporcionar uma folga aos prisioneiros. Pelo contrário. Adoraria ver cada um dos soldados inimigos trabalhando duro para limpar as ruas e as zonas rurais, em vez de ficarem vagando pelos campos de prisioneiros enquanto os civis faziam todo o trabalho. Na verdade, ele estava apenas procurando se livrar da maldita tarefa o mais rápido possível.

Após garantir que o tapete estava armazenado de forma segura, Jack enfiou a cabeça dentro do caminhão para checar o quanto ainda cabia naquele carregamento. Contraiu o rosto ao sentir o cheiro de mofo dos artigos feitos de pele de animais e se lembrou de que sua mãe, a cada primavera, embrulhava a estola de vison, o casaco de pele de castor e até mesmo o regalo de pele de coelho que possuía desde criança para depositá-los na tinturaria francesa, onde ficariam num local refrigerado durante o verão. Era o tipo de material que não fora feito para ficar empilhado em vagões de metal estacionados em ramais ferroviários ensolarados. Jack preocupava-se com a possibilidade de o depósito não ser muito mais fresco do que ali. Quem saberia dizer como estariam esses itens quando fossem finalmente devolvidos para onde pertenciam? Quase embriagado pelo odor que provinha de alguns casacos de vison roídos pelas traças, ele ouviu um tumulto, a voz de uma mulher, uma gargalhada e uns gritos. Ergueu a aba da lona e ficou observando.

Um dos prisioneiros de guerra segurava uma jovem pelo braço e estava tentando arrastá-la para longe do trem. Ela gritava com ele, na tentativa de se desvencilhar. O homem ria, e o rosto da moça parecia em chamas, ardendo de fúria.

– Ei! – gritou Jack.

O prisioneiro húngaro ergueu os olhos, surpreso, e soltou o braço da mulher. Ela estapeou-o no rosto, mas o tapa soou fraco e insosso na tarde quente. Então os outros prisioneiros desataram a rir. Os recrutas apenas ficaram por perto, sem muito interesse nos procedimentos, para variar. Um dos cabos, de nome Sully, anunciou, aos berros:

– Tenente, acho que eles se conhecem.

– Eu não conheço este homem – afirmou a mulher, em inglês.

Ela esfregou o braço que fora agarrado pelo húngaro. Sua blusa de algodão tinha sido usada por tanto tempo e lavada tantas vezes que aquilo que antes fora, talvez, uma estampa floral agora não passava de um pálido borrão cor-de-rosa sobre um fundo acinzentado. Ela checou se a costura desgastada não cedera diante daqueles dedos fortes.

A moça possuía o aspecto inconfundível dos sobreviventes dos campos. Mesmo alguns meses depois da liberação, eles eram mais magros do que os outros refugiados, mais ainda se comparados aos austríacos, que só a partir de então começavam a experimentar a escassez de comida que o resto da Europa ocupada vivera ao longo da guerra. O rosto dela estava abatido e sombrio, sua expressão era séria, mas o cabelo tinha voltado a crescer na forma de cachos vermelhos, luminosos e desordenados.

– A senhora quer uma ajuda? – perguntou Jack, saltando do caminhão com leveza. "Gyerünk vissza dolgozni!", disse ele aos cativos. De todas as frases em húngaro que aprendera, "De volta ao trabalho!" era especialmente útil, uma vez que o interesse dos húngaros em terminar a tarefa de descarregar o trem estava prejudicado pelo desejo que tinham de continuar recebendo as rações militares do exército norte-americano. Eles sabiam que, assim que o trabalho chegasse ao fim, seriam mandados para um campo de prisioneiros de guerra.

– Este trem... Ele vem da Hungria? – indagou a jovem. De voz baixa e rouca, tinha um sotaque com entonação britânica. Ela apontou para as letras brancas pintadas em um dos vagões: MÁV HUNGARIA.

– Você é húngara?

– Sou. Sou de Nagyvárad, na Transilvânia.

Um dos húngaros gritou alguma coisa.

Por um instante, o rosto dela ficou mais sereno, mas em seguida pareceu convocar toda sua raiva e disparou uma frase cujo tom de afronta era inconfundível. O jovem húngaro enrubesceu e foi embora, envergonhado, dando um trago em seu cigarro.

– De volta ao trabalho – repetiu Jack, erguendo a mão para a arma em sua cintura. – Agora.

Os húngaros voltaram aos vagões, simulando grande esforço, como de costume.

– O que foi que ele te disse? – perguntou Jack à mulher.

– Ele disse que também é de Nagyvárad.

– E o que você falou pra ele?

Ela semicerrou os olhos e inclinou a cabeça, examinando Jack de cima a baixo. Num tom de voz fragilizado porém vibrante, até mesmo animado, disse:

– Eu perguntei se ele tomou conta do gueto de lá, porque talvez tenha ajudado a minha avó a entrar no trem para a viagem rumo a Auschwitz.

Antes que pudesse se conter, Jack riu. Não havia nada de engraçado no que ela acabara de dizer. A questão era a audácia da mulher. Sua aparência não era a de um espectro em ruínas. Estava mais para fio desencapado. Quando ele cobriu a boca por vergonha diante do acesso de riso, os olhos dela se expandiram e, em seguida, ela riu também. De forma carrancuda, amarga, um riso quase desprovido de alegria, mas não completamente.

– Eu sinto muito, muito mesmo. Eu não queria... Mas é que a cara do sujeito... Você calou muito bem a boca dele.

– Acho que já estava na hora de ele calar a boca. Já estava na hora de todos eles calarem a boca. Agora, e este trem húngaro, hein? Tem gente aí dentro ou apenas soldados?

– É um trem de carga. Tinha umas pessoas, sim, mas não o tipo de gente que você está procurando.

– E você sabe o tipo de gente que eu estou procurando?

Normalmente, Jack não corava. Era raro que se envergonhasse, e, ao redor de companhias femininas, tendia mais a ser indiferente do que gaguejante. Contudo, alguma coisa naquela mulher fazia-o se sentir como uma criança desajeitada, com a língua incontrolável. Era curioso, uma vez que ela era muito mais nova do que ele presumira; talvez tivesse no máximo a mesma idade que Jack.

– Eu quis dizer que não tem nenhum judeu no trem.

– Você acha que eu estou em busca de algum judeu?

Ela o deixou à espera, confuso. É verdade que todo o tipo de gente tinha sido levada para os campos: homossexuais, comunistas, prostitutas. Mas a moça mencionara a avó. No silêncio constrangedor, Jack percebeu os olhares de seus homens. Com certeza, estavam surpresos por ver o frio e inabalável comandante parecendo decididamente abalado.

– Com licença – pediu Jack. Virou-se para eles e gesticulou com um dos polegares em direção aos húngaros. – Sully, leve o caminhão e três desses idiotas para o depósito. Descarregue tudo e depois volte pra cá depressa. Quanto ao resto de vocês: patrulhem. Vocês lembram como se faz isso, certo?

Já reequilibrado, voltou-se para a mulher.

– Esta é uma zona protegida. Sinto muito, mas não posso deixar você ficar aqui.

– Certo – respondeu ela, sem se mexer, observando enquanto dois húngaros chutavam um grande rolo de tapete para fora de um dos vagões, como lenhadores lidando com toras de árvores derrubadas, para em seguida erguerem-no sobre os ombros, com esforço. – Bom, então nada de judeus. Só tapetes.

– A senhora não pode ficar aqui. Tenho certeza de que você tem algum lugar para ficar.

– Eu tenho um passe – explicou ela, pondo a mão no bolso da saia. Então, enfiou na cara dele um pedaço de papel azul estreito, coberto por uns borrões de tinta. – Estou no hotel Europa, mas hoje tenho um passe. Está vendo?

– Tudo bem, não preciso ver nada.

Quando chegou a Salzburg pela primeira vez, Jack passou uma semana como segurança num dos campos de refugiados. Os internos que lá estavam eram, em sua maioria, trabalhadores forçados que aguardavam a repatriação para seus países de origem, no leste. Deve ter sido como se trocassem um chefe de presídio por outro um pouco mais indulgente, mais generoso, só que igualmente armado. Nenhum dos guardas americanos possuía treinamento para polícia militar e ficavam irritados diante do constante controle de passes, dos argumentos sem fim sobre lenha ou óleo para cozinhar e, mais incômodo ainda, sobre a nacionalidade e os antecedentes de indivíduos bem alimentados, com cortes de cabelo *à la* SS, que, naqueles primeiros tempos, tentavam se esconder em meio às massas de refugiados. Era difícil fazer o trabalho de carcereiro sem se sentir como tal, prender as pessoas sem tratá-las como prisioneiras. Com frequência, Jack se enfurecia com as atitudes dos substitutos sob seu comando, rapazes que nunca tinham visto um campo de refugiados ou disparado um tiro em combate e que sentiam aversão pelos deploráveis refugiados na mesma proporção em que se enamoravam pelas roliças e fogosas garotas austríacas. Elas eram asseadas, esforçadas e moravam em belas casinhas pintadas em cores chamativas. Os refugiados, vivendo amontoados, com poucos bens e pouquíssimas fontes legais de renda, sem nada a fazer além de temer o futuro e negociar no mercado negro, sentiam repulsa pelos soldados americanos. Os substitutos faziam piadas sobre tifo e piolhos enquanto mantinham à distância as crianças desnutridas que perambulavam em torno deles, gritando "Doce! Doce!". Ao fim de uma semana, Jack já estava pronto para levar a julgamento metade dos soldados sob seu comando, embora temesse que o motivo de tanta raiva de sua parte fosse a suspeita de que a atitude deles se assemelhava, incomodamente, à sua. Por mais que se envergonhasse, ele sabia que, assim como seus homens, sentia um arrepio ao ver os sobreviventes dos campos e evitava falar com eles e até mesmo olhar em seus olhos. Essa garota, pensou, era a primeira prisioneira com quem estabelecia um contato um pouco menos superficial.

A moça pôs o passe dentro do bolso e olhou por cima do ombro dele para os vagões do trem.

– Alguém te contou que o trem estava aqui? – perguntou ele.

– Eu só estava passando. Vi a inscrição em húngaro e pensei que talvez tivesse gente neste trem. Mas só encontrei eles – explicou, fazendo sinal para os soldados húngaros. – E você.

Estava na hora de voltar ao trabalho. Se conduzisse os homens com bastante firmeza, poderiam terminar antes de escurecer. Precisava mandá-la seguir seu caminho.

– É a sua família que você está procurando?

A expressão dela se afrouxou, o cenho vigoroso se dissolveu e o olhar furioso e radiante perdeu o foco. Parecia ao mesmo tempo uma menininha e uma velha moribunda, com olhos apenas para o passado. Porém, permitiu-se um só momento antes de balançar a cabeça e enrijecer o maxilar.

Ficou observando o crescente amontoado de itens que os húngaros haviam reunido, empilhado e espalhado pelo chão.

– Para onde vocês vão levar tudo isso? – indagou ela.

– Para um lugar protegido, onde esse material poderá ser armazenado à espera de investigação.

– Tudo bem – disse a moça, como se lhe concedesse permissão.

Jack começou a explicar que aquela era uma zona de acesso restrito e que ele precisava voltar ao trabalho, mas ela já tinha seguido seu rumo. Mancava um pouco, porém se movia com rapidez.

– Ei! – chamou ele, mas a esta altura ela já havia atravessado a rua e não conseguia mais ouvi-lo. Ou fingia não conseguir.

# 3

No dia seguinte, após ter terminado suas tarefas, Jack apanhou uma pilha de rações do tipo C, abriu-as e pôs-se a separar as unidades M, descartando aquelas que continham pedaços de presunto ou salsicha e trocando por latas extras de frango e legumes, que eram não apenas um pouco mais kosher como também mais palatáveis. Acrescentou o máximo que conseguiu encontrar de pastilhas de chocolate Brach's, biscoitos Jim Dandee e balas de caramelo. Enfiou tudo dentro de um saco e partiu a pé rumo ao hotel Europa.

Não era tão ingênuo a ponto de achar que seria fácil descobrir o paradeiro de uma jovem cujo nome não sabia entre os milhares de refugiados que tinham encontrado abrigo em Salzburg, mas ele se permitira imaginar uma espécie de saguão e um recepcionista com um livro de registros. Se isso não existisse, é certo que haveria no local alguns guardas do exército norte-americano, e alguém sem dúvida se lembraria da jovem de cabelos vermelhos, temperamento explosivo e domínio de inglês.

A entrada principal estava bloqueada por entulhos, pilhas de tijolos e paralelepípedos quebrados e destroços de madeira: um típico exemplo de área devastada que, àquela altura, já era tão familiar. No pátio, homens maltrapilhos reuniam-se em grupos, fumando cigarros fétidos e negociando informações e bens numa babel linguística. Ao cruzar o pátio para chegar ao saguão onde, em dias melhores, certamente existira um balcão de atendimento, Jack testemunhou um intenso comércio de sacos de pepino e batata, pães e repolho, além, é claro, dos onipresentes maços de Chesterfield e Lucky Strike. Duas aves de caça mudaram de mãos; eram pequenas demais para serem patos e coloridas demais para serem pombos. Ninguém estava preocupado em esconder as atividades do oficial americano que ali chegara, nem sequer notaram a presença dele. Jack ficou estarrecido com tamanho atrevimento, mas, quando encontrou os recrutas que faziam a vigilância ostensiva do lugar, entendeu tudo. Os soldados americanos estavam vendendo suas rações do tipo C e o que as mães e namoradas haviam mandado de casa com tanto carinho.

Eram muitas as garotas no campo, disse a ele o sargento no comando. E a maioria já aprendera o suficiente de inglês para se comunicar minimamente.

– Cabelo vermelho, cacheado. E magra, bem magra – descreveu Jack. Estava disposto a inventar uma desculpa para a visita, mas o sargento responsável pelo hotel Europa não queria nem saber das regras que impediam fraternizações, importando-se menos ainda com os negócios de Jack.

– Fique à vontade pra dar uma olhada por aqui, mas deixa eu te dizer uma coisa: se você enfiar a cara no quarto de algumas dessas pessoas, elas vão agir como se você tivesse vindo para matar as mães delas.

Jack sentiu-se tentado a lembrar ao homem que, para um bom número dos residentes do hotel naquele momento, era familiar a experiência de ver um soldado entrar em suas casas e matar sua mãe, mas o sargento possuía três estrelas de bronze junto ao peito. Jack não estaria contando a ele nenhuma novidade.

Eles foram interrompidos por gritos furiosos vindos do outro lado do pátio. Uma mulher movia-se desgovernada e apressada, em meio à multidão, presumindo – de forma correta, ao que parecia – que qualquer um que tivesse a infelicidade de estar em seu caminho lhe daria passagem.

– Ai, merda – disse o sargento.

A mulher tinha o rosto em forma de maçã sobre um corpo que mais parecia uma batata; uma trança fina envolvia sua cabeça.

– Venham! – ordenou ela.

– O que é que foi agora, Maria? – indagou o sargento. – Por que você está tão exaltada dessa vez?

O inglês dela não era suficiente a ponto de permitir qualquer explicação. Ela apenas continuou repetindo "Venham! Venham!" até finalmente o sargento chamar dois de seus homens e pedir que a acompanhassem até o andar de cima para descobrir o que havia acontecido. Jack, curioso, seguiu os homens pelo pátio, porém nenhum deles andava rápido o bastante para o gosto de Maria, que a toda hora parava e acenava, pedindo que a alcançassem e estalando um dos dedos, como se faz para mandar um cachorro sentar.

Ela os guiou por uma porta cujo vidro fora substituído por painéis de madeira dilacerados que, de uma forma ou de outra, tinham conseguido escapar aos incêndios nas cozinhas. Uma escadaria em caracol, com vestígios de elegância, conduzia ao andar de cima; em seu centro havia uma caixa de elevador cercada de ferro forjado com motivos rendados. O elevador estava abarrotado de lixo, incluindo um carrinho de bebê do qual só restara uma das rodas. Conforme foram subindo as escadas que circundavam o antigo elevador, alguns pássaros que faziam seus ninhos nas paredes levantaram voo num agitado bater de asas, o que assustou Jack, mas não os outros.

Havia três quartos em cada andar, e a maioria das portas estava aberta franqueada ao calorão de julho. Jack viu que os quartos tinham sido divididos em cubículos precários, separados um do outro por cobertores esticados lado a lado. Seis, sete, até mesmo doze pessoas apertavam-se em cada quarto, deitadas em beliches feitos de restos de madeira ou esparramadas nas poucas cadeiras remanescentes. Pelos corredores, crianças corriam umas atrás das outras. Quando os soldados e sua líder furiosa chegaram ao quarto andar, a porta do primeiro apartamento se abriu, e uma senhora de idade saiu dali. Jack notou que atrás dela, no interior do quarto, um casal se beijava. Estavam de pé, a mulher recostada numa parede, com a cabeça virada para a porta, as mãos do homem cobriam o rosto dela, uma de cada lado. Ela abriu os olhos na mesma hora em que Jack olhou para dentro. Encarou-o, impassível, mas ele rapidamente virou as costas.

Maria parou diante do último apartamento do andar, enfiou a cabeça pelo vão da porta aberta e, ato contínuo, começou a gritar em alguma língua eslava.

– Malditos refugiados – resmungou o mais velho dos dois recrutas.

– Ei, tenente, você fala essa língua aí? Acha que consegue descobrir que raios está acontecendo? – perguntou o outro, com um carregado sotaque sulista.

– Não é o meu trabalho, soldado – explicou Jack. Contudo, Maria mudara para um alemão capenga, e ele estava curioso para descobrir quem ela estava ameaçando jogar pelas escadas.

Ele empurrou a porta para entrar no quarto e encontrou-a altiva diante do que imaginou, a princípio, ser um senhor de idade, curvado e apoiado em bengalas feitas de dois pedaços de tábuas quebradas. O corpo do homem tremia todo por conta do esforço para ficar em pé. Aninhados atrás dele estavam dois meninos pequenos, um dos quais chorava.

– São essas crianças que você pretende jogar pela escada, Maria? Ou é o homem de bengala? – inquiriu Jack.

Maria parecia surpresa com o alemão dele, embora nem ligasse para o fato de suas ameaças terem sido ouvidas.

– Se eles não saírem, eu jogo os três lá embaixo – explicou ela, num sotaque carregado e numa gramática terrível, mas sem dificuldade para se fazer entender. – Este quarto é desses homens aqui! – disse, apontando para os fundos do cômodo, onde Jack então viu dois homens sentados a uma pequena mesa, preenchendo o ar com a fumaça de seus cigarros. Os dois mal olharam para ele. Pareciam ter sido colhidos na mesma plantação de batatas de onde vinha Maria.

Os *KZler** tiveram sorte de Maria estar ali, disse ela a Jack. Do contrário, os moradores legítimos talvez tivessem feito o despejo dos intrusos com as próprias mãos, e aí todos os três estariam chorando, não apenas o piolhinho.

– Piolhinho? – perguntou Jack.

– É assim que ela chama as crianças – disse delicadamente, também em alemão, o homem das bengalas improvisadas.

Nesse momento, Jack percebeu que ele não tinha nada de velho. Ainda era um garoto, mas seu rosto possuía um aspecto sombrio e enrugado, e em sua boca não havia praticamente nenhum dente.

– Leva eles embora – pediu Maria a Jack.

Jack manteve a calma e se virou para o jovem arruinado.

– Ela te chamou de *KZler*?

– Buchenwald.

Jack perguntou ao rapaz se era verdade o que Maria tinha dito sobre ele e os outros meninos tentarem se mudar para aquele quarto.

– Você está me chamando de mentirosa? – interveio Maria, novamente aos berros.

– Silêncio – ordenou Jack, com a voz suave porém precisa.

---

* Modo de chamar os judeus confinados em campos de concentração.

Maria cruzou os braços junto ao peito e ficou só observando enquanto comprimia os lábios, contrariada.

O rapaz explicou:

– Eu vivia neste quarto com mais três outros que vieram de Buchenwald, mas quando recebi notícias, quatro dias atrás, de que os meus sobrinhos tinham sido encontrados em Viena, fui até lá buscá-los. Quando voltei, os outros homens que dividiam o quarto comigo não estavam mais aqui. Esses dois tomaram o lugar deles. Eu pedi um outro quarto, mas o administrador disse que não tem. Ele falou que, como só estão esses dois, o quarto também pode acomodar a mim e aos meninos, mas esses senhores pensam diferente. – O homem se esforçou para usar as bengalas, tentando se virar sem cair. – De qualquer forma, estou totalmente preparado para abrir mão da companhia deles – completou, virando-se para Maria. – Encontra outro lugar pra gente, que vamos embora.

Maria sorriu.

– Isso. Vão embora – disse ela. – Esse americano vai cuidar de vocês.

Ela gritou alguma coisa para os homens que estavam nos fundos do quarto.

– De onde você é? – perguntou Jack a Maria.

– Da Ucrânia.

– E os seus amigos? Eles também são da Ucrânia?

– São.

– E o que você está fazendo em Salzburg? Como é que veio parar aqui?

O sorriso de Maria se desvaneceu.

– Trabalho forçado – respondeu ela.

– Mentirosa!

A voz, ríspida e furiosa, vinha do vão da porta, e, antes mesmo de se virar, Jack já sabia de quem era.

– Você está me procurando? – perguntou a mulher de cabelo vermelho a Jack, em inglês.

– Essa aí! Leva ela embora, pra prisão, que é o lugar dela! – gritou Maria.

Jack ignorou-a.

– O que é que está acontecendo aqui? – indagou ele à ruiva, em inglês.

– A Maria é *Kapo* desta escadaria. Enquanto esse homem esteve longe, ela despejou os outros judeus que estavam no apartamento e entregou o lugar pros seus amiguinhos. As pessoas têm medo dela, então acabam fazendo o que ela manda. Por alguma razão, esse homem parece mais corajoso do que os outros.

– Você a chamou de mentirosa. Isso significa que ela não foi submetida a trabalhos forçados? – perguntou Jack.

– Talvez tenha sido. Talvez as sobreviventes de Ravensbrück que estão aqui e que dizem que essa senhora era guarda no campo estejam enganadas.

Maria entendeu o nome e sua expressão mudou.

– Não! Ravensbrück, não! Trabalho forçado! Eu também sou prisioneira – disse ela, em alemão.

– O que é Ravensbrück? – indagou Jack.

– É um campo apenas para mulheres no norte da Alemanha – explicou a ruiva.

Quando a guerra terminou, era como se alguém tivesse sacudido a colcha de retalhos em que a Europa se transformara, fazendo as pessoas caírem de paraquedas nos mais diversos confins do continente. Havia milhares de trabalhadores forçados e escravos recrutados na Polônia e na Rússia, na Dinamarca e na Holanda, vindos de todos os cantos do Terceiro Reich. Reunindo-se a esse fluxo de gente que perambulava entre os destroços deixados pela guerra estavam cidadãos anticomunistas da Europa Oriental fugindo dos avanços do exército russo, centenas de milhares de alemães e austríacos compelidos pelas forças armadas de Hitler a desocupar suas cidades em vez de se entregar ao inimigo em expansão e Volksdeutsche – alemães étnicos que haviam celebrado a invasão de Hitler a seus países, prontamente assumindo controle sobre seus vizinhos e que agora abandonavam suas casas por medo de represálias. Os antigos prisioneiros de campos de concentração constituíam apenas uma pequeníssima parcela dos indivíduos amontoados nos campos de refugiados. No meio deles, escondiam-se alguns guardas dos antigos campos, como Maria, que tentavam voltar furtivamente para casa antes de seus crimes virem à tona.

– Se isso é verdade, por que ela não foi denunciada? – perguntou Jack.

– Ela foi denunciada, mais de uma vez. Acontece que o seu exército gosta dela. Ela é disciplinada, eficiente e mantém os outros na linha.

Ele se virou para Maria.

– Onde fica o seu quarto?

– Ah, esquece isso – respondeu ela, com uma voz irritantemente doce. – Sem problemas. Eles ficam, e a gente vai embora.

Sem alarde nem ameaças, Jack moveu o corpo de modo a bloquear a porta.

– Ela mora no térreo. Atrás da escadaria – disse a ruiva.

– Perfeito.

Ele chamou os recrutas e ordenou que ajudassem o rapaz inválido e os dois meninos a descerem as escadas. Pegou Maria pelo braço e obrigou-a a descer à sua frente. Ela se recusou a abrir a porta do apartamento onde vivia, mas Jack viu que a chave estava amarrada em um laço ao cinto militar que ela usava em volta do que seria a cintura, caso ela tivesse uma. Com um movimento rápido, ele arrancou a chave e abriu a porta. O quarto, diferente de todos os demais, ainda tinha os móveis de hotel. Duas camas grandes, arrumadas com lençóis de verdade, até mesmo com travesseiros, uma cômoda na qual faltava apenas uma gaveta, um armário, uma mesa com duas cadeiras e pedaços de tapete.

Quando os recrutas chegaram, trazendo o rapaz e seus sobrinhos, Jack já havia atirado no corredor todos os pertences de Maria: roupas, pilhas de roupas de cama e cobertores, um par de botas, sabonetes, latas de querosene, sacos de batata e farinha, uma porção de carne defumada, panelas e pratos. Deixou as camas e seus lençóis, a cômoda e o armário, a mesa e as duas cadeiras.

– A partir de agora, este é o quarto de vocês – disse Jack, entregando a chave para o jovem vindo de Buchenwald. Depois, jogou no chão o saco de rações que trouxera, abriu-o, tirou metade do conteúdo e despejou-o na cama. Maria permaneceu no corredor, amassando a saia com as mãos e queixando-se com amargura.

O jovem titubeou, mas os meninos correram para o quarto. O menor se jogou na cama e ficou rolando, como se estivesse sobre a primeira leva de neve fresca a cair no inverno.

– Eles vão me punir assim que você for embora – disse o jovem.

– Estes homens vão te proteger – declarou Jack, apontando para os recrutas. Para os soldados, ele disse: – Esses três agora são responsabilidade de vocês. Se acontecer qualquer coisa com eles, vocês terão que responder a mim. Entendido?

– Sim, senhor – respondeu o soldado com sotaque do sul. Em seguida, ele piscou com seriedade para o menino mais velho, que esboçou um sorriso hesitante.

No corredor, Jack apanhou a maior trouxa com os pertences de Maria.

– Vem cá – disse a ela, que enterrou o rosto entre as mãos. Logo depois, pediu aos recrutas: – Me ajudem a carregar as coisas dela lá pra cima, pro novo quarto.

Jack subiu os degraus, dois de cada vez. Quando chegou ao quarto andar, viu que os ucranianos tinham trancado a porta. Ele estava com os braços ocupados, então chutou a porta com suas botas pesadas. Como não abriram imediatamente, ele chutou de novo e a fechadura se rompeu. Deu um pequeno empurrão na porta para abri-la, dessa vez com a parte da frente da bota, e entregou a trouxa de Maria para um dos ucranianos, que estavam perplexos. Voltando pela escada, passou pelos recrutas; cada um deles carregava um saco de batatas nos ombros.

– A velha Maria está perdendo a cabeça lá embaixo – disse o sulista.

A jovem de cabelo ruivo se sentara no primeiro degrau da escada. Com as mãos no queixo, observava, com fascínio e tranquilidade, enquanto Maria murmurava umas sílabas misteriosas em sua sinuosa língua materna, chorando e furiosa.

– Ela está dizendo que vai até o administrador do campo. Vai dar queixa de você na polícia militar – traduziu para Jack.

– Ótimo – disse ele. – Agora, me diga, qual é o seu nome?

– Ilona. Ilona Jakab – respondeu ela, olhando para as trouxas de comida e de roupa empilhadas no chão, em torno de Maria. Depois, disse, com bom humor e sem rancor aparente: – Bem-sucedida ela, não?

– Se quiser, ponho um guarda junto à porta do seu quarto para proteger os seus bens até você voltar com o administrador do campo e a polícia militar – propôs Jack a Maria. – Aí, então, poderemos discutir em mais detalhes as suas queixas e especialmente as suas experiências de trabalho forçado, que com certeza foram muito dolorosas.

Maria bramiu qualquer coisa, pegou um cobertor e uma cesta de maçãs e subiu as escadas. Seu coturno de couro e borracha, do exército norte-americano, imprimia um baque surdo nas ripas escorregadias de madeira.

Ilona lançou-lhe um breve olhar e um aceno de cabeça; por um instante, um sorriso de satisfação cruzou seu rosto. Jack corou, grato pelo elogio implícito.

Ela ficou de pé e limpou a parte de trás da saia, suja ao sentar-se no degrau. Encaminhou-se para a porta, e, assim que passou por Jack, ele estendeu uma das mãos, hesitando antes de tocá-la no braço. Ela olhou para trás, mas não parou, então ele a seguiu até o agitado pátio do hotel.

– Espera – pediu ele, empurrando um saco na direção dela. – Eu trouxe isto aqui pra você.

– Por quê?

– Por quê?

– É. Por quê? Por que é que você está me dando um presente?

– Não é um presente. É comida.

– Certo. Então por que você está me trazendo comida?

– Porque parece que você está com fome. Não está?

– Se estou com fome?

– É.

– Estou sempre com fome – disse ela, após refletir um pouco.

– Eu ouvi hoje de manhã na Rot-Weiss-Rot que as padarias começaram a fazer brioches e croissants de novo. Você gostaria de sair pra comprar uns pães frescos?

Ela balançou a cabeça.

– Acho que já tivemos nossa cota de agitação por hoje.

– E se eu for comprar pra você?

– Talvez outro dia. Agora estou cansada.

– Claro – aquiesceu ele. Ela parecia ser resiliente, então devia se cansar com facilidade. Afinal de contas, tinha apenas começado a se recuperar do inferno que fora sua vida nos meses anteriores, quiçá anos.

Ela estendeu o braço, e ele a cumprimentou. A palma de sua mão estava gelada e seca, apesar do calor daquele dia, mas parecia inchada; os nós dos dedos eram vermelhos e a unha do polegar direito estava partida ao meio.

– Tchau – disse a moça.

– Espera – pediu ele, segurando a mão dela. – Você precisa de alguma coisa? Posso te ajudar de alguma forma?

Por um momento, ela ponderou. Em seguida, em vez de responder, disse:

– Você sabe o meu nome, mas eu não sei o seu.

– Wiseman Jack.

Ela riu.

– Você respondeu como um húngaro.

– Verdade.

– Mas você não é húngaro, é? Quer dizer, sua família?

– Não. Meus avós maternos eram russos, e meus bisavós paternos eram alemães.

– E você é judeu, né, Wiseman Jack?

– Sou, sou judeu.

– Então é por isso que você ajudou aquele rapaz judeu e os sobrinhos dele...

– É. Quer dizer, não. Qualquer um teria ajudado.

Ela riu, misteriosa.

– Você é um sujeito engraçado.

– Não sou, não.

Ela o examinou, erguendo apenas uma das sobrancelhas.

– Talvez não, mas mesmo assim você conta piadas.

– Não, não é piada.

– Dizer que qualquer um teria ajudado é uma piada. Ninguém ajuda. Ninguém nunca ajudou.

– Não, acredito que não – disse ele, mordendo o lábio. – Por favor...

– O quê?

– Por favor, tem alguma coisa que eu possa fazer por você?

– O que é que você quer fazer?

Ele ficou encarando-a, atordoado. Não tinha ideia do que responder. Então, ela lhe deu uma colher de chá.

– Obrigada, Jack Wiseman. Se eu precisar de alguma coisa, te procuro.

# 4

Jack dividia o alojamento na Hoftsallgasse com outros dois oficiais: Phillip Hoyle, tenente recém-saído da Academia Militar, e David Ball, que fizera alguma coisa na Agência de Serviços Estratégicos sobre a qual Jack tinha o cuidado de nunca perguntar. Ball, nascido na Filadélfia, era um rapaz desajeitado, de mãos bonitas, com dedos longos e delicados, que após o serviço militar planejava frustrar os sonhos da mãe de que seguisse a carreira de pianista de concertos, dedicando-se, em vez disso, aos estudos de medicina. A missão dele era misteriosa e seus movimentos, furtivos, mas Jack sabia que parte de suas obrigações incluía a busca e a apreensão de antigos membros do Partido Nazista local. Cerca de duas semanas após o incidente com Maria, Ball foi destacado para prender o ex-prefeito de uma pequena cidade a mais ou menos trinta quilômetros de Salzburg. A mulher do prefeito, alertada sobre a chegada dos americanos, havia pendurado pela casa placas em inglês, onde se lia Limpe os pés e Não encoste.

– Eu nem me preocuparia em fazer uma busca pela casa se não fossem aqueles malditos avisos – explicou Ball.

Foi debaixo do assoalho da cozinha que os soldados encontraram a caixa de aço que agora estava sobre a mesa bamba da cozinha deles.

– Meu deus! – exclamou Hoyle.

Nem Jack nem Ball gostavam de Hoyle, embora o ódio de Jack fosse mais pronunciado. Tal sentimento tinha duas origens: o fato de Hoyle só ter servido em batalha por tempo suficiente para ganhar uma suspeita Cruz de Serviços Distintos – nem um segundo a mais –, antes de voltar para casa para proteger a pele de seu superior, e a natureza gananciosa e covarde do rapaz de 22 anos de West Point.

– O que é que você vai fazer com isso tudo? – perguntou Jack.

Tratava-se de um registro, sob a forma de comida, dos avanços do exército de Hitler pela Europa: latas de *foie gras* francês, pacotes de chocolate holandês e sardinhas espanholas em conserva.

– Comer, né, seu idiota? – respondeu Hoyle. – *Foie gras*, meu Deus! – suspirou ele, tirando uma faca do bolso e pegando uma das latas. Mas Ball ergueu a mão para impedi-lo.

– Não. Isso é prova, Hoyle.

– Então por que você trouxe pra cá?

– Foi um momento de fraqueza, mas ver você aí, salivando dessa forma, me fez recobrar os sentidos.

– Se você levar de volta, algum cabo responsável pelo lugar onde estão as provas vai simplesmente traçar tudo.

– É verdade – concordou Ball, parecendo estar à beira de mais um momento de fraqueza.

– Eu sei o que fazer com isso – interveio Jack.

– Ele vai levar para aquela judia dele, do cabelo vermelho – disse Hoyle.

– Eu vi a garota – declarou Ball. – Ela está precisando mesmo de um pouco de sustância.

Jack carregou a caixa até o hotel Europa, ciente do valor daquela carga em uma cidade que sofria cada vez mais de escassez de comida. Já fazia semanas que ele levava pão, ração do tipo C, carne pré-cozida e enlatada, margarina e outros alimentos ricos em nutrientes para Ilona e para o rapaz de Buchenwald, que se chamava Rudolph Zweig. Jack adocicava os pacotes com chocolates e balas para os sobrinhos de Zweig, Josef e Tomas. Rudolph expressava sua gratidão de forma tão fervorosa que Jack ficava sem graça. Os olhos dele costumavam se encher de lágrimas quando abria as caixas e sacolas, e houve uma vez em que ele até tentou beijar a mão de Jack. Ilona acolhia aquelas ofertas com relutância e ceticismo, às vezes quase se irritando de verdade ("Você de novo?"), o que ele achava divertido e muito mais tolerável do que o úmido beija-mão de Rudolph.

Naquele dia, Jack enfiou a cabeça pelo vão da porta aberta do quarto que Ilona dividia com mais meia dúzia de mulheres, no terceiro andar da ala oposta ao apartamento onde Zweig estava agora instalado com conforto e segurança, uma vez que Maria e os outros dois ucranianos tinham desaparecido alguns dias depois da primeira visita de Jack. Ilona estava sentada à beira de uma cama de armar enquanto uma de suas companheiras de quarto a maquiava. A mulher vestia um macacão manchado e folgado.

Seu cabelo desigual estava preso para trás por um pedaço de musselina brilhosa com bolinhas azuis, e a boca trazia o mesmo tom espalhafatoso, de vermelho marrasquino, que ela agora aplicava nos lábios de Ilona.

Em húngaro, a mulher repreendeu a jovem, limpando o borrão que fizera quando a colega de quarto sorriu. Em seguida, virou-se para a porta para ver o que havia inspirado o sorriso.

– Arrá!

– Olá – disse Ilona, cumprimentando Jack.

Até aquele momento, ele não notara como ela tinha mudado ao longo das semanas anteriores. Havia engordado. Suas feições se suavizaram. E dois traços de vermelho-cereja transformaram-na, de repente, de objeto de pena em uma mulher com quem ele talvez – ou quase com certeza – queria trepar. Ele levou a caixa até ela, sem conseguir articular direito as palavras, sentindo-se confuso, não mais um benfeitor com provisões, e sim um pretendente com um presente.

A caixa estava tão pesada que a maquiadora teve de ajudar Ilona a apoiá-la no chão. Ela levantou a tampa de aço. Todas as mulheres no quarto esticaram o pescoço para ver o que havia ali.

– *Foie gras*!

– Caviar!

Elas ficaram suspirando e dando gritinhos enquanto Ilona tirava latas, jarras e pacotes de dentro da caixa.

– Meu Deus, Jack! Agora você quer matar a gente de indigestão?

Ele ficou se perguntando se aquilo era um flerte, ainda que meio ácido e canhestro.

– Gostei do seu batom – disse Jack.

– É da Luba – respondeu ela, passando a falar em alemão. – Luba, este é o Jack. Se você atormentar os prisioneiros húngaros dele, é capaz de ganhar umas sardinhas também.

Luba deu um risinho.

– Você nunca vai descobrir onde é que a Luba arrumou esse batom.

– Onde? – perguntou ele.

– Em Bergen-Belsen!

Diante da expressão facial de Jack, todas as garotas no quarto desataram a rir. Luba explicou:

– Depois que fomos liberados, a Cruz Vermelha inglesa fez uma inspeção. A gente não tinha nada. As pessoas ainda estavam morrendo a cada minuto. Lembro ter visto uma mulher, com um pedacinho de sabão, se limpando com a água de uma cisterna onde flutuava o corpo de uma criança morta. Mas então veio a Cruz Vermelha e, alguns dias depois, chegaram dez caixotes de batom, ninguém sabe como nem de onde. Não tínhamos comida nem gaze, mas batom a gente tinha. E, caramba, era muito batom! Caixas, caixas e mais caixas. Estávamos tão felizes! Todas nós usávamos batom o tempo todo. As mulheres se agachavam nos cantos para esvaziar os intestinos com disenteria, mas seus lábios... De um vermelho perfeito. Minha amiga morreu segurando seu batom. Era a coisa mais importante que ela possuía.

– No campo, ninguém é mais do que uma cabeça raspada, um trapo de roupa e um número. Mas – completou Ilona, juntando um lábio no outro –, se você põe um batom na boca, acaba virando uma pessoa. Um ser humano.

– Você está linda – disse Jack.

– Linda talvez não, mas um pouco mais parecida comigo mesma.

– Vem jantar comigo hoje.

As mulheres no quarto, entre cacarejos e murmúrios, deixaram os dois a sós, num movimento calculado e evidente para que tivessem a ilusão de privacidade.

– Isso é uma ordem? – perguntou ela.

Jack ainda não conseguia saber se ela estava flertando com ele ou não.

Ele levou Ilona a um lugar chamado Salzburger Café, um dos poucos restaurantes na cidade onde era possível encontrar carne. O menu oferecia promessas reconfortantes de *entrecôte de bouef* e *lammkotelett*, mas já fazia quatro meses que Jack estava na região e, até aquele momento, não vira nenhuma vaca e nenhum carneiro. Em sua opinião, os cavalos remanescentes da outrora esplêndida brigada alemã – que agora vagavam livremente pelos campos e florestas nos arredores da cidade – tinham seu destino traçado todas as noites na cozinha do Salzburger. Ele pensou em guardar a teoria para si mesmo, mas acabou achando que Ilona enxergaria o humor ácido presente na hipótese.

– Ouvi dizer que carne de rato é bem macia, pra quando não tiver mais cavalos – disparou ela, entre risos. Debruçada sobre o menu como se ele fosse o *Sunday Times*, leu em voz alta o nome de cada item, independentemente de estar disponível ou não. Quando a comida chegou, comeu com extremo entusiasmo. Lambia o molho que ficava nas pontas do garfo e na parte lisa da faca. – Acabo de ganhar mais respeito pelos cavalos, e também pelos chefs austríacos.

Jack estava menos encantado pela porção escura de carne de cavalo, retesada e sangrenta sobre seu prato. Achou-a rançosa e dura, com muitos pontos gordurosos, então, em determinado momento, ele simplesmente pousou o garfo e ficou se deleitando em vê-la comer. Depois de limpar o prato, Ilona deixou escapar um arroto, mas logo cobriu a boca com uma das mãos. Foi a primeira vez que Jack a viu corar. Em seguida, os olhos dela se voltaram para o prato dele, e ele notou que o constrangimento cedeu espaço à fome. Passou o prato pela mesa até ela, que devorou tudo, raspando o molho com um pedaço do pão branco que de repente surgira na cidade, mostra de que os padeiros estavam atendendo ao gosto dos ocupantes norte-americanos. Quando não havia mais nada comestível sobre a mesa, Ilona empurrou a cadeira para trás, assentou as mãos na barriga e sorriu, meio entorpecida, parecendo uma gata satisfeita, com seus olhos verde-amarelados e seu cabelo vermelho.

– Você guardou espaço pra sobremesa? – perguntou ele.

Ela corou de novo.

– Um pouco, talvez. Eles têm café?

– Eles têm um troço que chamam de café, mas o que é, exatamente, eu não sei.

Depois que o garçom serviu o *strudel* e a bebida marrom e aguada que ele insistia, apesar de todas as evidências contrárias, em chamar de café, Ilona conseguiu desacelerar e saborear a sobremesa com calma.

– As enfermeiras da Cruz Vermelha que vão ao campo de refugiados sempre dizem pra gente ter cuidado, muito cuidado. Elas explicam que o nosso sistema digestivo não está acostumado com proteína, com gordura. E é verdade. No começo, eu passei mal algumas vezes. Mas agora? – Ela bateu de leve na barriga. – Meu estômago é como o cavalo que acabei de comer. Talvez eu ainda chegue em casa e devore o seu *foie gras* também.

– Minha avó fazia um *strudel* assim – comentou Jack. – Na verdade, acho que era a cozinheira dela, mas ela dizia que era uma receita de sua avó.

– Essa é a sua avó alemã?

– É, descendente, mas eles estavam há tanto tempo nos Estados Unidos, que nem eram mais alemães. Mal eram judeus. Montavam árvore de Natal todos os anos.

– Acho que a minha família é como a família do seu pai. Só um pouquinho judia. Nós também comemoramos o Natal. Nos Estados Unidos existem muitos oficiais do exército que são judeus?

– Eu não diria muitos, mas alguns.

No curso de formação para oficial, havia apenas dois judeus além de Jack. Logo cedo, os suboficiais elegeram os candidatos judeus como alvos de maus-tratos especiais, e os colegas, aliviados por encontrar bodes expiatórios para sua miséria, juntaram-se a eles com avidez. Kleinbaum abandonou o curso após os primeiros dias de excessos. Finkelman, um rapaz pequeno e musculoso diplomado na faculdade de direito da Universidade de Nova York, respondeu aos ataques tornando-se a cada dia mais agressivo. Quando ele e Jack passaram nos exames finais, Finkelman já tinha se envolvido em pelo menos uma dúzia de brigas. Ele só não foi expulso do curso porque suas vítimas ficavam constrangidas demais em reclamar que um judeuzinho atarracado e quatro-olhos havia lhes batido. Jack nunca fugiu de briga, mas não achava que a truculência se sustentava como abordagem filosófica à vida. Assim, decidira sobreviver ao treinamento mantendo a boca fechada e a cabeça baixa. Não fez amizade com ninguém, mas também não perdeu dente algum, diferente de Finkelman.

– Mas é tranquila a vida de um judeu no exército americano? – indagou Ilona.

– É, sim – respondeu Jack, e de fato as coisas melhoraram quando ele passou a integrar a Divisão Arco-Íris e se viu na companhia de um número razoável de soldados judeus e até mesmo de uns dois outros oficiais de mesma origem.

Apesar da facilidade com que muitos de seus homens e colegas oficiais disparavam nomes pejorativos, Jack não os descreveria como antissemitas. É verdade que a anedota corriqueira sobre “Abie e Sadie” – que, a despeito do racionamento, conseguiram arranjar pneus para o carro e açúcar para o chá – o deprimia, assim como o fato de ter ouvido com frequência, quando as condições ficaram especialmente ruins, os recrutas reclamarem de que o único motivo que os forçava a enfrentar aquele sofrimento todo era estarem lutando contra Hitler pelo bem dos judeus. Mas esse antagonismo era fruto da ignorância, uma vez que Jack e os outros na divisão eram os primeiros judeus que muitos deles conheciam. Assim, ele generosamente os perdoava e agia com avareza para elogiar os soldados judeus. Era mais duro com os judeus sob seu comando do que com os gentios, esperando dos patrícios um nível de comportamento e conduta mais elevado, o que revelava, supunha ele, uma espécie de favoritismo secreto, como se em seu íntimo acreditasse que era possível esperar mais de um judeu do que de um companheiro de guerra não judeu.

Ilona prosseguiu:

– O meu avô e o meu bisavô foram oficiais do Honvédség húngaro. Você sabe o que é isso?

– Não.

– É a unidade húngara do exército austro-húngaro. Eles lutaram pelo imperador. Os dois tinham a patente de *ezredes*. *Oberst*, em alemão.

– Coronel.

– Isso. Meu avô seria ainda mais do que *ezredes*, mas acabou morrendo na Grande Guerra. Seu regimento, o Vigésimo Nagyvárad, era muito valente. Muitos foram mortos. Minha mãe dizia que a gente tinha que ficar feliz por ele ter morrido, porque ver seus homens lhe virarem as costas partiria seu coração.

Jack pensou em fazer a pergunta que pairava em sua mente fazia tempo, a pergunta que ele tanto queria quanto temia fazer.

Talvez percebendo o motivo do silêncio, talvez seguindo a misteriosa trilha de seus próprios pensamentos, Ilona contou:

– Minha mãe morreu, e meu pai também.

– Sinto muito.

– Sente muito? O que é que você sente muito?

– "Sinto muito" é uma forma de dizer que lamento muito, ou seja, que fico triste por você.

– Ah, sim... Eu não tinha entendido. Então agora eu é que sinto muito pela confusão.

– Não é preciso... Ilona, o que... Você vai me contar o que aconteceu com os seus pais? Com a sua família?

– O mesmo que aconteceu com todos os outros. Gueto, trem, Auschwitz, seleção – respondeu ela, dando de ombros.

Sua família ficara reunida tanto quanto pôde, contou a ele, até a rampa de Auschwitz, mas apenas ela e a irmã mais velha, Etelka, tiveram ordens de ir para o lado direito. Quando as duas garotas foram admitidas no campo, o resto da família – seus pais, tias e tios, vários primos, sua avó, em suma, todos os Jakab de Nagyvárad –, já tinha se transformado em banha e fumaça, passando a revestir o interior das narinas de Ilona e Etelka e se assentando como uma camada encardida sobre a pele delas.

De Auschwitz, as duas foram mandadas para Dachau e depois para um dos campos subsidiários de Kaufering, em Landsberg. Permaneceram agarradas uma à outra até poucas semanas antes do fim da guerra, quando Etelka foi selecionada, inesperadamente, na contagem matutina. Só alguns dias depois Ilona descobriu que a irmã não tinha sido mandada para a câmara de gás, como temia, e sim fora transferida para outro campo subsidiário, perto de Obermeitingen.

– Desde a liberação que eu estou procurando a Etelka. Pergunto sobre ela pra todo mundo que passou por Obermeitingen.

Jack não fez a pergunta, mas ela respondeu assim mesmo.

– Eu sei que ela está viva. A Etelka era atleta. Antes da guerra, ela era campeã de esgrima. Então, vieram as leis antissemitas, e ela não pôde mais competir, mas ainda treinava em casa com nosso tio Samu. Só parou quando a gente foi para o gueto. Ela é tão forte! Tinha uma época, na fábrica de munição, em que o nosso trabalho era descarregar vigas de ferro de dentro de um trem e carregá-las por duzentos metros, ladeira acima, para a oficina de fundição. Ela sempre ficava com a parte traseira, onde a carga era mais pesada, porque era muito mais forte do que eu. Além disso, ela também era estudante de medicina, aí, nos campos, era como se ela fosse a médica de um monte de gente. Às vezes, até os *Kapos* vinham procurá-la se estivessem machucados. Quando ajudava, ela recebia comida em troca. Se eu consegui sobreviver, a Etelka também conseguiu.

– E como você vai fazer para encontrá-la?

– Nós combinamos que, se nos separassem, a gente se encontraria aqui, em Salzburg.

– Por que aqui?

– A gente vinha muito pra cá na infância, no caminho pra Bad Gastein, onde meu pai gostava de se banhar nas águas termais.

No sorriso de Ilona, Jack viu brilhar a cidade de outrora, de antes da guerra, como nunca tivera a chance de conhecer. Praças e vielas extravagantes no lugar dos caminhos cobertos de escombros. As ruínas elegantes em frente à igreja Müllner novamente com vida, prédios reconstruídos atrás do que agora eram apenas fachadas. As sacadas reerguidas pelas figuras gregas, as cabeças das estátuas restauradas. No seu sorriso, ficavam para trás as pilhas ordenadas de entulho: pedregulhos separados de tijolos, pedaços de pedras empilhados por tamanho, como tábuas recém-chegadas da serraria. Ficavam para trás os aglomerados de arame como bolas de feno ou chumaços de cabelo pendurados na fiação de telefone junto a construções em ruínas. Além disso, as pessoas trajadas com elegância, os homens vindo dos campos em suas roupas típicas de couro e lépidos gorros com penas, as mulheres com saias e blusas típicas envoltas em aventais bordados, e não um povo de rosto inexpressivo, recriando um pastiche desonesto da história, uma paródia da tradição, mas gente agradável, simples e generosa. Ele viu no sorriso de Ilona uma Salzburg que não era simplesmente uma coleção de restos mortais pitorescos, mas um lugar vibrante, bonito, cheio de música e alegria.

Ela continuou:

– Inclusive foi aqui que a gente conheceu nossa governanta inglesa.

– Você teve uma governanta inglesa?

– Ah, você acha que todas as garotas húngaras falam inglês tão bem assim? A senhora Richards foi nossa governanta por seis anos. Aí ela casou com meu tio e virou nossa tia Firenze. Ela teria ido com a gente até para o gueto, mas meu pai não deixou. Quando eu encontrar a Etelka, vamos pra casa da tia Firenze, em Nagyvárad.

O garçom se aproximou mais uma vez, nitidamente ansioso que eles liberassem a mesa para um dos jovens casais que aguardavam a vez com impaciência. Soldados americanos e suas namoradas austríacas estavam por toda parte em Salzburg, violando alegremente as regras contra a fraternização e proporcionando bons negócios para os cafés e bares recém-abertos na cidade.

– Bom, voltamos a pé? – perguntou Ilona, após dobrar o guardanapo com capricho.

– Não é ruim pra você? – questionou ele, lembrando-se da dificuldade dela para andar. – Prefere pegar o bonde?

– Eu gosto de andar. Principalmente depois de uma refeição em que eu comi tudo menos a toalha da mesa e as flores.

– Eu vi você de olho nas flores. Pra ser sincero, fiquei meio preocupado com elas.

Ela riu e pegou o braço dele. Os dois passearam pela margem do rio Salzach até dobrarem a esquina em Mozartsteg e darem de cara com o tenente Hoyle, colega de quarto de Jack. Hoyle estava com o braço ao redor da cintura de uma moça jovem, de riso frouxo, que não passava dos 14, 15 anos. Seus lábios estavam pintados com um traçado amador e vermelho cor de palhaço, que fez Jack lembrar, constrangido, do batom de Ilona. Ela andava desajeitada sobre um par de sandálias de salto alto pelo menos um número maior que o seu, como se os tivesse pegado emprestado de uma irmã mais velha ou até mesmo da mãe. Uma garotinha fantasiada de prostituta barata.

Quando se viram, os dois homens pararam, e cada um fez um inventário cuidadoso da companhia alheia, chegando a todas as conclusões mais plausíveis.

– Ora, ora – disse Hoyle. – Parece que temos aqui dois casais numa bela fraternização, hein, Wiseman? Dois violadores flagrantes das regras.

Hoyle tinha razão. Pelas regras, jantar com uma refugiada de guerra maior de idade era o mesmo que estuprar uma criança austríaca.

– É, parece que sim – concordou Jack.

– Mas o bom é que existe uma brecha.

– Ah, é? Existe?

– Existe, sim, meu caro – explicou, sinalizando para Jack se aproximar. Cochichou alto, de modo que as garotas pudessem ouvi-lo. Jack sentiu cheiro de álcool em seu hálito. – Tecnicamente, não se trata de fraternização se a gente não conversar enquanto estiver comendo elas.

Ilona arquejou.

– Vai pro inferno, Hoyle! – gritou Jack, pegando a mão de Ilona e puxando-a para irem embora. – Babaca – disse ele, assim que deixaram os dois para trás. – Ilona, eu sinto muito...

– Você está sempre sentindo muito, Jack. Não é culpa sua.

– Eu sei, só que...

– Você não quer que eu me sinta uma interesseira?

– Não, claro que não!

– Mas por que não? Algumas dessas garotas sustentam a família com os presentes que ganham dos soldados. Você sabe o preço dos cigarros americanos no mercado negro? São muito caros! E aquela carne enlatada que você me dá?

– O que é que tem?

Ela riu.

– O que é que tem? É ridículo. A gente come por três dias com o que eu consigo por essa carne aí. Você me proporcionou uma bela refeição esta noite, Jack. E uma companhia adorável. Vamos repetir isso, certo? Não só porque quero outra refeição, mas porque você gosta de mim, né?

– Claro. Eu gosto de você.

– Está bem. Eu também gosto de você. Pode me beijar, se quiser.

Ele parou e se virou para ficarem frente a frente. Ilona era pequenina; sua cabeça se acomodava perfeitamente debaixo do queixo dele. Ela ergueu o rosto, e ele se curvou, roçando boca com boca. O batom quase sumira, e ele sentiu os lábios dela quentes e rachados. Como não demonstrou resistência, num movimento rápido ele enfiou a língua dentro de sua boca. Embora ela não tenha retornado o beijo, permitiu que acontecesse, então Jack se aproximou mais, pressionando o corpo contra ela. Sua ereção ficou evidente, e, para poupá-la do constrangimento, ele desviou o quadril para o lado. Não era como Hoyle, disse a si mesmo. Aquilo era diferente. Por fim, ela pôs as mãos no peito dele, afastando-o com delicadeza.

– Está bem – disse ela. – Já basta.

– Desculpa.

– Para com isso!

Ele já ia começando a se desculpar de novo, mas se deteve a tempo.

– Eu gosto muito de você, Ilona. Não só porque você é bonita, mas...

– Shh! – sussurrou ela, apertando o braço dele. – Você não sabe, Jack, mas eu não sirvo para você.

– Claro que serve!

Ela parece ter pensado em falar mais alguma coisa, mas mudou de ideia. Os dois caminharam em silêncio durante um tempo. Por fim, Ilona disse:

– Está uma noite linda, e a gente teve um ótimo jantar, além de termos trocado um beijo gostoso. Por ora é suficiente, não acha?

Por ora, pensou ele, enquanto voltava para o alojamento. Por ora.

# 5

Na floresta Hardt, Jack tinha sido baleado no ombro por uma Mauser calibre 7,92 x 57 mm, um tiro certeiro que acertou o deltoide, sem atingir ossos nem artérias, mas deixando dois buracos perfeitos. O ferimento obrigara-o a ficar apenas três dias afastado de sua unidade e, em seu retorno, não chegou a lhe causar muita dor ou transtorno, mesmo diante do mau tempo e das lutas árduas. Na verdade, permanecera até ali em pé de igualdade com os buracos em seu ombro. O capitão Rigsdale havia delegado a responsabilidade pelo trem de Werfen para o Setor de Controle de Propriedades, da Divisão de Reparos, Resgates e Restituições, e, com isso, para o próprio Jack. Embora ele tenha reclamado, pedindo para ser mandado de volta para sua unidade, o exército decidiu deixá-lo por lá, ficando responsável pelo conteúdo do trem. Seu comandante mais recente, o tenente-coronel Clancy K. Price, ordenou que ele concluísse um inventário preliminar e reorganizasse todos os bens. A tarefa de descarregar e catalogar o que havia no comboio exigia que Jack passasse dez horas por dia sentado num banco e curvado sobre uma mesa feita com uma porta e dois cavaletes. A dor irradiava do ombro para o pescoço e bifurcava-se como um raio em direção à região lombar. Ele precisava de uma maldita cadeira.

Fez tudo como mandava o figurino, lançando mão dos meios usuais. Foi até o batalhão de apoio da Divisão Arco-Íris e, quando lhe disseram que não poderiam ajudá-lo, voltou-se para o Serviço de Intendência do Exército, e de lá para os engenheiros. Parecia não haver uma única cadeira que prestasse em toda a Zona Ocupada. As cadeiras que sobreviveram ao inverno e não foram transformadas em lenha há muito que tinham sido saqueadas ou então requisitadas pelo Corpo Aéreo do Exército dos Estados Unidos, cuja missão no pós-guerra aparentemente exigia uma quantidade extraordinária de audiências. No meio-tempo, Jack se apresentava todos os dias no depósito e acabava com sua coluna.

De acordo com seu programa de organização, toda a mobília recuperada do trem era armazenada na seção C do depósito, nos fundos, entre casacos de pele e utensílios domésticos. Havia 216 cadeiras ali. Jack contara uma por uma.

Antes de escolher, no fim, o que imaginou ser uma cadeira simples de cozinha, em laca preta e à prova de arranhões, além de 18 furos nas costas com o provável objetivo de ventilar, ele chegou a considerar outras opções: uma sofisticada cadeira sem braços, de mogno e pés trabalhados, com assento rasgado em seda cor-de-rosa; uma outra cadeira de rodinhas, feita de alumínio e couro, que ele descobriu, na prática, que tinha uma mola solta sob o lado esquerdo de seu traseiro; e, ainda, uma cadeira de escritório feita de carvalho, com espaldar alto, mas que parecia muito majestosa para a tarefa. A cadeira escolhida não prometia, e de fato não apresentava, suporte para as costas nem estofamento; era comum, simples, a mais simples que poderia encontrar. Imaginou que fosse a mais barata, embora anos depois descobrisse a irmã gêmea dela num museu, durante uma exposição das obras de Josef Hoffmann, o célebre designer de móveis da secessão vienense. Percebeu, então, que mesmo se tentasse não teria conseguido escolher uma cadeira mais valiosa.

Jack ficou sentado por um instante na cadeira de costas retas, tentando concluir se o alívio proporcionado era maior do que o peso em sua consciência. Não era nenhum santo. Como todos os soldados de exércitos vitoriosos – desde o começo da guerra –, Jack também recolhera sua cota de suvenires. Enroladas num par de toalhas dentro de sua mala, no alojamento, estavam duas pistolas Luger, uma delas com um elaborado entalhe de folha de carvalho. No parapeito junto à sua cama ficava um busto de mármore, de vinte centímetros de altura, "liberado" da casa de um oficial secundário do Partido Nazista, em Anzenbach, perto de Berchtesgaden. Era um busto de Tácito, cujo *Dialogus de Oratoribus* tinha sido tema da monografia de Jack em Columbia. Pegar aquelas armas e o busto de Tácito causou-lhe menos remorso; dessa vez, era diferente. Ele levava a sério sua responsabilidade como guardião oficial do que havia no trem de Werfen, e isso explicava apenas em parte sua perturbação ao carregar a cadeira de laca preta até sua mesa improvisada na entrada do depósito, sentar-se e sentir os ombros relaxarem. O que mais o perturbava era pensar no judeu húngaro assassinado, cujo único traço remanescente talvez fosse aquela cadeira de cozinha.

– Eu sinto muito – disse Jack para o fantasma que assombrava a cadeira –, mas as minhas costas estão me matando.

– Até sozinho você fica se desculpando?

Jack deu um salto, pondo-se de pé. Suas bochechas ardiam, como se tivesse sido flagrado no meio de um ato brutal e imperdoável.

– Você por aqui? – perguntou ele, meio sem graça.

– Não tenho permissão?

– Não. Quer dizer, sim. Bom... Na verdade, não. Você não deveria estar aqui, mas tudo bem. Não importa. Ninguém aqui se importa, além de mim.

– É, deve ser verdade – disse Ilona, com ternura ou talvez pena.

Ele saiu de trás da mesa e pegou na mão dela.

– Estou feliz em te ver. Entra. Acho que consigo arrumar uma xícara de chá.

– Um chá cairia bem.

Ela olhou em volta, procurando um lugar para se sentar, e Jack prontamente levou-a para o lado de fora, onde seus homens haviam montado uma minúscula cozinha de campanha com um fogareiro Coleman e uma provisão de saquinhos de chá, pó de café e leite. Ele colocou um balde de cabeça para baixo junto ao fogareiro, limpou a poeira e ofereceu o lugar a ela. O soldado Willie Streeter, um nova-iorquino gentil que era de longe o preferido de Jack entre os que estavam sob seu comando, ofereceu-se para preparar o chá, mas Jack insistiu em cuidar do assunto sozinho. Quando a água ferveu, ele pôs um saquinho de chá e uma colherada de leite condensado numa caneca de metal e entregou-a a Ilona.

– Obrigada – disse ela. – O hotel estava tanto lotado que não dava mais para ficar lá.

– *Tão* lotado.

– Ah, sim, *tão* lotado. Aí eu pensei em vir te encontrar aqui, em vez de esperar você me buscar. Espero que não tenha problema.

Os dois tinham um encontro. Estavam "se vendo", embora essa fosse uma expressão nova-iorquina estúpida e inocente demais para se aplicar a qualquer coisa em que Ilona Jakab pudesse se envolver ou consentir em fazer.

David Ball conseguira ingressos para o espetáculo da primeira noite de reabertura do Festival de Salzburg. Nem Jack nem Ilona se interessavam muito por Mozart, mas os ingressos eram concorridos. Pouquíssima gente estaria na plateia e certamente não haveria nenhum refugiado além dos músicos designados para substituir aqueles que respondiam às leis de desnazificação.

– Não, tudo bem – respondeu Jack. – Estou feliz que você veio. Sei que estava curiosa para conhecer este lugar.

– Curiosa... – repetiu ela, citando-o, sem parecer muito disposta a concordar com a descrição. Considerando tudo o que ela havia passado, ele não ficava nem um pouco surpreso pelo fato de Ilona querer manter certa distância entre eles, ou não conseguir evitá-la, uma lacuna de experiência que nenhuma proximidade física, conversa íntima ou ternura recíproca era capaz de preencher. Mas o que sempre o surpreendia era que ela costumava manifestar essa distância usando ironias, brincadeiras e um tom de zombaria em todas as suas respostas. Ela levou a caneca de chá de volta para as sombras em arco do depósito. Ele a seguiu.

– Cada vez mais e mais curiosa – continuou ela, mas, quando notou as caixas e caixotes empilhados, seus olhos não ficaram nem indiferentes nem irônicos. Estavam enormes em meio à escuridão, ávidos e tristes. – É tudo daquele trem que estava aqui no dia em que eu te conheci?

– Quase tudo – respondeu ele.

– Objetos de prata.

– Muitos.

– Joias?

– Também.

– Quadros, esculturas.

– Alguns.

– E o que mais?

– Todo tipo de objeto pessoal. Casacos de pele, utensílios domésticos, ouro.

– Móveis?

Ele sentiu que ela tentava adivinhar, às cegas, o remorso que o dominava.

– Todo tipo de coisa que alguém desejaria guardar – prosseguiu Jack. – É como um trem de relíquias.

– É, acho que dá pra dizer isso.

Fora a quantidade relativamente pequena de barras de ouro e pedras preciosas entregues por Avar, não parecia haver tanta coisa de imenso valor naquele trem – nenhum Leonardo da Vinci, nada de baús transbordando de diamantes –, mas o apanhado total do que fora saqueado era impressionante, devendo alcançar uma soma considerável. Um único relógio folheado a ouro talvez não valesse mais do que cinquenta, sessenta dólares, mas e se isso fosse multiplicado por mil ou 10 mil?

– E tudo isso veio da Hungria? – indagou Ilona.

– Quem nos entregou o trem foi um húngaro chamado László Avar. Ele disse que trabalhava para o Departamento de Propriedades Judaicas.

– Departamento de Propriedades Judaicas... – repetiu ela, mas dessa vez não houve traços de gozação ou provocação. Ela murmurou umas palavras em húngaro e depois disse: – É, eu sei quem são.

– O que eu não entendo é como isso tudo foi parar no trem. Avar disse que o tal departamento recebeu os bens dos bancos húngaros. Mas como é que os bancos conseguiram isso?

Ele se arrependeu da pergunta assim que a pronunciou. Nunca sabia se debaixo da aparente fragilidade de Ilona havia uma força essencial ou se o contrário era verdade. Talvez ela apenas parecesse forte, mas se estilhaçasse diante da palavra errada.

– Eles tomaram tudo. Fizeram a gente entregar todos os nossos bens para o banco. Primeiro, foram os telefones. Eu até me lembro do dia: 27 de março de 1944. Eu sei porque é o dia do aniversário da Etelka. Como um presente pra ela, o governo passou uma lei dizendo que os judeus não podiam ter nem usar telefones. Como é que você acha que a gente descobriu sobre essa lei?

– Como?

Ela deu um risinho amargo.

– Pelo telefone, é claro. Meu tio Oskar ligou e contou a novidade.

Segundo Ilona, seu pai não queria estragar a comemoração do aniversário de Etelka, então esperou até o dia seguinte para ir ao banco entregar o telefone.

– Ele ficou na fila o dia todo. Quem sabia que existiam tantos telefones judeus na cidade de Nagyvárad?

Em poucas semanas, os judeus da Hungria receberam ordens para comprar um formulário oficial no qual deveriam declarar todos os bens que valessem mais do que 10 mil pengő. Em seguida, tiveram de entregá-los aos bancos que haviam recolhido os telefones.

– Um dia, foram as bicicletas. Depois os aparelhos de rádio e o ouro. Até mesmo as alianças de casamento dos meus pais. Meu pai era comerciante de grãos. Os arredores de Nagyvárad estão cheios de fazendas. Tem trigo pra tudo que é lado. Meu pai comprava trigo dos fazendeiros e vendia por toda Europa. O armazém dele era grande demais pra ser carregado até a divisão local do Banco Postal da Realeza Húngara. Então, um dia eles fizeram a incrível gentileza de vir apanhar as chaves. Sabe, antes de confiscarem o negócio dele, meu pai vendia trigo pro exército, inclusive pros alemães, até 1944. Depois de voltar pros alojamentos, os guardas da SS que mataram o meu pai talvez tenham comido no jantar um pão feito a partir do trigo dele. Muito engraçado, não acha, Jack?

– Ilona...

– Todo dia eles confiscavam uma coisa diferente. E todo dia a gente ficava esperando nas filas. Todos nós esperávamos pacientemente para entregar os nossos bens ao banco.

Ilona percorreu um dos corredores que Jack abrira em meio às caixas e aos caixotes. Ela se ajoelhou ao lado de uma pequena pilha de maletas vazias, nas quais os nomes dos donos tinham sido escritos a giz, em letras grandes e nítidas.

– Eles disseram pra gente colocar tudo em pacotes e envelopes e escrever o nosso nome. Deram uns recibos com as listas do que estávamos entregando. Meu pai guardava esses recibos na carteira. Ele morria de medo de perder os recibos e não ter como reivindicar tudo de volta quando a guerra acabasse. Carregou esses papéis até mesmo para Auschwitz, até a câmara de gás.

Jack conseguiu se conter antes de dizer a ela que sentia muito.

– O que é que o seu exército vai fazer com tudo isso?

– Eles vão devolver, mais cedo ou mais tarde.

– Vão devolver, é? – repetiu ela. Agora o tom sarcástico estava de volta. – Desejo boa sorte pra eles.

Na verdade, Jack se perguntava como conseguiriam identificar o dono de qualquer item específico dentro daquele enorme depósito. Seus soldados lhe traziam tudo que encontravam com alguma coisa escrita que pudesse indicar a quem os objetos pertenciam, mas, fora os documentos entregues inicialmente por László Avar, havia poucos elementos que relacionassem a maioria dos itens aos indivíduos de quem eles tinham sido tomados. O mais comum era que Jack e seus homens encontrassem referências a algumas cidades. Numa pilha de porta-retratos de prata vazios, aparecia o nome e o endereço do artesão; nas etiquetas de certos casacos de pele, liam-se, bordados, os nomes das lojas ou dos comerciantes. Mesmo se algum sobrevivente aparecesse procurando seus pertences, Jack ficava preocupado: como alguém conseguiria encontrar, por exemplo, um jogo de castiçais de Shabat em meio às dezenas de milhares que estavam no trem? Dos milhares de relógios de ouro, qual deles pertencia a determinado pai? Entre os milhares de casacos de pele de lince, como achar o de uma mãe específica? Qual álbum de selos, em meio aos vários que lotavam as dezesseis caixas enormes, tinha como dono tal ou tal filho? Como seria possível descobrir?

A porta do depósito se abriu num estrondo, e o tenente-coronel Price entrou como um raio.

Controlando a vontade de esconder Ilona atrás de uma estante, Jack, em vez disso, pegou o braço dela e conduziu-a até a entrada do depósito.

– Coronel... – disse ele, preparando-se para receber a punição.

A gravata do coronel estava torta e seu rosto, roxo, de tão nervoso. Segurava uma folha de papel e lançou-a na direção de Jack.

– Como se a gente já não estivesse afogado em merda até o pescoço, agora eu tenho que lidar com isso!

Ele notou a presença de Ilona e pegou de volta o papel.

– Tenente Wiseman! Tem um civil aqui no depósito.

– Sim, senhor.

– Uma mulher.

Jack permaneceu paralisado, tentando desesperadamente pensar em uma desculpa, qualquer desculpa que justificasse aquela flagrante violação das normas que proibiam qualquer fraternização, que não permitiam a presença de nenhum civil dentro do depósito, e de todo o aparato de regulamentos, ordens e mandados militares que ele violava a cada vez que segurava a mão de Ilona. Não que tivesse medo, mas odiava a ideia de exibir tamanha falta de controle perante seu superior. Apesar disso, não conseguiu pensar em nada.

Price olhou fixamente para Ilona, que o encarou de volta, com um brilho no olhar.

– Civis estão proibidos de entrar neste depósito! – gritou Price.

– É isso que o seu tenente aqui está me dizendo – disse ela. – Ele negou o acesso para mim, uma representante da Autoridade Húngara para Restituição de Propriedades dos Refugiados. Eu gostaria de fazer uma reclamação formal.

Price parecia confuso.

– Reclamação?

– É! Eu exijo acesso, em nome da AHPRP.

AHRPR, pensou Jack, embora felizmente Price não tivesse notado o acrônimo trocado. Jack não conseguiu evitar um olhar de admiração para sua garota. Nunca teria imaginado que ela poderia mentir tão bem.

– Isto aqui é um depósito do exército americano, minha senhora! Você não pode exigir nada! – bradou Price.

– Você e o seu subordinado vão receber uma resposta do conselho administrativo da AHPRP – disse ela, saindo de forma determinada em direção à porta, sem olhar para trás.

– Meu Deus, isso é tudo que a gente precisava agora – comentou Price, entregando o papel a Jack.

O título do documento era "Memorando de requisição" e nele lia-se:

> I. O general-comandante ordena que os senhores deem prioridade máxima para que se obtenha sem demora os seguintes objetos domésticos:
>
> a. Louça de porcelana (todos os tipos necessários para banquete formal e outras refeições). Quantidade para 45 pessoas.
>
> b. Utensílios de prata (mesmas qualificações; incluir garfos e colheres para servir). Quantidade para 45 pessoas.
>
> c. Itens de vidro (incluir taças de água, uísque, coquetel, vinho, champanhe e licor). Quantidade para um banquete formal com diferentes tipos de vinho para 90 pessoas.
>
> d. 30 (trinta) conjuntos de roupa de mesa, cada um composto por 1 toalha e 12 guardanapos.

e. 60 (sessenta) lençóis, 60 (sessenta) fronhas e 60 (sessenta) toalhas de banho grandes.

II. O general deseja que todos os itens listados acima sejam da melhor qualidade e acabamento encontrados na região de Salzburg.

– Ele está pensando que isto aqui é o quê? Uma loja de departamentos? – desabafou Price.

Jack não estava acostumado a ver oficiais mais experientes solidarizando-se quanto às demandas arbitrárias de seus superiores e, por um momento, apreciou aquela camaradagem inesperada.

– Que inferno! – exclamou Price. – É melhor a gente garantir que ele receba toda essa porcaria ainda hoje.

– Desculpe, senhor, mas não estou entendendo. Como você quer que eu cumpra essa ordem de requisição?

– O que você quer dizer com esse "como"?

– Ora, onde devo encontrar todas essas coisas?

– Tenente, você é idiota ou o quê? Cumpra a ordem de requisição pegando o que tem no depósito.

– Senhor, com todo o respeito, os únicos itens como esses que estão no depósito pertencem ao trem de Werfen.

– E você acha que eu não sei disso? Você acha que eu não expliquei isso pro filho da puta que me entregou esse memorando? Apenas cumpra a ordem, Wiseman.

Jack olhou de relance para a cadeira da qual acabara de se apropriar e estremeceu. Em seguida, ajeitou-se e disse:

– Os bens que estavam no trem não são do inimigo. Aquelas coisas não pertencem aos oficiais do governo húngaro que entregaram tudo pra gente. Eles roubaram.

– Tenente, independente de como eles conseguiram as coisas, o fato é que o que temos aqui são pertences do inimigo. E se o seu general-comandante quer pegar emprestado uns objetos pra equipar a residência dele, se ele quer transformar a nossa equipe em balconistas de luxo correndo pra cima e pra baixo pra cumprir seus pedidos, não tem merda nenhuma que a gente possa fazer.

– Senhor, isso tudo é propriedade dos judeus. Os húngaros roubaram dos judeus. A gente não pode simplesmente passar adiante. Eles vão querer os bens de volta. – Jack pensou no pai de Ilona, caminhando para a morte agarrado a um maço de documentos irrelevantes. – Eles possuem recibos.

– Quem é que tem recibos? O comandante do trem?

– Não, o Avar, não. Os judeus húngaros, coronel. Quando o governo húngaro fez com que eles entregassem seus pertences, deu recibos pra todo mundo.

– Como é que você sabe disso, tenente? Por que você está tão a par das práticas e políticas do governo húngaro?

Porque andei fraternizando. Porque aquela moça bonita que você acabou de expulsar daqui é uma judia húngara, e as alianças de casamento dos pais dela podem estar perdidas entre as centenas de milhares de coisas de ouro que estão dentro das caixas e caixotes amontoados do chão ao teto deste maldito depósito.

– Pesquisa, senhor.

– Tenente, isto aqui é o exército, e não um fórum de discussão. Você vai reunir esses itens e levar tudo pessoalmente até a casa do general Collins. E vai fazer isso hoje, entendido?

Price deixou o depósito mantendo o mesmo ar de irritação com que tinha entrado. Quando o superior não estava mais lá, Jack foi até sua mesa, pegou a cadeira e tomou o rumo do corredor repleto de móveis. Arremessou a cadeira por cima de uma enorme pilha de caixas e retornou para sua mesa, descobrindo que o soldado Streeter já pusera o banquinho duro de volta ao seu lugar. Sem uma palavra, sentou-se, com a coluna ardendo de dor, e começou a repassar a lista.

Era fácil conseguir a prata: havia inúmeros aparelhos em suas caixas originais. Ele pegou três: dois aparelhos simples, sem gravações nem rococós, e um terceiro, que vinha numa elaborada caixa de madeira com entalhes, decorada com um brasão e uma frase em latim, que dizia GRANDESCUNT AUCTA LABORE (Pelo trabalho, todas as coisas crescem). Jack esboçou um desenho da peça na margem esquerda do caderno, onde resolvera registrar detalhadamente todos os itens que os judeus húngaros assassinados estavam emprestando ao general Harry Collins. Algum dia, os perseverantes herdeiros daquele magnífico brasão talvez viessem procurar seus talheres de peixe, e, que Deus o ajude, Jack ficava com a consciência mais tranquila ao pensar que seu cuidado e sua precisão seriam capazes de ajudá-los a localizar seus bens.

O pedido das porcelanas trouxe mais dificuldade. Encontrar um único aparelho de jantar para 45 pessoas era impossível. Com certeza, apenas indivíduos incrivelmente abastados precisariam servir essa quantidade de gente de uma só vez. Ele tentou improvisar um aparelho único a partir de quatro ou cinco diferentes, mas quem poderia imaginar que existiam tantas variações de desenhos em porcelana no mundo? Um com flores azuis, outro com flores cor-de-rosa, outro com dançarinas e gazebos chineses. No fim, o soldado Streeter tomou para si a tarefa de encontrar dois ou três conjuntos de pratos que "complementariam" uns aos outros, como ele explicou, ainda que não fossem idênticos.

Jack se concentrou, então, nos utensílios de vidro, tomando nota de cada taça de cristal Ajka e de cada garrafa em vidro trabalhado. Em seguida, passou para as roupas de cama e mesa. Achou com facilidade as toalhas de mesa e os lençóis, mas ficou uma hora em silêncio, de cara fechada, vasculhando caixas e mais caixas de tecidos na tentativa de encontrar um conjunto de sessenta generosas toalhas de banho que o general solicitou para enrolar seu traseiro descomunal.

Streeter embrulhou a porcelana que havia escolhido e se juntou a Jack para tirar das caixas os inúmeros tecidos. O soldado abriu um pedaço de pano feito de algodão, firme e brilhoso, e colocou-o sobre o colo, alisando-o.

– O senhor quer saber de uma coisa? Talvez ninguém entregasse as toalhas.

Jack imaginou a família de Ilona embrulhando as roupas de cama para depositar no banco e optando por não incluir as toalhas, sabe-se lá por que motivo. Talvez não pudessem suportar a ideia de entregá-las. Ou talvez o Departamento de Propriedades Judaicas simplesmente tivesse esquecido de acrescentar as toalhas na lista de itens a serem renunciados.

– Ou, quem sabe, as toalhas sejam diferentes na Europa. Pode ser que não tenham nada a ver com as toalhas que a gente conhece. Pode ser que não existam tecidos felpudos por aqui – prosseguiu Streeter.

Jack fez uma pausa para refletir sobre o assunto. As sedes de fazendas pelas quais ele havia passado no interior da França muitas vezes nem banheiro tinham, quanto menos toalhas. Mas, conforme avançaram pela Alemanha, passaram várias noites em casas comuns, de classe média, ao mesmo tempo familiares e estranhas. Os móveis não eram diferentes daqueles que seus pais tinham, mas as casas estavam cheias de determinados itens com os quais ninguém se preocupava nos Estados Unidos. As camas com colchões de penas, por exemplo. Até a esposa do fazendeiro alemão mais pobre dormia em camas assim e debaixo de edredons do mesmo material, fazendo os caros colchões de mola e os cobertores Hudson Bay da mãe de Jack passar vergonha. Que infeliz impulso puritano teria convencido seus bisavós a deixarem esse luxo para trás quando emigraram da Alemanha? Por que ele não crescera rodeado pelo mimo das penas de ganso?

Mas será que havia toalhas nessas casas alemãs? Ele não se lembrava.

– Talvez isto aqui seja uma toalha – disse Streeter, segurando um pedaço de tecido branco com as bordas em espiguilha.

Jack avaliou o tecido. Era macio e firme e não parecia destinado a absorver água. Além disso, era bonito demais para ser usado com o objetivo de secar o traseiro de alguém, mesmo que fosse de um general. Mas isso não queria dizer nada: os lençóis com monogramas e bordados elaborados nas pontas pareciam excessivamente refinados para que se dormisse sobre eles.

Como é que ele fora parar ali, ajoelhado num mar de panos brancos, saqueando o espólio roubado de judeus como Ilona? Era como se o trem tivesse sido carregado com os bens ilimitados da família Jakab, como se os cristais, os pratos e essas toalhas – se fossem mesmo toalhas – tivessem sido roubados da própria Ilona.

– Que se dane! – exclamou Jack, massageando as têmporas, onde uma dor de cabeça tinha começado a incomodá-lo debaixo do crânio. – A gente fala que são toalhas europeias. O general é de Chicago. Do que é que ele entende, afinal de contas?

O tenente-coronel Price ordenara que Jack fizesse a entrega pessoalmente, e foi o que ele fez, apesar da dor de cabeça. Engoliu um punhado de aspirinas, ignorando o gosto amargo, e guardou o frasco no porta-luvas do caminhão.

Harry Hollywood, como o general era conhecido entre aqueles que demonstravam menos lealdade e admiração do que os homens da 42ª Divisão, tomara como sua residência a antiga casa de um aristocrata austríaco, um dos primeiros seguidores do Partido Nazista. Por intermédio do arcebispo da Baviera, um simpatizante dos nazistas que cavara seu caminho para cair nas graças do governo militar de Patton, em Munique, o barão escapara dos tribunais, embora tenha perdido sua casa para as forças de ocupação americanas. Antes de entregar a propriedade, o barão teve o cuidado de fazer uma limpa no lugar. Levou consigo para o exílio na Baviera, na casa de campo de seu protetor, todas as peças do mobiliário, todos os pratos e colheres, todos os quadros, todos os espelhos. Obrigou seus serviçais a rasgarem as cortinas e arrancarem os tapetes do chão. Arrancou também os painéis de madeira que ficavam nas paredes dos inúmeros cômodos de hóspedes e retirou até mesmo várias tábuas do assoalho que cobriam os quartos da criadagem. Essa última atitude foi considerada misteriosa logo que os americanos chegaram ao palácio. Alguns presumiam que o barão tinha levado as tábuas do assoalho para queimar como lenha em suas novas acomodações, embora, como ele também ordenara que os caixotes de madeira fossem limpos, era possível imaginar que já contasse com um bom estoque.

Os empregados do general Collins vinham derrubando os bosques austríacos para equipar o depenado latifúndio do chefe, e a chegada do trem húngaro soou para muitos deles – inclusive para o próprio Collins – como providencial. A cozinheira e os outros serviçais domésticos, abandonados pelo barão para encarar o destino de que seus móveis e bibelôs foram poupados, começaram os trabalhos de imediato, desembalando as caixas à medida que Jack e seus homens traziam-nas para dentro e espalhando os itens roubados numa mesa de jantar Biedermeier de proporções enormes, grande demais para que o barão pudesse levá-la sozinho.

Um dos aparelhos de prata era austríaco, do final do século XVIII, e, quando a cozinheira abriu sua caixa ornamentada, deixou escapar um assobio.

– Encantador! – exclamou ela. Em seguida, segurou um talher de peixe e virou-o de um lado para o outro entre as mãos, franzindo as sobrancelhas como se fizesse uma crítica ou estivesse apenas intrigada.

– O que houve? Algum problema? – perguntou Jack.

– É lindo – respondeu a cozinheira. – Mas está vendo aqui embaixo da coroa? Está gravado um H, e não um C, para o *Herr* general Collins. Os convidados do *Herr* general vão ficar confusos.

Jack pensou em explicar a ela a procedência verdadeira de toda aquela prataria, insinuando também o provável destino dos Hyman, Hirschorn ou Herzfeld, mas sabia qual seria a resposta. Perplexidade. Talvez compaixão. E quase com certeza uma postura defensiva. Ela não teria visto nada, escutado nada, tomado conhecimento de nada sobre o destino dos judeus. Nenhum austríaco confessava saber qualquer coisa. Se pressionados, podiam até admitir ter notícias de que os judeus haviam sido deportados, reassentados no leste. Pessoalmente, desaprovavam essa iniciativa, garantiriam aos interrogadores americanos. Pessoalmente, relacionavam-se bem com um bom número de judeus, mas o que um mero cidadão poderia fazer? Apenas expressar oposição ao regime nazista já significava denúncia, prisão e morte. A esse respeito, os austríacos somente ecoavam o que diziam seus primos alemães, mas, de certa forma, Jack ficava mais incomodado. Os austríacos eram sempre muito ávidos em lembrar aos americanos que tinham sido eles as primeiras vítimas de Hitler, mas relutavam em recordar a forma como receberam os invasores com rosas e confetes.

– Você pode simplesmente dizer que o H é de "*Herr* general" – sugeriu Jack.

– Arrá! – Uma voz estridente ressoou pelo teto alto e abaulado da sala. – Muito esperto, soldado.

O general Harry Collins tinha um maxilar avantajado. O queixo possuía uma covinha profunda e, embora tivesse os lábios finos, seu sorriso era agradável e convidativo. Nunca se preocupou em disfarçar a expressão carrancuda e o fogo que ardia por dentro, emprestados de Patton, e que era praticamente universal entre os militares de alta patente do Teatro de Operações Europeu.

Jack permaneceu em posição de sentido, sem demonstrar nenhum sinal externo do quão furioso ficava ao observar o *Herr* general dar uma volta lenta e contemplativa em torno da mesa, inventariando os objetos saqueados.

– Muito bom – disse Collins. Ele pegou uma taça de cristal para vinho e segurou-a contra a luz que entrava pelas janelas francesas. Depois, pousou a taça sobre a mesa, lambeu a ponta do indicador da mão direita e girou-o devagar pela borda, até que vibrasse. Percorreu os olhos ao longo da mesa, para cima e para baixo, e franziu o rosto. – Nenhuma taça de champanhe?

– Sim, senhor – respondeu Jack. – Noventa taças, conforme o pedido.

– E onde é que elas estão?

– Estão aqui! – disse a cozinheira, triunfante, tirando uma das taças de dentro de uma caixa, em meio a um amontoado de palha. Usou a ponta do avental para polir o vidro, mas seus braços gorduchos e suas mãos enormes eram mais apropriados para desossar um pedaço de carne ou bater claras em neve, e sob a pressão de seus dedos o cristal se estilhaçou. – *Gottverdammt*! – resmungou ela.

– Sem problemas, senhor. Vou mandar alguém vir imediatamente para fazer a substituição – disse Jack.

Ele teve a impressão de que sua voz azedou assim que emitiu a frase, ficou com a impressão de que o general não tivesse ouvido nem sentido seu tom de desaprovação por conta da expropriação do trem e de seu conteúdo. Collins se virou, seus olhos se estreitaram conforme examinava Jack com a mesma avidez afável que usara para inspecionar os utensílios de prata, as roupas de cama e mesa e as porcelanas. Apontou, então, para a insígnia da Divisão Arco-Íris no uniforme de Jack.

– Você é um dos meus. Qual é o seu nome?

– Wiseman, senhor. Tenente Jack Wiseman, 222º Batalhão, senhor.

– Wiseman. Wiseman. De que companhia?

– Companhia H, senhor.

– Companhia H. Ah, sim, Wiseman, tenente. Ouvi falar de você. O Mickey Fellenz uma vez me contou que podia deixar a Companhia H de olhos vendados e caída no meio do Saara, que em uma semana você levava todo mundo de volta para Camp Gruber sem um grão de areia nas cuecas.

– Obrigado, senhor – disse Jack, sentindo o rubor em suas bochechas. Subitamente experimentou a indignação ir embora. Bastava isso para fazê-lo esquecer do pai de Ilona e dos recibos de tudo que lhe fora roubado queimando até se converterem em cinzas nos fornos de Auschwitz? Um elogio de seu comandante? Uma palavra de louvor, o fato de o general saber quem ele era e até se lembrar de seu nome? Isso era o suficiente para fazê-lo esquecer a responsabilidade que assumira sobre o conteúdo do trem, a responsabilidade que sentia em relação aos proprietários desaparecidos? Aparentemente, sim.

– Wiseman – repetiu o general. – Filho, você por acaso professa a fé judaica?

Jack gelou.

– Sim, senhor, eu de fato sou judeu.

– Perfeito, maravilha!

– Senhor?

– Vamos até o meu escritório. Quero que você conheça uma pessoa.

Jack seguiu o general até um cômodo espaçoso e revestido de prateleiras vazias que haviam sido poupadas das investidas do zeloso pé de cabra do barão. Como era de se esperar, o escritório tinha sido despojado de todos os móveis, exceto por um par de poltronas de couro idênticas, de uma das quais se levantou o rabino Eli Bohnen, um dos sacerdotes da Divisão Arco-Íris.

– Rabino, acho que este jovem rapaz é um dos seus – disse o general Collins.

Jack conhecia Bohnen, embora nunca tivesse buscado seus conselhos ou serviços religiosos. O tenente era um incrédulo tão convicto que a princípio nem se preocupou em se fazer listado como "hebreu" nos arquivos do exército, mudando de ideia apenas porque a ausência de designação o sujeitava a ser importunado constantemente pelos sacerdotes de várias denominações cristãs evangélicas, desesperados para salvar sua alma antes que perdesse a vida nos campos de batalha. Bohnen tomara para si a função de conhecer todos os judeus da unidade, independentemente do grau de hostilidade ou descrença, então ele e Jack já haviam conversado algumas vezes. O rabino era um homem atencioso, simpático sem ser invasivo, e seu sotaque guardava traços de Toronto. Jack gostava dele, ainda que não tivesse interesse algum em praticar sua religião de berço.

– Ele é um dos meus, mesmo – confirmou Bohnen. Dotado de orelhas compridas e queixo protuberante, sua boca diminuta irrompia num sorriso fácil e rápido. – Tenente Wiseman, como tem passado?

– Não posso me queixar, major.

– O rabino está me atualizando sobre a situação nos campos de refugiados. É uma coisa terrível, Wiseman. Cruel.

– É mesmo, senhor.

– E todos os dias chegam mais pobres coitados.

– Verdade, senhor.

– Você esteve com a gente em Dachau, não esteve, Jack? – indagou Bohnen.

– Estive sim, senhor.

– Todas aquelas sombras miseráveis de seres humanos, esqueléticos, doentes, abatidos. Eu ainda tenho pesadelos com isso.

– Entendo, senhor – disse Jack. Ele não permitia que sua mente vagasse de novo pelas coisas que vira quando sua unidade estivera entre as primeiras a liberarem o campo.

– Nossos irmãos, Jack. Nossos pobres irmãos destroçados. Vou te dizer uma coisa: quando eu vi aquele lugar, tive vontade de pedir desculpas ao meu cachorro por fazer parte da raça humana.

Jack sentiu a garganta se fechar diante daquelas palavras e só conseguiu acenar com a cabeça, concordando.

– Não sobrou nada para os sobreviventes dos campos. Suas famílias estão mortas. Eles perderam tudo. Eles não pertencem mais à Polônia nem à Romênia. E o único lugar ao qual realmente pertencem não pode recebê-los – prosseguiu Bohnen.

– Que lugar é esse? – perguntou Jack, confuso.

– A Palestina, tenente, é claro. Eretz Yisrael – respondeu o rabino, parecendo ligeiramente ofendido.

– Ah, sim, lógico.

– Os ingleses não permitem que eles migrem para a Palestina. Não legalmente, pelo menos. Então, eles vêm pra cá, em busca da nossa proteção.

– É uma tragédia, a verdade é essa. Uma das maiores tragédias de todos os tempos – opinou o general Collins.

– Um homem bom e justo só tem uma coisa a fazer diante de tanta tragédia – declarou o rabino Bohnen.

Mais uma vez, embora pudesse perceber que Bohnen esperava que ele estivesse acompanhando o raciocínio, Jack não fazia ideia do que o rabino tinha em mente. Em face dos horrores de Dachau e da infâmia e sordidez dos campos de refugiados, não lhe parecia que um homem bom e justo seria capaz de entender as coisas com clareza. Mas ele não disse nada.

Em vez disso, apenas tentou educadamente aparentar paciência, esperando que Bohnen viesse em seu socorro.

– Estender a mão, seja lá como for – disse Bohnen.

Jack concordou que isso, na verdade, cabia a todos os homens bons e justos. Ficou se perguntando se contava como estender a mão os atos de expulsar uma velha sanguessuga ucraniana de seu apartamento no hotel Europa e contrabandear carne e suco de limão em pó para Ilona e os Zweig.

– Wiseman, você não deveria estar em Viena, com o resto do pessoal do 222º Batalhão? – perguntou o general.

– Eu fui realocado, senhor. Para o PCB do RD e R.

– Você deve voltar logo para casa, tenente?

– Não, senhor.

– Ainda não tem uma quantidade suficiente de pontos?

– Ainda não, senhor.

– Já pensou em se inscrever para mais seis meses?

– Estou pensando nisso, senhor.

Para sua própria surpresa, Jack havia refletido um pouco sobre o assunto. Durante mais de um ano, todos os momentos em que não estava preocupado com a própria sobrevivência ou a de seus homens foram gastos pensando em sua volta para Nova York. Mas, agora, de repente, logo na pior fase, estava começando a ter receio da ideia de partir. Tinha deixado de jogar fora as mensagens incentivando-o a prolongar seu período de serviço, mas ainda precisava tomar uma decisão final sobre se inscrever ou não para mais uma extensão. Ele acabou entendendo que essa decisão não estava de forma alguma em suas mãos, e sim nas mãos de Ilona Jakab, da mesma forma que seu coração.

– Pode ter certeza de que estou pensando, senhor.

– Que notícia animadora, meu filho – disse o general. – A gente precisa de todos os oficiais das antigas. Homens que sabem o que estamos fazendo aqui, que sabem pelo que lutamos no passado. Inúmeros desses jovens substitutos têm dificuldade para lembrar quem era o inimigo. Você também acha isso? Entre os seus homens? Você não acha que eles são tão verdes que nem conseguem distinguir os inimigos?

Jack ficou tão radiante por o general ter dito isso, expressando sua pior frustração, que não conseguiu conter um aceno vigoroso de cabeça, mostrando que concordava.

– Tento garantir que eles saibam quem é o inimigo, senhor.

– Que bom! Você é um excelente oficial, tenente Wiseman. Fico orgulhoso de ter você na Arco-Íris.

– Eu também sinto orgulho de servir na Arco-Íris, senhor.

Jack sabia que as distinções entre as divisões não tinham sentido, que ele teria desenvolvido a mesma camaradagem se estivesse na 101ª Aeroterrestre ou na 119ª Infantaria. Desde o princípio, compreendia que era a seus homens – e a seus pares oficiais – que ele ao mesmo tempo devia e sentia lealdade, e não aos militares de alta patente ou a qualquer divisão, resultantes de uma classificação acidental. Apesar disso, crescia em seu peito uma bolha de orgulho e prazer. Por mais idiota que fosse, naquele momento ele sentia orgulho de usar a Arco-Íris na manga, orgulho de servir sob o comando do major-general Harry Collins, orgulho por ser reconhecido e valorizado.

– A guerra pode ter terminado – disse o general –, mas temo que a gente fique nessa situação por muito tempo. Vamos ter que contar com homens como você para enfrentarmos isso.

– Obrigado, senhor.

Dispensado pelo general, Jack se apressou para ir embora. Foi quando o rabino Bohnen o deteve:

– Tenente Wiseman, me deixe levá-lo até a porta.

Quando eles passaram pela graciosa entrada da casa, Jack olhou para a sala de jantar, onde a cozinheira e suas assistentes continuavam dando gritinhos em torno da generosa quantidade de itens que ele trouxera. O entusiasmo delas o deteve por um momento, e Jack hesitou, lembrando-se, mais uma vez, da vergonhosa missão que viera cumprir.

Ao chegarem ao caminhão, o rabino pôs a mão no braço dele, detendo-o por um instante.

– Jack, aquilo que eu disse lá dentro, sobre estender a mão... Estou pensando... Se precisassem da sua mão, você a estenderia?

– Senhor?

– Se eu te chamasse qualquer dia para ajudar nossos depauperados irmãos judeus, será que poderia contar com você?

Embora não soubesse para o que estava sendo chamado, nem se a pergunta era real ou apenas retórica, Jack respondeu:

– Sim, senhor. Com certeza, senhor.

– Eu sabia! – retrucou o rabino. – Eu sabia que você era um homem bom e justo.

Jack refletiu sobre tudo o que fizera em combate, sobre as dezenas, talvez centenas, de homens que havia matado, sobre as ordens, regras e regulamentos que seguia, independentemente de sua opinião, que seguia porque aquele era seu trabalho, seu dever. E ainda assim, apesar de tudo, embora nunca tivesse usado os adjetivos "bom" e "justo" para descrever a si mesmo, percebeu naquele momento que "bom" e "justo" era o que sempre quisera ser.

# 6

Transcorridos alguns meses, o tempo virou, e Jack continuou passando suas noites e raros dias de folga com Ilona. Durante o dia, atuava como empregado de luxo do Serviço de Intendência, processando ordens de requisição de generais norte-americanos por toda a região de Salzburg. Todos, ao que parece, careciam de tapetes e porcelanas, roupas de mesa e utensílios domésticos. Ele cumpria as ordens e mantinha os registros; de tempos em tempos, expressava suas objeções ao superior e esperava que alguém fizesse alguma coisa a respeito. E, então, felizmente, chegou o dia em que aquilo parecia estar perto do fim. Jack estava sentado em sua mesa improvisada, escrevendo uma carta de recomendação para o soldado Streeter – que se candidatava a uma vaga na faculdade de farmácia, em Albany, antecipando-se a sua liberação –, quando a porta do depósito se abriu, num rangido, e o tenente-coronel Price avançou a passos largos, com um aglomerado de civis em seu encalço. Ao todo eram cinco homens: um pequeno grupo de senhores mais velhos trajando chapéus e ternos escovados e remendados, além de um rapaz mais jovem e mais alto que os outros, vestido com elegância e de olhar atento. Por último, vinha o rabino Bohnen.

– Tenente – começou Price –, eu vou precisar de você para...

– Será que posso interromper um minutinho? – interveio o rabino. – Eu queria apresentar o tenente Wiseman aos nossos convidados.

Price não estava acostumado a ser interrompido por um oficial de patente inferior, porém, em respeito ao papel do sacerdote, ele pressionou um lábio contra o outro e acenou com a cabeça.

– Tenente Wiseman, esta aqui é a delegação da Hungria. Eles são representantes da comunidade judaica de Budapeste e vieram examinar o conteúdo do trem.

*Finalmente!*, pensou Jack.

– *Jó napot* – disse ele.

Os húngaros gritaram e começaram a falar com ele agitadamente, mas Jack teve de levantar a mão.

– Isso é tudo o que eu sei – explicou.

– Está melhor do que eu – disse o rabino. – Jack, também quero apresentar a você o Gideon Rafael, membro do departamento político da Agência Judaica, de Eretz Yisrael.

Jack nunca conhecera um judeu da Palestina. Ele não se parecia em nada com os produtores de laranja queimados de sol nem com os andarilhos socialistas em shorts de escalada que povoavam a Palestina retratada nas páginas dos jornais ídiche de seus avós. De ombros largos e vestindo uma camisa branquíssima e um impecável terno de flanela cinza, Rafael parecia o típico diplomata europeu.

Price então interveio e instruiu Jack a conduzir os húngaros pelo depósito. Antes de partirem para o reconhecimento, no entanto, Price chamou Jack num canto.

– Você conseguiu o que queria, Wiseman. Mas, bom... tenha prudência. A melhor parte da bravura é a prudência, você sabe.

– Sim, senhor – disse Jack, compreendendo que não deveria mencionar aos visitantes os itens que estavam decorando as residências dos militares de alta patente. Ele não se importava. Agora que esses homens tinham chegado, não demoraria muito até que tudo precisasse ser devolvido e mandado de volta para a Hungria, seu lugar de direito.

Jack os conduziu pelo primeiro corredor. Apontou para as caixas e os caixotes, e os húngaros seguiram adiante, lendo as etiquetas e marcações a giz, murmurando uns com os outros. Em determinado ponto, um deles suspirou e, com um dedo trêmulo, decifrou um nome rabiscado numa maleta de couro. O homem era ligeiramente mais novo que os demais, e sua cabeça careca estava coberta por uma quipá de veludo preto. Rafael se curvou sobre o homem, e os dois trocaram algumas palavras. Jack tentou lhes conceder um pouco de privacidade, mas estavam tão perto que ele pôde ouvir o que diziam.

– Não minha família – explicou o homem a Rafael. – O primo do meu genro. De Debrecen.

O rabino Bohnen, parado próximo a Jack, levou um lenço aos olhos e bateu de leve no rosto.

– Senhor, devo abrir a caixa? – perguntou Jack, suavemente.

Bohnen refletiu por alguns instantes e, em seguida, fez a pergunta a Rafael, que por sua vez perguntou ao húngaro.

– Não, esta não – respondeu o homem.

– Mas talvez uma outra caixa? – indagou o líder do grupo, um sujeito baixo, de barba branca bem aparada e *pince-nez* de ouro empoleirado sobre o nariz.

Jack deu mais uns passos pelo corredor. Parou diante de uma seção onde havia posto algumas caixas com objetos litúrgicos de prata, pegou uma delas e abriu-a com sua faca. Tirou de dentro um cálice de prata. O copo estava coberto de poeira, então ele passou um lenço para limpá-lo antes de entregá-lo ao líder dos húngaros. O homem segurou-o com reverência, e seus olhos úmidos encheram-se de lágrimas. Ele resmungou alguma coisa, e seu colega calvo se virou para Rafael.

– O rabino Mendlowitz está perguntando onde se encontram os rolos da Torá.

Antes que Rafael começasse a traduzir, Jack respondeu em alemão:

– Sinto muito, senhor. Nós achamos dezenas de peitorais e outros objetos que adornam o grande livro, mas nenhum rolo da Torá.

Ao saber da notícia, o velho senhor húngaro balançou a cabeça, e as lágrimas começaram a transbordar de seus olhos. O rabino Bohnen pegou a mão dele e afagou-a. Por uns instantes, todos permaneceram em silêncio, respeitando a dor do velho. Na sequência, Rafael se virou para Jack.

– Onde vocês guardaram os itens de maior valor? Joias, relógios, esse tipo de coisa.

Jack levou-os para um canto mais afastado, debaixo das janelas lacradas com tábuas, onde havia colocado as caixas com as joias e os relógios de ouro. Abriu duas caixas. Um dos húngaros se ajoelhou, examinou rapidamente os relógios e depois se voltou para as joias. Levou aos olhos uma lupa de joalheiro e começou a pegar uma peça de cada vez, segurando-as perto da lupa e girando-as entre os dedos. Após um tempo, murmurou umas palavras para o líder da delegação. Seguiu-se uma intensa conversação em húngaro. Os membros da delegação pareciam perturbados. O sujeito pequeno, de cabelos brancos, virou-se para Jack.

– Esses itens não são tão valiosos quanto a gente esperava. Os relógios são de ouro, tudo bem, assim como algumas correntes, mas onde é que estão as pedras preciosas? – indagou em alemão.

– Elas estão guardadas em outro lugar? – perguntou Rafael a Jack.

Jack deixou os homens por uns instantes e depois voltou com a caixa contendo as barras de ouro, a pasta de dinheiro e a bolsinha de veludo com as pedras que Avar entregara quando os americanos assumiram o controle do trem.

– Isto aqui é tudo o que temos – explicou.

– Tudo? – perguntou Rafael, avaliando com a mão o peso da bolsinha.

– Sim.

– Existem mais caixas com joias?

– Existem, sim – respondeu Jack. – Mas a maioria das coisas que a gente guardou parece ter sido desmontada, e as pedras, arrancadas. Considerando a quantidade de correntes e de conjuntos que foram encontrados, era para ter mais pedras. Na verdade, achamos pouquíssima coisa em termos de joias valiosas, ouro e dinheiro vivo. O encarregado húngaro nos contou que as caixas com esses itens foram removidas do trem por seu superior, coronel Árpád Toldi, nos últimos dias da guerra.

Price interrompeu o diálogo.

– As pedras preciosas e o ouro que Toldi roubou foram encontrados na Zona Francesa. Os franceses estão com esses itens.

– Certo – disse o líder da delegação húngara. – Nosso governo está negociando com eles para que devolvam esses bens.

Jack imaginou se os húngaros tinham ouvido falar do que David Ball, seu colega de alojamento e oficial da Agência de Serviços Estratégicos, lhe dissera: que os franceses só haviam descoberto aqueles bens porque os camponeses escolhidos por Toldi para guardar as caixas saqueadas resolveram, em vez disso, aparecer nas feiras de seus vilarejos com punhados de diamantes para trocar por pão, empetecando suas esposas com diademas e tiaras de pedras incrustadas para tirar leite das vacas e colher nabo nos campos.

– Vamos garantir que vocês recebam uma cópia do inventário feito pelo tenente Wiseman. Mas fiquem sossegados: tudo o que recebemos quando tomamos o trem se encontra aqui neste depósito – asseverou Price.

*Tudo menos o que está nas casas dos superiores*, pensou Jack, mas não disse nada. Além disso, não havia um inventário completo do conteúdo do trem. Sim, ele tinha feito uma relação do que fora solicitado pelos superiores, mas e o resto? Era tanta coisa. Só de pratos, vasos e vasilhas de prata havia pelo menos quinhentas caixas cheias. Ele queria ter feito um inventário que relacionasse item por item de todas as caixas. Mas para isso seria necessário muito mais mão de obra do que lhe fora alocado. Fizera tudo o que pôde para organizar minimamente aqueles bens.

No total, os visitantes passaram quatro horas no depósito, e, quando terminaram, Jack estava exausto. Contudo, estava também consciente do enorme peso que lhe tiravam das costas. Por fim, ficaria livre daquela responsabilidade quase intolerável.

Ele os acompanhou até o lado de fora, onde dois carros pretos e compridos aguardavam. Segurou as portas abertas enquanto os senhores se empilhavam lá dentro, um por um. O líder da delegação foi o último a entrar, mas, antes disso, fez um gesto para que Jack se inclinasse em sua direção. Pousou as mãos nodosas na cabeça de Jack e fez uma reza. Jack não reconheceu a melodia, mas as palavras eram as mesmas que o pai de sua mãe usava para abençoar a ele e ao irmão mais novo no jantar de Shabat.

– Que Deus o faça como Efraim e Menashé. – O rabino cantou em hebraico, abençoando Jack da mesma forma que José abençoara seus netos, filhos de Jacó, dois meninos que cresceram como o tenente, na diáspora, sujeitos às tentações e aos perigos do exílio.

Jack agradeceu ao rabino em ídiche, porque usar o alemão naquele momento parecia um sacrilégio, e, antes de entrar no carro, o rabino tocou os lábios na testa dele.

Depois que Jack fechou a porta, o rabino Bohnen, que assistira a tudo, disse:

– Receber uma bênção de um rabino desses é algo grandioso. Estou orgulhoso de você, Jack.

O orgulho se referia a quê?, refletiu Jack. Ao fato de ter mantido o depósito bem organizado de modo que seus superiores conseguissem saquear as coisas com mais facilidade?

– Você foi um belo guardião – continuou Bohnen, como se lesse seus pensamentos. – Os bens deles ficaram a salvo com você.

Até mesmo Jack, tão adepto da autocrítica, tinha que admitir que isso era verdade. Ele fizera um bom trabalho no sentido de restringir os roubos, tanto quanto se podia esperar levando em conta o número limitado de gente que lhe fora designado. Mantivera um registro cuidadoso de todas as requisições. Bohnen estava certo. Ele tinha sido um belo guardião. E agora os bens dos húngaros voltariam para seu lugar de direito, para serem distribuídos entre os judeus remanescentes de Budapeste, aqueles que sobreviveram. Jack se permitiu experimentar um jorro de satisfação, uma ponta de esperança.

Em pouco tempo, a sensação desapareceu.

– Eu não queria entregar isso a você enquanto eles ainda estivessem aqui – disse Price.

– Senhor?

Price entregou a ele uma pasta com várias ordens de requisição. Para o general do Serviço Médico, Edgar E. Hume: dezoito tapetes, louças e talheres, utensílios de prata, roupas de mesa e utensílios de vidro. Para o apartamento de Viena do general Howard: nove tapetes, um aparelho de jantar de prata e doze travessas de prata. Para o general de brigada Linden: dez tapetes. Para o major-general McMahon: duzentas peças de vidro e de porcelana para servir à mesa.

Jack ficou boquiaberto, mas Price logo ergueu a mão.

– Não quero ouvir nada, tenente. Apenas cumpra as ordens.

E, com isso, o sentimento de satisfação e esperança de Jack se evadiu. Ele era impotente diante dos militares, como um urso polar em cima de um bloco de gelo prestes a derreter, a água do mar cada vez mais perto.

# 7

As mulheres que dividiam o quarto com Ilona já conheciam Jack e sorriram quando ele tentou cumprimentá-las em suas línguas maternas. Seu "*Jó napot*" até que soou bastante bem, mas, diante de seu educado e simpático "*Achuj*", as polonesas se curvaram sobre a cintura, enxugando as lágrimas que jorravam pelos olhos de tanto rirem. Só muitos anos depois ele descobriria por que seu sotaque tinha provocado tantas gargalhadas. Foi quando o experimentou com uma garçonete em um bar em Little Poland, Greenpoint, e a moça também se curvou toda, segurando a barriga e arquejando, até limpar os olhos e explicar que, na verdade, ele não havia lhe desejado um bom-dia, e sim que a chamara de idiota.

Ele ficou com a impressão de que as colegas de quarto de Ilona eram um bando de moças de humor um tanto vulgar e estava aliviado, como sempre, por não entender o suficiente de húngaro para saber o que elas estavam dizendo.

Naquela tarde, semanas e semanas após a visita da delegação que, na cabeça ingênua de Jack, sinalizaria o fim de seu trabalho e a devolução do conteúdo do trem de Werfen, ele deixou o depósito sob a responsabilidade do recém-promovido cabo Streeter, uma vez que era incapaz de suportar mais um segundo ali. Precisava ver Ilona. Encontrou-a sentada na cama, cerzindo uma meia. A meia era azul, mas a linha era preta. Jack gostaria de ter comprado um monte de carretéis, num arco-íris de cores, para presenteá-la. A saia dela estava dobrada acima do joelho. Não usava meia-calça, e, no frio que tomava conta do quarto, a penugem meio ruiva, meio dourada de suas pernas se eriçou. Uma parte considerável das ruminações noturnas de Jack dedicava-se à questão ainda sem resposta sobre a cor dos pelos púbicos da moça: seria uma espécie de loiro que flerta com o vermelho ou algo mais próximo do ruivo de seus cabelos? Ela o flagrou olhando fixamente para o âmago daquele mistério. Ele começou a desviar os olhos; depois, conteve o impulso e devolveu o olhar fixo dela.

Por uns instantes, encararam-se de forma penetrante, e então ela fez algo surpreendente. De forma sutil, quase imperceptível, abriu as pernas. Não passou de uns quatro ou cinco centímetros; foi tão pouco que alguém que não estivesse obcecado por aquilo poderia nem ter percebido. Jack viu de relance um pedaço de sua coxa rosada e da calcinha branca, e isso foi tudo. Ela pôs de lado o que estava cerzindo e se levantou.

– Mais presente! – exclamou, ao receber dele a oferta do dia. – Em breve, serei a garota mais mimada de toda a região de Salzburg. – Em seguida, como se estivesse arrependida da piada, acariciou o rosto dele. – Obrigada – disse, com doçura. Nem sempre era uma pessoa doce; em seus lábios era mais frequente a presença de um sorriso sarcástico do que meigo, portanto, quando ela se permitia agir desse modo, derretia-lhe o coração.

– Olha, Jack, eu preciso te dizer uma coisa – começou, mas logo as outras garotas se aproximaram para ver o que ele tinha trazido. – Bom, depois eu falo. – Ela abriu duas barras de chocolate e ofereceu a todas. Quando ela achou as meias-calças de nylon da marca Gotham Gold Stripe, uma das mulheres disse algo em polonês, e as outras desataram a rir. Uma jovem húngara tocou o nylon com os dedos e sussurrou umas palavras para Ilona, que apalpou um par entre as mãos.

– Ela disse que precisa de um par desses pra usar assim que desembarcar em Budapeste, pra ficar bonita para o marido – contou Ilona. Embora a mulher não falasse nada em inglês, ela baixou a voz. – O marido dela é católico. Eles se divorciaram em 1944, quando as leis antissemitas foram aprovadas, e ela está preocupada de ele não aceitá-la de volta. Ouviu dizer que ele e o filho sobreviveram à guerra em Budapeste, mas não responderam nenhuma carta que ela mandou.

*Filho da puta*, pensou Jack, xingando o homem em silêncio.

As polonesas conseguiram arranjar, sabe-se lá onde, um frasco de esmalte de unha, e continuaram a pintar as unhas umas das outras. A jovem húngara retomou a tarefa de fazer as malas. Jack percebeu que algumas das outras húngaras também estavam juntando a bagagem.

– Elas estão indo embora? – perguntou ele. Sentiu, de repente, um lampejo de ansiedade. Todos os húngaros estavam partindo? Inclusive ela?

– Daqui a três dias vai sair um trem de Viena para Budapeste. Todos devem ir para Viena amanhã de manhã para pegar as autorizações de viagem e ir pra casa.

Jack ficou decepcionado.

– Ah... Quer dizer, bem... Isso é um adeus?

Ela franziu as sobrancelhas por um instante e depois começou a rir.

– Não, seu bobinho. Eu não vou embora de Salzburg. Como é que eu poderia sair daqui sem a Etelka?

*Quanto tempo ela esperaria?*, pensava ele. Embora desejasse, pelo bem da mulher amada, que aquela ilusão se provasse verdadeira, Jack tinha certeza de que, se Etelka tivesse sobrevivido, seu nome já teria aparecido em alguma lista, em algum lugar. Tinha ido inúmeras vezes com Ilona ao escritório da Cruz Vermelha e da Administração das Nações Unidas para o Socorro e a Reconstrução, procurando o nome de Etelka nas diversas listas. Ilona se deparara com nomes de outros conhecidos, a maioria em listas de pessoas mortas, mas uma ou duas vezes em listas de sobreviventes. Contudo, ainda precisava encontrar o nome da irmã. Aonde quer que fossem na cidade, Ilona passava os olhos pela multidão, perscrutando os vários rostos. Inclusive escolhia suas atividades com base na possibilidade de encontrar Etelka. Como se a irmã pudesse vir a Salzburg e resolver subir o Untersberg antes de procurá-la ou dar o nome na Cruz Vermelha. *Sua irmã está morta*, Jack queria dizer, mas tinha medo. Morrera em uma das marchas forçadas com que os nazistas haviam torturado os últimos prisioneiros sobreviventes. Esse tinha sido o destino de quase todos, afinal.

Jack estava numa situação complicada: por um lado, acreditava que o melhor para Ilona era descobrir a verdade, aceitá-la e começar a insuportável tarefa de seguir adiante; por outro, sabia que aquela busca infrutífera era o que a mantinha ali, junto dele. Do contrário, ela iria embora, sairia daquele cemitério para voltar à Hungria. Para complicar ainda mais as coisas, ele também temia que a busca por Etelka e a incapacidade de seguir em frente era o que a impedia de se entregar completamente a ele. As esperanças que Ilona tinha de encontrar a irmã viva permitiam que os dois fizessem companhia um ao outro, mas ao mesmo tempo impediam que ela se apaixonasse por ele da mesma forma como ele se apaixonara.

Os dois saíram do quarto e desceram as escadas. O braço de Jack envolvia os ombros de Ilona, segurando-a bem perto. Estavam juntos havia quase seis meses, e ele já provara que o compromisso era sério quando estendeu o serviço militar por mais meio ano, de modo a ficar com ela em Salzburg, mas Ilona só lhe permitia tocar na ossatura de seu ombro, roçar os lábios contra os dela e sentir o gosto de sua boca. Isso era tudo. As horas que eles passavam juntos no cinema ou no Marionetten Theater, nos bares, em mantas espalhadas nas margens geladas do Leopoldskron antes de a neve começar a cair ou, agora que o solo estava molhado demais, ao abrigo de portais escuros, tinham se tornado palco de uma luta individual, contínua, gentil e exasperante.

A chuva caía em seu moto-contínuo, a Schnürlregen pela qual a cidade de Salzburg era tão famosa, e eles decidiram pegar o bonde em vez de seguir a pé. Em setembro, os militares haviam suspendido a proibição de fraternizar e, portanto, já fazia alguns meses que eles podiam caminhar livremente pela cidade, ir a cinemas e frequentar os bares, além de entrar no bonde sem a preocupação de serem descobertos por um mal-humorado policial do exército. O bonde tinha metade dos assentos desocupados, então eles puderam sentar juntos.

– O que é que você queria me dizer mesmo? – perguntou Jack, fazendo esforço para não temer a resposta.

– Eu recebi hoje uma carta da minha tia Firenze – disse Ilona, mostrando-lhe o magro envelope azul. – Ela está em Budapeste, tentando arranjar um transporte de volta para a Inglaterra. Disse que não restou nada pra gente em Nagyvárad e me convidou pra ficar com ela na sua antiga casa, em Manchester.

Jack sentiu o peito se contrair, angustiado pelo sentimento de perda, como se já experimentasse a falta dela, por mais que a sentisse a seu lado, a coxa dela contra a sua.

– E você quer ir pra Manchester?

– Não sei. Antes da guerra, nunca imaginei que moraria em qualquer lugar que não fosse a Hungria. No cemitério de Nagyvárad estão as sepulturas dos meus tataravós e talvez de ascendentes mais remotos ainda. Meu avô dizia que a gente podia traçar as raízes da nossa família até mil anos atrás, chegando aos cázares. Só que agora Nagyvárad já era.

– Então o que você vai dizer a ela? A sua tia Firenze?

– Não sei – respondeu Ilona, deslizando a mão sobre a dele. – Talvez, no fim das contas, você e eu não sejamos tão diferentes assim. Talvez eu seja igual a você: um soldado que não pode largar o posto. Preciso esperar pela Etelka da mesma forma que você precisa ficar aqui tomando conta do trem até que ele seja devolvido para os seus legítimos donos.

Jack sentiu uma pontada de vergonha. Se ela soubesse o que havia acontecido naquele dia, ficaria horrorizada com a comparação.

Ilona dobrou a carta, pondo-a dentro do envelope.

– Depois que a Etelka aparecer, depois que o seu trabalho terminar, a gente vê...

Chegaram ao ponto onde desceriam, e Jack pulou do bonde, erguendo os braços para ela. Surpresa, Ilona saltou, e ele rodopiou com ela no colo, beijando-lhe os lábios ao pousá-la no chão.

– Você é tão bobo, Jack! – exclamou a jovem, aos risos.

Atravessaram juntos a rua, em direção ao cinema. No letreiro, lia-se A BALA MÁGICA DO DR. EHRLICH.

– Você tem certeza de que a gente deve ver isso? – indagou ele. Adorava Edward G. Robinson, mas não se entusiasmava muito com a ideia de passar a tarde inteira com sua namorada imerso na biografia do homem que havia descoberto a cura para a sífilis. – Você sabe do que se trata?

– Sei, sim. Eu te contei que Etelka era estudante de medicina, não contei? Esse é exatamente o tipo de filme que ela assistiria.

O cinema era escuro e turvo, mas, em contraste com as salas de sua infância em Manhattan, parecia impecavelmente limpo. Por mais que fosse bom não se preocupar se aquilo em que pisava ao percorrer o corredor era mesmo pipoca ou outra coisa mais nojenta, Jack sentia falta do cheiro de manteiga e da algazarra de milhares de crianças largadas à própria sorte durante um dia inteiro regado a desenhos animados, cinejornais e longas-metragens no RKO Roxy ou no Rivoli.

Ele manteve uma expressão impassível enquanto Ilona examinava a multidão, procurando, como sempre, o rosto da irmã. Ela só sossegou quando a primeira imagem apareceu na tela. Na metade do segundo rolo de filme, as luzes do cinema foram acesas, mas o projecionista não parou a fita.

A multidão murmurou em protesto, e Jack se divertiu ao imaginar como teria sido a reação em Nova York. Os gritos de ofensas, os sacos de pipoca lançados contra a tela. Quatro policiais austríacos desprovidos de insígnias, em seus uniformes da Wehrmacht pessimamente tingidos de azul, percorreram os corredores com iluminação reduzida e pararam em frente à tela. A cara fechada e atenta de Robinson projetava-se em seus rostos pálidos.

– Fora, fora! – gritaram em alemão os oficiais. – Seu bando de porcos preguiçosos! Está na hora de trabalhar, e não de ficar se divertindo.

– O que está acontecendo? – inquiriu Jack. Olhou em volta e percebeu que era o único oficial americano dentro do cinema, até onde sabia.

Os policiais se espalharam pela sala. Caminharam lentamente pelos corredores, parando de tempos em tempos e arrastando para fora alguns jovens, chamando-os de preguiçosos ou de vagabundos e expulsando-os do cinema. O policial que estava mais próximo de Ilona e Jack era rechonchudo, com o rosto cheio de marcas de acne, e vestia um uniforme que parecia um pouco mais oficial do que os outros. Carregava um cassetete e batia com ele na palma da mão, usando-o também para cutucar e empurrar suas vítimas.

Quando chegou onde estavam Ilona e Jack, parou. Projetou o queixo na direção de Ilona e disse:

– Você aí! Por que não está no trabalho?

– Eu sou isenta.

– Os refugiados não são isentos! Mostre a sua documentação!

Ilona tirou um pedaço de papel dobrado de dentro da bolsinha de moedas de couro que Jack lhe comprara na cooperativa militar. Seu visto de refugiada era novo e tinha sido recebido poucos dias antes, no escritório da Administração das Nações Unidas para o Socorro e a Reconstrução, no palácio Chiemseehof.

– Guarda isso – interveio Jack. – A gente não está na Alemanha nazista. Você não precisa mostrar os seus documentos.

Ela hesitou.

– No jornal de ontem, tinha um artigo em que reclamavam sobre como as pessoas estão indo ao cinema em vez de trabalhar na limpeza da cidade. Talvez agora eles comecem a prender gente.

– A bagunça é deles. Eles que limpem – explicou Jack. Para o policial, disse em alemão: – Ela está comigo.

O policial hesitou por um momento; depois deu de ombros e se juntou a seus colegas e ao pequeno grupo de cinéfilos enlameados e frustrados que tinham sido reunidos nos fundos do cinema. De cassetete em punho, a polícia conduziu a manada para fora.

O projecionista apagou a luz e Edward G. Robinson foi denunciado, absolvido e acabou morrendo, mas Jack teve dificuldade para prestar atenção. Quando as luzes se acenderam, ele guiou Ilona rapidamente pela multidão, tentando sair dali o quanto antes. Quando chegaram à rua, já escura, ele propôs:

– Está frio. Você quer comer alguma coisa?

Ela fez que sim com a cabeça e se enfurnou ainda mais no calor do casaco de lã que Jack pedira para a mãe mandar de Nova York. Era uma das poucas coisas que Jack dera a Ilona e que ela não passara adiante para alguma refugiada nitidamente mais necessitada. Os dois caminharam pela cidade antiga, agarrados um ao outro de modo a enfrentar o vento cortante e as rajadas de neve. Entraram na Getreidegasse e se abrigaram numa mesa de canto do café Mozart, que estava alegremente iluminado.

Naquele dia, ele pediu um pedaço de bolo também para si, o que em geral não fazia. O creme de chantilly estava com um gosto engraçado; talvez tivesse passado da validade, pensou ele. Em época de escassez crescente de alimentos, só o fato de o lugar ter algum tipo de creme, sem mencionar a farinha e o açúcar, indicava a enorme inventividade dos austríacos, pelo menos no quesito doces. Ilona estava muito faminta ou era educada demais para reclamar. Apenas depois de vê-la lamber o dedo e usá-lo para raspar os últimos pedacinhos de bolo é que ele se pronunciou.

– Escuta, Ilona, eu tenho uma coisa pra te dizer.

– Parece que hoje é o dia das notícias.

Ele respirou fundo e contou a ela o que passou o dia tentando esquecer, a triste informação que tinha o dever de lhe dar.

– O Price veio até o depósito trazendo um memorando. No fim das contas, os bens que estão no trem não voltarão para a Hungria. Pelo menos não por agora.

Jack mordeu o lábio, à espera de uma resposta furiosa, mas, de repente, tomou consciência de certo ressentimento. Por que deveria ter medo de contar isso a ela? Não eram dela aqueles pertences. Que direito tinha de fazê-lo sentir-se culpado? Porém, ele logo percebeu que estava sendo irracional. Não era ela que o estava deixando culpado, e sim ele mesmo, por conta própria. E de fato deveria se sentir mal. Era terrível o que seu exército vinha fazendo. Criminoso.

– O que houve? – indagou Ilona, tão chocada quanto ele esperava que ela ficasse. Mas não se mostrou furiosa. Ainda não. – Algumas semanas atrás, você disse que a delegação húngara tinha vindo!

– Eu não sei. Tem alguma discussão acontecendo entre os húngaros e a Agência Judaica, só que o Price não quis me dizer muita coisa.

– E o que é que precisa ser discutido? É simples: os bens pertencem à Hungria. Devolvam. Acabou-se a história.

– As coisas nunca são tão simples assim – disse ele, depois de um suspiro.

– É claro que são.

– Pensa bem, Ilona. Nós vamos devolver os bens pra quem? Pro governo húngaro? Eles foram derrotados, são nossos inimigos. A gente não vai entregar a eles uma enorme pilha de bens saqueados.

– Ora, entreguem para os donos desses bens.

– Como? Você quer que as Forças Armadas dos Estados Unidos cheguem em Budapeste e estabeleçam uma intendência? Que entreguem todos os bens às pessoas nas ruas?

– Existem recibos, Jack! Muita gente tem recibo.

– Você sabe que a maioria dessa gente está morta. E, mesmo entre aqueles que não morreram, quantos conseguiram guardar esses recibos?

– Vocês podiam fazer o que me disse que seria feito! Dar os bens para a delegação húngara, para os representantes da comunidade judaica da Hungria.

– Existe algum problema envolvendo eles. Alguma discussão entre eles e a Agência Judaica. Isso pode levar anos pra ser resolvido.

E até lá, Jack sabia, tudo já teria sumido, teria sido detonado de pouquinho em pouquinho.

Erguendo a xícara de café vazia, ele acenou para a garçonete, cuja expressão facial era tão engomada quanto seu avental de pregas.

– Nada é simples, eu sei. Tudo é muito complicado. Mas existe algo que não é complicado: os meus pais estão mortos. Você não acha que o exército americano deveria devolver a minha bicicleta?

O rosto dela estava pálido, e ela tremia. Jack não sabia dizer se era raiva ou tristeza. Os dois, pensou.

– Ilona, se eu conseguisse encontrar as coisas da sua família no meio daquela bagunça, eu juro por Deus que devolveria tudo pra você. Eu te entregaria tudo, tudo, não importa o que os meus superiores dissessem.

– Eu sei.

Ele imaginou como seria levá-la de volta ao depósito para revirarem juntos as caixas e os caixotes até encontrar as alianças de casamento de seus pais, o relógio do pai, a bicicleta dela.

Absurdo. Mesmo se, por milagre, os bens da família de Ilona estivessem lá, e mesmo se fosse possível vasculhar todas as caixas lotadas de joias e identificar duas peças entre dezenas de milhares, ele gastava grande parte do tempo mantendo as pessoas fora do depósito para impedir que os bens fossem furtados. Seria complicado dar alguma coisa a ela considerando que já ameaçara mandar seus próprios homens para julgamento pela mesma atitude.

– Vou arranjar uma bicicleta pra você – disse ele.

– Não é isso que eu quis dizer. Usei a bicicleta de forma simbólica.

– Eu sei, mas mesmo assim. Você poderia procurar a Etelka andando de bicicleta pela cidade.

E, dessa maneira, ele ajudava a nutrir as falsas esperanças que sabia serem tão prejudiciais a ela.

Ilona pareceu menos abatida e aproximou a cadeira para junto dele. Pousou a cabeça no ombro de Jack, que pôs o braço em volta dela e puxou-a para perto.

– Eu sei que a culpa não é sua – disse ela.

Ele a beijou ali, no café, sob o olhar furioso da garçonete empertigada e amarga. Ilona não apenas lhe deu permissão como também o beijou com mais vontade e urgência do que nunca, e ele percebeu ter ganho algo dela, sentindo-se envergonhado pelo que isso custara.

# 8

JACK ARRUMOU UMA BICICLETA PARA Ilona. A promoção de Ball a capitão trouxe junto o acesso a um jipe com motorista. Foi bastante fácil convencer David a não devolver a bicicleta que vinha usando, e sim passá-la adiante.

– Devo dizer que não tenho planos de usá-la para fins militares – confessou Jack.

David riu.

– Sinceramente, Jack, não me importo nem um pouco. Estou feliz por não precisar mais andar nesse troço. Numa cidade onde está sempre chovendo ou nevando, uma bicicleta é um péssimo meio de transporte. Fico surpreso de você querer ficar com ela.

– Vou dar de presente pra uma pessoa.

– Pra sua garota?

– É.

– Que bom.

– Estou pegando um equipamento militar pra dar pra ela.

– Ah, pelo amor de Deus! Metade de Salzburg vive às custas das rações americanas. Arranque a maldita etiqueta da Força Aérea dos Estados Unidos e pinte a bicicleta de cor-de-rosa. Ninguém vai perceber ou se importar.

Então foi isso que Jack fez, anulando por completo sua consciência facilmente perturbável. A bicicleta era uma Westfield Columbia, com aros e raios resistentes. Ele a pintou de vermelho vibrante – uma cor mais apropriada à natureza impetuosa de Ilona –, ajeitou os freios, lubrificou a correia, prendeu ao quadro uma bomba para encher os pneus e enrolou uma corrente com cadeado em volta do assento. Foi até o Hotel Europa pedalando a bicicleta e carregou-a escada acima, subindo os três lances que conduziam ao quarto de Ilona. Assim que entrou ali, percebeu que havia algo errado. O quarto estava silencioso. Uma colega de Ilona, a única húngara que permaneceu com ela em Salzburg quando as outras foram embora, apressou-se na direção dele, pegou seu braço e, sussurrando algo incompreensível ao seu ouvido, apontou para onde Ilona estava, em sua cama de armar de ferro, toda enroscada sobre o próprio corpo, com os joelhos apertados contra o peito e os braços dobrados sobre a barriga. Agarrava os braços com tanta força que as pontas de seus dedos estavam brancas e suas unhas deixavam pequenas lascas vermelhas na carne que começara a ficar mais roliça e saudável.

Ele apoiou a bicicleta na parede e deixou-se conduzir até a beira da cama de Ilona.

– O que aconteceu? – perguntou à mulher que o conduziu.

Ela respondeu em húngaro, e ele praguejou contra aquele idioma impossível, com seus *cs* e *sz*, sem nenhuma relação com qualquer outro que ele conhecia.

– Ilona... Ilona? – disse Jack, ajoelhando-se ao lado dela.

Ela abriu os olhos.

– Ilona, o que houve?

Ela o encarou sem demonstrar interesse ou identificação, da mesma forma como se observa um buraco na calçada ao passar por ele. Voltou a fechar os olhos.

A mão dele pairava no ar, acima da cabeça da namorada. Queria tocá-la, alisar seu cabelo e envolver seu rosto entre as mãos, mas tinha medo de ela se encolher.

Pousou a mão no próprio colo e se ajoelhou junto à cama, imóvel e em silêncio, ouvindo-a respirar, até que uma das mulheres lhe trouxe um banquinho. Ele se sentou e esfregou os joelhos doloridos do atrito com o chão. Alongou uma das pernas e o joelho rígido estalou qual disparo de revólver no silêncio do quarto. As pálpebras de Ilona se mexeram de forma sutil, mas logo se fecharam.

Ele simplesmente ficaria sentado ali, ao lado dela. Não a perturbaria. Não tocaria nela, nem diria nada, muito menos faria qualquer tipo de pressão. Simplesmente ficaria sentado ali, esperando, e ao esperar demonstraria que sempre estaria ali, que ela podia ter certeza de que ele jamais a deixaria sozinha.

Ouvia bem de perto a respiração de Ilona, sincronizando suas próprias inalações e exalações com as dela. Não sabe ao certo quanto tempo ficou sentado; sua noção de tempo não era tão apurada quanto seu senso de direção. Pode ter sido uma hora, talvez mais, talvez menos.

A mulher húngara trouxe uma caneca de alumínio contendo água quente, na qual havia misturado um pouco do café solúvel que Jack dera a Ilona na última vez que se viram. A mulher era mais velha do que Ilona, podendo ter qualquer idade entre 30 e 50 anos, ou talvez fosse uma jovem de 25 anos maltratada. Seu cabelo voltara a crescer apenas em alguns pedaços, e o resto da cabeça estava vermelho e descamava, coberto inadequadamente por um triângulo de tecido verde como grama. Tinha belos olhos, no entanto. Profundos e escuros, com longos cílios negros. Pôs a caneca de café no chão, ao lado da cama, e murmurou umas palavras para Ilona. Gentilmente, puxou-a para cima até que se sentasse, inclinada, com os braços ainda envolvendo o corpo, o tempo todo sussurrando em húngaro numa voz baixa e ritmada como numa canção. Pegou as mãos de Ilona e envolveu seu rosto, pressionando suavemente as pontas dos dedos sobre os círculos roxos debaixo de seus olhos.

Ilona abriu a boca, e Jack aguardou suas inevitáveis lágrimas, mas, em vez disso, ela afundou em silêncio contra os seios esquálidos da mulher, que inclinou a cabeça para Jack, gesticulando com o queixo para ele. Ele balançou a cabeça, mas ela passou o peso de Ilona para um dos braços e, com o outro, agarrou a camisa dele, puxando-o para a namorada. De forma desajeitada, a abertura da camisa dele se enroscou naquela mão pesada, e Jack migrou do banquinho para a cama. Num movimento gracioso, a mulher transferiu Ilona de seus braços para Jack. Levantou-se e foi embora depressa.

Ilona se recostou nele por uns instantes antes de erguer a cabeça. Então, esfregou os olhos com as pontas das mãos.

– A Etelka está morta – anunciou categoricamente.

Ao ouvir o inevitável, o que vinha esperando ao longo de semanas e meses, Jack sentiu as emoções se embaralharem. Ao mesmo tempo, estava imensamente triste por Ilona e aliviado pelo fim do mistério. Sentia medo e empolgação diante do futuro que agora se abria diante deles. Será que ela iria embora de Salzburg e voltaria para a Hungria? Será que iria para a Inglaterra, ou então ficaria com ele, acompanhando-o na volta para casa? Em meio a esse complexo emaranhado de emoções, despontou uma sensação estranha, até mesmo absurda. Ele notou uma decepção peculiar, como se apesar de tudo também nutrisse esperanças de que Etelka pudesse ter sobrevivido.

Embora soubesse que era a última coisa que deveria dizer, a última frase que ela gostaria de ouvir, Jack não se conteve:

– Eu sinto muito.

# · 9 ·

No início do verão de 1937, quando Ilona tinha 10 anos e a irmã, Etelka, quase 12, a família Jakab viajou para Bad Gastein, de modo que o Sr. Jakab pudesse aliviar as dores de seus joelhos artríticos nos restaurativos banhos termais à base de radônio. Foi a última viagem anual da família para esse vilarejo na montanha, que ficava umas duas horas ao sul de Salzburg. Em março de 1938, Hitler invadiu a Áustria, e eles não eram mais bem-vindos. Mas, naquele último verão memorável, a família escolheu uma espécie de apartamento no Grand Hotel de l'Europe, sendo um quarto para os pais, um para as meninas e a babá, e uma sala de estar para ser aproveitada no começo do dia, quando quisessem desfrutar do café da manhã e da leitura dos jornais sem precisar tirar os roupões e os chinelos. Foram as últimas férias deles, e Ilona se lembrava daquele momento como a derradeira fase de felicidade sem preocupação, um ano antes de as novas leis antissemitas da Hungria mudarem suas vidas e quatro anos antes do primeiro massacre de judeus na Hungria, quando 20 mil refugiados foram assassinados em Kamenets-Podolsky.

O Grand Hotel era a principal estrela entre os hotéis-spa de Bad Gastein. A construção monumental em estilo Jugendstil, com suas janelas em arco e sacadas ornamentadas, dominava a paisagem da cidade. Enquanto o Sr. Jakab passava as manhãs imerso nas águas e inalando o vapor tóxico que poderia acabar matando-o, tivesse ele vivido o suficiente, a esposa e as filhas passeavam pelas pradarias alpinas, indo até as cachoeiras. As meninas teciam guirlandas de margaridas selvagens e gencianas púrpuras reluzentes. À tarde, a família caminhava pela rua principal ou jogava croqué no amplo gramado do hotel.

Em Nagyvárad, o pai geralmente se distraía com as preocupações de trabalho, mas, em Bad Gastein, Ilona e Etelka aproveitavam horas e mais horas de atenção exclusiva. Eles jantavam sob o teto dourado do salão onde se servia o jantar; eram refeições longas e lânguidas, durante as quais não havia discussão sobre os preços flutuantes do trigo ou a influência do clima sobre a colheita. Bad Gastein era o lugar onde a família Jakab tinha sido mais feliz, então foi para lá que Ilona pediu que Jack a levasse quando soube da morte de Etelka. Ele concordou imediatamente, pensando na possibilidade da distração como substituto para o consolo. Apesar da profunda tristeza que desencadeavam, as lembranças agradáveis ajudavam a seguir em frente.

O Grand Hotel foi a primeira construção que avistaram ao chegar à cidade. Para surpresa dele, Ilona não quis explorar o saguão. Em vez disso, levou-o até a parte externa, para a imensidão de terra e neve acumulada que um dia fora um gramado. Ele tentou argumentar que estava frio demais para um piquenique, mas ela contou que a irmã sempre adorou fazer piqueniques no gramado, então era isso que fariam. Ela estendeu uma lona no chão, abriu uma lata de carne processada, cortando-a em fatias e arrumando-a sobre uns pedaços de pão. Pontuou os sanduíches com minúsculos vestígios da preciosa mostarda comprada no mercado negro, pela qual trocara seis barras de cereais do exército americano e dois maços de cigarro. Para a sobremesa, Jack tinha arranjado um bolo de rolo, que ela dividiu em duas partes iguais.

Jack terminou de comer antes dela. Recostou-se sobre o cotovelo e ficou observando-a. Ilona dava mordidas grandes e metódicas, mastigando de maneira solene, e, após engolir, abria imediatamente a boca para o pedaço seguinte. Ela comeu a mesma quantidade de sempre; terminou seu sanduíche e também metade do dele, mas sem demonstrar o prazer habitual que experimentava ao fazer as refeições. Apenas mastigava, engolia e comia mais um pedaço.

Naquela altitude, o ar era rarefeito e gelado, cheirando a neve. O sol brilhava no alto, e ele inclinou a cabeça para trás, de modo a aquecer o rosto. Ilona, muito alva e sardenta, escondia-se tanto do frio quanto do brilho intenso do sol de inverno debaixo de um macio gorro do exército americano. O gorro era grande demais, e as abas para proteger as orelhas pendiam em seu pescoço, como se ela tivesse abrigada debaixo de uma barraca.

Ilona estava parecendo a moleca que um dia fora, pensou ele. Havia lhe contado algumas histórias de quando ela e Etelka passavam os longos dias de verão no chalé da família em Siófok, no lago Balaton, andando de pônei pelos campos, banhando-se no lago e dormindo do lado de fora, em mantas estendidas sobre o gramado do jardim, para contemplar as estrelas. Jack gostaria de tê-la conhecido àquela época, a filha mimada de uma família rica que passava os verões na montanha e as férias em hotéis elegantes. Ele gostaria de ter conhecido a casa dela em Nagyvárad para entender como vivia sua família, para saber que quadros decoravam as paredes, que tipo de comida eles comiam, qual era a vista da janela do quarto dela. Gostaria de tê-la conhecido antes de se estilhaçar. Antes de seu mundo ter se estilhaçado. Mas talvez parte do que ele gostava nela era exatamente esse caráter estilhaçado. Afinal, era pela Ilona de agora que ele era obcecado.

– Você já terminou? – perguntou ela.

– Já.

Ela recolheu os restos dos sanduíches. Ele imobilizou as mãos dela e envolveu-a com o braço, puxando-a para seu lado. Ela resistiu por uns instantes, mas depois relaxou junto dele. Jack encostou os lábios no cabelo de Ilona. Por mais intensa que fosse a dor da namorada, ele se sentia capaz de aliviá-la de tal fardo. Ou, no mínimo, dividir aquela tristeza.

– Está muito diferente do que você se lembra? – indagou ele.

– Tudo está diferente.

Algum detalhe na forma como o parco sol de inverno esquentava o tecido de sua calça subitamente o fez perceber o volume nas dobras da cueca samba-canção fornecida pelo exército. Ele gelou, desejando que a ereção cedesse, mas sua atenção cada vez maior só serviu para complicar as coisas. Isso já lhe acontecera antes na companhia de Ilona, porém apenas em circunstâncias em que fora fácil disfarçar. Já precisou esconder a ereção sob toalhas de mesa em restaurantes, afundar os punhos dentro dos bolsos, inclinar-se ligeiramente enquanto caminhava ou virar de barriga para baixo em momentos de relaxamento em algum gramado. Contudo, nenhuma dessas manobras poderia ser feita agora. Ele estava sentado no chão congelante, com as pernas esticadas à frente, cruzadas nos tornozelos, e o tecido da calça estava amontoado exatamente na parte da genitália, como se fosse uma estratégia para destacar não apenas a ereção, mas o processo de enrijecimento conforme seu pênis se movia, ondulava e crescia.

Ele ficou tão envergonhado que fechou os olhos, perdendo a reação dela. Depois do que Ilona disse, Jack pensou que talvez ela tivesse encarado a situação de forma leve, paciente, mesmo que fosse muito cedo para esperar um sorriso, uma vez que naquele mesmo dia ela ficara sabendo da morte da irmã.

Ela se pôs de pé.

– Vem! – exclamou, estendendo a mão.

Ele pegou a lona e os restos do lanche e deixou que Ilona o guiasse de volta para o caminhão. A aba da parte traseira estava levantada. Ela subiu por ali e baixou um dos lados da lona, desenrolando-a até encostá-la na carroceria. Em seguida, baixou o outro lado e desapareceu por trás dessa espécie de cortina, penetrando na misteriosa escuridão de suas intenções. Ele teve vontade de pular ali dentro como um atleta de salto com vara, mas ficou na dúvida se era isso mesmo que ela queria. Estaria de fato no seu perfeito juízo? Que tipo de homem tiraria vantagem de uma garota que acabara de saber da morte da última pessoa que amava?

Jack hesitou, absorto em suas próprias contradições. Quem era ele para decidir o que era melhor para ela? Evidente que Ilona o queria naquele instante, na esteira de tudo o que se passou, porque somente ele seria capaz de reconfortá-la. Era tudo o que a jovem tinha. Foi a essa justificativa que Jack se agarrou ao subir no caminhão e permitir que a lona caísse atrás de si, fechando a passagem.

Tempos depois, ele se lembraria de pouca coisa do que se seguiu. Esqueceria a pálida luz verde que escapava pelas costuras da lona e banhava a pele de Ilona como a trama transparente de um véu de noiva, escondendo suas cicatrizes e pústulas, os pedaços desbotados e ressequidos de suas costas e pernas. Esqueceria a quentura daquele corpo em meio ao ar enregelante, o volume surpreendente de suas nádegas, o ruído áspero de sua vagina quando a penetrou, seu gemido contido e a forma como ela entrelaçou os calcanhares à cintura dele, fazendo com que a penetrasse mais profundamente. Esqueceria que ela o mordeu, deixando uma marca em seu ombro que levou algumas semanas para sumir. Esqueceria a rapidez com que ejaculou ou como, ao sair de dentro de Ilona, seu sêmen alçou voo até o ventre dela enquanto ele enterrava o rosto em seu pescoço.

Só se lembraria do que veio em seguida. Da forma como ela se levantou, limpando-se com um cantinho da lona que servira de toalha para o piquenique. Da maneira como ela deslizou o vestido pela cabeça, enrolou-se no casaco e, olhando para baixo, para o piso do caminhão, enquanto procurava o sapato, disse, de forma bastante pragmática:

– Nada de sangue.

Será que ela estava espantada pela ausência de sangue ou estava querendo dizer a ele que não se preocupasse em procurar? Jack não podia fazer a pergunta e nunca saberia se foi o primeiro homem dela ou se houve outros antes, em sua cidade natal, Nagyvárad, ou, por mais horrível que fosse imaginar, no ano em que ela passou nos campos.

– Vem cá – pediu ele, sentando-se. – Vem sentar aqui comigo.

Ela hesitou um pouco, mas depois se sentou ao lado dele, que logo se deu conta do contraste entre os dois: seu corpo, nu da cintura para baixo, e o dela, totalmente vestido.

– Você está bem? – perguntou ele.

– Estou.

– Você achou... bom?

Ela roçou os lábios nos dele, e então ele relaxou. Pensou que aquela resposta já bastava.

– Vamos conhecer o resto da cidade? – Jack quis saber.

– Eu quero voltar.

– Tudo bem.

No caminhão, enquanto ele se afastava do hotel, ela pôs o pé sobre o colo e tirou o sapato e a meia, balançando a perna para se livrar de uma pedrinha. Era a primeira vez que ele a via descalça, então pôde entender por que ela mancava, a leve dificuldade que tinha para caminhar. Seu pé estava destruído. O dedo mindinho e o dedo vizinho não existiam mais; no lugar deles havia uma cicatriz encaroçada, de tom púrpura. O primeiro dedo e o segundo estavam sem unhas, e os leitos das unhas estavam inchados e dilatados. Sem as unhas, pouco se assemelhavam a dedos do pé; eram somente pequenos apêndices de carne e osso. O dedo do meio, no entanto, estava perfeito. Era fino e comprido e ligeiramente curvado, com uma espécie de escudo opalino em forma de unha.

Um calo espesso e acinzentado se estendia de seu calcanhar até o tornozelo. Estava rachado na junta, revelando um delicado tecido vermelho.

– Sapatos de madeira – explicou ela. – Eram pequenos demais – completou, passando a mão pelos dedos do pé. – E depois vieram as queimaduras por causa do frio. O médico americano que arrancou meus dedos disse que eu tive sorte por não gangrenar.

– Eu sinto muito.

– Lá vem você se desculpando de novo. O que é que você acha, Jack? Você é Hitler, por acaso? Ou Horthy Miklós? A culpa é sua do que aconteceu com a gente?

Jack ficou desnorteado com o tom duro da voz dela. Só conseguiu pensar em uma coisa para dizer:

– Quem é Horthy Miklós?

– Nosso regente. Quem supostamente deveria nos proteger. Foi ele que nos matou, e não você. Você nos libertou. A culpa não é sua por minha família estar morta. A culpa é sua por eu estar viva, isso sim.

Ele, então, percebeu que a interpretara mal, muito mal, e que aquilo que se passara entre os dois não era fruto da busca de Ilona por conforto em seus braços, mas apenas mais uma punição que ela infligia a si mesma.

A sobrevivência dela só se devia ao acaso, mas ele estava disposto a assumir a responsabilidade pelas mortes dos pais e da irmã dela. Não chegara a tempo. Só se juntou ao exército em 1944, depois que se formou na faculdade e recebeu sua missão. Esperou até que fosse conveniente, da mesma maneira como o mundo todo aguardara, optando por deixar os judeus da Europa servirem de carcaça descartada como sacrifício para distrair o lobo enquanto os caçadores gastavam seu tempo preparando os arcos.

Ela apertou o pé com vigor.

– Está doendo? – perguntou ele. – Eu tenho aspirina aqui – disse, passando o braço por ela para alcançar o porta-luvas.

– Não. Não muito. Na verdade, não dói mais. Por que você guarda aspirina dentro do caminhão? Está com dor de cabeça?

– Hoje, não.

– Mas quando você teve?

– Não sei. Um tempo atrás.

– Você teve dor de cabeça um tempo atrás?

– Isso.

– E por quê?

– Como assim por quê? Eu tive dor de cabeça e ponto. Às vezes acontece.

Contudo, ele se lembrou exatamente do motivo da dor de cabeça que o fez jogar o frasco de aspirinas dentro do porta-luvas do caminhão.

Ela balançou a cabeça, num gesto de certa forma maternal, como uma mãe decepcionada com a mentira do filho. Ficou esperando. Jack não pôde suportar o silêncio e, de forma inocente, preencheu-o com palavras.

– Eu estava com raiva.

– E quando fica com raiva você sente dor de cabeça?

– É, às vezes, sim.

– E o que é que te deixou com raiva?

– Nada.

– Como assim nada? Foi alguma coisa suficiente pra te causar uma dor de cabeça.

– Tive de fazer um troço que eu não queria fazer.

– O quê?

– Não tem importância.

– Nada tem importância. Os dias passam, você trabalha, acontece uma coisa ou outra. Mas, se você ficou com tanta raiva que isso te causou dor de cabeça, eu quero saber por quê.

Jack se aproveitou de um declive na estrada para se concentrar em mudar a marcha, o que nem era necessário. As marchas entraram em atrito, e ele xingou baixinho.

– O que foi que você fez? Puniu alguém?

– Não.

– Matou alguém?

– Não. Deus do céu, nada disso.

– Então o que houve, Jack, que você ficou com tanta raiva que teve de tomar aspirina pra sua dor de cabeça?

– O general Collins requisitou um bando de porcarias pra casa dele. Só isso.

– O quê?

– Como assim "o quê"?

– O que foi que ele requisitou?

– Só uns pratos e uns copos. Utensílios de prata, coisas desse tipo.

Ela refletiu um pouco. Em seguida, apertou de novo o pé e baixou a perna, procurando o sapato.

Na pista lateral da estrada, jazia a carcaça de uma vaca. Uma de suas pernas estava virada para cima; um melro se empoleirava em sua pata. Conforme passaram, o pássaro mirou o olho escuro na direção de Jack, que logo fechou a cara. Como em resposta, o pássaro voou, rumo aos céus, num bater de suas asas azul-escuras.

– O seu general requisitou essas coisas pra você?

– Pro Price. Mas eu que cumpri a ordem.

– Usando o depósito.

– É.

– Jack, as únicas coisas que estão no depósito eram do trem.

– Tem outras coisas.

– Ah, é?

Ao chegar no depósito trazendo o que havia no trem de Werfen, Jack encontrou uma pequena quantidade de outros bens armazenados, a maioria obras de artes saqueadas pelos nazistas. Ele identificou esses itens, arrumando-os em um canto separado daquele amplo espaço.

– É.

– Então você deu pra ele essas outras "coisas"?

A voz dela acrescentou aspas em torno da palavra, e ele não soube se era porque aquilo não lhe soava familiar ou porque ela considerou o termo ofensivo para se referir aos pertences de gente morta.

Ele não respondeu.

– Jack? Você deu pro general as outras coisas do depósito, certo?

Seria muito fácil mentir, mas ele queria contar a ela. Odiava ter de manter segredos sobre o que fazia, e queria que ela soubesse. Precisava que ela soubesse.

– Eu dei a ele coisas do trem.

Ilona o encarou, perplexa.

– Não tive escolha, Ilona. Precisei cumprir a ordem de requisição. Mas registrei tudo. Anotei tudo. E os generais vão devolver cada peça. Eu mesmo vou recolher.

– Generais, no plural?

– É.

– Quantos foram?

– Vários.

– Vários generais pegaram bens que estavam no depósito? Pertences do trem húngaro?

– Isso. Mas como eu disse, estou fazendo um inventário. Escrevo cada detalhe e vou pegar tudo de volta.

– Quando?

– Quando o quê?

– Quando você vai pegar de volta?

– Quando estiver na hora de o exército americano devolver esses bens.

– E quando vai ser isso? Você mesmo disse que o seu exército decidiu que a delegação húngara não receberia nada. Quando é que chegará a hora de devolver tudo, Jack?

– Não sei.

– Você não sabe? Aqueles são *meus* pratos, *meus* copos e *meus* utensílios de prata. Minhas pulseiras e meus castiçais e... O que mais? Meus casacos de pele! E minha bicicleta, Jack. Eles levaram minha bicicleta. Devolva! Devolva tudo!

A voz dela foi aumentando progressivamente, até chegar aos berros. Ele pensou na bicicleta vermelho-cereja que lhe trouxera naquela manhã. Lembrou-se de como ficou feliz ao pintá-la. E de como imaginou que ela ficaria feliz quando a presenteasse.

Jack sabia que aquilo nada tinha a ver com o trem, com seu conteúdo ou com o segredo que mantivera sobre os generais e suas requisições. Ilona conhecia os limites de sua autoridade. Tinha a ver apenas com a irmã dela. E com a ingênua ilusão de que ele poderia reconfortá-la de alguma maneira.

Jack desviou para o acostamento. O caminhão começou a chacoalhar e balançar devido ao atrito com o solo áspero e pedregoso. Ele freou, esticando o braço à frente dela para evitar que fosse arremessada para a frente e batesse no para-brisa.

Ela agora chorava, seu corpo inteiro sacudia. Jack nunca tinha visto Ilona chorar, e isso o assustou. Ele manteve o braço à frente do peito dela, como se para protegê-la de um impacto pendente, e sentiu seus seios elevando-se e retraindo-se. Ele queria mover o outro braço para agarrá-la junto a si. Queria alisar seu cabelo e lamber as lágrimas de seus olhos. Ele se via fazendo isso com tanta nitidez que pôde sentir os ossos frágeis, os cachos de seu cabelo e o gosto salgado de suas lágrimas. A imagem era tão vívida que, quando ela deixou escapar o último soluço e enxugou o nariz e os olhos com as costas da mão, Jack sentiu como se ele próprio a tivesse acalmado e reconfortado, como se tivesse secado suas lágrimas.

Ele se recostou no banco do caminhão, tirou um lenço passado a ferro de dentro do bolso e deu a ela. Ela usou-o para limpar o rosto, esfregando-o, e para assoar o nariz. Depois, dobrou o lenço, formando um pequeno quadrado, e segurou-o nas mãos, como se tentasse decidir o que fazer com ele.

– Eu vou entregar pra lavadeira – disse Jack.

Sem palavras, ela deixou o lenço cair na mão dele.

# 10

Jack embebedou-se da forma como fazia a maior parte das coisas: com método e determinação. Iniciou os trabalhos imediatamente após levar Ilona para casa, antes mesmo de deixar o hotel Europa. Quando parou o carro em frente ao hotel, ela declarou:

– Não quero mais te ver.

Ele sentiu como se tivesse levado um soco no estômago. Não, um soco, não. Um tiro. As palavras dela eram como balas de revólver, rasgando pele e músculos. Ela saltou do caminhão, e ele disparou atrás, implorando que ficasse, parasse, que falasse com ele.

No pátio, agarrou o braço de Ilona, que, balançando-o, conseguiu se soltar.

– Se você tocar em mim de novo, eu vou gritar por socorro.

– Não, não. Por favor.

Se ele fosse um tipo diferente de homem, teria se ajoelhado, envolvido com os braços os tornozelos dela, beijado seus pés destroçados, implorando que parasse com aquilo, que voltasse a ser a Ilona do dia, da semana, do mês anterior.

– Sinto muito – disse ela, delicadamente.

– Você está assim porque eu deixei eles pegarem os bens? – perguntou Jack, embora soubesse que não. Ou que não era apenas por isso. – Posso pegar de volta. Simplesmente vou lá e pego de volta.

– Não é nada que você fez, Jack. Eu não te quero. Só isso.

Ele a observou partir, os quadris balançando com o discreto mancar de sua perna, a luz das lâmpadas descobertas do pátio atingindo seus cachos vermelhos e fazendo-os brilhar. E então ela se foi. Ele se virou e viu dois homens barganhando uma garrafa de cerveja escura.

– Quanto? – perguntou Jack, pondo-se entre eles.

O vendedor sorriu e estalou os dedos para o comprador, que pôs as mãos para o alto e bateu em retirada, murmurando umas palavras. O vendedor levantou quatro dedos antes de levar dois deles à boca, imitando o ato de fumar um cigarro.

Embora não fumasse, Jack sempre carregava um maço de cigarros para negociar. Ele tirou um maço amassado do bolso da camisa, mas o negociante balançou a cabeça, desenhou um quadrado no ar e novamente levantou quatro dedos.

– Quatro maços? – indagou Jack, sem se preocupar em falar em alemão.

– *Ja*.

– Sem chance. – Vasculhou os bolsos até encontrar um maço fechado. Estendeu-o para o homem.

– *Nein, nein* – respondeu o vendedor, insistindo em acenar os quatro dedos.

– Ah, vai pro inferno! – exclamou Jack, virando-se para ir embora.

– Tudo bem – disse o homem, correndo atrás dele. – Tudo bem, tudo bem.

Jack arremessou para ele o maço de cigarros e arrebatou a garrafa. Subiu no caminhão e, antes de girar a chave na ignição, arrancou a rolha com os dentes. Cuspiu a rolha janela afora; não tinha intenção de usá-la de novo. Tomou um longo gole e engasgou. A única semelhança entre aquele líquido e uma bebida de verdade era a ardência que ambos produziam no fundo de sua garganta. Aquilo só servia para uma loja de reparos de máquinas ou para raspar móveis. Quando chegou à rua onde morava, Jack havia entornado tamanha quantidade de bebida que tropeçou e caiu ao descer da cabine do caminhão. A garrafa escorregou de suas mãos e se estilhaçou no chão. A combustão resultante deixou-o com os olhos ardendo e com certa tosse.

– Que merda – disse, quase rindo. Sem se levantar, limpou a sujeira das mãos e examinou a calça, na parte dos joelhos, para ver se não tinha nenhum rasgo.

Um casal de austríacos de certa idade, que caminhava pela calçada, passou por onde ele estava sentado, na rua. A mulher cacarejou qualquer coisa, balançando um dos dedos. O homem parecia prestes a estender a mão para Jack, portando uma expressão facial mais tolerante, mas a esposa puxou seu braço, apressando-o para saírem dali.

– Bem-vindo – declarou Ball quando Jack entrou, cambaleando, no apartamento. Estava sentado à mesa da sala de jantar com uma autêntica Sporer e um copo d'água. Encheu mais da metade do copo, erguendo-o numa saudação zombeteira. – *Prost!* – brindou. Então, pôs o copo sobre a mesa, com ruído, e enxugou a boca com o dorso da mão. – Pegue um copo e se junte a mim, tenente Wiseman. Isto é uma ordem!

– Sim, sim, senhor – respondeu Jack, apoiando-se nas costas de uma cadeira para se equilibrar.

– Já tomou umas, hein, garotão? – provocou David, imitando o sotaque da Escócia.

Ball passara parte da guerra trabalhando com um criptógrafo escocês numa unidade britânica de inteligência, e, quando ficava bêbado, o fantasma do embriagado sujeito de Glasgow voltava para assombrar seus companheiros.

– Quando foi que você chegou em casa? – perguntou Jack.

Ball, fazendo cena, arregaçou a manga e olhou para o pulso, onde deveria estar seu relógio.

– Ao que parece, essa informação é confidencial – respondeu, erguendo a garrafa contra a luz. – Absolutamente sigilosa.

Jack achou outro copo e se sentou à mesa junto com Ball.

– Agora sim! Isso que é um rapazinho esperto – comentou Ball, enchendo o copo dele. – E esta noite você está bebendo em homenagem a quê, garotão?

– A nada – respondeu Jack, tomando um belo gole da bebida leve e adocicada, com um toque frutado. Ela desceu suave. – Esta noite, o rapazinho aqui está apenas bebendo.

– Justo, justo – disse Ball, e secou o copo. – Já eu estou bebendo pelo povo de Munique. Povo bom. Que seus corações nazistas e desgraçados explodam dentro do peito.

– Ao povo de Munique! – concordou Jack, e bebeu mais um gole.

Com a mão vacilante, Ball despejou mais bebida nos dois copos.

– E aos nossos companheiros idiotas e filhos da puta do bom e velho exército americano.

– A nós todos idiotas e filhos da puta. O que fizemos dessa vez?

Ball tinha sido enviado a Munique para investigar um rumor que chegara à Agência de Serviços Estratégicos por meio de um informante que relatava regularmente os humores e as atividades de seus colegas sobreviventes dos campos.

– Você tem certeza de que eu devia estar ouvindo isso? – perguntou Jack.

– Ah, quem se importa? Jack, a esta altura, quem se importa com qualquer merda?

O Departamento de Habitação de Munique distribuíra a um grupo de judeus sobreviventes dos campos alguns apartamentos onde um dia fora um vilarejo para membros aposentados do Partido Nazista. Quando os judeus tentaram se mudar, encontraram os apartamentos ainda ocupados por seus antigos inquilinos. Os nazistas aposentados não apenas se recusavam a sair como respondiam às ordens de despejo com gritos vigorosos de "*Heil* Hitler" e ameaças de violência. No momento em que os judeus perplexos buscaram a ajuda de um grupo de soldados americanos que passava pelo lugar, os recrutas instruíram-nos a calar a boca antes que alguém os mandasse de volta a Dachau, lugar a que pertenciam. Ou, pelo menos, foi assim que correram os boatos.

– Não pode ser verdade, né? – disse Ball, girando o copo entre as mãos. – Calúnia sem fundamento. – Tomou outro generoso gole da bebida e impostou a voz, usando o aristocrático tom de barítono da Carolina do Sul de que lançava mão para imitar seu comandante. – "Um boato histérico inventado por um povo paranoico tão acostumado à perseguição que é capaz de enxergar antissemitismo em qualquer esquina, capitão Ball."

– Mas era verdade – disse Jack, engolindo com vontade a bebida e pegando mais. Ele estava fedendo a álcool e descobriu que até gostava disso.

– É claro que era verdade. Mas não é esse o ponto, rapazinho. A questão é que quando eu fui interrogar o diretor do Departamento de Habitação de Munique, para descobrir o que tinha acontecido, eu não consegui conduzir a tal interrogação, porque esse tal diretor, tenente, estava ocupado desfrutando a hospitalidade da nossa excelente polícia militar, que havia prendido o diretor do Departamento de Habitação de Munique, veja você, porque diziam que ele expediu a ordem de despejo contra os nazistas aposentados sem o carimbo correto.

Os dois entornaram mais uns bons goles da bebida.

– Agora é a sua vez – incitou Ball.

Jack saiu-se com uma declamação truncada sobre a rejeição de Ilona.

– Ah, garotão, coitadinho de você – disse Ball, levantando-se. Segurou a mesa para que não balançasse. – A gente precisa sair um pouco.

– Sair?

– Sim, senhor. Vamos dar uma volta.

Eles quase não conseguiram descer as escadas do corredor. Não tivessem dado de cara com Hoyle ao aterrissarem no primeiro piso, talvez acabassem por admitir a própria incapacidade, desistir e adormecer ali mesmo. Porém, num raro momento de camaradagem, Hoyle colocou os braços em volta dos companheiros de quarto e, um de cada lado, ajudou-os a descer mais um lance de escada, sair para a rua e atravessar a ponte sobre o rio. A meta era ir até o bar onde Hoyle dizia ser possível conseguir uma trepada pelo preço de uma cerveja e um maço de cigarros.

– Você já trepou alguma vez, Wiseman? – perguntou Hoyle.

– Ah, deixa eu ver... Já, tenente Hoyle, acredito que sim. Na verdade, trepei hoje mesmo, mais cedo.

E, por uns instantes, Jack sentiu prazer em zombar da lembrança.

– "Hoje mesmo, mais cedo"! – repetiu Hoyle, aos berros, dando um tapinha nas costas de Jack. – Sabe de uma coisa? Até que você não está nada mal pra um judeu babaca e arrogante.

– Pra um babaca e arrogante de West Point, Hoyle, você... Bom, você é um babaca e arrogante de West Point – disse Jack, e Hoyle berrou ainda mais alto.

Os três chegaram ao bar famoso por suas mulheres baratas, um sombrio espaço subterrâneo equipado, basicamente, com uma máquina de cerveja, uma fileira de bancos e um atendente gorducho que olhou para eles com cara de poucos amigos e com uma toalha imunda jogada no ombro. Não havia nenhuma mulher no bar, de preço algum, só uns poucos homens, todos sentados sozinhos, bebericando suas cervejas.

Jack ficou completamente decepcionado. Estava determinado a apagar a tarde daquele dia com um encontro tão horrendo e sem significado quanto possível.

– Uísque! – bradou Hoyle, batendo o punho sobre o balcão.

– Uísque, não – respondeu o atendente. Pronunciou *vis-que*, com uma pausa entre as sílabas.

– É, uísque! – retrucou Hoyle.

– Cerveja – insistiu o homem, pegando três canecas de cerâmica debaixo do balcão. Encheu as canecas com uma cerveja espessa e escura, eliminando a espuma com uma faca. Jack observou a espuma abaixar. Assim que o nível da cerveja ficou abaixo das bordas das canecas, o atendente encheu-as de novo e tirou o excesso de espuma. Jack pegou uma das canecas, mas o homem balançou a cabeça, encheu-as uma terceira vez, esperou baixar a espuma e só então deslizou uma caneca para ele.

Não havia comida suficiente para alimentar nem metade da população da cidade, as pessoas se atropelavam por um pouco de pão e leite, e Ilona recebia as latas de carne processada que ele lhe trazia como se fossem filé mignon, mas os bares tinham sido reabertos, e a cerveja era boa, embora fosse vendida a preços que só os americanos conseguiam pagar.

Jack lambeu o bigode de espuma formado no lábio superior.

– Boa – murmurou para Hoyle.

– Boa, mesmo, caramba – concordou Hoyle. Tomou um longo gole. Em seguida, segurou a barriga com uma das mãos e arrotou alto.

Com o copo na boca, Jack caiu na gargalhada, mandando espuma por todo o balcão.

– Meus garotos – conclamou Ball, revivendo seu sotaque escocês. – Meus garotos, a nós! Que a gente continue reinando por muito tempo.

Jack e Hoyle ergueram as canecas.

– A nós! – gritaram.

Jack, àquela altura bêbado demais para guardar ainda alguma noção de distância ou de força, bateu na caneca de Ball com tamanho ímpeto que fez espirrar cerveja para todos os lados, encharcando tanto seu braço quanto o amigo.

Quase histérico de tanto rir, Ball bateu sua caneca contra a de Jack, tão forte que estilhaçou a cerâmica, e em seguida viu gotas de sangue escorrerem através de um longo corte em sua mão.

– Merda! – disse, aos gritos. – Que merda de mão!

– *Schwein.*

Jack girou o corpo para ver de onde vinha a voz. Bem no fim do bar, havia um homem sentado, curvado sobre um copo.

– O que você disse? – perguntou Jack, educadamente, em seu alemão impecável.

O homem levantou a cabeça de modo a olhar para Jack. Tinha cabelo escuro, sobrancelhas grossas e lábios carnudos. Sua camisa estava desabotoada e a camiseta de dentro, manchada. As mangas da camisa tinham sido enroladas até os bíceps avantajados. Ele coçou a garganta, puxando para baixo a gola da camiseta. Se ele pretendia revelar, dessa forma, os raios duplos tatuados em seu pescoço, Jack não sabia dizer, nem estava muito preocupado com isso. Jack saltou do banco e caminhou até o fundo do bar. Antes que o homem tivesse tempo de reagir, ele agarrou sua garganta. Arrancou-o do banco e deu um soco em sua cara. O nariz do nazista se rachou e manchou o rosto de sangue. Jack recuou, erguendo os punhos para proteger o rosto. O homem cambaleava enquanto o sangue escorria por sua camisa. Jack chutou as pernas dele. A queda foi tão forte que os copos do bar pularam.

– Quem é o porco aqui? – gritou Jack, mirando a barriga dele para dar mais um chute. – Nazista filho da puta! Quem é o porco?

O homem se encolheu todo, protegendo a barriga. Jack chutou sua bunda.

– Deixa eu entrar aqui – pediu Hoyle, empurrando Jack para o lado. O homem espalmou as mãos no chão e tentou se levantar. Hoyle pisou em seus dedos e começou a rir quando ele caiu, gemendo de dor.

– Levanta, seu porco nazista – disse Jack, agarrando-o pelo colarinho da camisa e tentando erguê-lo. – Levanta e vem brigar.

O homem cambaleava. Agarrou-se ao bar para ganhar equilíbrio e, em seguida, gritou alto diante da dor de seus dedos inchados, quebrados pela bota pesada de Hoyle.

– Diz que você é um porco – ordenou Jack.

O homem gemeu e procurou às cegas seu banco.

– Diz que você é um porco da SS! – repetiu Jack. Juntou o punho e se preparou. – Diz que você é um maldito porco nazista!

Jack se deu conta de que estava falando em inglês, então trocou para o alemão.

– Diz que você é um porco nazista.

– Eu sou um porco nazista – disse o homem, imediatamente.

– Que você é um porco da SS.

– Eu sou um porco da SS.

Jack tentou pensar em mais alguma coisa para obrigá-lo a falar. Olhou para Ball, que deu de ombros.

– Acerta ele de novo, Wiseman – incitou Hoyle. – Acerta o sujeito e depois diz que foi um judeu que arrancou o couro dele.

As pernas do homem sucumbiram. Ele buscou o banco, desesperadamente, e se sentou, apoiando a mão boa sobre o balcão. Jack ficou observando-o por alguns instantes, mas depois sentiu a mistura de aguardente e cerveja escura borbulhar em seu estômago. Pôs a mão sobre a boca e correu para a porta, saindo em disparada rumo à calçada. Sua ideia era chegar à calha de esgoto, mas em vez disso cobriu de vômito o Volkswagen marrom-acinzentado estacionado junto ao meio-fio.

# 11

Após passar pelas humilhações de ser rejeitado por Ilona e ter se comportado terrivelmente no bar, Jack acabou se contendo. Fez o melhor que pôde para se tornar um funcionário medíocre, um soldado que não sentia nada pela tarefa que desempenhava, sem cuidados nem vida pessoal. Ao acordar pela manhã com uma ereção decorrente de um sonho lembrado pela metade, ele tentou substituir as imagens de Ilona pelas de outras mulheres, como sua antiga namorada ou algumas das soldadas mais bonitas que tinham aparecido em Salzburg nos últimos tempos. Mas ele continuava separando a maior parte de sua provisão de cigarros para Ilona. Frequentava a cooperativa militar na Getreidegasse e comprava artigos que sabia serem do gosto dela ou coisas que pudessem ser úteis numa negociação. Para ele, só comprava mesmo o que fosse suprir suas necessidades mais básicas. A parcimônia fazia com que se sentisse bem, e ocasionalmente permitia-se imaginar a expressão de Ilona quando a presenteasse com os itens acumulados, prova de que não se esquivara da responsabilidade de cuidar dela.

Passadas algumas semanas, pôs-se a pensar com frequência nos sobrinhos pequenos de Rudolph Zweig e sentiu culpa. Enviou alguns pacotes através de seu soldado mais confiável, mas o último retornou fechado. Zweig e os meninos foram embora; tinham se mudado. Jack afligia-se um bocado por eles, apesar de Ball garantir que as coisas haviam melhorado substancialmente para os refugiados judeus. Por mais que seu amigo tenha assegurado que a ração diária dos judeus, de alto teor calórico, aumentara, Jack atormentava-se com a ideia de que, sem a sua ajuda, todos aqueles sobre quem assumira responsabilidade iriam para a cama com fome.

Nesse período, Jack também foi promovido, com atraso, a capitão, o que teve pouco impacto no seu dia a dia, salvo pelo pequeno aumento de salário. Se algo mudou, foi seu trabalho, que ficou mais entediante. Agora consistia fundamentalmente em proteger o conteúdo do depósito não de saqueadores ou ladrões, nem das requisições dos militares do alto escalão, mas de seus próprios homens, que achavam cada vez mais difícil deixar de pôr alguma coisa nos bolsos. Ele supervisionava os apáticos recrutas em suas patrulhas desanimadas e fazia alertas constantes, mas não era capaz de estar em todos os lugares ao mesmo tempo e sabia que alguns artigos vinham sumindo do depósito.

Começou a experimentar um sentimento crescente de impotência, feito um homem tentando carregar areia numa peneira. Buscara ater-se aos bens do depósito, mas, entre as requisições dos comandantes e os furtos de seus homens, estava perdendo o controle. Tentara tomar conta dos Zweig, mas eles foram embora. E quanto a Ilona, embora tentasse não pensar nela, o fato é que também a deixou escapar por entre os dedos.

Certa tarde, o cabo Streeter, terminando sua última semana como soldado do exército dos Estados Unidos, pediu que Jack se aproximasse.

– Encontrei um negócio que você vai querer ver – disse ele.

Muito tempo antes, haviam vasculhado as caixas e os caixotes em busca dos itens mais valiosos, mas deixaram escapar, sabe-se lá como, uma caixinha de couro, o porta-joias de alguma mulher, repleta de relógios de ouro.

– Dá uma olhadinha no forro, senhor. No forro da caixa.

A tampa era revestida de seda cor-de-rosa e nela estava gravado, em letras douradas, o nome de uma loja e um endereço.

– Lembro que você pediu pra gente avisar se encontrasse qualquer coisa de Nagyvárad.

Durante todo o longo período de seu relacionamento com Ilona, Jack buscara desesperadamente, e sem sucesso, qualquer item que viesse da cidade natal dela. Sabia que pelo menos alguma coisa entre os quadros e casacos de pele, menorás e sopeiras de prata, devia ter vindo dessa antiga cidade de 25 mil judeus, mas não conseguiu encontrar nenhum rastro visível. Agora, quando já havia parado de procurar, ali estava, uma caixa com relógios de ouro. Não era possível saber, é claro, se os relógios em si vinham de Nagyvárad ou apenas o porta-joias. Talvez os relógios tenham sido postos na caixa pelo Departamento de Propriedades Judaicas quando organizaram os bens no castelo de Óbánya, antes de carregarem o trem.

– Onde é que isso estava? – perguntou Jack.

– Encontrei no fundo de uma caixa cheia de câmeras. Estava cortando um dobrado em busca de uma máquina com lentes intactas para cumprir um pedido do general Lorde.

Jack ergueu os relógios, um de cada vez, e se pôs a estudá-los, tentando imaginar se algum deles um dia enfeitou o pulso de um próspero comerciante de grãos. Havia um que parecia caro e sem frescuras: máquina simples e pulseira pesada, em ouro, perfeito para fins de autoflagelação, pensou ele, lembrando-se de Ilona e da forma como costumava falar do pai. Tirou o relógio da caixa e viu que embaixo havia uma bolsa de veludo preto. Abriu o pacotinho de veludo e encontrou uma joia feminina, um pingente grande, com uma pintura esmaltada de um pavão em tons fortes de roxo e de verde, além de toques de branco. A joia era recheada de filigranas, obra de um ourives talentoso, e fora cravada uma pedra na ponta de cada pena do pavão.

Ele enroscou os dedos na corrente entrelaçada de ouro. Imaginou a mulher que a teria usado, imaginou a joia tépida contra a cavidade pulsante do pescoço feminino. Teria sido um presente do marido, do pai, do amante? Será que conhecia Ilona? Estaria morta? Ele soltou o pingente dentro da bolsinha de veludo, enfiou-a de volta entre os relógios e fechou o porta-joias. Escreveu RELÓGIOS DE OURO numa etiqueta de papel, passou um pouco de mucilagem nas costas da etiqueta e colou-a na frente da caixa. Em seguida, levou-a até o canto do depósito que reservara para os bens mais valiosos e colocou-a no topo de uma pilha de outras caixas contendo relógios.

Depois, como se apenas o fato de pensar nela fizesse com que aparecesse, Ilona surgiu à porta e foi logo entrando. Havia mudado naquelas semanas em que ficaram separados. O cabelo estava mais comprido, e ela o usava preso, liberando seu rosto. Vestia o casaco de lã que a mãe dele mandara, bem afivelado à cintura, e, quando o tirou, revelou uma blusa branca nova e um casaco de malha azul-claro com minúsculas flores bordadas em torno do pescoço. A calça, de lã preta, parecia fazer parte, originalmente, de um uniforme militar, tendo sido ajustada para servir à sua cintura fina e aos seus quadris arredondados. Nos lábios, Ilona usava um batom cor-de-rosa claro, que os deixava úmidos. Jack imaginou que ela talvez tivesse passado algum pó no nariz, já que as sardas estavam suavizadas. Ele gostava do batom; lembrava-lhe da primeira vez que se beijaram, mas sua vontade era tirar o lenço do bolso e limpar aquele pó de seu rosto.

Embora estivesse feliz em vê-la, percebendo imediatamente como ansiara por ela nas semanas anteriores, estava também consciente da presença de outro sentimento, mais sombrio, uma mistura complicada de culpa e vergonha, raiva e mágoa.

– Ilona... – Foi tudo o que ele conseguiu dizer.

Ela se inclinou sobre a mesa improvisada e beijou sua bochecha. Ele resistiu por uns instantes, mas cedeu ao impulso e, em dois passos, já tinha contornado a mesa e envolvido-a nos braços. Beijou-a na boca, sentindo o gosto da cera do batom.

– Você sentiu saudades, Jack – disse ela. Recostou o rosto ao peito dele, e ele enlaçou a cintura dela com as mãos enquanto balançava os calcanhares para a frente e para trás.

– Senti – murmurou Jack, em meio ao cabelo dela.

– Eu também – disse Ilona, afastando-se. – Eu também senti saudades de você.

– Como você está? Parece ótima.

– Estou bem. Tem muita coisa diferente acontecendo. Eu me mudei e agora tenho um emprego.

– Você se mudou?

– Eles removeram todos os judeus do hotel Europa, então agora estou no campo Muelln. Lá é bom. Não é tão confortável, mas todo mundo é judeu, então não existem mais Marias ucranianas...

– E está trabalhando?

– Sou professora num jardim de infância.

Ele sorriu.

Ela se afastou de novo, mas retribuiu o sorriso.

– Talvez você não ache que eu sirva pra esse tipo de trabalho.

– Imagina, de jeito nenhum. – Ele não conseguia suportar o fato de não tocá-la, então pegou a mão de Ilona. Viu que a unha quebrada de seu polegar estava quase perfeita. – Tenho certeza de que você é uma excelente professora.

– Eu sou só assistente. Levo as crianças para longos passeios pelas montanhas para fortalecer as perninhas. E estou aprendendo junto com eles. Temos uma professora da Palestina que veio nos ensinar hebraico. Você sabe falar hebraico?

– Um pouco.

– Estou achando surpreendentemente fácil. Você devia vir estudar com a gente. Talvez seja ainda mais fácil pra você, pois vai reconhecer algumas palavras da sinagoga.

– Eu aprendi hebraico na faculdade. Minha família não é muito de ir à sinagoga, não.

– É, você me contou. Minha família era igual. Em Nagyvárad, a gente era "judeu de Yom Kippur". Você sabe o que é isso?

– Acho que sei.

– Mas agora estou aprendendo hebraico. Foi preciso que viesse o Hitler pra eu me tornar uma boa judia.

Ele riu, mas só por educação. Mesmo com sua mordacidade, a piada não servia para ele, pois sabia muito bem o tipo de judeu que a guerra fizera nascer de Jack Wiseman. Será que uma identidade religiosa poderia ser forjada a partir de sentimentos como raiva e repulsa?

– Eu posso te levar pra jantar naquele restaurante que você gosta, perto do Mozarteum? – perguntou Jack.

– Hoje não posso ficar, mas sábado é Erev Purim, e vai ter uma grande festa à noite. Você vem?

– Ao Muelln?

– Isso.

– Está bem. Vou, sim.

Ela se despediu dele dando-lhe um beijo na bochecha, mas ele virou o rosto e pressionou os lábios contra os dela. Por um momento, parecia que ela se esquivaria, mas então relaxou nos braços dele. Com os dedos da mão direita, Jack percorreu o cabelo de Ilona e segurou seu couro cabeludo com a mão, massageando-o suavemente com a ponta dos dedos. Com o braço esquerdo, abraçou-a. Tocou na alça de seu sutiã, desejando que pudesse afastá-lo para o lado e pegar em seus seios.

– Não vai embora ainda, não – pediu ele. – Tenho uma coisa pra te mostrar.

– O quê?

– A maioria das coisas aqui não estão etiquetadas, mas algumas estão, e desde o começo eu fiquei atento pra ver se não tinha nada da sua cidade, de Nagyvárad. Você não vai acreditar, mas só hoje é que a gente encontrou uma caixa. O nome de um joalheiro estava impresso na parte interna da tampa. Csillag e Dux.

Ela abriu um sorriso triste.

– Minha família comprava nessa loja de vez em quando. Lembro que o meu tio comprou a aliança de casamento lá, pra tia Firenze. Eu que ajudei a escolher.

– Você quer dar uma olhada?

– O que é que tem dentro?

– Uns relógios e algumas joias. Mas eu não sei se o que está na caixa realmente veio de Nagyvárad. O Departamento de Propriedades Judaicas organizou e reorganizou tudo várias vezes antes de carregar o trem.

Ela ficou parada por um minuto, mordendo o lábio.

– Tudo bem. Quero ver, sim. Pode me mostrar.

Jack levou-a para dentro do depósito, para o canto onde guardara a caixa. Pegou o porta-joias, equilibrou-o sobre um caixote de madeira e abriu-o. Por alguns instantes, ela apenas olhou para a caixa, para o nome e o endereço gravados na seda, para o amontoado de relógios de ouro. Depois, pegou a bolsinha de veludo e despejou seu conteúdo sobre a palma da mão. Pôs-se a observar o pingente de pavão.

Naquele momento, Jack se permitiu imaginar que tudo o que tiveram juntos e que se perdera estava recuperado. Imaginava que o pingente – e, por extensão, aquele que o apresentara a ela – pudesse gerar em Ilona uma sensação de dívida, uma dívida que ela estaria disposta a honrar.

– Você reconhece essa peça? – indagou ele, ansioso.

– Não.

– Não reconhece?

– Nagyvárad é uma cidade grande. E as pessoas do interior vão pra lá fazer compras. Esse colar pode ter pertencido a qualquer morador da região ou, como você disse, pode ter vindo de qualquer lugar da Hungria. – Ela pôs o pingente de volta na bolsinha e, por sua vez, enfiou a bolsinha dentro da caixa. Depois, afastou-se. – Seja como for, penas de pavão trazem má sorte. Quem usaria um troço desses?

– Você quer dar uma olhada no resto da caixa?

– Pra quê?

Ela saiu depressa, passou pelo corredor com caixas e caixotes e pelas pilhas de quadros até chegar à entrada do depósito, onde ficou aguardando Jack.

Quando ele a alcançou, Ilona disse, numa alegria frágil, falsa:

– Então eu te vejo em Purim?

– Eu não devia ter te mostrado isso... Sinto muito.

– Não tem problema. Está tudo bem. Eu estou bem. É só que... por um momento, tive esperanças de que, por um milagre, você pudesse ter achado alguma coisa minha. Ou dos meus pais. Só fiquei decepcionada. Mas mesmo que você tivesse encontrado algum antigo pertence meu, eu não sei se ficaria com ele. Tudo isso é passado. Já estou farta de passado. Não quero nada do mundo de antes.

– Eu entendo, é claro.

Ela pareceu ter reunido as energias para lhe dar outro beijo no rosto.

– Vejo você no sábado.

– Certo. Até sábado – disse ele, observando-a partir.

# 12

A ESTRADA QUE LEVAVA AO campo Muelln estava ladeada por lápides gigantescas. Sem refinamento e cortadas habilidosamente a partir de papelão e compensado, nelas liam-se, em caracteres festivos, as datas de nascimento e morte de Adolf Hitler. Nas paredes das casernas tinham sido pendurados pôsteres pintados representando o Führer falecido em poses deformadas, algumas caricaturas beirando o obsceno. Efígies empalhadas, reconhecíveis pelos bigodes feitos de pelos de escova, pendiam amarradas pelos tornozelos ou pelo pescoço em cada poste de luz. Um garoto de uns 10 anos estava parado em frente à fogueira improvisada, na qual ardia uma chama pequena, porém vívida. O garoto segurava um livro e oferecia aos passantes a oportunidade de arrancar uma de suas páginas e atirar ao fogo. Jack ficou observando um homem que esfregou uma página na parte de trás da calça, de cima para baixo, antes de amassá-la e jogá-la às chamas. O garoto se curvou de tanto rir e teve de enxugar as lágrimas dos olhos. Ao ficar de pé, notou a presença de Jack e acenou para ele.

– Olha aqui! – disse, em inglês, virando o exemplar de modo que Jack pudesse ver a capa, com o título em letras pretas: *Mein Kampf*. – Você não quer limpar a bunda com o livro do Hamã?

– Hitler é o Hamã? – perguntou Jack.

– Hitler é o maior Hamã de todos!

Jack recordou um provérbio que seu avô costumava murmurar quando lia o jornal: tantos Hamãs e apenas uma festa de Purim.

O mais perto que Jack chegara em sua vida de celebrar o feriado de Purim era quando comia o *hamentaschen* de três pontas que sua *bubbe* fazia, mas, se a louca festança que acontecia naquele momento no campo dos refugiados era mesmo uma comemoração de Purim, ele antes não fazia ideia do que estava perdendo. As ruas e vielas do campo Muelln, uma antiga caserna do exército, fervilhavam com pessoas fantasiadas e mascaradas. Era como Halloween, só que os adultos também se fantasiavam. Havia bobos da corte e rainhas, leopardos, bruxas e cossacos. Um rapaz tinha arrumado um uniforme da SS quase completo, inclusive com o chapéu e a insígnia da caveira. Recheara os fundilhos de sua calça cinza com um travesseiro e carregava um remo de madeira que oferecia aos transeuntes, convidando-os a desferir uma generosa pancada em seu traseiro. A cada golpe, jogava-se no chão, em meio à sujeira, fingindo agonizar e gemendo para que sua "Mama Adolf" o salvasse.

Jack passou por uma barraca cuja atração era uma enorme lápide de compensado onde se lia: "Aqui jaz Hitler, que seu nome seja apagado para sempre." As pessoas se revezavam para subir numa escada de pintor, molhar um pincel num balde e jogar tinta preta sobre o nome de seu opressor.

Ao observar o fluxo da multidão pelas ruas, naquela miscelânea eufórica e mórbida, Jack sentiu seu astral se elevar. Alguém lhe ofereceu uma xícara de metal contendo uma mistura nada ortodoxa de bebida em pó sabor limão, tirada da ração tipo K, com álcool de cereais. Ele bebeu tudo e ficou procurando Ilona em meio aos rostos pintados. Não acreditava que fosse encontrá-la no quarto, mesmo se conseguisse abrir caminho à força naquela aglomeração de gente. Pleiteou, então, um refil de bebida a uma garota que passava com uma jarra e subiu para a varanda de uma das casernas, de onde poderia assistir ao desfile que começaria dali a pouco.

A orquestra do campo veio na dianteira, um *pot-pourri* maltrapilho de clarinetistas e violinistas, fagotistas e saxofonistas, muitas das maiores sumidades da música clássica europeia tocando uma versão estridente, meio polca, meio carnaval, da marcha "The Liberty Bell", de John Philip Sousa. Eles sacudiam as pernas parodiando o passo de ganso, enquanto o público acompanhava a música batendo palmas. Em seguida, veio o Clube de Futebol Muelln, em uniformes caseiros, as pernas musculosas pulando para fora dos shorts, seguido por um time de ginastas adolescentes, garotos e garotas, dando estrelas ao longo do trajeto. Jack ficou olhando fixamente o grupo seguinte para se assegurar de que seus olhos não estavam turvados pelo álcool. Era impossível não reconhecer o pequeno bando de gente minúscula, adultos que batiam na cintura das pessoas de estatura normal, paramentados com trajes típicos da Baviera, e as mulheres com os cabelos escondidos debaixo de gorros de pano. Os sete anões, mas sem a Branca de Neve. Todos os grupos no desfile carregavam pôsteres chamativos escritos à mão: o sindicato das bordadeiras, os estudantes das escolas técnicas, os funcionários do hospital. Um grupo de gente jovem vestindo shorts e sandálias inadequados para o frio de março carregava um pôster, proclamando-se membros do grupo Betar; em outro grupo, integrantes do kibutz HaShomer HaTzair. Um grupo de escoteiros ensaiava um simulacro corajoso, embora sem jeito, de uma guarda da bandeira, cada um tremulando desesperadamente sua versão artesanal da bandeira do movimento sionista, uma estrela de Davi azul sobre um fundo branco entre duas listras azuis horizontais. E, então, veio o jardim de infância, com crianças saltitando alegremente, correndo para lá e para cá, mal conseguindo acompanhar o trajeto do desfile, quanto mais marchar. No meio delas, rindo e feliz, estava Ilona. Um lenço de estampa vistosa cobria sua cabeça, e ela vestia um avental combinando. Tinha feito duas tranças no cabelo, que despontavam tortas de dentro do lenço. Desenhara amplas sardas pelo nariz e delineara os lábios claros com um lápis bem vermelho. Usava duas meias finas listradas, uma vermelha e a outra preta.

Jack engoliu o resto da bebida, desceu do telhado e enfiou-se no meio da multidão até alcançar o desfile. Gritou para ela, que, ao ouvir seu nome, passou os olhos pela massa de gente.

– Ilona! – gritou ele mais uma vez. Insinuou-se pelo povo até chegar à margem do desfile. Ela soltou a mão de uma das crianças e acenou para ele, que mergulhou dentro do desfile. Ele queria abraçá-la, mas a marcha o empurrava para a frente. – Ilona!

Ela sorriu.

– Feliz Purim, Jack – desejou, em hebraico.

– Feliz Purim pra você também!

Chegaram finalmente ao lugar onde terminava o desfile. Um rabino barbudo estava num palco montado no meio do que havia sido outrora o local de mobilização das tropas. O rabino ergueu uma das mãos, pedindo silêncio, e, apesar dos diferentes níveis de intoxicação, a imensa multidão se aquietou. Ele tirou um pequeno livro encadernado em couro de dentro do bolso do paletó e começou a entoar o primeiro capítulo do Livro de Ester. Jack imaginou quantos ali realmente falavam hebraico e quantos apenas escutavam atentos, procurando ouvir o nome do diabólico inimigo de Israel. Cada vez que o rabino pronunciava "Hamã", a multidão explodia em vaias. As crianças tocavam címbalos confeccionados com tampas de panela ou batiam bastões uns contra os outros. Ao fim da leitura do rabino, todos estavam em delírio, numa alegria instigada pela raiva.

Em seguida, vieram os discursos. Vários oficiais e dignitários do campo condenaram a besta da Alemanha e recordaram os festejos de Purim dos anos anteriores, quando havia poucas esperanças de que a profecia de Ezequiel se cumprisse, de que os ossos secos de Israel recobrassem a vida. Uns falaram em ídiche, outros em alemão, e ainda houve quem falasse num hebraico suficientemente simples a ponto de Jack conseguir entender.

Ao que parecia, os discursos não terminariam tão cedo, e Jack já estava se perguntando como conseguiria ficar a sós com Ilona quando ela o tomou pelas mãos.

– Vem comigo! – disse.

Ela parou e sussurrou alguma coisa ao ouvido de outra professora do jardim de infância, passando a responsabilidade adiante, supôs Jack. Depois, começou a andar muito depressa, serpenteando pela multidão. Às vezes, havia tanta gente que Jack nem conseguia enxergá-la à frente, mas Ilona segurava firme em sua mão, e ele confiava nela para que o guiasse. Finalmente, escaparam da confusão e percorreram um caminho entre dois alojamentos até chegar a uma porta junto à cerca de arame farpado que definia os limites do campo. Infiltraram-se ali dentro.

Os alojamentos haviam sido organizados em fileiras de cubículos demarcados por pilhas de móveis e paredes improvisadas de compensado. Ela o levou até um cubículo minúsculo. Embora houvesse pequenas janelas recortadas nas paredes, a luminosidade mal penetrava ali, então foi à meia-luz, na penumbra, que ela tirou a roupa. Ele ficou observando, trêmulo. Quando já estava nua, Ilona se recostou na pequena cama armada. Com um gemido, Jack caiu por cima dela, caçando os botões de sua calça enquanto o álcool de cereais rodopiava em seu estômago. O corpo dela estremeceu conforme ele passou a língua pelas cicatrizes, pústulas e pregas que devastavam sua esplêndida pele pálida.

Tudo terminou quase tão depressa quanto começara, mas por um bom tempo ele permaneceu por cima dela, os lábios colados à lateral de seu pescoço, murmurando seu nome.

Ilona envolveu os braços no pescoço de Jack, cravou um beijo molhado na boca dele e disse:

– Vamos, Jack. Eu quero que você conheça uma pessoa.

# 13

O HOMEM QUE ABRIU A porta era baixo e tinha sobrancelhas pretas e grossas, de onde saíam alguns pelos brancos rebeldes, feito antenas. Outros tufos de cabelo projetavam-se pelo colarinho aberto de sua camisa. Contudo, o esforço para produzir tamanha abundância exaurira seus folículos, e sua cabeça era calva e um bocado brilhosa, salpicada de sardas disformes. Ele cumprimentou Ilona com um aceno de cabeça, mas ergueu a fronte peluda na direção de Jack.

– Jack Wiseman – apresentou Ilona. – Meu amigo.

– Muito prazer, capitão Wiseman – disse o homem, estendendo a mão. Tinha um forte sotaque do leste europeu, mas seu inglês era bom.

Jack, em seu traje civil de calça e camisa, não entendeu como ele conhecia sua patente.

– Jack, este é o Aba Yuval. Ele é membro da Brigada Judaica – explicou Ilona.

Na primeira vez que leu sobre a Brigada Judaica no jornal ídiche do avô, Jack não sabia se ficava orgulhoso por suas proezas ou insultado devido à segregação em relação ao corpo principal das forças armadas britânicas. Teria ele sentido vontade de integrar uma brigada separada, nomeada especialmente, que reunisse os judeus do exército americano? Era difícil imaginar algo dessa espécie, até que lhe vieram à mente os soldados negros.

Ele seguiu Ilona quarto adentro e colocou-se imediatamente em posição de sentido. O rabino Bohnen, de uniforme, estava sentado numa cadeira de madeira junto a uma pequena mesa no centro do cômodo.

– Capitão Wiseman, feliz Purim! – disse o líder religioso.

– Senhor...

– "Senhor" é para os soldados. Pode me chamar de rabino.

– Mas eu sou um soldado, senhor.

– Sim, claro que você é, filho. Você é um soldado, mas também é judeu. Além de ser um homem bom e justo, certo?

Era tão difícil responder àquela pergunta quanto na primeira vez em que o rabino a fizera, alguns meses antes. Na verdade, continuava sendo difícil entender o que estava por trás da questão. Jack sentia como se o rabino estivesse tentando arrancar um crachá de dentro de seu coração, escrito "judeu". Mas esse crachá estava emaranhado e desgastado por falta de uso. Nada acontecia se o puxassem.

O rabino se levantou e tocou no braço de Jack.

– Capitão Wiseman, estes aqui são homens do bem. Eu espero que você consiga ajudá-los da forma como puder.

No caminho até a porta, o rabino apertou a mão de Yuval e do terceiro homem ali dentro, que estava sentado à beira de uma cama, com as pernas cruzadas elegantemente, e que fumava um cigarro. Ao contrário de Yuval, que se vestia de modo despojado, usando uma camisa bastante desgastada e calça de exército camuflada, ele trajava um terno impecável, feito sob medida, e a bainha da calça caía perfeitamente sobre as meias amarelo-canário.

Ele sorriu friamente para Jack, que teve dificuldades para interpretá-lo.

Jack olhou para um, depois para outro, e em seguida para Ilona, que estava concentrada tentando puxar um fio solto de sua fantasia de Purim. Por que o tinha levado até lá?

– No Yishuv, a gente não é tão formal. Usamos os primeiros nomes. Posso te chamar de Jack?

Jack não respondeu; em vez disso, olhou para Ilona, que continuava evitando encará-lo.

– Temos uma situação aqui, Jack. Você conhece as condições nos campos de refugiados, não conhece? – prosseguiu Yuval.

Jack passou os olhos pelo quarto. Parecia ser a residência de uma única pessoa e, embora a cama fosse estreita e houvesse pouquíssimos bens pessoais, tratava-se de um quarto, e não de um cubículo. A "situação" de Yuval aparentava ser melhor do que a da maioria.

O homem continuou.

– Na Alemanha, é ainda pior do que aqui. Pelo menos aqui em Salzburg seu comando é solidário às dificuldades dos judeus. Seu general envia o rabino Bohnen para nos ajudar. Mas na Alemanha o governo militar nomeia os SS para posições elevadas e deixa que abusem dos poucos judeus sobreviventes. Seu general Patton se recusou a prender os SS porque disse que seria uma estupidez se livrar das pessoas mais inteligentes da Alemanha. Em vez disso, encheu de nazistas a Administração Provincial da Baviera. Até hoje não conseguimos nos livrar deles. Tem um ditado em alemão que diz assim: "Que pena que você não era nazista, senão teria chegado a algum lugar." Já ouviu isso?

– Não – respondeu Jack, mas não ficou surpreso. Pouco tempo antes, Ball lhe contara sobre uma pesquisa com as tropas americanas revelando que 59% dos entrevistados acreditavam que Hitler tinha feito muito pela Alemanha. Por sua experiência com os substitutos, Jack achava que o número estava subestimado.

– Os alemães nunca vão parar de matar judeus – disse Yuval. – Mesmo quando a vitória dos aliados era inevitável, mesmo quando a Wehrmacht preparava a rendição, civis alemães continuavam matando os remanescentes dos campos, aqueles que eram levados para marchas forçadas pelo interior. Conheci um homem que me contou ter sido perseguido por um bando de garotos, garotos, Jack, que gritavam pra ele assim: "Vamos à caça pra abater as zebras!" Você sabe por que "zebras"?

– Não.

– Por causa dos uniformes listrados.

Ao ouvir isso, Ilona se aproximou de Jack, deslizando a mão sobre a dele. Ele sabia que ela estava pensando em Etelka. Quase a perdoou por armar tal emboscada, fazendo-o encontrar aqueles homens.

– O que é que você quer de mim? – perguntou ele a Yuval, embora a pergunta pudesse ter sido dirigida a Ilona.

– A gente sabe que você tem acesso a um caminhão. Um caminhão das forças armadas dos Estados Unidos.

Ao pensar no caminhão e no que acontecera dentro dele, Jack enrubesceu.

– Tem, sim, um caminhão no depósito onde eu trabalho.

– Um caminhão das forças armadas dos Estados Unidos.

– Tecnicamente ele pertence à Autoridade Civil Aliada.

– A gente espera que você nos dê permissão para pegarmos o caminhão emprestado.

– Nada feito.

– Como assim?

– Sinto muito, mas não posso fazer isso. Como eu falei, ele pertence ao exército americano na Áustria.

– Mas está sob o seu comando, não está?

– Está.

– Então ele vai para onde quer que você o mande ir – concluiu Yuval, satisfeito com seu raciocínio lógico.

Era disso que se tratava? Era por isso que Ilona se aproximara dele? Era por isso que tinha transado com ele? Como forma de incentivo? Para fazer com que entregasse seu caminhão? Jack estava furioso, sentindo-se humilhado, e só queria ir embora dali, correndo, para escapar à própria raiva e vergonha.

– Desculpe, mas não tenho como emprestar o caminhão porque ele não é meu – explicou, virando-se em direção à porta.

Foi elegante a forma como Yuval bloqueou a porta, sem força ou esforço aparente, mas fazendo as vezes de uma parede de tijolos.

– Tudo bem. Então você não precisa emprestar. Apenas estacione num lugar sem guarda nenhuma, deixe a chave e vá embora. E não volte durante um dia inteiro. Só isso.

– Ah, só isso?

– É, só isso.

– E, ainda que mal lhe pergunte, vocês precisam do caminhão pra quê?

O homem de meias amarelas tirou mais um cigarro de dentro do maço, afixou-o numa pequena piteira de papelão e acendeu-o com um reluzente isqueiro de prata. Soprou pelas narinas dois finos jatos de fumaça. Segurava o cigarro feito uma mulher, entre o indicador e o dedo médio. Falava com um sotaque alemão refinado e culto.

– Capitão Wiseman, você é judeu.

Não era uma pergunta, então Jack nem se preocupou em responder.

– Eu estive em Auschwitz logo depois da liberação – prosseguiu o homem. – Você ouviu falar de Auschwitz?

– Ouvi.

– Por mais difícil que seja a vida dos sobreviventes judeus na Alemanha e aqui na Áustria, nos superlotados campos de refugiados, a coisa é pior ainda na Polônia. Aqueles que tentaram recuperar suas casas foram ameaçados. Alguns foram mortos. Eles sobrevivem aos campos, chegam finalmente aos seus lares e lá encontram a morte, na porta de casa, assassinados pelos próprios vizinhos. É um dilema terrível, não acha?

– O quê?

– O que fazer com todos esses judeus. Hitler matou muitos deles, uma quantidade enorme, mas ainda sobraram alguns. Talvez 100 mil, talvez 1 milhão. Ninguém sabe ao certo. E ninguém sabe também o que fazer com eles. Você acha que o seu governo vai aceitá-los? O senhor Harry Truman vai dizer "Por favor, seus judeus poloneses semimortos, venham para Nova York. Venham para o Missouri"?

Jack se lembrou de estar sentado à mesa da cozinha de seus avós maternos, ainda adolescente, e ver o avô, geralmente estoico, chorar ao pensar no destino dos judeus alemães, refugiados, que embarcaram no *St. Louis*. Recusados por Cuba, rejeitados pelos Estados Unidos, acabaram mandados de volta à Europa de Hitler para encontrar seu destino cruel.

– Eu duvido – disse Jack.

– Você duvida? Pois eu também. Então, o que vai ser deles, capitão Wiseman? Seus vilarejos já não existem mais. Até mesmo suas cidades. O que sobrou da Vilna judaica, da Varsóvia judaica? De Bucareste ou de Berlim? Você sabe tanto quanto eu. Então me diz, o que é que vai acontecer com todos esses judeus?

– Eu não sei.

– E assim como você, o seu governo não tem essa resposta.

– Se eles têm uma resposta, eu não estou a par, seja ela qual for.

– Bom, é aqui que discordamos, você e eu. Pois eu estou a par das respostas de alguns que fazem parte do seu governo. Neste exato momento, o seu governo está gastando milhões para alimentar e dar moradia aos judeus que chovem aos montes na Zona Americana. Custa caro e ninguém quer pagar por isso. O seu presidente quer gastar dinheiro reconstruindo a Europa e transformando a Alemanha e a Áustria em países aliados contra a União Soviética. Os ingleses são aliados, então nenhuma política oficial pode contradizê-los, mas tem gente no seu governo que concorda comigo, com a ideia de que os judeus remanescentes devem ir pra bem longe, por exemplo para a Palestina, com o objetivo de estabelecer a terra de Israel.

– Eu entendo. Então quer dizer que você está planejando levá-los até lá, os 100 mil judeus, no meu caminhão?

O homem abriu um sorriso.

– Apenas alguns deles. E só até a Itália. Depois, vamos usar um barco.

Jack nunca mandara uma mulher à merda, e não era agora que iria fazê-lo, mas quando Ilona começou a correr atrás dele pelo campo, gritando seu nome e implorando que parasse, ele ficou profundamente tentado. Em vez disso, ignorou-a e teria conseguido escapar não fosse a multidão de farristas com a qual se deparou, que só então se dispersava, depois de os discursos finalmente se encerrarem.

– Que droga! – murmurou ele, tentando se livrar da aglomeração.

– Jack, por favor! – pediu Ilona, alcançando-o. Agarrou o braço dele com as duas mãos. – Por que você está fugindo de mim?

Ele se desvencilhou.

– Não estou fugindo.

– Está, sim.

– Ilona, me diz uma coisa. Foram esses homens que mandaram você me convidar pra festa de hoje? – Ele olhou de relance em volta para ter certeza de que nenhum transeunte estava ouvindo. Inclinou a cabeça e falou baixinho ao ouvido dela. – Você transou comigo porque eles te disseram pra fazer isso?

Ela soltou as mãos e encarou-o. Seu rosto estava vermelho.

– Como é que você ousa falar isso pra mim? Sai daqui. Sai daqui agora! Eu nunca mais quero te ver.

Jack pensou na mão dela o tocando quando foram mencionados os garotos alemães violentos e a caça às "zebras" e hesitou, em dúvida se sua raiva era justificada.

– Ilona, me diz a verdade. Aquilo que aconteceu hoje, no seu quarto... Na sua cama... Eles mandaram você fazer isso?

– Eu não sou prostituta. E aqueles homens não são... Bom, eu não sei a palavra. Não são o tipo de homem que agencia prostitutas.

– Cafetão.

Ela franziu as sobrancelhas.

– A palavra não é essa.

– É, sim.

– "Cafetão"? Que palavra ridícula! Parece piada.

– Ilona!

– Jack, eu te procurei porque senti saudade. E levei você pro meu quarto porque eu estava feliz.

– E por que você me levou pra conhecer aqueles homens?

– Porque o seu rabino me pediu pra fazer isso. Eu disse a ele que você viria hoje, então ele me falou pra levar você até lá e apresentá-lo aos homens da Palestina.

Jack queria muito acreditar nela, e foi o que fez. Acreditava nela, exceto por uma dúvida do tamanho de uma pulga, que se esgueirava, atormentando-o e envenenando aquilo que ele desejava sentir com tanta vontade. Foi então que outra mãozinha apertou a sua, e ele deu um salto. Levou um tempo para reconhecer Tomas Zweig. Fazia apenas algumas semanas desde a última vez em que vira o garoto, mas nesse período Tomas cresceu pelo menos alguns centímetros. Era como se seu corpo tivesse hibernado durante os longos anos de guerra e começasse agora a recuperar o tempo perdido.

– Tomas! – exclamou Jack. O garoto sorriu e permitiu que ele despenteasse seu cabelo. – Tudo bem com você? Como está o seu irmão? E o seu tio? – perguntou ele em alemão.

– Eles estão bem. E você, está bem?

– Estou.

O garoto se virou para Ilona.

– O meu tio que me mandou aqui. Ele quer que você leve o Jack pra vê-lo.

Quando Jack e Ilona chegaram ao quarto de Rudolph Zweig, encontraram um grupo de convivas compartilhando uma refeição festiva composta de pequenas maçás verdes e fatias de queijo amarelo duro.

Rudolph saltou da cadeira, pondo-se de pé.

– Estou tão feliz por Ilona ter te trazido até aqui! Eu queria ter falado com você quando deixamos o hotel Europa, mas foi tudo tão de repente...

– Como vai você? – perguntou Jack.

– Estou muito bem.

Rudolph parecia outra pessoa. Embora sua coluna não estivesse completamente reta, descartara uma das bengalas. Suas bochechas ganharam volume, e ele estava com uma aparência incrivelmente jovem.

O irmão mais velho de Tomas, Josef, também havia disparado de tamanho e engordado. O garoto fez uma pequena e firme reverência, remanescente dos modos formais instilados por uma governanta do passado remoto. Saudou Jack com um afetuoso "Shalom!".

Jack ergueu a sobrancelha, na direção do tio deles.

– Ele fala hebraico?

– Os dois garotos estão aprendendo, assim como eu. E agora eles têm nomes em hebraico – disse Rudolph, agarrando o ombro do mais velho. – O Joseph agora é Yossi, e o Tomas se chama de Zvi.

– Zvi? – perguntou Jack. – E quanto a você, mudou de nome também?

– Por que não? Um novo nome pra uma nova vida. Reuven Ben Ari. Em honra ao meu pai, Leopold, avô de Yossi e Zvi. Agora, nós seremos filhos do leão, todos nós.

– Reuven, Yossi e Zvi estão com planos de imigrar para a Palestina assim que estiverem suficientemente fortes. Foram os únicos membros da família que sobreviveram e não podem voltar sozinhos para Berlim.

Não fazia muito tempo, Rudolph explicou a Jack, ele fora convidado, pela Administração das Nações Unidas para o Socorro e a Reconstrução, a preencher um questionário sobre seus objetivos imigratórios. Assim como 18.700 dos 19 mil refugiados judeus que responderam às perguntas, Rudolph listou a Palestina não apenas como primeira opção, mas também como segunda.

– No campo de refugiados de Fürth, perto de Nuremberg, quando um funcionário desse organismo das Nações Unidas disse que era preciso pôr um destino diferente como segunda opção, um quarto dos refugiados escreveu a palavra "crematório" – disse Ilona.

– Não existe outra opção pra gente – disse Rudolph a Jack.

Jack ficou pensando se isso era verdade. Hitler teria provado aos judeus que só havia dois lugares seguros para eles? O primeiro era um pedaço minúsculo de terra, antigo e espúrio, cercado de inimigos; o segundo, na verdade, não era lugar algum.

– Nós vamos cruzar os Alpes! – disse Tomas, agora Zvi.

Incrédulo, Jack olhou para a bengala remanescente de Rudolph.

– No inverno, a viagem é arriscada. O Reuven não gosta quando eu digo isso, mas ele não tem força suficiente pra encarar o trajeto. Acho que ele precisa esperar até a primavera – comentou Ilona.

– Eles dizem que vai ser cada vez mais difícil cruzar os Alpes. Os ingleses estão pressionando os italianos. Ninguém sabe até quando a estrada a partir de Salzburg continuará aberta. Se não formos agora, perderemos nossa chance.

– Quem são "eles"? Yuval? O outro homem? – indagou Jack.

– Você conheceu o Aba Yuval? – perguntou Rudolph, abrindo um sorriso radiante. – Um grande homem, um herói. O Yishuv, a comunidade judaica da Palestina, mandou não apenas o Yuval, mas também professores de hebraico e líderes de escoteiros pra ajudar em nossa preparação. Todo mundo está tentando ir pra Palestina.

Jack se virou para Ilona.

– E você? Também está tentando ir pra Palestina?

– Não sei pra onde vou. Talvez pra Inglaterra, ficar com a minha tia Firenze. Talvez pra Hungria. Ou Palestina. Ou, então, pra outro lugar qualquer.

– Que lugar? – perguntou ele.

Ela encolheu os ombros e sorriu.

E, então, apesar de todos seus esforços contrários, Jack sentiu um puxão no crachá emaranhado e desgastado que habitava seu coração, o mesmo que o rabino tentara puxar pela primeira vez. Ele compreendeu o que o rabino vinha tentando lhe dizer. Era um soldado, mas também era judeu. E ali, naquele momento, naquele lugar, junto àquele rapaz incrivelmente corajoso e aos seus meninos também extremamente corajosos, Jack entendeu o que vinha em primeiro lugar.

# · 14 ·

Jack e Yuval caminhavam pelas ruas do campo de refugiados, contornando os grupos de crianças brincando em canteiros imundos que no passado devem ter sido belos gramados e as pequenas aglomerações de homens reunidos para fumar cigarros e conversar. Por onde quer que passassem, Yuval era saudado com acenos e aplausos, porém, assim que as pessoas percebiam que os dois estavam tendo uma conversa séria, mantinham uma distância respeitosa.

– Quando estivermos prontos, mandaremos Ilona – disse Yuval a Jack. – Você dará as chaves pra ela e mostrará onde estaciona o caminhão.

– Não.

– Não?

– Eu não vou te entregar o caminhão.

– Então por que é que você está aqui?

Ele fora sozinho se encontrar com Yuval. Embora Ilona soubesse de sua decisão, Jack não quis que ela o acompanhasse.

– Eu que vou dirigir o caminhão.

– Você vai dirigir o caminhão...

– Exatamente.

– Até a fronteira italiana.

Por mais que Rudolph Zweig admirasse o sujeito, Jack não confiava em Yuval. Não confiava nele para proteger os bens da força aérea dos Estados Unidos e, mais importante, não confiava nele para proteger a carga do caminhão. Quaisquer que fossem as garantias daquele judeu combativo, Jack não podia ter certeza de que o carregamento era tão precioso para Yuval quanto para ele. Como sempre, só havia uma pessoa em quem confiava: em si próprio.

– Não me importa se você levará esses judeus pra Tierra del Fuego – esclareceu Jack. – Se quer o meu caminhão, eu dirijo.

– Isso é ridículo.

– Mas é a realidade.

– Em primeiro lugar, se for pego, você irá a julgamento na corte marcial.

– Isso é problema meu.

– O problema vai ser meu se a sua prisão provocar um incidente internacional. Você acha que o exército americano vai continuar fechando os olhos para nossas operações se descobrir que estamos usando soldados como motoristas?

– Eu não sei e não estou nem aí. Você quer o meu caminhão, não quer? Então eu que dirijo.

Yuval resmungou umas palavras grosseiras e obscuras em hebraico, algo no sentido de Jack ser filho de qualquer coisa. De uma puta, talvez. Como não confiava em Yuval, Jack manteve em segredo sua familiaridade com o idioma, então não perguntou nada. Embora não entendesse tudo, ficou surpreso ao descobrir que a língua usada pelos judeus do Mandato Britânico da Palestina era muito similar ao hebraico bíblico que ele tinha aprendido no Departamento de Letras Clássicas da Universidade de Columbia. O sotaque de Yuval era mais glótico e áspero que o do professor que dera aulas de hebraico para Jack na universidade, um afetado senhor inglês chamado Peters, que na verdade parecia ser antissemita e não fazia esforço algum para pronunciar as palavras em hebraico de forma diferente das palavras em inglês. Porém, com a prática e a exposição à língua, Jack estava achando relativamente fácil entender Yuval e os outros judeus da Palestina que estavam no campo de refugiados.

Jack prosseguiu o diálogo.

– E em segundo lugar?

– Em segundo lugar?

– Em primeiro lugar, eu vou a julgamento na corte marcial. E em segundo lugar?

– Em segundo lugar, como é que eu vou saber que tipo de motorista você é?

Nesse instante, uma porta se abriu e uma mulher apareceu, despejando um balde d'água exatamente na direção deles. Jack saltou para o lado, mas Yuval foi lento demais. A mistura de água com espuma encharcou sua calça e suas botas.

– Ai, meu Deus! – gritou a mulher, em ídiche, mudando em seguida para o hebraico. – Sinto muito, Aba. Que sujeirada! Por favor, entra aqui na lavanderia que eu arrumo uma roupa seca pra você.

Yuval abriu um sorriso tranquilizador.

– Não tem problema, minha senhora. Eu precisava mesmo de um banho.

Ela deu umas risadinhas e voltou para dentro. Yuval se virou para Jack.

– Bem, digamos que seu reflexo está bom. Vou deixar você dirigir.

Jack deveria conduzir os refugiados até um ponto a poucos quilômetros da fronteira italiana, onde eles encontrariam os guias responsáveis por levá-los pela fronteira e chegar a Reschen Pass, onde outro caminhão estaria aguardando para transportá-los até o sul. Na noite anterior à viagem, quando chegou ao quarto de Yuval para tratar do plano, Jack ficou surpreso e feliz por encontrar Ilona. Ela estivera tão ocupada com o trabalho e com as aulas que eles não se viam fazia alguns dias.

– Tenho ótimas notícias – disse ela. – O Reuven finalmente está forte o bastante para fazer a viagem. Ele, Zvi e Yossi irão com você amanhã.

– Esse é um transporte complicado. Vão ter umas doze crianças entre os refugiados – ponderou Yuval.

Jack era contra. A viagem seria extenuante, disse a Yuval. As crianças não aguentariam ficar horas e horas presas no ar frio e viciado da traseira do caminhão, e não era razoável esperar que caminhassem quatro ou cinco quilômetros pela neve até alcançarem a fronteira e chegarem ao caminhão do outro lado. Yuval riu, em tom de deboche. Lembrou a Jack que aquelas crianças tinham sobrevivido a situações muito piores do que viajar num caminhão sem aquecimento e fazer uma curta caminhada pelos Alpes. Além disso, se esperassem a chegada da primavera, quando a neve se desprenderia dos desfiladeiros, teriam de andar durante todo o dia, sem a possibilidade de encurtar o trajeto dentro de um caminhão.

– O caminhão é um tapete mágico quando comparado à caminhada na primavera – disse Yuval. – Eles só terão de percorrer um pequeno percurso para cruzar a fronteira.

– E se eles não conseguirem chegar até a fronteira?

– Eles vão conseguir.

– E se forem pegos?

– Se forem pegos, os italianos vão mandá-los de volta, e nós tentaremos de novo. E de novo, e de novo, até conseguirmos.

Jack talvez continuasse a contestar Yuval se Ilona não tivesse abraçado a causa.

– Eles vêm treinando há meses. Todos eles. Inclusive as crianças.

– Só acho que é muito pesado – disse ele.

– Por favor, Jack. Se eles ficarem esperando e a fronteira for fechada, vai ser um balde de água fria.

Ele acabou concordando, mas só sob a condição de conduzir o grupo ao longo de todo o caminho até cruzarem a fronteira com a Itália, onde o segundo caminhão estaria esperando, de modo que não fosse preciso caminhar nada.

– Existe um sanatório pra tuberculosos em Merano, no Tirol do Sul – contou ele a Yuval. – Podemos disfarçar os refugiados de pacientes tuberculosos a caminho desse lugar.

– E se formos parados? Como vamos explicar a presença de um oficial americano?

– Escolta médica oficial.

– E eu vou ser uma enfermeira da Cruz Vermelha! – exclamou Ilona. – Impossível a Cruz Vermelha enviar pacientes de tuberculose a algum lugar sem uma enfermeira junto, para prestar assistência.

Jack precisou admitir que ela estava certa, e Yuval, impressionado talvez pela determinação dos dois, não se preocupou em reunir argumentos para se opor ao plano de Jack e à ideia de Ilona.

A estrada pelas montanhas era cheia de sulcos e deformações. Além disso, uma camada de gelo se formara sobre as poças nos buracos mais profundos. Caso a escolha fosse dele, Jack teria dirigido muito mais devagar, evitando assim que os passageiros se chocassem uns contra os outros na traseira do caminhão. Contudo, sempre que seu pé pisava no freio, Yuval rosnava para ele que "andasse logo". A cada sacolejo, Jack imaginava as pessoas lá atrás caindo umas por cima das outras e as crianças sendo lançadas para lá e para cá, esbarrando-se feito um carregamento de garrafas de leite vazias.

No momento em que a estrada se tornou mais lisa, Jack aumentou a velocidade. Yuval apoiou seu M1 entre os joelhos e sacou um maço de cigarros do bolso da camisa. Tanto a arma quanto os cigarros eram produtos americanos. Jack ficou imaginando se também teriam vindo da Agência Judaica. Ou será que o general Collins estava tão ávido por se livrar e livrar a Zona Americana do fardo crescente dos refugiados que vinha abastecendo os judeus com armas para proteger a fuga pelos Alpes rumo à Itália e a ruptura ao bloqueio britânico na Palestina?

Yuval acendeu um cigarro. Jack baixou o vidro por causa da fumaça pungente e deu uma olhada no espelho lateral. As nuvens estavam carregadas, e havia apenas uma tímida lasca de lua no céu. Eles tinham escolhido o momento exato para fazer a viagem, quando haveria luz suficiente para enxergarem a estrada sem precisar dos faróis, mas não muita, a ponto de correrem o risco de serem notados. Os planos se complicaram devido a uma ameaça de tempestade; durante a maior parte do trajeto, a lua escassa – tudo o que Jack possuía para iluminar o caminho – se perdera por trás de nuvens cinzas e com raios. Ele só notou a sombra atrás do caminhão porque seus olhos estavam treinados pelas horas em que precisou enxergar em meio à penumbra.

O cortante ar noturno foi como um tapa em seu rosto quando ele pôs a cabeça para fora e olhou para trás. Não havia dúvidas de que estavam sendo seguidos.

– O que houve? – indagou Yuval.

– Estão vindo atrás da gente.

– Um caminhão?

– Não, menor.

– Pisa no acelerador! – disse Yuval.

Jack olhou para trás de novo, avaliando a distância entre eles e o veículo que se aproximava. Pisou no acelerador suavemente. O caminhão balançou e começou a ganhar velocidade, mas ainda estava muito devagar. A estrada era ruim, a carga era pesada, e o veículo não servia para altas velocidades. Jack voltou a olhar para trás. O carro continuava tão distante que ainda parecia uma pequena mancha ou sombra na estrada, mas se aproximava cada vez mais.

– Acelera!

Em vez disso, Jack tirou o pé do acelerador e reduziu a velocidade.

– Mais rápido! – bradou Yuval.

Jack reduziu ainda mais e acendeu os faróis dianteiros.

– Que merda que você está fazendo?

– Não dá pra ir mais rápido do que eles.

– A fronteira fica a menos de dez quilômetros daqui! Vai, vai!

– Daqui até a fronteira são oito quilômetros, mas eles vão conseguir nos alcançar muito antes disso – explicou Jack, olhando mais uma vez para trás. Conseguiu identificar a silhueta do veículo. Era um jipe Willys americano. A essa altura, os dois carros trafegavam numa velocidade tranquila, de uns cinquenta quilômetros por hora, e Jack usou uma enorme cratera na estrada como desculpa para desacelerar ainda mais. – É melhor você enfiar essa arma aí embaixo – sugeriu a Yuval.

Yuval sentou em cima dela e cobriu o traseiro protuberante com a mochila.

O jipe estava logo atrás.

– Abaixa o seu vidro, põe o braço pra fora e manda eles se aproximarem – pediu Jack.

Foi o que Yuval fez depois de refletir por uns instantes.

O jipe se emparelhou com o caminhão. Jack, gentil, reduziu a velocidade. Olhou para o lado, mas não conseguiu discernir os ocupantes do veículo. Eles andaram lado a lado por um tempo até o jipe tomar a dianteira, desacelerar e finalmente parar à frente deles.

Xingando, Jack reduziu para a primeira marcha e parou bruscamente o caminhão.

– Fica aqui – disse para Yuval.

Ele abriu a porta com força e desceu num salto.

– E aí, rapaziada? – disse com uma jovialidade que alguém que o conhecesse jamais reconheceria.

Assim que ele se aproximou, dois soldados pularam do jipe, com armas em punho e engatilhadas.

– Descansar! – gritou Jack.

Quando conseguiram ver as barras duplas e prateadas no uniforme, os soldados se colocaram em posição de sentido e fizeram a saudação. Informalmente, Jack retribuiu.

– O que eu posso fazer por vocês, rapazes?

– Senhor, nós temos ordens de patrulhar as estradas – disse um deles, que era sargento. O jovem tinha mais ou menos a idade de Jack, e suas listras haviam sido recém-estampadas. No entanto, exalava um ar de competência e precisão militar que Jack teria admirado em outras circunstâncias.

– Em busca do quê? Contrabandistas?

– Isso, senhor, mas principalmente refugiados.

– Refugiados?

– Devemos impedi-los de cruzar a fronteira, senhor.

Jack deu de ombros. Pôs a mão no bolso e tirou um maço de cigarros. Pegou três, deu um para cada soldado e acendeu um para si. Em seguida, ofereceu o isqueiro. A fumaça, que lhe era pouco familiar, desceu inclemente pela garganta, e ele precisou conter a vontade de tossir.

– Bom, então podem deixar que eu vou ficar atento a refugiados.

– Obrigado, senhor – agradeceu o sargento, devolvendo o isqueiro e dando uma longa tragada no cigarro. – Só uma coisinha. Espero que entenda... Eu preciso perguntar o que é que tem nesse caminhão, senhor.

– Refugiados.

Os soldados se entreolharam.

– Brincadeira... São pacientes com tuberculose. Estou levando eles para um hospital no Tirol do Sul. – Jack meteu o cigarro na boca, manteve um dos olhos fechados por conta da fumaça e vasculhou o bolso. Puxou um pedaço de papel e fingiu lê-lo. – Sanatório Merano.

– E é o senhor que está escoltando esses pacientes?

– Pode crer que sim, soldado.

– Hum... É só que parece uma tarefa inusitada pra um capitão, se não se importa que eu diga isso.

Jack encarou o sargento. O homem era alto e seu rosto poderia ser bonito, não fossem os furos e as cicatrizes de acne que decoravam suas bochechas. Ele olhou com tranquilidade para Jack, que retribuiu com um sorriso.

– É, você tem razão, sargento. Mas sabe o bando de motoristas maricas que o exército, com toda sua inteligência, designou a mim? Nenhum deles estava a fim de dirigir um caminhão cheio de tuberculosos em fúria. Vai entender. Bando de covardes filhos da puta.

– Eles se recusaram a obedecer uma ordem, senhor? – perguntou o soldado mais novo. Diante do olhar ameaçador do sargento, ele direcionou os olhos para as próprias botas.

– Eu podia dar cartão amarelo pra todos eles, mas será que preciso dessa burocracia? Não, soldado, não preciso. Então decidi liderar pelo exemplo, se é que me entende.

– O senhor se importa se dermos uma olhada?

– De modo algum, sargento. Vá em frente, mas arque com as piores consequências.

O sargento avançou para perto do caminhão, com o soldado a tiracolo. Ao se aproximarem da cabine, Yuval pôs a cabeça para fora.

– Não se preocupe, doutor! – disse Jack, animado. – O sargento aqui só quer ter certeza de que a gente não está carregando refugiados pra cruzarem a fronteira. – Virou-se, então, para o sargento. – Esse é o médico responsável pelos pacientes.

Yuval abriu a porta e saltou. Estendeu a mão para o sargento.

– Dr. Lehrman. Franz.

Jack achou que ele estava exagerando um pouco no sotaque alemão.

O sargento moveu a arma e apertou a mão de Yuval com má vontade.

– Como é que você conseguiu uma escolta militar? – perguntou a Yuval.

– Está brincando? – interveio Jack. – O Harry Hollywood quer ver esses filhos da puta bem longe de Salzburg. Me desculpe o latim, doutor.

– Imagina... – disse Yuval.

– Muito bem. Deixa eu te apresentar ao meu carregamento – propôs Jack.

– Acho melhor não. Está muito frio pra eles – disse Yuval.

– Se você está preocupado com o frio, então por que é que estão viajando à noite? – inquiriu o sargento.

– Você é um filho da puta de um curioso, hein, sargento?

– Isso definitivamente faz parte da minha natureza.

– Estamos viajando à noite porque eu quero – respondeu Jack, esforçando-se para parecer um oficial superior cada vez mais impaciente com o subordinado recalcitrante. – E eu gostaria de prosseguir com a viagem, então se quiser fazer o favor de me acompanhar...

Ele os guiou até a traseira do caminhão. Sentiu uma pontada familiar na boca do estômago, o palpitar ansioso que sentira logo antes de liderar seus soldados rumo à batalha, o mesmo palpitar que tomara conta dele quando convidou Ilona para sair pela primeira vez. Abriu as cortinas de lona do caminhão, revelando a multidão de gente amontoada. Rudolph estava sentado no banco mais próximo à abertura traseira, e quando Jack levantou a cortina, ergueu a mão para proteger os olhos do clarão criado pela lanterna do sargento. Usando um avental da Cruz Vermelha, um elegante chapéu de enfermeira e uma capa vermelha, Ilona saltou do veículo.

– Capitão! – disse ela, num sotaque britânico tão impecável que Jack se controlou para não rir. – Feche a cortina imediatamente! Os pacientes vão pegar um resfriado.

– Vai levar só um minutinho – explicou Jack.

Foi então que o pequeno Yossi começou a tossir. O sargento movimentou a lanterna, encontrando-o pelo feixe de luz. O garoto segurava um lenço branco junto aos lábios. Sua tosse parecia tão verdadeira que Jack pensou, por um instante, que o menino estivesse realmente doente. Em seguida, Yossi tirou o lenço da boca, revelando uma desagradável nódoa de sangue.

– Minha nossa! – exclamou o soldado, afastando-se.

– Está vendo só? Precisamos tirá-los do frio! – disse Ilona, indignada.

Jack largou a aba da cortina.

– Que merda! – comentou, esfregando a boca numa demonstração de nervosismo. – Onde é que eu estava com a cabeça quando resolvi fazer essa viagem? Essa porra desse caminhão está infestado. Quando eu voltar, vou mandar pra corte marcial todos aqueles gigolôs filhos da puta, isso se antes eu não puser os meus dois pulmões pra fora de tanto tossir. – Virou-se, então, para o sargento. – Como você se chama, soldado?

– Walther, senhor. Robert.

– Certo, sargento Walther. Você já terminou o que tinha pra fazer aqui? Quero me livrar dessa bosta de uma vez. Ouvi dizer que tem um bar em Bruneck onde as garotas são quase tão maravilhosas quanto as bebidas.

Walther lançou mais um olhar desconfiado em direção ao caminhão e depois deu de ombros.

– Terminei sim, senhor.

– Então dá o fora com a porra do seu jipe, Walther.

Walther hesitou, e Jack ficou em dúvida se fora longe demais.

– Sim, senhor – aquiesceu o sargento.

Jack pulou para dentro da cabine do caminhão e apertou a buzina, impaciente. Os dois soldados entraram no jipe e partiram pela estrada. Jack ligou o motor, mandando aos ares uma nuvem de cascalho.

– Ao que parece, você tem o dom do subterfúgio – disse Yuval.

Permaneceram em silêncio ao longo dos oito quilômetros até chegarem à fronteira. Jack repetiu a *persona* do capitão irritado para os guardas austríacos e italianos da fronteira, que pareciam extremamente felizes em aceitar aquela papelada forjada. Após mais uma hora de viagem, chegaram ao segundo caminhão, o qual esperava por eles num pasto qualquer, que Jack achou sem dificuldade, surpreendendo Yuval.

Um homem e uma mulher estavam recostados no para-choque, abrigados em parcas brancas que pareciam, de modo suspeito, coisa do exército americano, pensou Jack. Cumprimentaram Yuval em hebraico. Jack só precisou de um breve momento para se ajustar àquele novo sotaque e entender pelo menos alguma coisa da explicação de Yuval sobre o atraso.

Jack abriu a traseira do caminhão.

– Belo truque – disse para Rudolph, em alemão. Rudolph aceitou a ajuda de Jack, segurando em sua mão. Saltar no chão ainda era demais para ele. – Como é que você fez aquilo?

Quando já estava firme no chão, Rudolph levantou a manga da camisa, revelando um lenço branco amarrado em volta do pulso, cerca de sete centímetros acima do punho. Ele desamarrou o lenço. Por baixo dele, havia um corte profundo, de uns dois centímetros, de onde ainda pingava sangue.

– Você não podia ter furado o polegar? – perguntou Jack.

Rudolph riu.

– A Ilona achou que a gente precisava de mais sangue.

– Provavelmente com razão. É melhor arranjar alguém pra suturar isso assim que chegarem.

– Farei isso – assentiu Rudolph. – Jack?

– Diga.

– Obrigado por tudo.

– Não me agradeça ainda. Mande uma carta quando você chegar na Palestina.

*Se* chegar à Palestina, pensou Jack.

– Eu vou mandar um caixote de laranjas.

– Nada de leite ou mel?

– Ah, isso também.

Jack ficou recostado no capô, olhando para o alto, enquanto Ilona ajudava os refugiados a se acomodarem no segundo caminhão. As nuvens tinham se dissipado e havia tantas estrelas que parecia que tinham despejado um saleiro sobre o céu aveludado. Ele se distraía identificando o maior número possível de constelações.

Ouviu Yuval dar aos colegas uma série de instruções detalhadas, explicando quais refugiados poderiam precisar de ajuda adicional caso fosse necessário caminhar e quais tinham mais probabilidade de assistir os outros. Yuval recomendou que alguns dos refugiados, entre eles Rudolph, fossem encarados como líderes.

– Aquele ali? – perguntou a mulher da parca branca. – E dá pra confiar nele?

– Tanto quanto em qualquer outro – respondeu Yuval.

– Essa leva é tão ruim quanto a anterior?

Jack se retesou, esforçando-se para manter a calma, mas continuou ouvindo e ficando cada vez mais furioso, cada vez mais empertigado.

– Eles são todos iguais – disse Yuval.

O outro homem fez um barulho de sucção com os dentes e falou:

– *Ai*, Yuval... A gente vai acabar se arrependendo disso. Imagina o inferno que vai ser se os refugiados de todos os campos forem parar no Yishuv...

– Todo esse lixo... – disse a mulher.

Isso Jack não podia tolerar. Se ela não fosse mulher, talvez ele tivesse lhe dado um soco. Em vez disso, chegou perto dela e, num hebraico bíblico artificial, disse que ela lhe dava nojo. Queria que ela se redimisse, que curvasse a cabeça envergonhada, mas a mulher riu.

– Onde foi que você aprendeu hebraico? No *cheder*?

– Qual é o problema deles? – perguntou Jack a Yuval, em inglês.

Caso Yuval tivesse repreendido os colegas, Jack poderia ignorá-los, tomando-os como inexperientes, como jovens ignorantes iguais aos substitutos do exército americano que puxavam o saco da burguesia austríaca e de suas filhas e tratavam os refugiados como lixo. Mas Yuval disse:

– Capitão Wiseman, a sua tarefa é dirigir. Entender a complicada situação política talvez esteja além do seu nível de remuneração.

– Além do meu nível de remuneração? – repetiu Jack, com a voz mais suave à medida que a raiva aumentava. Não queria assustar Rudolph nem os garotos e as outras pessoas que agora subiam na traseira do segundo caminhão.

– A Tzipi e o Micha estão fazendo o trabalho deles. Está na hora de você fazer o seu. Vamos embora.

– Nós não vamos a lugar nenhum – retrucou Jack.

Yuval deu de ombros.

– O caminhão é seu. Não estou nem aí pra que horas iremos voltar. Não sou eu que estou correndo o risco de ser julgado em corte marcial.

Ele tornou a falar em hebraico e pediu aos colegas que ajudassem os outros refugiados a subirem no caminhão.

– Ninguém vai a lugar nenhum até eu autorizar.

Num movimento suave, Jack tirou a pistola do coldre. Tzipi já estava erguendo sua arma quando Yuval pôs a mão na frente para impedi-la.

– O que você quer, Jack? – indagou ele.

– Como vocês podem falar desse jeito?

– É como eu te disse: a situação é complicada.

– Por que você não me explica? Assim me ajuda a dar uma levantada no meu nível de remuneração.

– Na Palestina, a nossa vida consiste em trabalho e guerra, e o nosso povo precisa ser forte e corajoso. Essa gente – Yuval fez um gesto com a cabeça em direção ao caminhão onde os refugiados aguardavam sem poder ouvir a conversa entre os dois homens, assim esperava Jack –, esses "sobreviventes"... – disse ele, como se fossem uma maldição em vez de um milagre – Você acha que eles são fortes e corajosos?

– E quem poderia ser mais forte que eles?

Yuval estalou a língua, em tom zombador.

– O que aconteceu na Polônia nunca teria acontecido na Palestina. Ninguém conseguiria cometer essa matança dentro das nossas sinagogas, nos nossos campos. Não teriam existido conselhos judaicos cumprindo as demandas nazistas por corpos. Todos os garotos judeus e garotas judias no Yishuv teriam pegado em armas e atirado em qualquer soldado alemão que vissem pela frente. Mesmo se perdêssemos, teríamos lutado. Isso, meu amigo, é força. Isso é bravura.

– Essas pessoas sobreviveram a uma miséria extrema, a torturas inimagináveis. Sabe qual é a prova da força que eles têm? Estarem vivos. Só essa evidência já é suficiente.

– Certo, eles estão vivos. E por que você acha que eles estão vivos enquanto tantos outros morreram?

– Porque eles conseguiram, por algum milagre, se agarrar ao fio da vida. Se a guerra tivesse durado mais alguns meses, não teriam conseguido.

– Milhões morreram... – ponderou Yuval. – Milhões. Quanto a esses refugiados que sobreviveram... Eu não pergunto o que foi que fizeram, o que roubaram ou quem mataram pra conseguir sobreviver em meio aos milhões que morreram. – Ele ergueu a mão para calar o protesto de Jack. – Seja lá o que fizeram, talvez alguns tenham a força e a coragem necessárias para viver na terra de Israel. Não sei. Espero que alguns, sim. Mas a maioria é gente enfraquecida. E, no nosso novo lar, com todos os nossos inimigos, não existe espaço pra gente assim.

Por um triste momento, Jack enxergou os refugiados pelos olhos de Yuval, a forma como se arrastavam e se apressavam pelos campos, como muitos se punham a tremer na calçada quando um carro preto se aproximava, com os olhos em disparada como se procurassem um lugar para se esconder – um buraco, uma toca. As lágrimas que surgiam tão fácil para vários deles, inclusive homens. A hesitação e a exaustão quando ordenados a trabalhar, e a raiva com que recebiam qualquer vestígio de antissemitismo, real ou imaginado.

Ele, então, afastou da mente todos esses pensamentos abomináveis.

– Mas por que você está levando essas pessoas? Vocês dizem que não os querem, mas mesmo assim vão até os campos e convencem eles a imigrar. Você dá treinamento a eles, pelo amor de Deus! A Ilona fica aí se arrastando pra cima e pra baixo pelas montanhas com todas essas crianças enfraquecidas. Por que se preocupar, se eles parecem tão castigados assim?

Yuval deu de ombros.

– Nós estamos em guerra. Agora contra os ingleses, e em breve será contra os árabes. Você é soldado. Você sabe que só algumas batalhas são travadas em campo. Outras acontecem no mar, e outras nos jornais.

– Nos jornais?

– Jack, teremos a nossa terra porque Hitler mostrou ao mundo que não temos outra escolha. Devem isso a nós. E essas pessoas são a prova dessa dívida. Evidências que todos podem ver.

– Você me dá náuseas. Estamos falando de seres humanos, e não de objetos para servir aos seus fins.

– Eu te dou náuseas, é?

– Dá.

– Você, meu amigo, pode se dar o luxo de um estômago sensível. Nós, no Yishuv, não podemos nos permitir tanta delicadeza. Mas existe uma ironia nisso, você sabe.

– Que ironia?

– Você toma conta daquele trem cheio de tesouros com tanto cuidado... E para quem?

*Para os judeus da Hungria*, Jack gostaria de responder. Mas é claro que, àquela altura, temia que suas esperanças fossem as mais vagas e improváveis.

Yuval abriu um sorriso.

– Você toma conta do trem pra *nós*. Em breve, o seu governo vai dar tudo pra gente, todo o ouro e os diamantes, as obras de arte, e vamos usá-los exatamente pra pagar essa operação que você desaprova tanto. Vamos vender todos os bens pra comprar barcos, mantimentos e armas. O Yishuv vai ficar em débito com você, capitão Wiseman. E vamos pagar lutando e sobrevivendo da próxima vez em que você e os seus se deixarem abater como cordeirinhos.

Por uns instantes, Jack pensou em erguer a arma, calculando quantos tiros conseguiria disparar antes de Tzipi ou Micha mandarem uma bala que perfuraria seu crânio. Em seguida, deu de ombros e se virou, permitindo-se uma última provocação.

– Espero que você não se decepcione. Não tem tanto ouro e diamante quanto você pensa.

A sombra de Ilona sob a fraca luz da lua parecia estranha, corcunda, mas só quando ficaram lado a lado Jack percebeu que ela carregava uma mochila nas costas. E, mesmo assim, ele ainda levou um tempo até entender o que isso significava.

– Você não pode... – disse ele.

– Eu sinto muito.

– Você planejou isso desde o começo? – Quando Ilona mordeu o lábio, ele percebeu que ela estava tentando decidir se mentia ou não. – Diga a verdade, por favor – pediu Jack.

– Claro, eu te devo isso. Decidi que iria depois que soube da morte de Etelka, mas só recentemente, quando Reuven se mostrou determinado a fazer a viagem, que eu optei por ir logo. Ele precisa da minha ajuda.

– É mesmo? E quem é que vai te ajudar? Esses sujeitos aí? – perguntou, apontando o queixo na direção de Yuval. – Você por acaso sabe quem são eles? Essas pessoas que te treinaram, te instigaram e te convenceram que a Palestina é o único lugar pra você? Eles não são seus amigos, Ilona. Não são seus protetores nem heróis. Só estão te usando. Eles acham que vocês são a escória entre os judeus da Europa. Você não pode confiar neles.

– O que é escória? – perguntou ela.

– Escória é como se fossem os restos. Como aquilo que sobra na xícara de café.

Ela abriu um de seus sorrisos amargos.

– Sei... Aquela borra que fica no fundo da xícara. É isso que nós somos. Tudo o que sobrou.

– Você não está entendendo... É um insulto. É uma sobra desprezível, uma sujeira que restou.

Ela suspirou e ajustou as alças da mochila. O que teria ali dentro?, pensava Jack. Ilona teria embalado alguma coisa que ele lhe dera?

– À noite, você sabe no que eu fico pensando? – perguntou ela.

*Eu penso em você*, Jack queria dizer.

– Não faço a menor ideia sobre o que você pensa, nem à noite nem de dia, nem em hora nenhuma.

– À noite, enquanto eu tento dormir debaixo de um cobertor de lã da Wehrmacht tingindo de um horrível tom vermelho, como se fosse sangue pisado, fico pensando se não sou a única judia sobrevivente de Nagyvárad. Será que foram todos mortos? Todos os médicos e advogados, comerciantes de grãos e industriais, chefes de polícia, membros da câmara municipal, professores, mendigos e serviçais? Todos foram assassinados? Sou tudo o que restou? Uma única mulher de 25 anos entre 20 mil pessoas?

– Eu tenho certeza de que tem mais gente.

– Talvez sim, talvez não. Você diz que eu não posso confiar no Aba Yuval, mas ele e os outros do Yishuv estão oferecendo à última judia de Nagyvárad a possibilidade de um lar.

Jack rangia de tanta frustração.

– Eles não estão preocupados com você nem com os outros refugiados. Estão é tirando proveito da culpa ao redor do mundo para forçar os ingleses a entregar a Palestina. Você não passa de um peão na batalha entre eles e os ingleses.

– "Eles..." Quem são "eles", Jack? Você não faz parte desse "eles"? Você também não é judeu?

Jack não lhe permitia puxar aquele fio que o deixara tão perdido.

– Eu não me incluo nesse "eles", nem você. Não tem nada a ver com ser judeu ou não ser judeu. Tem a ver com estarem te usando, usando a imigração, como uma arma de guerra. Você não consegue enxergar isso? Eles sabem que os ingleses vão impor o bloqueio. Eles sabem que nenhum barco vai conseguir entrar. Rudolph, os garotos e todos os outros refugiados são basicamente reféns. Ou pior que isso. A melhor coisa que pode acontecer, sob os olhos de Yuval, é se os barcos que chegarem à Palestina forem atingidos! Se os ingleses afundarem uma embarcação cheia de sobreviventes dos campos, haverá um enorme protesto, e eles não terão escolha: terão que ceder à pressão internacional.

– Reuven.

– O quê?

– O nome dele é Reuven. Você só o chama de Rudolph, mas o nome é Reuven.

– Como é que você não enxerga isso? Ele está sendo usado. Vocês todos estão sendo usados.

– Talvez você tenha razão. Talvez estejamos sendo usados e pode ser que a gente morra. Mas, pelo menos dessa vez, a gente morre de pé, e não rastejando na lama.

– Não consigo te entender.

– É claro que não consegue. Como conseguiria? Você é um menino sortudo da América. Não sabe de nada.

– Eu sei o que aconteceu com você.

– Sabe?

– Sei.

– Você acha que sabe, mas na verdade não sabe como eu vivi durante quase um ano.

– É, bom, eu passei um ano levando tiro dos alemães. E sabe de uma coisa? Também não foi moleza, não.

Assim que terminou de falar, Jack entendeu que, se esse era o jogo que estavam condenados a jogar, já saíra perdendo. Na hierarquia dos horrores, por mais pavorosos que fossem os seus, estavam muito embaixo na lista. Ele imaginou um gráfico. Com diferentes cores, linhas e colunas, números e valores. Erguer o capacete de seu primeiro sargento depois da explosão de um morteiro e encontrar os restos cinzentos e emborrachados do cérebro do homem valia alguns pontos, supunha ele, só que menos do que inalar as cinzas do corpo queimado da própria mãe. Ficar sem roupa, tendo de vestir apenas uma blusa rasgada de uma mulher morta que mal cobre seu traseiro enquanto permanece em posição de sentido horas e horas, com o sol criando bolhas no topo de seu couro cabeludo raspado: dez pontos. O sangue do derradeiro período menstrual escorrendo por suas coxas enquanto aguardava para ser selecionada para a morte ou para mais um dia de fome extrema? Outros cinco. Correr para cavar uma trincheira na imundície congelante enquanto alguns morteiros sopram em torno de seus ouvidos: dois pontos, no máximo. Abrigar-se debaixo do cadáver de seu melhor amigo? Mais quatro pontos. Ou talvez cinco. Se houvesse estatísticos no mundo capazes de medir com precisão o valor da vida de um homem, certamente alguém poderia determinar o valor de seu sofrimento.

– Essa gente pra quem o Yuval trabalha, na Palestina? As pessoas da Agência Judaica? São exatamente as mesmas pessoas que estão dizendo ao governo americano para não mandar de volta pra Hungria os bens que estavam no trem. São as mesmas pessoas. Você não consegue entender? Você estava com tanta raiva deles... Disse que estavam roubando a sua bicicleta.

– Não. Eu disse que vocês estavam roubando a minha bicicleta.

– A gente não está roubando nada – disse ele. Então, fez uma pausa. – Sim, tudo bem. Os militares de alta patente estão roubando certas coisas do trem, mas eles vão devolver tudo. – Logo que falou, Jack notou que isso era, no melhor dos casos, uma esperança patética, e no pior, uma mentira evidente. Quando foi que esses militares devolveram o que quer que fosse? – Não é culpa do exército americano que os bens não tenham sido devolvidos. Se não fosse pela Agência Judaica, já teríamos mandado o trem de volta pra Hungria. Os chefes do seu amigo Yuval estão dizendo pro exército americano vender o conteúdo do trem e dar a eles o dinheiro, em vez de mandar o trem de volta pra Hungria.

– Você não sabe o que está falando. Por que eles fariam uma coisa dessas?

– Pelo dinheiro, ora! Você acha que esse gigantesco projeto imigratório sai de graça? O Yuval e os camaradas dele estão comprando caminhões, barcos e armas. Eles precisam subornar todos os burocratas italianos entre os Alpes e o Mediterrâneo. Isso sem mencionar o quanto custa alimentar e treinar todos os refugiados nos campos ao longo do caminho. Só os cigarros americanos do Yuval custam mais do que a sua bicicleta.

– Jack, você sabe onde eu acho que a minha bicicleta está?

Ele suspirou.

– Acho que uma bela romena em Oradea está pedalando a minha bicicleta neste exato momento, na volta do trabalho pra casa. Talvez ela trabalhe numa padaria que também foi roubada dos judeus. Talvez more numa casa roubada dos judeus. Ou talvez não. Ela pode ter vivido a vida inteira na própria casa, e foi só a sua irmã quem roubou uma casa de judeus. Essa gentil romena só tomou uma bicicleta, só isso.

– Ilona! – chamou Yuval. – Está na hora de partir.

Com urgência, Jack se pôs a falar.

– Os romenos são terríveis. E os húngaros também são terríveis. Eu não acho que você deveria voltar pra lá. Mas o Yuval e esses outros não são a sua solução. A Palestina não é a sua solução. Você não precisa se tornar uma mártir. Vem comigo!

– Ir com você pra onde?

– Pra minha casa. Pra Nova York.

– Você quer que eu vá morar com você em Nova York?

– Quero.

– Porque em Nova York eles gostam muito de judeus?

– Nova York está cheia de judeus.

Tzipi e Micha entraram no caminhão, batendo as portas. Ele não tinha mais tempo.

– Você sabe como os húngaros chamavam Budapeste antes da guerra? – perguntou Ilona. – Judapeste.

– É diferente. Por favor, Ilona!

– Eu não vou ser a escória da Europa em Nova York?

Jack tentou imaginar seus pais vendo Ilona pela primeira vez. O pai, meticuloso, franzindo os lábios estreitos ao ver o pé dela todo estropiado. A mãe, afetuosa porém neurótica, aos prantos quando visse a tatuagem imoral, o código A11436 gravado em azul sobre a pele sardenta do braço, alguns centímetros abaixo do cotovelo. Ele pensou nas garotas com quem saíra durante a faculdade, moças cultas com seus enfeites em volta da testa e suas saias xadrez pregueadas, com quem ele havia trocado beijos castos em meio às pilhas de livros da biblioteca, e nas divertidas garotas da fraternidade AEφ em seus suéteres verdes e brancos, cachos marcados e pernas robustas. As meninas picantes do centro comercial da cidade, suas bocas com gosto de cigarro e vinho tinto, que às vezes deixavam ele passar os dedos por dentro do elástico de suas calcinhas enquanto se atracavam nos cantos escuros de bares e cafés. Será que essas garotas se tornariam amigas de Ilona? O que toda essa gente alegremente desinformada acharia da misteriosa e solitária jovem de riso mordaz?

Jack retomou o diálogo.

– Em Nova York, você vai ser minha mulher. Ilona, casa comigo – pediu ele, caindo no chão com atraso, apoiado em um dos joelhos.

– Meu Deus, Jack! Você está bem?

– Estou.

– Mas você caiu.

– Eu não caí. Estou me ajoelhando, Ilona. Por favor, casa comigo.

– Ah, levanta daí. Pelo amor de Deus, fica de pé.

Ele se levantou rapidamente, limpando a sujeira dos joelhos. Sentiu-se ridículo.

– Jack, não sou uma garota boba, não – disse ela.

– Eu sei.

– Eu sei o que o Yuval e os outros estão fazendo. Sei que eles estão travando uma batalha pela Palestina e que nós somos uma arma no meio dessa guerra. Sei que eles olham pra gente e pensam: *Por que vocês estão vivos enquanto tantos outros morreram?* Sei que ficam imaginando: Será que esse aqui roubou pão? Aquele outro traiu os amigos? Essa aqui *está viva porque era Kapo?* Eu penso o mesmo. Faço as mesmas perguntas. Sei que eu não era a melhor da minha família. A minha irmã, Etelka, era muito melhor que eu. Merecia viver mais do que eu. Mas sou eu que estou viva, e não sou a irmã boa.

– Isso não é verdade!

– Não – concordou ela. – Ou talvez sim. Talvez os outros também não sejam os melhores. Mas pode ser que sejam. Eu não sei.

– Eu te amo, Ilona. Eu te amo e quero casar com você.

– Já fui como você. Vivia num mundo coberto por um véu, uma trama de mentiras onde coisas como o amor importavam. E, de repente, tudo desmoronou. Foi tudo estraçalhado, rompido, destruído. Não quero ir com você pra Nova York, já que nem você pode me garantir que amanhã a cidade não será uma Judapeste. Eu quero ir pra Tel Aviv e morar num lugar onde todos são judeus, e se o meu vizinho roubar a minha bicicleta é porque ele é ladrão e não antissemita.

– Os ingleses nunca vão deixar você entrar em Tel Aviv.

– É claro que vão. Você mesmo disse. O mundo não vai deixar que eles matem as vítimas de Hitler. Não vão disparar suas armas nos poucos que sobreviveram.

– Vão, sim!

– Talvez uma vez. Pode ser que matem um de nós. Ou dois, ou dez. Talvez até eu seja morta. Mas vamos acabar vencendo. No fim, eles não terão escolha: precisarão nos dar a terra.

– Tudo bem, digamos que você esteja certa. Mesmo assim, está arriscando a sua vida por pessoas que te odeiam.

– Todo mundo odeia a gente. Acho que deve ter sido a única lição que eu aprendi. Todo mundo odeia os judeus, inclusive os que negam isso. Inclusive os próprios judeus – disse ela, rindo de forma mordaz. – Menos o Yuval e os outros da Palestina. Eles odeiam a gente, mas não odeiam a si mesmos. Esse é o milagre: um judeu que não odeia a si próprio.

– Eu não te odeio... Eu te amo, e você me ama. Eu sei que me ama.

– Nem sei mais o que isso significa. Como é que posso saber?

– Você está dizendo que nunca me amou? Mentiu pra mim? Você foi até o depósito me procurar porque o Aba Yuval precisava de um caminhão militar americano pra contrabandear uns refugiados pela fronteira? Você transou comigo pra conseguir o meu caminhão?

O segundo caminhão foi ligado, e alguém pisou firme no acelerador. Ela deu uma espiada no veículo. Sob a tímida luz da lua, sua pele reluziu, pálida, e ele imaginou que podia ver a palpitação dos batimentos cardíacos na garganta dela. Jack quis acreditar que Ilona estava lutando contra as lágrimas, mas, quando se olharam, viu que os olhos dela estavam secos.

– Sinto muito – disse ela.

Ele então riu, uma espécie de latido sombrio e amargo que aprendera com ela.

– Você está triste ou está pedindo desculpas?

Deixou-a ali, deu a volta em seu caminhão e saltou para o banco do motorista. Queria olhar para longe, mas não conseguiu, então observou Ilona ir até o segundo caminhão, puxar para o lado a cortina de lona e subir na traseira. Esperou que ela olhasse para trás, em reconhecimento a tudo o que passaram juntos, mas ela não olhou. Odiava tanto a ideia de ficar mais um minuto na presença de Yuval que cogitou deixá-lo no terreno cheio de sulcos no norte da Itália e voltar sozinho para Salzburg, mas no fim Jack fez, como sempre, o que era mais correto.

*Parte Dois*

# BUDAPESTE – ISRAEL

*2013*

# 15

Foi só quando estavam sentados a uma pequena mesa do Centrál Kávéház, joelho contra joelho, que Amitai perguntou seu nome.

– Natalie – respondeu ela, hesitando antes de completar. – Stein.

– Você não tem certeza? – perguntou ele.

– É Natalie Stein.

– Porque você parece ter dito um pseudônimo.

O cabelo dela tinha cor de laranjas sanguíneas. A cabeça era coberta de cachos e anéis que brilhavam em meio ao esplendor neobarroco da cafeteria. Ela reunira os cachos para cima, no topo da cabeça, como para castigá-los por serem tão extravagantes, prendendo-os com uma presilha quebrada de casco de tartaruga. Sua pele era clara e salpicada de sardas da mesma cor do cabelo, qual sapatos pintados para combinar com um vestido. Amitai permitiu que seus olhos seguissem o rastro das sardas até o ponto em que desapareciam no profundo decote em V da camisa. Na verdade, não conseguiu evitar que agissem assim.

– É que eu mudei de nome recentemente. Meu sobrenome foi Friedman por um tempinho, mas agora voltou a ser Stein.

– Divórcio?

Ela mal parecia ter 30 anos; era pelo menos dez anos mais nova do que ele. Amitai ficava surpreso de ver alguém tão jovem já ter cometido um erro dessa magnitude.

– É.

– Também sou divorciado, mas a minha ex-mulher ainda é Shasho. O sobrenome dela de solteira é Cattan, que significa "pequeno" em hebraico. Ela nunca gostou da ironia.

– Ela não é pequena?

Ele sorriu.

– Ela é bonita, tem um corpo cheio de curvas e tal, mas, assim como qualquer mulher que não parece passar fome, ela não gosta do próprio corpo.

– Você acha que todas as mulheres são assim?

– Eu acho que as mulheres que têm um corpo do tipo que os homens gostam quase nunca estão satisfeitas.

Ele achou melhor não mencionar que fora a surpresa em descobrir a bunda em formato de coração de Natalie, incrivelmente *gadol*, o que o inspirou a convidá-la para tomar um café em vez de conversarem sobre o assunto que interessava aos dois no cenário relativamente mais profissional da pequena loja de Pétér Elek, perto da Váci Utca, no lado Peste do Danúbio.

– E como é o tipo de corpo de que os homens gostam?

Embora Amitai não fosse excessivamente vaidoso por conta de sua beleza, tampouco deixava de aproveitar o poder que isso lhe conferia. Seus elétricos olhos azuis ficavam atrás de um emaranhado de cílios longos e escuros; os lábios eram tão exuberantes que beiravam a perfeição, e o queixo quadrado insinuava ligeiramente uma fenda. As mulheres sempre flertavam com ele, portanto não ficou surpreso com as palavras sedutoras de Natalie nem ao ver a ponta de sua língua lamber delicadamente um pedaço da torta *dobos* no garfo. Contudo, havia algo vacilante no tom de voz dela ao flertar, como se tentasse conversar numa língua estrangeira. Por um momento, pareceu que ela o via por detrás das camadas de pão de ló, creme de chocolate e caramelo, mas depois desistiu e, com um breve suspiro, enfiou um garfo cheio dentro da boca.

O garçom apareceu com duas bandejas de prata, cada uma com uma xícara de café, um copo de água e um biscoitinho embrulhado num papel. Trajava uma libré de opereta, coberto por botões de cobre e fivelas douradas, mas os punhos estavam manchados de calda de chocolate. Amitai colocou seu biscoito na borda do pires de Natalie.

– Você está sem fome? – perguntou ela.

– Não sou muito chegado a doces. E o bolo, está bom?

– Huumm – murmurou ela após lamber um pouco do caramelo que estava nos dentes do garfo. – Mas então... Você estava dizendo?

– O que é que eu estava dizendo, mesmo?

– Você estava explicando como é o tipo de corpo de que os homens gostam.

– Estava? Na verdade, acho que eu não estava, não. Não existe essa coisa de um único tipo de corpo de que todos os homens gostam. Homens diferentes têm gostos diferentes. Mas a maioria, creio eu, prefere mulheres com corpos femininos, e não aquelas que parecem uns garotinhos. A gente gosta de quadril, de peito.

– A sua mulher tinha quadril e peito?

– Acho que eu já falei demais sobre a minha ex-mulher. Em vez disso, me conta mais sobre o colar. Ele era da sua avó?

O colar – e seu pingente incomum, com uma pintura esmaltada de pavão, apresentando nas pontas das penas pedras intercaladas de ametista e peridoto – pusera os dois em contato, assim como a rótula de seus joelhos. Dois dias antes, Amitai recebera um e-mail urgente de seu amigo Pétér Elek, comerciante de joias e obras de arte, informando-lhe que talvez tivesse uma pista sobre um quadro que Amitai vinha procurando nos últimos anos. Elek contou que uma moça tinha ido à sua loja em busca de informações sobre a história de um pingente que herdara. Ele achou que a peça era similar, senão idêntica, ao colar que a mulher retratada no quadro usava. Era a primeira pista na busca de Amitai pelo *Retrato de Frau E.* Dois dias após o telefonema de Elek, ele entrou num voo com destino a Budapeste.

Quando Elek abriu a porta pelo interfone para que Natalie entrasse em sua loja minúscula e mal iluminada, com seus cabelos incandescentes e suas bochechas coradas pelo frio invernal de Budapeste, Amitai foi pego de surpresa. Estava tão preocupado com o misterioso colar que nem perdeu tempo imaginando como seria sua dona. Caso o tivesse feito, a experiência e certo pessimismo o teriam levado a esperar uma matrona abastada do Upper West Side, com um ligeiro buço acima dos lábios e um sapato confortável nos pés, usando a genealogia como hobby para aliviar o tédio provocado pela síndrome do ninho vazio. Após se recompor do choque inicial, Amitai propôs a Natalie que fossem para o Centrál, de modo a discutir seus interesses mútuos acompanhados de café e bolo, dando privacidade a Elek para regatear o preço de uma coroa de esmeraldas com a amante de um oligarca russo secundário.

– O colar era do meu avô, e não da minha avó – explicou Natalie, retomando o assunto.

Amitai ficou se perguntando o porquê daquela distinção.

– É uma relíquia de família? Da mãe dele, quem sabe?

Ela permaneceu concentrada no bolo.

– Ele... Ele conseguiu o colar durante a guerra. Era oficial, capitão do exército americano. Fazia parte da infantaria.

– Mas as forças armadas americanas nunca lutaram na Hungria.

– Ele serviu na França e, em seguida, depois da guerra, em Salzburg, durante a ocupação. Foi lá que... ele encontrou o colar.

Amitai notou a dificuldade que ela enfrentava para achar o verbo certo capaz de descrever a forma como o colar fora parar nas mãos de seu avô. A quantos sinônimos e eufemismos para o verbo “roubar” ela recorreria antes de encarar a verdade?

– Em Salzburg... – disse ele. – Mas você tem certeza de que o colar é húngaro?

– Tenho. Pelo menos, sei que a dona dele era húngara. De um lugar chamado Nagyvárad, que acho que hoje em dia se chama Oradea. Fica na Romênia, bem na fronteira com a Hungria, mas fazia parte da Hungria na época.

Era uma coincidência ímpar, pensou ele, Natalie contar sua história exatamente para uma das poucas pessoas que poderiam saber como uma relíquia húngara teria parado nas mãos de um soldado americano servindo em Salzburg, em 1945. Amitai ficou decepcionado com aquele esclarecimento, não porque revelasse os crimes do avô dela, embora provavelmente fosse o caso. Estava decepcionado porque, se o colar pudesse remontar a algum parente de Natalie na Hungria, ele estaria mais perto de descobrir a identidade da *Frau* E., que posara para o retrato, e talvez, quem sabe, o paradeiro atual do quadro. Agora ele temia que a longa viagem de Nova York até ali tivesse sido em vão.

– O Sr. Elek me contou que você compra e vende obras de arte – disse Natalie.

– É, mais ou menos.

Amitai trabalhava para seu tio-avô paterno, Jacob Shasho, que a princípio fundara a firma Shasho & Filhos para se livrar de forma lucrativa dos restos de sua coleção de arte e artefatos salvos quando fugiu de Alepo, na Síria, em 1947. A firma acabou se transformando num vasto império comercial e agora incluía imobiliárias e vários negócios nos ramos de varejo e atacado. Amitai passou a integrar a empresa depois que terminou o serviço militar e mudou-se de Israel para Nova York. Sob seu comando, o departamento de artes e artefatos da Shasho & Filhos deixou de lidar com a avaliação e venda de obras de arte e objetos decorativos do Oriente Médio para cuidar de sua especialidade atual: recuperação e negociação de objetos de arte perdidos durante o Holocausto, tornando-se, consequentemente, muito mais lucrativo.

– Então quer dizer que esse meu colar aparece num dos seus quadros? – perguntou Natalie.

– Na verdade, estou em busca desse quadro. O colar que aparece nele é bem parecido com o seu. Idêntico, eu acho.

– Como é que você sabe, se nunca viu a pintura?

– Eu vi uma fotografia do quadro. O artista se chamava Vidor Komlós. Tenho certeza de que você nunca ouviu falar dele.

– É, tem razão.

– As obras dele se perderam depois da guerra. Komlós era amigo de László Moholy-Nagy, grande artista da Bauhaus, que tirou uma foto do quadro.

Amitai vasculhou as fotos do seu celular até encontrar uma imagem em preto e branco. A foto fora tirada de certa altura, num ângulo distorcido, mas mesmo assim era fácil identificar um jovem rapaz, de cabelos cacheados e rebeldes, vestindo roupas de trabalho e segurando um quadro. Embora só fosse possível ver uma parte, o quadro retratava uma mulher, pintada de costas, nua e sentada a uma cadeira de madeira com assento de palha. A mulher tinha girado a cintura para olhar por cima do ombro, o rosto e o peito virados para o espectador, os olhos direcionados para baixo. A cabeça, porém, não era humana: era a cabeça de um pavão.

Amitai mostrou a foto para Natalie e aproximou a imagem para que ela visse o pingente pendurado à garganta emplumada da mulher-pavão. Mesmo sob o embaçado da baixa resolução, a peça era sem dúvida idêntica à que Natalie usava.

– É o meu colar! – exclamou ela.

– Ao ver as cores do seu colar, fico animado. O roxo e o verde... Talvez isso dê alguma pista para a paleta usada por Komlós no quadro.

– Esse quadro é valioso? É por isso que você está à sua procura?

– Provavelmente. A foto é conhecida e já faz muitos anos que as pessoas se perguntam sobre o quadro e sobre o rapaz que o segurava. Não tem a ver com o estilo de Moholy-Nagy. Lembra um pouco as obras do Max Ernst, então houve certa especulação de que pudesse ser dele. Mas eu estabeleci com razoável certeza que o homem da foto é Komlós. Foi descoberta uma correspondência entre Moholy-Nagy e Komlós, não faz muito tempo, deixando claro que se trata do quadro *Retrato de Frau E.*, de Komlós. E isso torna as coisas mais interessantes.

– Por que é mais interessante, se foi pintado por um desconhecido?

– A cabeça de pavão de Komlós lembra um personagem da obra de Max Ernst, Loplop, um pássaro. De certa forma, Loplop era o alter ego de Ernst. Quando escreveu sobre Loplop, Ernst disse que as primeiras visitas do pássaro aconteceram em 1930 e que depois disso ele começou a pintá-lo e desenhá-lo. Mas a fotografia de Moholy-Nagy foi tirada em Berlim, no começo de 1929, antes da primeira aparição de Loplop. Além disso, o quadro de Komlós, um nu com a cabeça de pássaro, guarda alguma semelhança com *Vestido de noiva*, de Ernst, pintado muitos anos depois. Será que Komlós conhecia Ernst? Teriam se conhecido antes de Ernst criar Loplop? Quem influenciou quem?

– Você tem outros quadros de Komlós?

– Ninguém tem. As obras dele estão desaparecidas há mais ou menos setenta anos. Mas recentemente criou-se uma mitologia em torno do nome de Komlós por causa da fotografia de Moholy-Nagy, por causa da ideia de que ele pode ter inspirado Ernst.

– E o que aconteceu com Komlós? Por que todas as obras dele sumiram?

– Diferente do amigo Moholy-Nagy, Komlós não fugiu para os Estados Unidos quando começou a Segunda Guerra Mundial. Ele continuou na Hungria e, como a maioria dos judeus homens, foi recrutado para o trabalho forçado. Morreu no front russo.

– E os seus quadros?

– Perderam-se durante a guerra. No entanto, na carta para Moholy-Nagy, Komlós escreveu que presenteou sua musa com o quadro do pássaro. É por isso que quando o Elek me falou de você e do seu colar eu tive esperanças de que pudesse encontrar essa modelo e que, ao encontrá-la, pudesse chegar até o quadro.

Embora ele tenha evitado que a voz deixasse transparecer o tamanho de sua decepção, a garota era mais observadora do que ele imaginara.

– Você tinha esperanças. E agora não tem mais – concluiu ela.

– Você comentou que o seu avô esteve em Salzburg com o exército americano.

– Isso.

– E foi lá que ele conseguiu o colar.

– Certo.

– Então ele pegou o colar do Trem de Ouro.

Ela largou a xícara sem querer, fazendo respingar café por todo o pires. Ele pegou o pires com uma das mãos, segurando o pulso dela com a outra mão, firmando-o. Despejou o café derramado de volta na xícara.

– Você já ouviu falar desse Trem de Ouro húngaro? – perguntou Natalie.

– Sou especialista em obras de arte e artefatos perdidos durante o Holocausto. Então já ouvi falar do trem, sim. Se o colar estava no trem, infelizmente sua dona, essa misteriosa musa de Vidor Komlós, era judia. Isso quer dizer que o quadro, presente de Komlós para ela, deve ter sido confiscado com o resto de seus bens. Nesse caso, o quadro sumiu, da mesma forma que todos os outros quadros que estavam no trem.

– Os quadros que estavam no trem não podem ter simplesmente sumido. Alguns deles têm que estar em algum lugar.

– O que a gente sabe é que o exército americano guardou os quadros em algum lugar em Salzburg, mas ninguém sabe que lugar é esse, embora muitos tenham procurado, inclusive eu mesmo.

– Bom, talvez o quadro não estivesse no trem, e sim apenas o colar. Pode ser que a mulher-pavão tenha escondido a pintura. Ela pode ter sobrevivido e é capaz de seus herdeiros ainda terem o quadro.

– O Elek me disse que você está procurando o verdadeiro dono do colar...

– Verdade.

– Por quê?

– Pra devolvê-lo.

– E por que você quer devolvê-lo?

– Por quê? Porque o meu avô... – disse ela, hesitante. De repente, ele perdeu a paciência com tantas evasivas.

– Roubou a joia?

– É. Acho que isso o incomodou por muito tempo. Ele não era má pessoa; pelo contrário, era um homem muito doce, amável e gentil. Era professor de letras clássicas, e não um ladrão – explicou ela, afastando em seguida uns cachos de cabelo da testa. – Ele morreu há umas semanas.

– Sinto muito por sua perda.

– Obrigada. – Os olhos de Natalie se encheram de lágrimas, e ela piscou algumas vezes. – De qualquer forma, ele me pediu pra devolver o colar por ele.

– Mas ele com certeza sabia que estava pedindo algo impossível, né?

– Impossível, não. Apenas difícil.

– E quanto a você? É uma mulher que gosta de desafios?

– Você não perde uma, hein? Esse é o seu truque, né? O Sr. Perceptivo. Você enxerga as pessoas como se estivesse fazendo o raio-X de um quadro.

– Esse é um dos meus truques – concordou ele. – Mas ainda tenho outros dois ou três.

– Se você encontrasse o quadro, o que faria?

– Na hipótese improvável de que o quadro não estivesse no trem, você quer dizer? Aí depende.

– Depende do quê?

– Bom, se é como você está dizendo, e o quadro está nas mãos de algum descendente da dona do seu colar, que na verdade serviu de modelo para a pintura, nesse caso eu daria os parabéns à pessoa, por sua sorte, e voltaria pra Nova York.

– E se o quadro estiver nas mãos de outra pessoa?

– Aí é uma questão de procedência. Se a pessoa conseguir provar que adquiriu o quadro antes da guerra, posso tentar comprá-lo, dependendo do preço. Mas, em geral, não é esse tipo de obra de arte que eu negocio.

– Por que não?

– Não me interesso por obras de arte com procedência legítima, só pelo que foi roubado durante o Holocausto.

– E nesses casos o que você faz? Você entra na justiça?

– Em geral, não. Teve gente que ganhou um ou outro processo, mas não aqui na Hungria. Aqui, o governo vem ignorando consistentemente os precedentes e as normas internacionais sobre repatriação de propriedade.

E, de todo modo, nem eu nem a minha firma estamos interessados em ações judiciais. Não é nosso estilo. A gente busca fazer acordos.

– Que tipo de acordo?

– A gente convence o sujeito que está com o bem que é do interesse dele permitir a venda da obra, e ele recebe um percentual do lucro. O restante nós devolvemos aos herdeiros legítimos – explicou ele, sem mencionar, no entanto, a comissão de 40% que ficava para a Shasho & Filhos.

– Você paga um percentual para aqueles que roubaram os bens? E isso é justo?

Pela experiência de Amitai, a deferência a noções abstratas de honestidade e justiça era uma característica encontrada fundamentalmente em crianças e americanos. Contudo ele também guardou essa observação para si.

– Na maioria dos casos, aqueles que efetivamente roubaram já estão mortos há muito tempo, mas mesmo assim você tem razão. A minha solução não é justa, estritamente falando, mas muitas vezes é a única forma de repatriar um objeto.

– E que tipo de objeto você já "repatriou"?

Ele conhecia bem aquele tom de desprezo na voz de Natalie. Era o mesmo tom que muita gente adotava ao descobrir sua profissão.

Amitai examinou de novo as fotos do celular até encontrar a imagem de um broche com desenho de tulipa, cravejado por dezenas de diamantes.

– Coisas desse tipo – disse ele, mostrando-lhe a imagem.

– Que lindo! E isso pertencia a quem?

– A um casal chamado Patai, aqui de Budapeste.

– Eles devem ter ficado muito felizes ao recuperar a joia, né?

– Zoltán Patai e sua mulher, Bertha, morreram no inverno de 1945, de fome e de frio, mas havia um irmão, Alberto, que se mudou pra Argentina antes da guerra. O meu cliente é o neto desse Alberto. E, respondendo à sua pergunta, sim, ele ficou muito feliz.

O herdeiro argentino ficou realmente muito feliz com o desfecho do caso, embora não estivesse de olho no broche, e sim no cheque da Shasho & Filhos, herança inesperada de um tio-avô de quem nunca ouvira falar. Os herdeiros raramente viam os objetos recuperados por Amitai. Era como Jacob Shasho dizia: "Não somos uma instituição de caridade nem uma firma de detetives particulares." A Shasho & Filhos não representava, por exemplo, alguém que esperava reaver uma antiga estátua de Degas que pertencia ao avô porque assim lembraria dos anos da mãe como bailarina e poderia expor a peça num armário especial, construído na sala de estar. A firma representava gente que sabia com bastante detalhe os itens que compunham as coleções de seus parentes e que, no mundo ideal, tinha alguma documentação para sustentar essas solicitações de procedência. Queriam simplesmente vender os objetos a quem desse mais.

– Não deve ter sido fácil localizar esse broche – comentou Natalie.

– Nem um pouco fácil...

Nos últimos tempos, Amitai havia identificado uma forma ainda mais lucrativa de fazer negócio, começando a partir do bem em si, e não de seu proprietário. Determinava os tipos de obras que estavam vendendo bem no mercado de arte em geral e pesquisava coleções desaparecidas de judeus. Por exemplo, a venda do retrato de Adele Bloch-Bauer pintado por Gustav Klimt, pelo valor de 135 milhões de dólares, um dos maiores preços pagos por um quadro de que se tem notícia, e o consequente ressurgimento do interesse pelas obras do mesmo período inspiraram Amitai a empreender uma busca por coleções húngaras desaparecidas. Os judeus da Hungria, especificamente de Budapeste, viviam bem em termos financeiros, e alguns inclusive eram bastante abastados no auge do período *art nouveau* ou Jugendstil. Assim, adquiriram uma grande quantidade de obras de arte valiosas, mas praticamente todas foram roubadas durante a guerra. Embora muitos desses judeus tenham sido mortos – pelo menos meio milhão –, em relação aos judeus de outros países havia mais sobreviventes de origem húngara, particularmente em Budapeste, onde se concentrava a riqueza. Essa combinação de patrimônio roubado e herdeiros vivos fazia da Hungria um país adequado aos propósitos de Amitai. Por mais que algumas comunidades judaicas da Polônia e da Ucrânia fossem prósperas, a dizimação meticulosa dos judeus desses países tornou irrelevante sua arte roubada. De que adiantava descobrir que um museu no interior da Polônia tinha nas mãos um valioso Renoir que podia ser atribuído à coleção particular de certo Lemberg, banqueiro e colecionador de arte, se esse homem e todos os membros de sua família tinham sido enterrados nas covas de Bełżec?

No caso do broche, Amitai descobrira a existência de um arquivo intacto sob o poder de um distinto joalheiro vienense, e Elek adquiriu para ele, através de meios não totalmente legítimos, um catálogo digital de todas as obras do museu Bedö-Ház, de Budapeste, instituição devotada à arte do movimento de secessão magiar, versão húngara do Jugendstil austríaco. Amitai cruzou as duas listas. Era um trabalho meticuloso, entediante: comparar descrições de anéis e broches, coroas e colares. Seu trabalho era sempre assim: uma vastidão de monótonos insucessos de onde surgia, de tempos em tempos, um mastro solitário tremulando como uma bandeira, a promessa de um tesouro. Por fim, ele acabou encontrando, no arquivo do joalheiro, uma referência à venda realizada em 1934 para certo *Herr* Patai Zoltán, de Budapeste. Tratava-se da venda de um broche extremamente valioso que correspondia a uma descrição do arquivo de Bedö-Ház. Depois bastou localizar o sobrinho sortudo e convencer o museu de que uma venda rápida e discreta seria melhor do que um ruidoso escândalo público.

– Bom, você acha que vai ser muito mais difícil descobrir o que aconteceu com o quadro? Quer dizer, se o meu colar puder nos levar até a modelo?

– Eu venho procurando há bastante tempo. E embora eu tivesse esperanças de que o seu colar me levasse até o quadro, acho que agora entendi que a pior das hipóteses é que é a verdadeira. É muito provável que o quadro estivesse no trem, e então já era.

– Você não pode ter certeza disso. Não acha que vale a pena procurar? Quer dizer, levando em conta que você já gastou tanto tempo com isso?

– Creio que não.

– Você me dá a impressão de gostar de uma causa perdida.

Ela o pegou de surpresa. Como poderia saber que ele sempre se sentira mais confortável em meio ao desconforto, mais em casa em meio aos desabrigados? Talvez mais do que qualquer outra coisa, isso explicava a paixão de sua busca pelo quadro de Komlós. Afinal, havia muitos quadros perdidos por aí. Muitos artistas mortos. E talvez vários desses quadros perdidos de artistas mortos valessem muito mais do que esse em particular. Porém essa era a busca que o consumia. Alguma coisa em Komlós, na forma como o artista fora apagado do mapa com tanta eficiência, junto a praticamente qualquer sombra projetada por ele, provocava um enorme interesse em Amitai, o suficiente para fazê-lo largar tudo e pegar um longo voo, cruzando o mundo, diante do mínimo vislumbre de esperança.

– Como assim? – perguntou ele.

– Ora, você passou os últimos três anos procurando um quadro desaparecido de um artista desaparecido. Tudo isso para quem? Para os parentes desaparecidos do pintor?

Ele torcera para que Natalie não lhe perguntasse sobre seu cliente, no caso Komlós. Foi necessário quase um ano de esforço conjunto até encontrar algum parente vivo em nome de quem pudesse reivindicar a obra de arte. Jill Gillette, viúva de um primo de segundo grau do artista, foi o mais perto a que chegou. Por mais distante que fosse a relação, a Sra. Gillette possuía evidências genealógicas da conexão, o que a tornava uma cliente perfeitamente adequada. Ainda assim, não era o tipo que provocava em Amitai vontade de se gabar.

– Conheço parentes de Komlós – disse ele. – Não estão desaparecidos.

– Melhor ainda. Agora estou dando a você a chance de procurar o proprietário desaparecido de um colar encontrado, em nome de um parente conhecido. Simples, não?

Ao falar, ela movimentava as mãos no ar, enfaticamente. Suas cutículas haviam sido arrancadas, e o cantinho do polegar parecia inflamado. Deve ser uma mulher nervosa, pensou Amitai. Tensa. Do tipo que ele prometeu nunca mais correr atrás.

– Está certo. É simples – aquiesceu ele.

# 16

Pétér Elek tinha cabelos prateados e longos e penteava-os para trás a partir da testa alta. O comprimento passava do colarinho. O bigode e a barba terminavam em pontas destacadas, típicas dos cavaleiros hussardos. Ele exalava uma espécie de elegância à moda antiga; era um *flaneur* de Budapeste até no lenço de cashmere estampado amarrado em volta do pescoço e preso por uma fivela de ônix. Ele se curvou sobre a mão de Natalie e sapecou-lhe um beijo. Ela corou.

– Perdoe-me por estar ocupado quando você chegou – disse ele.

– Fechou a venda? – perguntou Amitai.

– Se fechei a venda? Mas que pergunta! "Fechou a venda?" Ora, ora, por favor – respondeu, piscando para Natalie.

– Não ofenda o homem – disse Natalie.

– Se você quiser, estou com tempo para examinar o colar com mais cuidado – Elek propôs a ela.

Natalie abriu o fecho do colar e entregou a joia a ele.

– Humm... O ouro retém uma quentura tão adorável... Você deve ter um sangue bem quente. É o cabelo vermelho, sem dúvida.

Amitai riu.

– Olha lá, hein? Presta atenção. Preciso te alertar de que Elek tem muita fama de sedutor.

– Sério? – disse Natalie. – E quem vai me alertar sobre você?

Elek tirou um quadrado de veludo preto que estava no bolso da calça de seu paletó e colocou-o sobre um dos mostruários de vidro. Apontou uma luminária para o pedaço de pano e posicionou o colar no centro do foco de luz reluzente e azulado. Pôs uma lupa de joalheiro junto aos olhos e examinou a joia, girando a lupa de um lado para o outro.

– Como eu falei na primeira vez em que você me mostrou o colar, minha querida, eu o chamaria mais de *art déco* do que Jugendstil, embora o trabalho em esmalte e o uso de pedras semipreciosas em vez de preciosas seja, na verdade, emblemático do *art nouveau*.

– E você consegue dizer quem o fez? – indagou Amitai.

– O trabalho em esmalte me lembra as primeiras obras do Lajos Kozma, antes de se dedicar à arquitetura. Está vendo como o pavão é feito de padrões geométricos? Isso é típico de Kozma. O tema, porém, não é muito comum. Na Hungria, a pena de pavão é um presságio de má sorte, então ela geralmente não é usada como enfeite. As cores também não são de Kozma. Ele costumava trabalhar com amarelo, azul, vermelho e dourado. Nunca o vi usando roxo, branco e verde. Não acho que essas cores reunidas fiquem muito bonitas. Não são harmoniosas. Então devem ter algum significado, não? – Elek continuou a examinar a peça, girando-a de um lado para o outro, aproximando-a e afastando-a dos olhos. – Mas Kozma gostava de assinar suas obras. Então, se for dele, onde está a assinatura?

Elek esticou o braço debaixo do balcão. Vasculhou uma gaveta até encontrar um estojo de couro onde guardava uma seleção de pequenas chaves de fenda. Uns instantes depois, soltou um "Ah!" e mostrou a joia para Natalie e Amitai. As partes da frente e de trás estavam separadas, unidas apenas por uma dobradiça minúscula. Não era um pingente, e sim um medalhão. Dentro dele, uma fotografia miúda.

Amitai riu, encantado ao mesmo tempo com a complexidade da peça e com a habilidade de Elek para desvendá-la.

– Exatamente o que eu pensava. É de Kozma – concluiu Elek. – Vejam a assinatura dele aqui.

Elek entregou a lupa para Natalie e mostrou-lhe uma caligrafia rebuscada na parte interna do medalhão, do lado oposto à fotografia. Em letras finas e alongadas, lia-se KOZMA LAJOS, com o sobrenome escrito primeiro, à maneira húngara.

Natalie ficou analisando a fotografia no outro lado do medalhão. Depois de um tempo, ofereceu a lupa a Amitai, que a segurou junto ao olho. A pequena fotografia em tons de sépia retratava o que ele imaginava ser uma mulher e uma criança paradas numa calçada em frente a um prédio com portas de vidro e bandeirolas penduradas. A criança, uma menina que usava um vestido branco cheio de babados, tinha sido posta de pé em cima de uma caixa de madeira. Nas laterais, pendiam dois pôsteres grandes e brancos com algo escrito em caracteres tão pequenos que Amitai não conseguia decifrar, mesmo com a lupa.

– Não consigo ler o que está escrito nos pôsteres – disse ele.

Natalie pegou o medalhão e a lupa.

– Um deles está em húngaro, então eu não sei, mas o outro está em inglês e deve significar a mesma coisa. Diz assim: SÉTIMO CONGRESSO INTERNACIONAL DO SUFRÁGIO FEMININO, 15 A 20 DE JUNHO DE 1913. – Ela aproximou mais a fotografia da lupa e semicerrou os olhos. Um cacho de cabelo caiu em seu rosto, e ela o prendeu atrás da orelha rosada, sem paciência. – Pensei que fosse uma menininha.

– Mas é uma menininha – disse Amitai.

– Acho que não. A cabeça é grande, como a de um adulto, e o cabelo está preso num coque. Uma menininha nunca usaria o cabelo assim. É uma anã, na verdade.

Amitai e Elek deram mais uma olhada e concordaram com a conclusão de Natalie.

– Olhar penetrante, hein? – disse Elek, com uma insinuação ligeiramente lasciva.

– Isso vai facilitar muito a nossa busca – explicou Amitai. – Basta irmos até a Biblioteca Nacional Széchényi e vermos o arquivo do congresso sufragista de 1913. Com certeza só havia uma anã participando.

Ele olhou mais de perto a outra mulher, que a princípio pensara ser a mãe da criança. Era magra, tinha cabelo louro e parecia bem bonita.

– Você acha que é ela a modelo do seu quadro? – perguntou Natalie.

– É difícil dizer, já que ela tem um rosto bonito, e não uma cabeça de pavão. Mas não é impossível que seja ela – concluiu Amitai, entregando-lhe o colar. – Foi um dia muito produtivo.

Quando Natalie ergueu os braços para trás para fechar o cordão, Amitai viu que a pele da parte interna de seus braços era muito clara e lisa. Sem sardas.

– Merece um jantar de comemoração, não acha? – prosseguiu ele.

– Tudo bem, claro. Sr. Elek, você vem com a gente, né?

– Infelizmente não, senhorita. Eu adoraria, mas a minha esposa me aguarda em casa.

– Mas ela podia vir também – sugeriu Natalie.

Os dois homens se entreolharam. Entre um joalheiro de olhar aguçado e um comerciante de arte num mercado quase negro, muito pode ser dito sem que se pronuncie uma única palavra.

– Você é muito gentil. Quando está descansada, a minha mulher costuma ser uma companhia muito agradável, mas agora estará exausta depois de um longo dia de trabalho. Vejo você de novo antes que deixe Budapeste? Quando estiver na hora de comprar uma lembrancinha da viagem, volte aqui, sim?

– Mas é claro!

Amitai conduziu Natalie para fora da loja e fez sinal para um táxi.

– Por favor, nos leve ao hotel Gellért – disse ao motorista.

– Ao hotel? – perguntou ela, confusa. O leve tom de sedução anterior já não estava mais presente.

– O restaurante é muito bom – assegurou Amitai.

# 17

O REPOLHO RECHEADO, RESPONSÁVEL PELA merecida fama do restaurante, era de fato muito bom e ficava melhor ainda quando disposto na bandeja do serviço de quarto. Eles comeram na cama, equilibrando a bandeja num travesseiro entre os dois. Recatada depois do ato consumado, Natalie enrolou o lençol branco em volta do corpo, cobrindo os seios. Seus cachos, agora livres da presilha, caíam atraentes em volta do rosto.

Tinha sido surpreendentemente fácil convencê-la a subir com ele para o quarto. Se Amitai achasse que a busca pela dona do colar e pelo quadro fosse algo mais do que uma dupla missão impossível, não teria inserido o fator sexo para complicar a relação, mas, do jeito que as coisas caminhavam, não havia por que se privar de tal prazer. Ainda assim, ele não estava acostumado a levar mulheres para seu quarto. Depois do divórcio, passou a valorizar obsessivamente a própria privacidade, fazendo questão de ir para o apartamento ou quarto de hotel de suas parceiras em vez de convidá-las para sua casa. O lar que dividia com a ex-mulher – como os lares da maioria dos membros da coesa comunidade de judeus sírios em Midwood, Brooklin – sempre transbordava de parentes e amigos, amigos de parentes, parentes de amigos. Quando Jessica não estava recebendo as primas com café turco e doces ou oferecendo a casa para um chá de bebê de alguma cunhada, servia jantares para os trinta membros imediatos da família. Esperava-se que ele e Jessica comparecessem pelo menos uma vez por semana à casa dos pais dela, de suas tias e tios e de pelo menos um de seus sete irmãos. E nos raros dias de Shabat ou feriados em que a família da mulher não demandava a presença do casal, era a família de Amitai que a exigia. Mais do que escapar a um casamento sufocante com uma mulher com quem nada tinha em comum exceto o acaso de ambos serem descendentes de judeus sírios, ele queria se livrar da multidão de gente conhecida de Midwood. Mesmo três anos após o divórcio, a deliciosa solidão de seu apartamento de solteiro em Manhattan ainda lhe proporcionava um prazer singular. Nunca permitira nem mesmo a visita de qualquer mulher. Quando viajava, costumava estender a proibição para os quartos de hotéis. Apesar de tudo, convidara aquela jovem para seu quarto sem a mínima hesitação. E, o que era pior, pensou ele, ela parecia preparada para passar a noite ali. Ficou pensando na ideia. Por que não se sentia incomodado com aquilo?

– Comer na cama sempre me faz lembrar do meu avô – disse Natalie. – Quando eu era criança, passava os verões na casa dele e da minha avó, no Maine. Ele me acordava todos os dias trazendo chá e torradas numa bandeja.

– Você sente muita saudade dele...

– Sinto.

– Vocês eram muito próximos?

– Éramos bem próximos mesmo – respondeu ela, saboreando mais um pedaço da iguaria. – Meu marido odiava quando eu comia na cama.

– Vocês se separaram há pouco tempo, né?

– Como você sabe?

– Você falou "meu marido".

– Ah, tá... E você está separado há quanto tempo?

– Há alguns anos.

– E quanto tempo ficaram casados?

– Alguns anos também. E você?

Ela deu de ombros.

– Bom, essa é uma pergunta difícil.

– Difícil por quê?

– Porque a gente casou em junho.

Ele ergueu as sobrancelhas, perplexo.

– Junho deste ano? Há uns seis meses?

– Quase oito meses – respondeu ela, na defensiva.

– E há quanto tempo estão separados?

– Há cinco meses.

– Vocês ficaram casados três meses?

– É.

– Entendi...

– Mas a gente já estava junto há doze anos. Nós nos conhecemos na faculdade.

– Ah, sim...

– Pois é. Juntos há doze anos. Casamos em junho e, em setembro, ele me largou.

– Por outra mulher?

– Como você sabe?

– Os homens, em geral, vão embora por causa de outra mulher, creio eu.

– Você foi embora por isso?

Amitai fez uma pausa. De fato, houve outras mulheres, mas ele aplacara a consciência culpada considerando que isso era consequência de uma união infeliz, e não a causa. Usou a desculpa da infidelidade para terminar o casamento, mas, imediatamente depois de arquitetar a fuga, rompeu com a mulher com quem estava dormindo à época.

– A gente não se gostava muito, minha mulher e eu.

– Acho que é um bom motivo. Meu marido e eu terminamos porque a namorada dele engravidou.

– Um bom motivo também.

Ela riu.

– Estou desenvolvendo uma teoria dos relacionamentos – disse ela. – Quer que eu te conte?

– Claro.

– É o Princípio do Um Terço. Todas as histórias de amor duram exatamente um terço a mais do que deveriam. Se um casal ficou junto por três anos, então o último ano foi uma perda de tempo. Mais chateação do que diversão.

– E se o casal ficou junto por trinta anos?

– A última década foi perdida. Uma lástima.

Ele riu.

– Certo, entendi. E quanto a uma semana?

– O sujeito devia ter caído fora no quarto dia, no meio da manhã. Estou dizendo: essa teoria funciona pra todos os tipos de relacionamento. O único problema com o Princípio do Um Terço é que só podemos saber quanto tempo perdemos quando a relação termina. Só se descobre que a última década foi perdida quando se atinge a marca de trinta anos juntos. E uma coisa é certa: não dá pra saber que o seu marido vai começar a trepar com uma advogadazinha no décimo ano de casamento porque só percebemos que os últimos quatro anos foram uma farsa quando a relação chega aos doze anos.

Ele refletiu sobre a teoria com a devida seriedade e chegou à conclusão de que, em linhas gerais, era bem fundamentada. Com certeza, tinha sido durante o último ano de seu casamento – que durou três anos no total – que ele se sentiu mais infeliz, quando o sexo se transformou em necessidade superficial, desprovido de desejo e programado de acordo com o ciclo menstrual de Jessica. Naquela altura, as conversas entre os dois já tinham se transformado em séries intermináveis de metadiscussões: discussões sobre quem havia começado a discutir, discussões sobre o que estavam discutindo na realidade, discussões sobre o pedido de desculpas menos desonesto. Amitai aplicou a regra de Natalie a algumas mulheres com quem se relacionara desde a separação, e ela funcionou. Mas o que dizer dos encontros de uma noite só? Ele deveria ter escapulido furtivamente da cama dessas mulheres depois de algumas horas de atividade sexual em vez de permitir que o *rendez-vous* se estendesse, às vezes, até o café da manhã? Por um momento, pensou em pedir esclarecimentos à proponente da teoria, mais uma companheira de uma noite só. Em vez disso, preferiu dizer:

– Conte qualquer coisa sobre você que não tenha nada a ver com o seu ex-marido.

– Como eu falei, conheci o Daniel na faculdade. Praticamente não tive nenhuma experiência na vida adulta em que ele não estivesse envolvido. Essa é a primeira viagem que eu faço sem ele. Todas as roupas que eu tenho, ele comprou comigo. Ainda estou usando os absorventes do pacote enorme que ele comprou pra mim no Costco no último verão.

– Que bom. Do contrário, diria pra você ir ao médico.

– Cala a boca.

– Mas, quando vocês estavam juntos, você não ficava o tempo todo com ele, né? Vocês trabalhavam no mesmo lugar?

– Não.

– O que é que você faz?

– Sou advogada.

– E qual é a sua especialidade?

– Trabalho no departamento de contencioso de um grande escritório. A duas quadras do escritório onde o Daniel trabalha.

De novo, o ex-marido. Amitai desistiu.

– Ele também é advogado?

– É.

– Então até a faculdade de direito vocês cursaram juntos?

– Mais ou menos. A gente morava junto, mas cada um estudou em uma faculdade. Ele estudou na Universidade de Boston e eu, em Harvard.

– Então você é mais inteligente do que ele.

– Consegui melhores notas, só isso.

– Isso é uma coisa que me intriga sobre as mulheres. Se fosse o Daniel que tivesse ido pra Harvard, ele diria "Sim, sou mais inteligente", mas, como é mulher, você diz apenas que conseguiu melhores notas.

– Você acha que isso tem a ver com gênero?

– Os homens são mais seguros que as mulheres.

– Talvez alguns homens sejam mais seguros que algumas mulheres.

– Talvez a maioria dos homens seja mais segura que a maioria das mulheres.

– Tudo bem, você venceu.

– Agora, escute o meu conselho. Quando perguntarem sobre o seu ex-marido, diga assim: "Ele era um cara legal, mas não inteligente o bastante para mim."

Natalie se pôs a rir, e o lençol deslizou, revelando seus seios. Ela o puxou para cima, sem se cobrir completamente.

– Agora é a sua vez. Conte qualquer coisa sobre você que não tenha nada a ver com a sua ex-mulher. Conte o que você fazia antes de lidar com obras de arte.

– Antes? Nada.

– Onde você cresceu?

– Em Israel.

– É? Em que lugar?

– Num kibutz.

– Sério? Que legal. Eu sempre quis conhecer um kibutz.

Ela sempre quis conhecer um kibutz, pensou Amitai, e ele sempre quis se livrar daquele lugar. Seus pais, imigrantes sírios, eram os únicos judeus levantinos no kibutz Hakotzer, únicos mizrahim entre centenas de ashkenazim. Tinham ido para lá na adolescência, enviados para o kibutz pela agência responsável por lidar com a onda de menores desacompanhados que chegaram a Israel após a Guerra de Independência. Desde o início, os dois jovens judeus sírios queriam desaparecer em meio à ampla comunidade do kibutz, queriam ser tragados ali para dentro, e não meramente aculturados. Quando garoto, Amitai também desejava ser assimilado, ser igual a todas as outras crianças, mas chegando aos 10, 11 anos, conseguiu perceber algo que seus pais não haviam percebido. Não era possível desaparecer, não em um kibutz fundado por imigrantes alemães que tratavam os mizrahim da cidade como pouco instruídos e inclinados à criminalidade, uma espécie de judeus menos cultos e menos inteligentes. Já adolescente, seu sangue fervia diante dos insultos, fossem grandes ou pequenos. Como o apelido dado ao seu irmão, de pele mais escura – Kushi, cujo equivalente mais próximo em inglês era uma palavra tão ofensiva que americanos brancos e liberais só se referiam a ela pela inicial. Ou o fato do nome de seu pai nunca ser cogitado quando era hora de indicar um novo chefe para a fábrica de móveis, independentemente de sua experiência. Simplesmente serem considerados, em geral, exceções à regra de inferioridade dos mizrahim era um insulto aos Shasho. Não por acaso, seus pais se casaram três anos após chegarem ao kibutz Hakotzer. Quem mais se interessaria por eles?

– Você saiu do kibutz e foi pra Nova York? – perguntou Natalie.

– Primeiro fui pro exército.

– E o que você fez no exército?

– Nada de especial. Eu era da infantaria.

Assim que voltou para casa, percebeu que uma das primeiras perguntas que as pessoas se faziam, especialmente os homens, era onde tinham servido. Em geral, um erguer de sobrancelhas e um leve suspiro saudavam-no quando ele dizia ter sido membro da brigada de elite Golani. Até os pacifistas mais veementes ficavam impressionados. Para seu alívio, os americanos raramente tinham conhecimento suficiente para perguntar mais detalhes.

– Você era oficial?

– Era, mas não muito alto. Apenas tenente.

– E por que não ficou no exército?

– Ninguém fica. Todo mundo serve durante três anos, mais um se tiver a infeliz ideia de se inscrever para o curso de oficial, e cai fora pra subir o Annapurna ou o Misti.

Mais uma vez, ele pecava por omissão. Era verdade que a maioria dos soldados, até mesmo dos oficiais, se desalistava assim que sua primeira temporada de serviço terminava, mas Amitai tinha planos de fazer carreira no Exército, e é o que teria acontecido não fossem os eventos de 27 de setembro de 1993, quando ele perdeu, de uma só vez, parte dos movimentos do braço esquerdo e da perna direita e a fé em seu país.

Ela se aproximou e tocou nas cicatrizes em seu ombro, num primeiro gesto óbvio em relação àquelas marcas, embora ele tenha visto que ela notara seu mancar quando foram da loja de Elek até o café e de novo quando ele deslocou o peso dela apoiado em sua coxa direita enquanto transavam. No verão, Amitai ficava tão bronzeado que parecia um beduíno; no inverno, como naquele momento, desbotava, chegando num tom oliva amarelado. Pelos pretos e grossos cobriam seu peito, antebraço e pernas. Porém, seu enxerto deixara um quadrado de pele clara e macia que agora ela cobria com a palma da mão.

– Você arrumou isso no exército? – perguntou ela.

– Foi.

Ela era sensível o bastante para reconhecer o tom de voz conclusivo, portanto parou de insistir no tema.

– Então pra onde você foi depois do exército? Nepal ou Peru?

– Eu subi a Grande Colina.

– E onde fica isso?

– Você conhece o Misti, mas não conhece a Grande Colina? A Grande Colina fica na cidade onde você mora. No Central Park.

– Aquilo não é uma colina, é uma área pra piqueniques – disse ela, com um sorriso afetuoso. – A Grande Colina... Não vou lá desde que eu era criança.

– É muito bonito. Você devia voltar lá.

– Quem sabe você não me leva? – O silêncio de Amitai a fez enrubescer de raiva. – Eu estava brincando... Eu sei que a gente só está junto por esta noite. Pode deixar que vou embora antes do último terço extra.

Ele sentiu que era o momento de mudar de assunto.

– Por que o seu avô queria tanto que você devolvesse o colar?

Ela se sentou na cama e puxou os lençóis, prendendo-os firmemente debaixo dos braços para se cobrir.

– Eu sempre achei que o colar fosse da minha avó. Não sei bem por quê, já que nunca a vi usando a joia.

Na verdade, ela viu o colar pela primeira vez no verão seguinte à morte da avó, quando ajudou a mãe a arrumar as pilhas de roupa, maquiagens, papéis e outras tralhas que haviam se acumulado naquelas décadas todas em que seus avós passaram os verões na casinha que tinham na costa do Maine. O avô delegou a tarefa para elas, não porque não fosse capaz de suportá-la, pensou Natalie, mas porque sua mãe queria o trabalho para si.

A mãe separou, então, quatro pilhas: um pequeno amontoado para jogar fora, uma quantidade maior para doação, um terceiro lote para o avô de Natalie e um último com coisas que ela mesma queria guardar.

Natalie lembrou-se de quando a mãe achou o colar, numa bolsinha de veludo dentro da primeira gaveta da cômoda do avô, e decidiu acrescentá-lo à pilha de coisas que pretendia guardar. Assim que Jack apareceu para avaliar como progredia o trabalho, viu a bolsinha e imediatamente arrebatou-a, como se nela houvesse fotos indecentes e cartas comprometedoras.

– O que isso está fazendo aqui? – perguntou ele.

– Eu queria pra mim, se você não se incomodar – respondeu a mãe de Natalie. – Achei tão bonito... Nunca vi a mamãe usando, mas tenho certeza de que ela adoraria que eu ficasse com ele.

– Mas não era dela – disse Jack, devolvendo a bolsinha para a gaveta da cômoda e expulsando-as do quarto. A mãe de Natalie ficou furiosa, embora Natalie não entendesse o motivo.

Natalie, então, explicou a Amitai:

– Minha mãe nunca usava joia. Só a aliança de casamento.

– "Usava"?

– É, ela morreu há seis anos. Agora o meu pai usa a aliança dela junto com a dele.

– Então a mão dela era grande, para o seu pai conseguir usar a aliança dela.

– Era, sim. Muito maior que a minha. Tenho a mão do meu pai: dedos pequenos e gorduchos.

Ele juntou a palma da mão contra a dela, seus dedos longos contra os pequeninos.

– Mais uma vez, eu sinto muito por sua perda.

Ela abriu um sorriso.

– Você é tão formal... Mas obrigada.

No fim de semana de seu casamento, que aconteceu na casa de veraneio do avô, em Red Hook, no Maine, Natalie se viu às voltas com a ideia de usar algo que tivesse pertencido à mãe ou à avó.

– Eu precisava de alguma coisa velha, alguma coisa emprestada e alguma coisa azul. Então, perguntei ao meu avô se eu podia pegar emprestado o colar – explicou a Amitai.

*Mas não é azul*, disse-lhe o avô, brincando de certa forma, mas nitidamente relutante em deixá-la usar a joia, ainda que por apenas uma hora. *Além do mais, o pavão é um bicho que não dá sorte*, completou ele.

– Era como Bilbo com o anel. Não queria passá-lo adiante. Não tinha nada a ver com ele se preocupar tanto com uma coisa assim. Acabei convencendo-o, mas sabia que ele não estava nem um pouco feliz.

Apesar da relutância do avô, ela usou o colar, embora fosse longo demais e ultrapassasse bastante o decote de seu vestido. Era um modelo de formatura, estilo anos 1950, que não lhe caía bem e pelo qual ela tinha pago 17 dólares na Goodwill, em Ellsworth, Maine. Natalie só reviu o colar meses depois, quando o avô foi diagnosticado com câncer no pâncreas, e ela partiu às pressas para o Maine, no intuito de ajudá-lo. O avô insistia em morrer na própria cama e, como ele mesmo disse, sob seus termos.

– Um dia antes de morrer, ele me pediu um favor. Lembro que segurou a minha mão. As mãos dele eram enormes, cheias de sarda. Como as da minha mãe. Ele pôs o colar na minha mão e cobriu-o com os meus dedos. Disse que o colar não era da minha avó nem dele. Contou que tinha roubado a joia.

Como jovem oficial do exército americano no fim da Segunda Guerra, explicou à neta, recebera a missão de tomar conta dos bens que estavam num trem cheio de itens saqueados. Seu trabalho era proteger aqueles bens contra saqueadores de todos os tipos, e ele falhou. Pior: ele roubou também.

– O Trem de Ouro húngaro – disse Amitai.

– Isso. Ele roubou o colar do trem. Eu perguntei por quê, e ele disse que o fazia se lembrar de uma garota por quem estava apaixonado.

– Era dela?

– Não, mas ela também era de Nagyvárad. Acho que ele pegou o colar pensando que pudesse ser dela ou de alguém que ela conhecia. Mas não era o caso. Ele tentou dar a ela o colar, mas ela não quis, aí ele simplesmente ficou com a joia.

– E o que aconteceu com a garota?

– Eles terminaram, e meu avô nunca mais a viu. Ele me disse que não suportaria morrer sabendo que ainda tinha o colar. E me pediu que descobrisse a quem tinha pertencido e que devolvesse por ele.

– Ah, e depois sou *eu* que gosto de uma causa perdida?

Ela balançou a cabeça.

– Eu sei. É uma missão impossível.

– Não só impossível. Também é inútil.

Ela se aprumou, e ele estendeu a mão para confortá-la.

– Desculpe. Às vezes, sou muito duro em inglês.

– Você é menos duro em hebraico?

– Não – respondeu ele, sorrindo. – Mas em hebraico não faz diferença. Eu só quis dizer que, mesmo que não tenha morrido na guerra, a dona do colar já deve estar morta.

– Eu sei, mas os herdeiros dela podem estar vivos. Principalmente se moravam em Budapeste. Muitos judeus de Budapeste sobreviveram.

– É verdade.

– É que... Ele nunca foi de pedir nada, o meu avô. Tomava conta de todo mundo ao seu redor. Minha avó, minha mãe, eu. Era extremamente generoso, sem deixar que você percebesse que ele estava te dando qualquer coisa. Era um homem bom, com o sentimento de que tinha feito algo terrível. E eu prometi que pelo menos tentaria consertar seu erro.

– Ele não fez nada terrível... Se não tivesse roubado o colar, ele teria se perdido, como todo o resto.

– Sim, mas aí ele não ficaria se sentindo um ladrão.

– Um roubo não torna um homem um ladrão.

– Você sabe disso, e talvez eu concorde, mas ele não enxergava dessa forma.

Amitai invejava sobremaneira a certeza moral daqueles que nunca foram obrigados a se confrontar com as agonias da ambiguidade.

– Ele disse que tinha cometido muitos erros ao longo da vida. Que não tinha conseguido manter ao lado as pessoas de que gostava, o que era ridículo. Ele e a minha avó ficaram casados por mais de 46 anos. E por mais que a relação dele com a minha mãe não fosse das melhores do mundo, também não era péssima. Além disso, não conheço ninguém que tenha sido tão próximo do avô quanto eu. Eu não conseguia entender por que ele dizia essas coisas.

– Ele estava doente, Natalie. Estava morrendo. Por isso não falava coisa com coisa.

– Sei lá... Ele parecia consciente. Mais fraco, sem dúvida, mas era ele ainda, todinho ele. E sabia exatamente o favor que me pediu.

– Devolver o colar que tinha roubado.

– É. Eu prometi a ele que devolveria, e isso pareceu de certa forma aliviar sua consciência. Nesse dia, a gente assistiu a um filme juntos, e li pra ele um trechinho do livro de mitos gregos para crianças que ele costumava ler pra mim quando eu era menina. Preparei uma sopa que ele não conseguiu comer. Depois, ele foi dormir. – Natalie fez uma pausa, como se estivesse recordando. – Quando lhe dei um beijo de boa noite, ele me chamou de Ilona.

– Ilona?

– É.

– E quem é Ilona?

– A namorada... A tal de Nagyvárad.

– Então talvez ele não estivesse tão consciente como você pensava.

Ela balançou a cabeça.

– Depois ele disse que eu era sua bela garota ruiva. Ele sempre adorou o meu cabelo. Minha avó dizia que ele tinha uma queda por ruivas e que só tinha se casado com ela por causa do cabelo. Ela era aluna dele no curso de história da Grécia Antiga, em Wellesley. Ele notou o cabelo dela no primeiro dia de aula, e no fim do semestre, estavam noivos. Para mim, foi por causa do escândalo que ele trocou Wellesley por Columbia.

– Muito romântico.

– Sempre achei. Ela inclusive se converteu para casar com ele. Era irlandesa. Mas a minha mãe não era ruiva. Acho que pulou uma geração.

Amitai enrolou um dedo num dos cachos flamejantes do cabelo dela.

– Seu cabelo é muito lindo.

– No dia seguinte, quando entrei no quarto com chá e torradas, ele já estava morto.

– Foi você que o encontrou?

– Fui eu, sim.

– Nossa... Deve ter sido muito difícil.

– O estranho é que não foi. Ele tinha partido; não era mais ele. Só seu corpo. Meu pai pegou um avião naquela tarde mesmo, e a gente enterrou ele na manhã seguinte, só nós dois e o agente funerário. Quando comprou a lápide da minha avó, meu avô comprou também uma para ele, bem ao lado. Na dela estava escrito Florence Wiseman, e sua data de nascimento e de morte, 1930 e 1997. Na dele estava escrito apenas Jack Wiseman, 1922, e depois um espaço em branco. Ficou assim durante dezesseis anos, esperando por ele.

– E a sua mãe? Ela está enterrada no mesmo lugar?

– Não. Ela queria ser cremada, o que deixou o meu avô louco. Ele era o sujeito menos religioso do mundo, mas não parava de dizer a ela, quando estava quase morrendo, que os judeus não podiam ser queimados em fornos. Acho que dizia isso por causa da experiência dele durante a guerra.

– Ele passou pelos campos?

– Ele nunca falava da guerra, então não sei muito bem o que foi que fez. Nem sei se ele foi para algum combate, de fato. Acho que não. Ele falava várias línguas, então provavelmente trabalhou como tradutor antes de darem a ele a missão de proteger o Trem de Ouro. – Ela ficou observando as cicatrizes no ombro de Amitai. – Sabe, ele também tinha cicatrizes no ombro. Uma na frente e outra atrás. Dizia que tinha sido um acidente durante um treinamento, mas fico pensando...

– Você fica pensando em quê?

– Nada...

Ela ficou quieta por uns instantes e Amitai disse, gentilmente:

– O seu avô morreu há poucas semanas, é isso mesmo?

– Que dia é hoje?

– Terça.

– Faz quinze dias. A gente teve sorte de o inverno não estar tão rigoroso este ano no Maine. Em geral, nessa parte do país, é preciso esperar até a primavera... Pra enterrar os mortos.

– O seu avô morreu há quinze dias e você imediatamente embarcou num avião pra Budapeste?

– Primeiro a gente cumpriu a shivah.

– Estou achando você bem impulsiva, hein?

– É o que dizem. Embora eu prefira pensar mais como "espontânea". Seja como for, eu tinha que vir. Prometi ao meu avô e estou feliz em fazer isso. O meu avô me conhecia melhor do que ninguém. Ele sabia que uma missão dessas era feita pra mim.

– Por quê?

– Porque eu sempre me interessei pelo Holocausto. Desde que era criança, na escola judaica, e eles passavam aqueles filmes pra gente. Você conhece? Aqueles que os nazistas filmaram pra documentar o que estavam fazendo? Eu me lembro de uma foto... Eu devia ter uns 11 ou 12 anos quando vi pela primeira vez, um pouco antes do meu bat-mitzvá. Era de um homem que tinha rastejado por baixo da parede de um barracão ou de uma cerca, alguma coisa assim. Ele morreu antes de conseguir atravessar até o fim, e a foto mostra só o seu rosto e a mão na bochecha. Você já viu?

– Se vi, não me lembro.

– Eu tinha verdadeira obsessão por essa foto. Ficava imaginando por que ele não conseguiu escapar, tão perto que estava de fugir. Li muitos livros sobre o assunto, romances para jovens sobre o Holocausto. E mais para frente li *A noite* e o livro de memórias do Primo Levi. Todos esses livros... Na faculdade, eu me especializei em estudos do Holocausto.

De tempos em tempos, por conta do trabalho, Amitai entrava em contato com um certo tipo de judeu americano obcecado pelo tema do Holocausto, daqueles sujeitos que passavam as férias excursionando pelos campos de concentração da Polônia e da Alemanha e que aos domingos assistiam às nove horas e meia do filme *Shoah* pela décima terceira vez. Ironicamente, levando em conta a forma como ganhava a vida, Amitai não se sentia conectado à história do Holocausto. Judeu de ascendência síria, sua conexão à matança na Europa não era pessoal. Durante a Segunda Guerra, a França Livre na Síria e no Líbano derrotara o Exército de Vichy e seus aliados nazistas. Enquanto os judeus europeus eram assassinados, os pais de Amitai jogavam futebol com colegas muçulmanos, comiam galinha com damasco, tortas de carne em miniatura e biscoitos de tâmara preparados pelas mães, tias e avós. Rezavam em sinagogas que datavam do século V, segundo diziam, e estavam, em todos os sentidos, levando a mesma vida que seus ancestrais levavam em Alepo desde a época dos romanos, praticamente sem perturbação por causa da guerra.

Contudo, o motivo da posição de Amitai não se resumia apenas à divisão entre ashkenazim e mizrahim. Embora a história dos israelenses estivesse inextricavelmente associada ao Holocausto, eles também se opunham ao ocorrido de forma agressiva. Os sobreviventes que restaram entre os judeus da Europa não foram resgatados; foram "erguidos do abismo" e conduzidos ao topo por um tipo diferente de judeu: o indomável e combativo israelense. Inerente a essa ideia estava um desprezo inconfesso porém palpável por aqueles que morreram sem lutar, que se arrastaram passivamente rumo aos fornos crematórios. Os judeus alemães que fundaram o kibutz onde Amitai nasceu tinham trocado o conforto de suas casas burguesas na Alemanha pelos pântanos pestilentos e pelos desertos inclementes da Palestina antes de Hitler tomar completamente o poder. Consideravam-se pioneiros, e não sobreviventes. Os poucos moradores do kibutz que traziam números gravados no braço raramente falavam de suas experiências, salvo no Dia da Lembrança do Holocausto, quando iam às salas de aula das crianças recitar a lição do "Nunca Mais".

Natalie retomou o diálogo.

– Todos os avós do meu ex-marido eram sobreviventes do Holocausto. Os pais da mãe dele saíram da Alemanha a tempo, mas seus avós paternos eram poloneses e acabaram em Auschwitz. O pai do Daniel nasceu num campo de refugiados.

– Ah...

– "Ah...", o quê?

– Você sempre foi fascinada pelo tema do Holocausto e casou com um filho de sobreviventes...

– Neto de sobreviventes. Mas eu sei aonde você quer chegar. Só que não me casei com o Daniel por causa disso, por ele ser neto de sobreviventes.

E quem sabe por que a gente se casa com essa ou aquela pessoa?, pensou Amitai. Ele acabou se juntando a Jessica porque estava sedento por um lar, por uma comunidade, depois de deixar o kibutz e Israel. O lado americano de sua família recebeu-o calorosamente, mas eles tinham regras muito rígidas sobre com quem ele poderia casar. Em 1935, os principais rabinos sírios de Nova York emitiram um documento conhecido como o Decreto, proclamando que os membros de sua comunidade não poderiam se casar com não judeus, mesmo se passassem por um processo de conversão ortodoxo, sob pena de excomungação. As sucessivas gerações de judeus sírios estabelecidos no Brooklin se comprometiam a não aceitar em seu meio nenhum convertido ou filho de convertido e a expulsar qualquer um que se casasse com um não judeu, por mais amado que fosse. Os familiares diretos de Amitai, os Shasho do kibutz Hakotzer, eram israelenses e, portanto, tecnicamente não estavam sujeitos às normas do Decreto. Contudo, quando Amitai se mudou para Nova York, Jacob Shasho, o patriarca da família, informou-lhe de que como a partir dali seria um judeu sírio do Novo Mundo, teria de obedecer a tais regras. Se resolvesse se casar com alguém de fora daquela comunidade, o Decreto exigiria provas de pureza genealógica remontando a pelo menos três gerações. As regras eram tão rigorosas que conseguiam atingir seu objetivo: o caminho mais fácil para um judeu sírio era se casar com alguém da mesma comunidade. E foi assim que Amitai se casou com Jessica, cuja família também era de Alepo. Depois da separação, seu tio Jacob deixou claro que Amitai só poderia procurar uma substituta dentro da comunidade. Desde então, ele dispensara as investidas de nada mais, nada menos, que três primas de primeiro grau de sua ex-mulher. Não tinha moral alguma para criticar os motivos estúpidos de outra pessoa ao escolher o parceiro errado.

– Você chegou a conhecer os avós do seu ex-marido? – perguntou ele.

– Só a avó polonesa, mas nós éramos próximas – respondeu Natalie, fazendo uma pausa como se refletisse sobre as próprias palavras. – Quer dizer, tão próximas quanto ela permitia. Ela não era uma pessoa fácil. O Daniel não conseguia suportá-la, mas o fato é que nunca tentou de verdade. Ele dizia que ela lhe dava nojo – completou, balançando a cabeça. – Ele era tão babaca! Ela detestava barulho, principalmente quando estava dormindo, então tinha aqueles protetores de ouvido feitos de cera, que deixava espalhados pelo quarto. É, confesso que eram meio nojentos, aquelas bolotas cor-de-rosa com cera de ouvido grudada. Mas o Daniel nunca parou pra pensar por um minuto por que a avó precisava deles. Por que detestava barulho. Ele não fazia o menor esforço.

– E você fazia?

Natalie deu de ombros.

– Ela falava inglês, mas, quando a gente se conheceu, havia regredido e passado a falar tudo em ídiche. Eu aprendi ídiche na faculdade, então conseguia me comunicar com ela na língua que a deixava mais à vontade. Ela me contava histórias da sua família. Tentei perguntar sobre os campos, mas ela não falava sobre a guerra de jeito nenhum.

– Entendi... Então me diga uma coisa, Natalie. E se você não conseguir fazer o que o seu avô pediu? Se não conseguir encontrar os herdeiros do medalhão? O que vai fazer?

Ela trançou o lençol entre os dedos.

– Não sei, mas preciso tentar. E não pode ser tão difícil assim... Afinal, estamos procurando uma sufragista anã.

– O quadro é de uma mulher comum. Então acho que não devemos procurar uma anã, e sim a amiga dela.

– A anã vai nos levar à outra mulher. E anãs sufragistas não desaparecem do nada.

Certamente, pensou ele, uma pessoa especializada em "estudos do Holocausto" sabe que na Hungria, na primeira metade do século XX, todo tipo de gente desaparecia do nada, inclusive anãs sufragistas e suas melhores amigas.

# · 18 ·

No dia seguinte, bem cedo, Amitai passou pela opulenta decadência do saguão do hotel Gellért e desceu até o subsolo. Depois de vencer uma burocracia digna de nota e complexa – obtendo um tíquete de acesso, um tíquete para a toalha e outro para a massagem, uma chave com determinado funcionário, outra chave com outro –, acabou conseguindo permissão para dar um mergulho não muito profundo na piscina mais bonita que tivera o privilégio de conhecer. Por uns momentos, ficou batendo o pé com preguiça, contemplando a abóbada de vidro do teto, mas em seguida impôs-se um nado livre num ritmo forte e funcional. Suas mãos grandes imprimiam sulcos profundos nas águas termais. Suas pernadas eram suaves e envolviam o trabalho de vários músculos. Porém o ferimento no ombro, embora tivesse cicatrizado vinte anos antes, atrapalhava um pouco a remada do braço esquerdo. O ferimento na perna, onde ainda se abrigavam estilhaços que faziam visitas periódicas e dolorosas à superfície, tornava sua perna direita ligeiramente mais fraca do que a esquerda. Ainda assim, mesmo sem as divisões entre as raias, ele mantinha uma linha reta e, quando chegava às bordas da piscina, suas viradas eram enérgicas e profundas.

Superar as limitações impostas pelos ferimentos a ponto de nadar corretamente e fazer giros limpos exigia intensa concentração, assim, ao cabo das sessenta voltas, Amitai tremia de exaustão. Durante quarenta minutos ficou sem pensar em Natalie, no cheiro de bálsamo em seu cabelo, no gosto salgado de sua boca. Feliz, ele voltou às salas de banho masculinas, instalou-se num canto de uma enorme banheira de imersão e pôs um pano úmido sobre os olhos. Estava quase adormecendo quando foi acordado por respingos de água e vozes altas reclamando em hebraico sobre a quentura da água. Ele deslizou a toalha para baixo, num esforço vão de evitar o destino que lhe esperava. O pano escorregou de seu rosto e caiu. Ao tentar pegá-lo, era tarde demais. Do outro lado da banheira, um dos detectores ultrassensíveis de sabras que seus compatriotas carregavam em volta da cabeça começou a apitar desesperadamente. Ele fechou os olhos, na esperança infantil de que o gesto faria Dror Tamid desaparecer.

– Shasho? Amitai Shasho?

Amitai abriu os olhos.

– Oi, doutor – disse ele.

– Por favor, apenas Dror!

– Olá, Dror.

Não era tanta coincidência assim ele e Dror Tamid se esbarrarem numa das antigas capitais do judaísmo europeu, levando em conta que os dois atuavam num mercado que explorava a história da região. Diferente de Amitai, o Dr. Tamid não negociava obras de arte perdidas e roubadas, mas era um historiador especialista em Holocausto, professor da Universidade Bar-Ilan, e conduzia excursões periódicas ao Yad Vashem. Quando começou a lidar com esse tipo de arte e sentiu necessidade de se instruir, Amitai participou de uma das excursões do Dr. Tamid, pensando que pudesse ser uma alternativa mais interessante do que embarcar num projeto de leituras densas e intermináveis. Depois do segundo dia em Auschwitz – que seguia uma visita-relâmpago a Treblinka, ao centro de processamento nazista em Lublin e ao campo de extermínio de Majdanek –, Amitai, sob a influência de muita vodca e dos fantasmas de muitos judeus assassinados, não conseguiu conter uma pergunta ao líder da excursão, o eminente Dr. Tamid. Qual era a vantagem, perguntou ele, de elevar a história da tragédia judaica a níveis tão fetichistas? Isso não seria uma espécie de idolatria?

Tamid ficou furioso, mas momentaneamente atordoado, sem conseguir responder nada além da conhecida citação de Santayana: "Quem não recorda o passado está condenado a repeti-lo."

– Nunca mais! – exclamou Amitai à época, erguendo seu copo.

O doutor também levantou o copo, num misto de alívio e anuência, sem perceber que Amitai queria dizer, na verdade, que *nunca mais faria uma excursão dessas*.

Dali em diante, Amitai começou a evitar diligentemente os destinos turísticos judaicos envolvendo grandiosidades perdidas e crueldades extremas. Embora o trabalho o levasse com frequência a Praga, por exemplo, ele nunca visitou o famoso cemitério judaico com suas lápides irregulares nem a sinagoga medieval, a Alt-Neu, com seu habitante fantasma do sótão. Passou várias semanas em Varsóvia e na Cracóvia, em Lviv e Lublin, negociando a devolução de obras de arte, joias e, numa ocasião especial, seis frascos de sêmen congelado de um cavalo garanhão descendente de um campeão e criado por um dos poucos nobres judeus da Polônia, mas nunca mais sentira necessidade de posar junto à placa que dizia ARBEIT MACHT FREI na entrada de Auschwitz ou de flexionar um joelho diante das sete figuras heroicamente esculpidas no monumento ao Levante do Gueto de Varsóvia. Em Amsterdã, ele passou em frente à eterna fila de turistas que aguardam para entrar aos bandos no esconderijo de Anne Frank, mas nem se preocupou em acompanhá-los.

– O que traz você a Budapeste desta vez, Amitai? Está em busca do quê? Tiaras de diamante? Expressionistas abstratos? – indagou Tamid.

Amitai sorriu sem entusiasmo.

– É um Komlós, né? Você tem alguma pista de um Komlós – continuou Tamid.

– Komlós? O artista?

– Ora, não precisa fingir! – disse o historiador, atravessando a banheira aos tropeços, com água na altura da coxa, para se aproximar de Amitai.

Que crime teria cometido para merecer a punição de se sentar tão perto dos genitais de um homem que desprezava?, pensou Amitai. Então, sorriu educadamente, projetou o corpo para fora da banheira e pegou a toalha que estava pendurada num gancho na parede. Saiu andando depressa em direção ao vestiário, onde se secou e se vestiu, conjecturando quem seria a fonte da informação obtida por Tamid. Será que Elek teria traído sua confiança? Não. Embora dependesse de Tamid para atrair clientes tanto para sua loja quanto para seu negócio de consultoria, Elek também nutria antipatia pelo homem.

Amitai subiu as escadas, passou pelo saguão e seguiu até o quarto. Ao entrar, encontrou a cama vazia. Nuvens de vapor saíam pela porta aberta do banheiro, e ele ouviu Natalie cantarolando qualquer coisa sob o barulho do chuveiro. Ele se serviu do café que estava na bandeja trazida pelo serviço de quarto e sentou-se à beirada da poltrona de veludo para tomá-lo aos poucos. Seus lábios se enrugaram diante da bebida fria e amarga.

– Oi! – disse ela, ao sair do banheiro. Vestia um roupão grosso e felpudo, e seu rosto estava vermelho por conta do vapor. Os cachos de cabelo, ensopados, caíam por sobre os ombros. – Espero que não tenha problema, mas pedi serviço de quarto. Claro que eu que vou pagar.

– Ora, por favor, não tem problema nenhum. – Ele virou o conteúdo da xícara num único gole e, em seguida, tentando manter a calma habitual, perguntou: – Por acaso você conhece um sujeito chamado Dror Tamid?

– O Dr. Tamid? Claro! Espera aí, você também conhece ele? Ele está aqui, você sabe, né? Em Budapeste.

– Eu o conheço, sim. – Amitai não fez o menor esforço para disfarçar que conhecer o homem não lhe proporcionava o menor prazer. – E de onde vocês se conhecem?

– Ele passou uma temporada como professor visitante em Brandeis quando eu estudava lá. Participei do seminário que ele ofereceu sobre Eichmann e a Topografia do Extermínio.

– Você falou com o Tamid sobre a sua busca? Disse a ele que está procurando a dona do colar?

Ela inclinou a cabeça para o lado e enxugou o cabelo.

– Contei, claro. Foi ele quem recomendou que eu viesse até Budapeste falar com o Sr. Elek em vez de ir direto para Nagyvárad.

– E você também disse que se encontraria comigo?

– Mandei um e-mail pra ele outro dia, quando o Sr. Elek me falou sobre você e o quadro. – Ela se desvencilhou da toalha. – Você está chateado? Existe alguma questão entre você e o Dr. Tamid?

Passada a infame participação de Amitai na excursão Destaques do Holocausto, de Tamid, ele e o topógrafo do extermínio continuaram a se cruzar com frequência, nos anos seguintes, nunca com resultados muito animadores. Houve uma vez em que Tamid até conseguiu azedar uma negociação de Amitai. A cliente, nesse caso, passara os anos da adolescência como concubina e escrava de um grupo de partisans poloneses que liquidavam os poucos judeus que conseguiram sobreviver às matanças dos guetos praticamente com a mesma energia com que haviam atacado o exército alemão. Depois de Amitai gastar oito meses e quase dez mil dólares para rastrear a coleção de desenhos de Chagall que pertenceram ao pai da mulher, Tamid, sabendo muito bem o enorme investimento, convenceu os filhos da mulher a declará-la mentalmente incapaz, invalidando, portanto, o contrato assinado com a Shasho & Filhos. Amitai se viu forçado a observar os frutos de seu trabalho serem prontamente doados – de novo, sob a influência de Tamid – para o Museu de Israel, em Jerusalém, em troca de uma ampla dedução de impostos para o filho mais velho de sua antiga cliente e da honra de ter um mictório do museu dedicado, com uma placa informativa, à memória do pai dela. (Olhando em retrospecto, pode ter sido um canto na biblioteca ou um banco no saguão, mas Amitai preferia lembrar que a interferência do Dr. Tamid resultara na conversão de seus lucros em um vaso de porcelana usado para mijar.) Pelo que soube, os desenhos, encantadores e tecnicamente interessantes, foram enterrados no gigantesco arquivo do museu, sem nunca serem expostos ao público.

– Não fico chateado – respondeu ele.

A tentativa de Natalie de conter o sorriso serviu apenas para incomodá-lo mais do que se ela tivesse sorrido abertamente.

– Eu não mencionei você nem Komlós pelo nome. Só disse que o Elek comentou que tinha um negociante de arte interessado no meu colar por causa do quadro. Mas acho que ele adivinhou, né?

– Não tem problema.

– Ele também está em busca do quadro de Komlós?

– Todo mundo que tem interesse por esse campo está em busca do quadro de Komlós. Mas fica tranquila. Não tem problema nenhum.

Nesse último beco sem saída, o investimento dele até ali se resumia a uma passagem de avião e algumas diárias no hotel Gellért. O melhor que podia fazer era admitir o fracasso, deixando de gastar ainda mais, e ir embora. Havia outros artistas, outros quadros. Havia, inclusive, outros empregos. Ele permitiu que a imaginação vagasse por um momento e imaginou-se pedindo ao tio que o transferisse para um ramo diferente da empresa. Por que não poderia vender imóveis como os primos? Ou eletroeletrônicos?

– Bom... Sem dúvida isso é um "problema" – concluiu Natalie.

Havia outros artistas, outros empregos e outras garotas também. Várias outras garotas.

Ela se sentou numa cadeira e dobrou as pernas nuas debaixo do roupão felpudo. Envolveu uma xícara de café com as mãos, e o roupão escorregou de seu ombro. Mesmo molhados, os cachos rebeldes caíam graciosamente sobre a pele rosada.

– Vamos até a Colina do Castelo. Não sei a que horas a biblioteca Széchényi fecha para o almoço.

# 19

BASTARAM POUCOS MINUTOS DENTRO DA biblioteca Széchényi para Amitai e Natalie descobrirem que a maior parte do que queriam estava disponível on-line, num arquivo meticulosamente traduzido e carregado pelos funcionários do serviço de referência da biblioteca pública de Nova York.

– Gastei mil dólares pra vir até Budapeste, e os papéis que estou procurando ficam a um quilômetro do meu apartamento! – constatou Natalie, exasperada.

– Uma vez passei um mês na República Tcheca seguindo o rastro de uma escultura de Degas. Depois acabei descobrindo que o pai da minha cliente tinha dado a escultura pra sua amante quando a mandou para a América, grávida, depois que os nazistas anexaram os Sudetos. Por fim, encontrei a peça dentro de uma caixa de papelão no porão da filha dessa amante, em Hackensack, Nova Jersey.

– Sério? E o que foi que você fez?

– Apresentei uma irmã à outra e organizei a venda.

O vasto conjunto de fotografias do congresso sufragista, arquivado pela biblioteca pública de Nova York, incluía, entre outras, imagens das participantes enfileiradas nas escadas do Parlamento, do prefeito de Budapeste saudando as participantes e de escoteiros que atuaram como guias turísticos. Uma fotografia, cuja legenda dizia "Sra. Rózsa Schwimmer e colega na residência da Sra. Megyeri, em Budapeste", mostrava uma mulher robusta, porém vestida com elegância, usando um chapéu do tamanho de uma bandeja, com penas de avestruz. Ela estava de pé em amplos degraus de mármore branco, entre duas colunas onde havia querubins com arcos e na ponta dos pés. Ao lado da famosa sufragista, com aparência igualmente elegante e usando uma túnica plissada com bainha sob medida, via-se a colega anônima. O topo de seu chapéu de plumas batia nos formidáveis seios da Sra. Schwimmer.

– Caramba, Amitai, é ela! Meu Deus!

– Provavelmente...

– Com certeza é ela!

O entusiasmo de Natalie era ao mesmo tempo encantador e desconcertante. Amitai estava acostumado a trabalhar numa atmosfera no mínimo discreta, quando não completamente sigilosa. Ele passou os olhos pelo entorno. Tinham se sentado lado a lado num pequeno sofá no saguão do hotel Gellért, com o laptop dele aberto sobre a mesa em frente. O garçom cruzou o olhar com o dele e piscou.

Natalie abriu o medalhão e segurou-o junto à tela do computador. Seus olhos iam e vinham, olhando ora para o rosto minúsculo que emergia do borrão pixelado na fotografia escaneada, ora para o pequeno retrato num pedaço de papel antigo, rabiscado e desbotado.

– Nem acredito que a gente encontrou! – exclamou Natalie.

– Com licença, senhora – disse o garçom, surgindo perto do sofá com um pratinho de *kiflie* de damasco.

– Obrigada – respondeu Natalie, com um sorriso efusivo. Sua empolgação diante da fotografia transbordava para tudo e para todos ao redor.

– Na verdade, eu não sei – declarou Amitai, assim que o garçom saiu.

– Tudo bem, então. Antes de mais nada, você está querendo dizer que duas belas anãs participaram do Congresso Internacional do Sufrágio Feminino em 1913?

– Talvez houvesse uma delegação inteira de anãs...

– Não tenho dúvida de que é ela. Tem até o mesmo penteado incrível...

– E quem é essa tal de Schwimmer, colega da nossa figurinha anônima?

Numa rápida busca, descobriram que a Sra. Rózsa Schwimmer tinha sido uma das organizadoras do congresso. Era editora da revista feminista húngara *A mulher* e fundadora da Associação Feminista Húngara e do Partido Feminino da Paz. Além disso, fora embaixadora da Hungria na Suíça. Em 1921, fugiu para os Estados Unidos em resposta às perseguições aos judeus em sua terra natal. Seus documentos foram doados à biblioteca pública de Nova York para criar o arquivo em que eles pesquisavam naquele exato momento.

– Deixa eu ver o que encontro sobre a revista feminina. Talvez exista alguma referência à colega de Schwimmer – sugeriu Natalie, consultando rapidamente alguns links. – Que droga! Está tudo em húngaro.

– Será que eu posso ajudar?

Os dois olharam para cima e viram que quem oferecia ajuda era o garçom.

– Além de garçom, sou estudante. Sou mestre em literatura inglesa e estou participando de processos seletivos para programas de pós-graduação nos Estados Unidos. Posso traduzir pra vocês.

Após se certificar de que não havia mais clientes demandando sua atenção, o garçom se sentou com eles, pegou o laptop e começou a pesquisar. Encontrou um artigo de 16 de fevereiro de 1913, publicado na revista de Schwimmer, sobre uma conferência na Liga Masculina pelo Sufrágio Feminino, na qual uma senhora chamada Gizella Weisz, descrita como "a jovem pequenina e talentosa secretária de Rózsa Schwimmer", apresentou, em nome de sua patroa, uma carta elogiando os esforços da Liga Masculina em combater o transporte de garotas húngaras para a Rússia e a Turquia com fins de escravidão sexual.

– Só pode ser ela – concluiu Natalie. – Senão, por que mencionariam sua altura?

– Gizella Weisz... – pronunciou Amitai. Será que finalmente chegava perto do quadro pelo qual estivera tão obcecado durante tanto tempo? Não, lembrou a si mesmo com severidade. Ainda havia grandes chances de o quadro ter desaparecido junto com o restante dos bens que estavam no Trem de Ouro.

– É ela, sim – repetiu Natalie, olhando fixamente para o retrato do medalhão. – O rosto é lindo de morrer.

– Ela é bonita mesmo – concordou Amitai. – Agora, quem é essa bonitona ao lado dela?

Nesse momento, Krisztián, o garçom-estudante, foi obrigado a abandoná-los para atender um grupo de turistas japoneses. Eles retomaram o estudo do banco de imagens da biblioteca pública de Nova York, procurando em centenas de fotos escaneadas a outra jovem, a moça esbelta de cabelo louro e lábio inferior carnudo. Embora não tenham encontrado nenhuma imagem nitidamente dela, acharam uma de um grupo de moças que seguravam pôsteres em mastros compridos, cada um com o nome de uma língua. Usavam capas de cores claras sobre os vestidos brancos, faixas em torno dos seios e o que pareciam ser chapéus brancos de marinheiro. A garota que segurava a placa dizendo DEUTSCH provavelmente se mexeu assim que a foto foi tirada, porque seu rosto estava tremido. O cabelo estava preso dentro do chapéu de marinheiro, de modo que não era possível distinguir sua cor, mas mesmo assim Natalie continuava insistindo que ela se parecia com a modelo da foto do medalhão.

– É possível. – Isso era o máximo que Amitai se permitia dizer. Por mais que se sentisse contagiado pelo entusiasmo de Natalie, tentava manter a calma. No seu ramo de atuação, não valia a pena chegar a conclusões apressadas, deixando o otimismo e a euforia se sobreporem à cautela e ao ceticismo.

Infelizmente, a legenda da foto só dizia "Assistentes no Cong., 1913", sem mencionar qualquer outra informação. Além disso, em nenhum lugar do índice de documentos arquivados havia uma lista com os nomes das jovens que atuaram como assistentes no congresso.

Krisztián voltou.

– Já terminei meu trabalho – disse, puxando uma cadeira. – Talvez possa ajudá-los um pouco mais...

– Você está sendo tão legal, Krisztián. Como podemos te recompensar? – perguntou Natalie.

O garçom pareceu refletir sobre a questão.

– Que tal em dinheiro? – sugeriu ele.

Amitai rapidamente negociou um preço justo pelo tempo de Krisztián. Em seguida, pediu que o rapaz pesquisasse qualquer referência à senhorita Gizella Weisz nos arquivos on-line dos vários jornais antigos de Budapeste.

Encontraram uma nota de março de 1913, numa revista chamada *Talento Magiar*. A coluna social registrava que Gizella Weisz, "uma jovem anã", tinha assistido à apresentação da peça *O lírio amarelo*, no teatro Real, como acompanhante da Sra. Schwimmer.

Krisztián alterou a busca para "jovem anã" e encontrou uma segunda referência, dessa vez num jornal chamado *Magyarság*, na edição de 15 de agosto de 1913. Era uma notícia de primeira página, em certo tom de alarme, relatando que uma gangue de arruaceiros estrangeiros, incluindo uma anã, tinha invadido o camarote real na Ópera de Budapeste, durante a apresentação do espetáculo de um só ato *Erzsébet Báthory*, de Sándor

Szeghő, na noite anterior. Por sorte, disse o autor, o rei não estava presente, porém um membro da guarda real acabou machucado durante a balbúrdia.

Aquela foi uma grande manchete da época, noticiada em todos os jornais que Krisztián pesquisou.

– De acordo com os jornais de direita, tiros foram disparados, um pôster reivindicando o sufrágio universal foi pendurado no camarote e os conspiradores jogaram para a plateia panfletos incitando o assassinato de Franz Josef e a redistribuição da riqueza – relatou o garçom. – Os jornais de esquerda descrevem o acontecido de forma um pouco diferente. Também mencionam o pôster, mas não falam em tiros. Um deles reproduz o panfleto, que não propunha nada sobre assassinar o rei. Dizia apenas que a monarquia deveria ceder lugar para o governo do proletariado.

– Deve ser Gizella – disse Natalie. – O que os jornais dizem sobre ela? O que foi que ela fez, afinal?

– Está vendo aqui? – Ele apontou para a tela, onde estava reproduzida uma página do jornal. – Esse jornal é... Como vocês dizem? Um jornal de escândalos? Ele só fala de casos de sexo e divórcio. Esse tipo de coisa.

– Um tabloide? – sugeriu Natalie.

– Isso, exatamente. A manchete fala assim: "Jovem anã bolchevique e conspiradores causam estragos na Ópera." Está contando que ela usou suas perversões sexuais para distrair os guardas.

– Quais "perversões sexuais"?

Obediente, Krisztián leu o resto do artigo em busca de detalhes lascivos, com ares de biólogo contabilizando moscas de fruta.

– Não explicam nada – disse ele, por fim.

– Imagino que, em 1913, a mera alusão à sexualidade de uma anã já era considerada perversão – ponderou Amitai.

– É só esse jornal que fala em perversão. Os outros dizem apenas que ela era uma conspiradora. Não falam nada de sexo.

– Então quer dizer que essa história de "perversão sexual" é só um exagero do tabloide? – indagou Natalie.

– Provavelmente.

– Vamos imaginar o que aconteceu com Gizella, se for mesmo ela, depois de ser detida junto com os outros. Eles foram presos, presumo eu. Acabaram executados?

Krisztián prosseguiu com a busca. Depois de alguns minutos, disse:

– Bom, encontrei uma informação dizendo que os outros membros da conspiração foram condenados a trabalhos pesados depois de um grande julgamento. Foi muito noticiado, sabe? Inclusive em outros países. Mas não estou achando nada sobre a garota anã... É como se ela desaparecesse do caso.

– Schwimmer tinha muita força política. Lembram-se daquela foto em que ela aparece com o prefeito de Budapeste? E mais tarde virou embaixadora. Deve ter mexido seus pauzinhos pra libertar Gizella – insinuou Amitai.

– Ou talvez o juiz simplesmente não tenha acreditado que essa anãzinha pudesse ser uma criminosa – disse Krisztián.

– Não chame ela assim... – censurou Natalie. – Anãzinha...

– Por que não? – perguntou Amitai. – Você mesma já falou assim.

– Eu sei, mas é pejorativo. A gente não deve se referir a ela como anã. Era uma "pessoa pequena".

– Não, tenho certeza que era anã – disse Amitai. – Dá pra ver pela foto... Suas proporções não eram normais.

– Eu sei. É claro que ela sofria de nanismo. Mas também sei que hoje em dia a gente deve chamar as pessoas com nanismo de "pessoas pequenas".

– Você acha que "pessoa pequena" é menos pejorativo que "anão"? – provocou Amitai.

– Não interessa o que eu penso ou deixo de pensar. O que importa é como eles se chamam.

– Essa anã já morreu faz muito tempo. Acho que quando era viva devia sentir alívio por ser chamada de anã, e não de qualquer outro nome feio.

Enquanto conversavam, Krisztián continuava pesquisando, parando apenas de tempos em tempos para soprar uma mecha de cabelo rebelde que teimava em cair sobre seu olho.

– Os membros da família de Gizella Weisz se autoproclamavam "liliputianos" – informou o garçom. – Quer dizer, acho que eram da família dela. Os artigos dizem que a garota an... – Ele fez uma pausa. – Dizem que a pessoa pequena... a garota...

Amitai riu. Krisztián corou, mas seguiu em frente.

– A garota pequena era da Transilvânia. Então pesquisei por anões de sobrenome Weisz na Transilvânia, e aqui está a família toda, oriunda de Tăşnad.

– Transilvânia! – exclamou Natalie. – E Tăşnad fica perto de Nagyvárad?

– Não sei... Talvez uma hora, duas horas? A Transilvânia é muito grande. A família Weisz era de músicos e artistas.

– Anões artistas? – perguntou Natalie.

– Pequenos artistas – emendou Amitai.

– Eles tinham uma trupe familiar – esclareceu Krisztián.

– Como um circo? – indagou Amitai.

– Em alguns lugares, falam em circo, mas imagino mais algo como performances em teatros. Com canto, dança, comédia.

– Vaudeville – concluiu Natalie. – A família de Gizella era de artistas de vaudeville.

Amitai riu.

– Pois é, Natalie, quando você decidiu procurar a dona do seu colar, algum dia imaginou que ela seria uma socialista radical e artista liliputiana? Ou, mais precisamente, amiga de uma socialista radical e artista liliputiana?

Natalie o ignorou.

– Então a Gizella era da Romênia? Ela não era húngara?

– Essa parte da Transilvânia já foi e voltou algumas vezes. Antes da Primeira Guerra Mundial, pertencia à Hungria. Depois, passou a ser Romênia. Depois foi Hungria de novo e atualmente pertence à Romênia. Tem gente na Hungria que quer a região de volta. Você conhece o Jobbik? É um partido político fascista, que reivindica isso. Porque tudo fazia parte do antigo reino da Hungria.

Amitai achou que Krisztián não parecia totalmente contrário às reivindicações de propriedade do partido que descrevera como fascista.

Bastou uma longa noite com o rosto enfiado nos pedregulhos de uma encosta do Líbano e com a roupa encharcada de sangue – não apenas a sua, mas também as roupas do jovem mutilado a seu lado – para que Amitai se curasse do fetiche pela pátria. Qualquer espécie de reflexo ou impulso que fazia alguém se importar com atos como votar ou protestar, pegar em armas e morrer pela pátria, tinha sido apagada dentro dele de forma tão absoluta quanto os judeus foram apagados da Europa oriental. Agora ele ansiava apenas pelo anonimato do imigrante, por ser um homem de sotaque indefinido numa cidade de sotaques indefinidos.

– Mas Gizella era húngara, não? Do contrário, os jornais não teriam mencionado que ela era romena? – perguntou Natalie.

– Bom, tudo indica que ela era judia – disse Krisztián.

– Mas judia húngara ou judia romena? – insistiu Natalie.

– É como eu disse... Algumas partes da Transilvânia ora eram húngaras, ora eram romenas. Mas, independente disso, Gizella sempre foi apenas uma judia, entende?

Foi o tom despreocupado da voz dele que surpreendeu Amitai e Natalie, a frase pronunciada sem a consciência de seu significado ou poder. *Apenas uma judia*. Natalie desviou o olhar. Um rubor foi tomando conta de seu pescoço, como se ela estivesse de certa forma envergonhada. Não de Krisztián, pensou Amitai, mas de si mesma.

Ríspido, Amitai disse:

– A família Weisz provavelmente falava húngaro, romeno, russo, alemão e ídiche, mas tenho certeza de que se consideravam húngaros, como a maioria dos judeus da Transilvânia na época.

Ele ignorou o olhar desconfiado de Krisztián, instruindo-o a continuar as pesquisas nos arquivos dos jornais húngaros. Enquanto o garçom trabalhava, Amitai se aproximou mais de Natalie e envolveu-a com o braço, casualmente. Ela abriu um sorriso agradecido.

– Eram sete irmãos na família Weisz. Todos anões – acrescentou Krisztián.

– Isso parece quase perfeito – disse Natalie.

Dos sete anões, cinco eram mulheres, explicou Krisztián. As duas irmãs mais velhas tocavam violino; uma das mais novas tocava bateria e a outra, um violoncelo de tamanho reduzido. Os irmãos se apresentavam com minúsculos acordeões e a caçula tocava um violão cor-de-rosa pequenino.

– E Gizella tocava o quê? – Amitai quis saber.

– Isso aqui apareceu no jornal *Debreceni Független Újság* – esclareceu Krisztián. – De 16 de novembro de 1933.

A propaganda anunciava o espetáculo dos liliputianos no teatro Csokonai, em Debrecen. Havia uma pequena foto da trupe, cada um segurando um instrumento.

– Esta aqui é ela? – indagou Krisztián, apontando para uma mulher pequena ao lado de um címbalo em miniatura e com apenas uma baqueta na mão.

Natalie abriu o medalhão e comparou a fotografia.

– Não sei dizer... Elas são todas tão parecidas...

Embora as idades variassem muito, as cinco mulheres eram extremamente parecidas. Seus amplos lábios estavam pintados num tom vermelho tão escuro que parecia preto naquele antigo papel de jornal. Tinham sobrancelhas grossas e maçãs do rosto angulosas. Os narizes eram compridos e estreitos, alargando-se ligeiramente nas narinas. Três tinham cabelo escuro e preso alto na cabeça, e uma usava um penteado curto. Eram exóticas e chamavam atenção, chegando a ser bonitas.

– De acordo com este artigo – comentou Krisztián –, Gizella era a terceira irmã. Bluma, a mais velha, nasceu em 1886, e Franziska nasceu um tempo depois. Em seguida, veio Gizella. Os relatos no jornal sobre o incidente na Ópera informam que a garota tinha 20 anos. Isso significa que, se fosse mesmo Gizella, e era ela ao que tudo indicava, seu ano de nascimento seria 1893. Assim, em 1933, na época em que o espetáculo foi anunciado aqui, teria quase 40 anos.

– A mulher dessa foto não parece ter 40 anos – concluiu Natalie.

– As violinistas Bluma e Franziska teriam aproximadamente 47 e 45 anos quando a foto foi tirada, mas também parecem muito mais novas – disse Amitai.

– A mulher na bateria e a mulher com o violão parecem muito mais jovens que as outras, então só podem ser Judit e Gitl. Só resta a que está com o címbalo, a de cabelo curto. Deve ser Gizella. Talvez fosse uma foto antiga já na época. Ou pode ser que tivessem aparência jovem. As mulheres húngaras são muito bonitas, inclusive as mais velhas.

Ele olhou para Amitai com o canto do olho, como se quisesse verificar se o israelense tinha notado sua atribuição de nacionalidade a Gizella e às irmãs. Amitai ficou imaginando se teria sido um elogio à beleza das moças judias, independente da discussão anterior, o que era conhecido, como haviam lhe dito nas várias viagens que fez à Hungria.

– E o anúncio dá algum detalhe sobre o espetáculo? – indagou Amitai.

– "A Trupe Liliputiana, mundialmente famosa, com músicos de reis e imperadores, apresenta um programa de canções de amor e canções populares" – citou Krisztián.

– "Reis e imperadores"? – perguntou Amitai.

– Acho que é um exagero. Na Hungria nós nunca chamamos o Franz Josef de imperador. A Hungria era um reino, portanto ele era nosso rei.

– Você fez um excelente trabalho, Krisztián. Você inclusive é melhor como assistente de pesquisa do que como garçom – pontuou Amitai.

– Os americanos dão a mesma gorjeta aos assistentes de pesquisa e aos garçons?

– Talvez, mas eu sou israelense e não americano – disse Amitai, dando ao rapaz a quantia combinada. Uns instantes depois, porém, acrescentou os vinte euros que vinha planejando lhe dar.

# 20

Depois da segunda noite juntos, Amitai e Natalie transformaram o que fora uma simples transa em algo mais, algo incomum na vida dele pós-divórcio. Dificilmente dormia com a mesma mulher mais de uma vez e jamais duas noites seguidas. Contudo, depois que terminaram o assunto com Krisztián, ele não quis deixar que Natalie saísse do hotel e propôs que ela subisse para celebrarem o dia produtivo. Ela estava tão ávida por isso quanto ele, e, na manhã seguinte, Amitai não desejou, pela primeira vez, a solidão da piscina. No elevador, Natalie enroscou os dedos nos dele. Ele odiava quando Jessica fazia isso. Na mesma hora, sua mão começava a se contrair incansavelmente, louca para se desvencilhar. Porém estava gostando da sensação dos dedos tranquilos e macios de Natalie em sua mão. Só permitiu que escapassem quando precisou abrir a porta do táxi para ela.

Krisztián tinha combinado de encontrá-los na biblioteca do Departamento de Justiça. Sem o traje de garçom, ele parecia muito mais novo, e, para completar a impressão, pôs gel no cabelo, penteando-o de uma forma que o fazia parecer um porco-espinho. Quando chegaram, uma jovem bibliotecária, que se mostrou alegremente disposta a cooperar por conta da feliz coincidência de ter o mesmo nome de Natalie, entregou a eles um rico dossiê com os registros oficiais sobre os julgamentos dos conspiradores da Ópera. A Natalia húngara ajudou Krisztián a ler os documentos, e foi ela quem descobriu a carta da promotoria para o juiz, informando que havia sido tomada a decisão de não processar uma "moça anã" de nome Gizella Weisz pelo envolvimento no caso.

– Isso porque ela era... Como vocês chamam? Retardada? – perguntou Krisztián.

A Natalia húngara o corrigiu.

– Deficiente mental.

Gizella Weisz, secretária da feminista húngara mais famosa de seu tempo, foi descrita na carta do promotor como "deficiente tanto de corpo quanto de cabeça", uma mulher dotada de "corpo e ingenuidade infantis".

– Eles disseram mesmo que ela era mentalmente retardada? – perguntou Natalie, perplexa.

Natalia respondeu:

– Disseram, sim. O promotor descreve que, como é mentalmente retardada, Gizella não pode ser responsabilizada por nada. Diz que devem liberá-la, mas sob a condição de que viva com a família na Transilvânia. Ela vai virando criança de novo, sabe? Deve ir morar com a família ou numa instituição.

– Então, basicamente, negaram seu direito de autodeterminação?

Krisztián e a bibliotecária trocaram um olhar. Nenhum dos dois sabia o que ela queria dizer, mas perceberam que a informação a deixara com raiva.

– É evidente que ela não era retardada, ou não teria se tornado secretária da Sra. Schwimmer – considerou Amitai. – Portanto, o promotor fez o que tinha que ser feito pra justificar a liberação. Na verdade, ela era uma mulher sortuda. Os outros foram condenados a anos de trabalho pesado. Por conta de suas limitações físicas, ela teria morrido. A Sra. Schwimmer deve ter entrado na jogada pra salvar a vida dela.

– Talvez devêssemos procurar uma conexão entre o promotor e a Sra. Schwimmer – sugeriu Krisztián. – O nome dele é Einhorn Ignác. Judeu também, né? Assim como Gizella e Schwimmer. Pode ser que os três se conhecessem. Que frequentassem a mesma sinagoga!

Natalia deu um tapinha no braço de Krisztián e murmurou, irritada, algumas palavras em húngaro, ao que o rapaz respondeu numa voz que parecia genuinamente confusa. Depois de um breve diálogo, ele se voltou para Natalie e Amitai:

– Desculpem se pareço antissemita, mas não sou. Pra senhora Natalia, sou apenas um idiota, e eu não sabia que existiam muitos e muitos judeus em Budapeste e que só porque alguém é judeu não significa que conheça todos os outros judeus. Mas preciso dizer uma coisa: a zeladora da minha mãe é judia e parente de um amigo meu da faculdade. Então, vejam só, os dois únicos judeus que eu conheço conhecem um ao outro. Peço desculpas de novo, porque, como insiste a Sra. Natalia, preciso confessar a vocês que sou um idiota.

Ele olhou para Natalia, querendo ver como tinha se saído. Ela acenou a cabeça, satisfeita.

– Não, o raciocínio é bom – disse Natalie. – Não há mal nenhum em explorar essa conexão.

– Mas por quê? – questionou Amitai. – Com que objetivo? A gente está procurando a outra jovem, lembra? E sabemos que não é a Sra. Schwimmer. É óbvio que não é o promotor. Em todo caso, esse promotor não passa de um cumpridor de ordens. A Sra. Schwimmer tinha amigos em altos postos do governo, que fizeram com que esse documento fosse submetido em nome de Gizella.

Natalie empurrou sua cadeira para trás, cruzou os braços sobre o peito e encarou-o como uma criança brava.

– Certo, então o que você quer fazer? Porque não consigo pensar em mais nada que a gente possa procurar.

Amitai esfregou a testa. Por mais que Natalie quisesse encontrar a mulher da fotografia que ficava dentro do medalhão, ele tinha mais gana ainda de achar o quadro. Afinal, sua busca já se estendia por muitos anos, enquanto a procura de Natalie computava poucos dias. Porém, como já trabalhava com isso havia muito tempo, conhecia bem o caráter sedutor de histórias fascinantes e de pistas animadoras, a maioria das quais não dava em nada. Sabendo que o colar fora roubado do Trem de Ouro, o caminho mais sensato seria reconhecer a derrota imediatamente. Se a peça tinha sido confiscada e acabara no trem, então já era. E, mesmo assim, Amitai não desistiu. Não sabia dizer se era por esperança, por curiosidade ou graças à atração que sentia por Natalie. De qualquer forma, era um profissional e não devia estar perdendo tempo.

– Talvez eu não seja tão fã assim de causas perdidas, como você imaginava – disse ele.

Natalia, a bibliotecária húngara, interrompeu a conversa:

– Eu vou trazer pra vocês a pastinha do Einhorn Ignác, tá? Vocês dão uma olhada... Pode ser que achem alguma coisa.

Mais por educação do que por compartilhar as esperanças ingênuas de Natalie, Amitai concordou. Foi assim que uma hora depois ele precisou admitir seu erro, ainda que apenas uma pequena porção.

Natalia traduziu a última entrada da pasta de Einhorn:

– Dispensado da promotoria em 1939, em conformidade à segunda lei antissemita. Mudou-se com a família para sua cidade natal, Nagyvárad!

– Nagyvárad! – exclamou Natalie, triunfante.

Ela era a favor de fazerem as malas e partirem logo para Nagyvárad, mas Amitai a convenceu de que antes seria melhor consultar a biblioteca judaica na sinagoga da rua Dohány. Ele tinha trabalhado na Romênia e já tentara localizar algumas informações por lá. Embora a biblioteca judaica da Hungria não fosse exatamente um modelo de organização, era melhor do que qualquer coisa que ele encontrou no país vizinho. Além do mais, a arquivista, Anikó Vázsonyi, tinha uma memória admirável e já o surpreendera com sua capacidade de colher evidências cruciais em pilhas cambaleantes de pastas e livros mofados.

Contudo, já era noite de sexta-feira, e a Sra. Vázsonyi respeitava o Shabat. Quando Amitai ligou, uma mensagem animada informava que ela só voltaria ao trabalho na segunda-feira.

– E agora, o que a gente faz? – perguntou Natalie.

Agradeceram à bibliotecária, dando-lhe uma bela gorjeta, dispensaram Krisztián, que precisava voltar correndo ao hotel para iniciar seu turno, e agora estavam parados junto ao ponto de táxi, um tanto desorientados.

– Temos que esperar – respondeu Amitai.

– Está bem. – Natalie vasculhou a bolsa e pegou a carteira. – Acho melhor eu voltar pro meu hotel.

Ele assentiu com a cabeça.

– É bom o seu hotel?

– É bonzinho, mas nem se compara com o seu.

– O Gellért é ótimo, principalmente a piscina.

– Bom, é melhor eu ir.

– Você gosta de nadar?

– Se eu gosto de nadar?

– Isso. A piscina é fantástica. Se você gostar, pode nadar no Gellért.

– Agora? Você quer nadar agora?

– Eu geralmente nado pela manhã. Mas, se você quisesse, a gente podia nadar agora. Tem uns banhos em águas minerais também. Pra ficar imerso.

– Amitai, o que você está propondo?

O que estava propondo?, pensou ele. Não se tratava de desfrutar da piscina, por mais que gostasse de nadar.

– Se o quarto do seu hotel não é tão bom, você podia ficar comigo no Gellért.

– Você quer que eu fique com você porque o meu hotel não presta? – sugeriu ela, implicando com ele. – É por isso?

– É. Quer dizer, eu vou adorar se você ficar comigo. Se quiser. Mas se não quiser, sem problemas.

– Sem problemas – repetiu ela, aos risos.

Ele olhou para o céu. A garoa incessante refrescou suas bochechas coradas.

– Sim, Amitai, vou adorar ficar com você. No seu hotel enorme e luxuoso.

– Maravilha!

Ele ergueu o braço e, num gesto abrupto, fez sinal para o primeiro táxi da fila.

# 21

Depois de recuperarem os pertences de Natalie e fecharem a conta do hotel dela – que realmente não prestava –, eles entraram no Gellért e viram Dror Tamid sentado em um dos sofás do saguão, em meio a uma conversa acalorada com Pétér Elek. No dia anterior, depois de encontrar o israelense por acaso na sala de banhos, Amitai tinha pensado em mudar de hotel, porém sentiria muita falta da piscina do Gellért e, mais importante, seu orgulho não permitiria que fosse expulso dali. Agora, conduzia Natalie rapidamente pelo saguão, na vã esperança de que não fossem notados.

– Amitai Shasho! – chamou Tamid. – Você continua em Budapeste.

– Nossa, essa conclusão é mesmo a sua cara.

Tamid piscou, lutando contra sua incapacidade inata para reconhecer comentários irônicos.

– E com a minha adorável ex-aluna. Natalie! Como vai?

– Eu estou bem, Dr. Tamid – respondeu ela, olhando de relance para Amitai.

– Nosso amigo, o Sr. Shasho, não está envolvendo você em nenhuma roubada, assim espero...

– Ao contrário – interveio Amitai. – É exatamente o contrário.

Ele acenou para Elek e se virou para cruzar a rotunda em direção aos elevadores, mas Tamid segurou sua mão.

– E você com certeza conhece o Pétér Elek.

Para Amitai, o sorriso de Elek pareceu de certa forma constrangido.

– Elek, você devia estar brigando é com o nosso amigo Amitai, e não comigo – prosseguiu Tamid.

Natalie se virou para o húngaro.

– E por que o Amitai devia estar brigando com você, Sr. Elek?

– É claro que não deveria – respondeu Elek.

Tamid, que nem se levantou, disse:

– Elek e eu estávamos discutindo sobre a destinação apropriada para a coleção Herzog. Você já ouviu falar dela, Natalie? A coleção foi reunida ao longo do início do século passado por um homem muito rico, um judeu de Budapeste, o barão Mór Lipót Herzog. Agora ela é alvo de uma enorme ação judicial, de grande relevância, que já causou praticamente uma crise diplomática entre húngaros e americanos. E também uma crise diplomática entre mim e meu amigo aqui.

Elek sorriu de novo. Para Amitai, ele fingia não se ofender.

– Ora, Dr. Tamid, não existe "crise" nenhuma entre nós – declarou Elek. – É claro que eu reconheço o direito da família Herzog de ser ressarcida. Eu apenas lamento que a Hungria perca mais essas importantes obras de arte para o Ocidente. O nosso país já perdeu muito de seu patrimônio cultural. Primeiro, durante a Depressão dos anos 1930, quando inúmeros colecionadores foram forçados a vender seus bens enquanto pouquíssima gente em Budapeste tinha condições de comprá-los. Depois, durante a guerra, quando os nazistas e os soviéticos saquearam os museus e as coleções particulares.

Amitai olhou, admirado, para o amigo, que o ajudara ao longo dos anos a desenredar peças e mais peças do patrimônio de seu país. Elek estaria blefando, por causa de Tamid, ou confessava uma objeção até então não declarada em relação ao trabalho de Amitai?

Como se respondesse a essa pergunta, Elek continuou:

– Não se trata de uma pequena quantidade de joias, de uma seleção de selos e moedas valiosas nem de um quadro só. A coleção do barão Herzog é uma das últimas grandes coleções que ainda continuam na Hungria. Se a família ganhar o processo, também perderemos tudo isso.

– A coleção do barão Herzog foi roubada pelo Partido da Cruz Flechada, os mesmos patifes que mataram o filho dele e expulsaram o resto de sua família do país – disse Tamid. – Os herdeiros não têm, então, direito a receber de volta essa propriedade?

Amitai puxou suavemente o braço de Natalie, apressando-a, mas ela resistiu. Ao que parecia, estava interessada no debate. Ele, que vinha carregando a mala de mão dela, depositou-a no chão, com um suspiro.

– Como eu já lhe disse antes, Dr. Tamid, nós dois estamos de acordo sobre essa questão. Assim como você, considero uma ofensa que os quadros de El Greco da coleção Herzog fiquem expostos em nossos museus de belas-artes sem origem reconhecida. Mas, diferente do meu governo, acho que a restituição é o certo. Mas não tenho o direito de lamentar a perda do meu país? Primeiro, fomos estuprados pelos nazistas, depois pelos soviéticos...

– Não existe estupro quando a mulher consente – rebateu Tamid. – Nós dois sabemos que a Hungria abriu as pernas pro Hitler. Vocês se curvaram pro Eichmann como uma prostituta moldava, com um sorriso no rosto.

Amitai sentiu Natalie estremecer a seu lado. Delicadamente, disse em hebraico:

– Já chega, Dror.

– Por que já chega? – rosnou Tamid, em inglês. – É sempre "já chega" quando é com a gente, mas pra eles ninguém diz isso.

– Já chega, porque o Elek é judeu – respondeu Amitai, em inglês.

Assim como uma quantidade surpreendente dos cidadãos de Budapeste – e como a própria cidade de Budapeste –, Pétér Elek escondia uma história judaica, uma narrativa secreta que não estava escrita em seu rosto, no conjunto de linhas retas e angulações eslavas, mas na estatura diminuta que o fazia bater na ponta do queixo de Amitai. Judeu criado em Peste, a poucas quadras da grande sinagoga da rua Dohány, ele tinha sobrevivido à guerra porque sua mãe conseguiu obter documentos falsos para ela e o filho. Arranjou um apartamento num bairro não judeu em Buda, onde fingia ser uma católica decorosa. Porém o filho, diferente da mãe, carregava entre as pernas a evidência que poderia denunciá-los. A mãe tinha medo de afastá-lo da segurança do apartamento, até mesmo para ir à escola. Portanto, durante dois anos e meio, ele fingiu ser um garoto doente, confinado à cama. Elek atribuía seu tamanho reduzido a esses anos. Certa vez, dissera a Amitai:

– Quando me deitei, eu era um garoto de 10 anos de idade, e assim continuei: um garoto de 10 anos de idade. Pelo menos em meu corpo, quiçá também na minha cabeça.

Houve uma época em que Amitai ficava impressionado com o fato de Elek ter sobrevivido, pela sorte dele. Mas quem trabalhava naquele ramo durante algum tempo acabava percebendo que todos os sobreviventes do

Holocausto representavam, por definição, uma história de casualidades milagrosas, subterfúgios desesperados, salvações acidentais. Aqueles que não tinham uma história assim estavam mortos.

– Eu sou húngaro – disse Elek –, mas a minha família é de origem judaica.

– Pior ainda – replicou Tamid, de cara fechada. – Você, mais do que ninguém, deveria entender e sentir compaixão.

Elek se irritou, dando finalmente a Tamid o gostinho da crise que o israelense estava tão ávido por provocar.

– Eu deveria sentir compaixão por quem? Pela família Herzog, aristocratas cujo ouro permitiu que escapassem em conforto e segurança enquanto os outros judeus de Budapeste tentavam se esquivar de serem mortos e jogados no Danúbio? Um bando de ladrões magnatas que saíram com milhões e acabaram criando um amontoado de herdeiros mimados que vivem em pé de guerra? É essa gente que merece a minha compaixão? E quanto àqueles que não conseguiram ir pra América em 1944, quando o Eichmann chegou? E quanto àqueles que, como a minha família, perderam tudo, embora tivessem tão pouco? Pra minha mãe, um novo par de sapatos valia mais do que um El Greco pra um Herzog. Onde está o ressarcimento dela? Por que você não se insurge em defesa dela, mas somente em defesa dos abastados?

– Elek, os ricos sempre se beneficiam mais do que os pobres – retorquiu Tamid. – Você deve ter aprendido isso ainda garoto, na época do comunismo. De todo modo, a pergunta não é pra mim, e sim pro Sr. Shasho. Eu, na verdade, advogo pra todos os sobreviventes, sejam eles ricos ou pobres, com ou sem propriedades. É o Sr. Shasho aqui que ajuda somente os ricos.

Normalmente, Amitai não toleraria aquela conversa carregada e turbulenta por um minuto sequer. A presença de Natalie, porém, impediu que fosse embora. Ela o encarou, como se dissesse "defenda-se!", e era isso que ele queria fazer. Queria acertar Tamid bem no meio nariz.

– Se o Amitai estivesse representando os herdeiros de Herzog, já teria arranjado uma venda rápida e circunspecta. O lucro seria repartido irmãmente entre ladrão, vítima e vendedor, e ninguém descobriria, certo, Amitai?

Amitai ficou imaginando se conseguiria ter feito o que Tamid afirmava. Teria sido capaz de negociar um acordo com o governo húngaro, segundo o qual as obras de arte seriam vendidas e os lucros, divididos? Não, pensou ele, uma vez que a Hungria estava louca para ver seus museus e coleções particulares competirem com os de outros países da Europa. Os êxitos de Amitai seriam sempre mais discretos e menores. Nada de galerias nacionais, e sim museus regionais. No lugar de colecionadores importantes, gatunos de menor relevância. Em vez de quadros de El Greco, pinturas de Komlós.

Amitai lançou um olhar para Natalie. A atitude de Tamid fazia com que ela se arrependesse da decisão de se juntar a ele? Afinal, Tamid tinha sido seu professor. Os dois compartilhavam o mesmo envolvimento emocional com o Holocausto, e ela se aconselhou com ele antes de ir para Budapeste.

– Essa briga é sua, Dr. Tamid – interveio Natalie. – Não tem nada a ver com o Amitai – concluiu ela, virando-se para Amitai. – Venha. Vamos fazer o meu check-in.

Ela agarrou a mão dele e saiu depressa. Aquele sentimento de gratidão por uma mulher era algo novo para Amitai. Por cima do ombro, e desproporcionalmente extasiado diante do ocorrido, ele disparou:

– Creio que a fortuna de Herzog é areia demais pro meu caminhãozinho. Eu sou absolutamente insignificante.

# 22

Amitai segurou a porta para Natalie e conduziu-a em direção à escadaria sinuosa – acarpetada pela última vez durante a era Brejnev –, que levava ao sótão da sinagoga da rua Dohány. A senhora Vázsonyi aguardava por eles na sala escura e bagunçada à qual faltava apenas um financiamento adequado para se transformar em biblioteca modelo. Pelo menos era o que sempre prometiam a ele. A cada empreendimento húngaro bem-sucedido, a Shasho & Filhos preenchia um cheque para ajudar nesse sentido, mas, até ali, Amitai não vira mudança alguma. Ainda assim, embora a sala em si fosse um desastre, a mulher que cuidava do lugar era brilhante, e ele a cumprimentou calorosamente.

– Você trouxe as minhas coisas? – perguntou ela. A senhora Vázsonyi se vestia para ir trabalhar como se fosse a um vernissage. Elegante, usava um traje preto, batom vermelho e brincos reluzentes nas orelhas.

– E eu não trago sempre?

Ele pôs a mão na sacola e tirou dois enormes potes de plástico. Natalie, curiosa, ergueu a sobrancelha, e ele piscou para ela.

Alguns anos antes, a senhora Vázsonyi comentara com ele, em tom de reclamação, que era impossível domar sua cabeleira crespa e selvagem. Ao voltar para casa, ele perguntou a sua mulher na época como ela resolvia o mesmo problema. Desde então, Amitai vinha abastecendo a senhora Vázsonyi com frascos de condicionador e gel de uma marca nova-iorquina criada especialmente para os cachos das mulheres judias. Ao que tudo indicava, o caminho para o coração feminino passava pelos cabelos.

– Deus lhe abençoe, criatura maravilhosa. Meu estoque já estava no fim.

– Você que é maravilhosa.

– Sou mesmo – concordou ela. – Senta!

Todas as cadeiras, exceto a dela, estavam cobertas de pastas. Natalie pareceu hesitante, mas Amitai colocou os papéis no chão e indicou que ela fizesse o mesmo.

– Muito bem... – disse a senhora Vázsonyi, acendendo um cigarro. Prendeu-o entre os dentes e folheou uma pilha de documentos. – Eu encontrei o seu homem. O promotor Ignác Einhorn foi um oficial condecorado da Magyar Honvédség e também membro da equipe olímpica da Hungria.

– Ele participou de alguma edição das Olimpíadas? – perguntou Natalie, surpresa.

– A Hungria teve muitos atletas olímpicos judeus – explicou a senhora Vázsonyi. – Alguns anos antes da guerra, mais de 30% da equipe era composta de judeus.

– O mesmo com certeza não vale para os Estados Unidos – comentou Natalie, aos risos.

A senhora Vázsonyi pareceu decepcionada com a inépcia atlética dos judeus americanos.

– Ao que parece, o tal Einhorn era uma estrela da promotoria, e sua promoção a juiz estava garantida, mas com a promulgação da segunda legislação antissemita, em 1939, que incluía o expurgo de funcionários públicos e autoridades do governo de origem judaica, ele acabou sendo dispensado.

Depois da dispensa, prosseguiu a senhora Vázsonyi, Einhorn se mudou para Nagyvárad, junto com a esposa, Nina, seus dois filhos adultos e os netos. O filho e o genro dele foram recrutados para o trabalho forçado. Entre 25 de maio e 3 de junho de 1944, houve a deportação dos moradores do gueto de Nagyvárad para Auschwitz. O casal Einhorn, sua filha e seus netos foram todos mortos. Assim como Vidor Komlós, o genro de Einhorn morreu de inanição, por excesso de trabalho ou acertado por uma bala no front russo. Imré, o filho, sobreviveu ao tormento e à devastação do trabalho forçado e voltou para Nagyvárad depois da guerra. Acabou espancado até a morte nas ruas da cidade dois dias após ter chegado.

– Não existe nenhuma prova ou depoimento no arquivo, mas acredito que ele tenha sido assassinado quando tentou reaver a casa da família – disse a senhora Vázsonyi.

– Como o que aconteceu na cidade polonesa de Kielce? – indagou Natalie.

– Muito parecido, de fato – respondeu a senhora Vázsonyi, olhando para Amitai com uma leve surpresa estampada no rosto.

Ela provavelmente presumira, pensou Amitai, que Natalie era mais uma de suas conquistas. Embora ele nunca estivesse acompanhado por mulheres em suas idas ao arquivo, adquirira na mente da arquivista a reputação – justa e correta – de homem sedutor.

– Mas não encontrei nenhum registro sobre acusações de libelo de sangue nem envolvimento de pogroms – continuou Vázsonyi. – Porém, àquela altura, no final de 1945, a cidade já fazia parte novamente da Romênia, e os registros não eram tão completos quanto seriam se ela ainda pertencesse à Hungria. Ainda assim, se eu tivesse que apostar, diria que o que aconteceu foi algo pessoal. O rapaz voltou pra sua cidade natal e aqueles que haviam tomado sua casa não quiseram devolvê-la. Naquela época, matava-se por muito menos.

A senhora Vázsonyi folheou a pasta até encontrar uma grande fotografia em preto e branco, amassada e rasgada nas bordas. Ela tirou o retrato de sua proteção e deslizou-o pela mesa. Amitai e Natalie se inclinaram para observar. Era a imagem de um jovem vigoroso, vestindo uniforme militar húngaro todo ornamentado, com detalhes dourados, e botas de couro de cano alto. À sua esquerda e um pouco à frente, estava um menininho de 3 ou 4 anos. De cabelo louro e enrolado até a altura das orelhas, ele usava uma camisa branca solta, enfeitada com cadarços nos punhos e no colarinho, calças curtas e sapatos que amarravam nas laterais. Logo atrás do menino, com a mão em seu ombro, havia uma mulher loura, bonita e séria. Usava um vestido de melindrosa que tentava em vão esconder suas curvas. Ainda que mais velha, rechonchuda e austera, era sem dúvida a jovem sufragista do retrato no medalhão de Natalie.

– Nina Einhorn – disse Natalie.

– Frau E. para "Einhorn" – completou Amitai.

– Não acredito que ela foi assassinada. – Natalie parecia chocada, praticamente arrebatada pela dor.

– Mas você já sabia que ela tinha morrido – ponderou Amitai, com delicadeza.

– É claro que eu sabia – disse Natalie. – A fotografia do medalhão foi tirada há cem anos. Eu não achava que fosse encontrar uma anciã de 120 anos vivendo num asilo. É que eu... Bom, eu nutria esperanças de que ela não tivesse sido assassinada durante a porcaria da guerra, igual a toda a sua família.

A senhora Vázsonyi fez uma careta e ergueu a sobrancelha. Amitai tentou reconfortar Natalie, envolvendo-a com o braço, mas ela se desvencilhou.

– A senhora consegue descobrir se alguém da família ainda está vivo? Quem sabe ela não tinha irmãos ou irmãs que sobreviveram à guerra... E os filhos deles? Ou talvez algum primo?

– Eu posso checar. Deve haver algum registro com o nome dela de solteira. E, se a família for de Budapeste, e não do interior, é bem possível que tenham sobrevivido. Pelo menos alguns membros da família – respondeu Vázsonyi.

– Ótimo – respondeu Natalie, decidida a se animar. – As notícias são boas, e não ruins. Agora a gente sabe quem é a garota que estava na fotografia com Gizella. O marido dela era procurador, e ela deve tê-lo convencido a interceder por Gizella. Já ligamos os pontos.

– Não todos os pontos – disse Amitai, num lembrete sutil de que, embora tivessem a busca em comum, seus objetivos eram diferentes. – A senhora teria alguma outra informação sobre a Nina? Eu tenho curiosidade de saber se ela transitava pelos círculos artísticos.

A arquivista vislumbrou a sala desorganizada, detendo o olhar em diversas pilhas de documentos.

– A Sociedade Artística de Mulheres Israelitas – disse ela, puxando um amontoado de fichas numa pilha com documentos similares. Folheou as páginas. – É isso mesmo. Nina Einhorn era membro da sociedade. O nome dela está listado como assinante do boletim informativo. Aqui também diz que, em agosto de 1922, ela fez uma doação para um fundo estabelecido com o intuito de fornecer tintas e telas para artistas necessitados.

– Será que Vidor Komlós pode ter sido um desses artistas? – indagou Natalie.

– O misterioso artista do Sr. Shasho? Talvez. Bom, não sei. Aqui não diz nada, mas com certeza é possível. Por que não?

– Ligamos todos os pontos, sim – disse Natalie. – Nina Einhorn morava em Nagyvárad. O medalhão veio de Nagyvárad, então deve ter sido dela. Ela era mecenas e patrocinava artistas. Só pode ser ela a Frau E. do retrato – continuou, e depois olhou para Amitai. – E então? Agora a gente já pode ir pra Nagyvárad?

Ele estava mais próximo do que nunca do quadro que vinha procurando havia tanto tempo. Porém, com a perspectiva de um fim para sua busca, permitiu-se um momento de incerteza. Se o mundo estava cheio de tesouros perdidos, por que ele estava buscando com tanto afinco e tanta persistência exatamente essa obra? O que havia em Komlós ou no quadro dele que o atraía dessa forma? E o que faria se finalmente descobrisse o que procurava?

– Podemos. Agora já podemos ir pra lá – respondeu Amitai.

# 23

Embora os registros de propriedade de Oradea – antiga Nagyvárad – não fossem tão minuciosos e completos quanto em algumas cidades comparáveis, as informações disponíveis foram suficientes para conduzir Amitai e Natalie à casa que ficava na estrada Costache Negruzzi, uma residência ocupada pela família Varga desde 1944, e antes disso pelos Einhorn. Amitai estacionou o carro alugado a uma quadra da casa. Natalie estava prestes a abrir a porta quando ele a deteve.

– Você se incomodaria muito se eu fosse sozinho?

– Sozinho? Por quê?

– Às vezes, essas negociações são muito delicadas. Eu não quero intimidá-lo, estando em dois enquanto ele está sozinho.

A desculpa pareceu muito fraca aos ouvidos de Amitai, e ele sentiu que Natalie provavelmente teve a mesma impressão. A verdade era que Amitai não queria que ela o visse em ação, que testemunhasse sua lábia de Dale Carnegie, sua falsa eloquência. A absoluta falta de honestidade. Queria que ela o enxergasse como um sólido negociante de arte, e não como uma espécie de charlatão.

– Tudo bem, eu espero no carro – respondeu ela, parecendo perceber a urgência daquele pedido.

Se a aparência de Atilla Varga fizesse jus à sua ancestralidade transilvana, à sua violenta história familiar e à selvageria implícita em seu nome, ele teria aparecido na porta do casarão acompanhado do arrastar de uma pisada vigorosa, do som de correntes ruidosas, do tilintar de enormes ferrolhos e do barulho de uma chave antiga sendo usada para abrir a fechadura. Vestiria preto dos pés à cabeça. A mão firme que ofereceu a Amitai estaria gelada e úmida. O rosto seria aquilino, as narinas, arqueadas, e a testa alta e abaulada apresentaria apenas escassos tufos de cabelo. A boca rude traria apenas uma leve insinuação de caninos afiados projetando-se pela abertura dos grossos lábios. No entanto, Varga se parecia mais com

Papai Noel do que com o conde Drácula. Um Papai Noel meio desbotado, degenerado, talvez, a quem faltava ânimo e boa vontade para com os homens, mas gorducho e corpulento, de barba branca desarrumada e amarelada junto aos cantos da boca. Num dos olhos azul-claros, o brilho delicado estava ofuscado por um terçol vermelho. Seu aperto de mão, oferecido com certa relutância, era cálido e frouxo.

– Senhor Varga! – exclamou Amitai, com uma voz dissimuladamente festiva. – O senhor fala inglês?

– Falo.

– Maravilha! Senão eu teria que voltar com um intérprete.

– O que você quer?

– Em primeiro lugar, preciso dizer que fico muito contente em conhecê-lo.

– Em me conhecer?

– Claro! Eu vim até Oradea para lhe oferecer uma oportunidade única. Posso entrar?

Amitai tentou seguir em frente, mas Varga cruzou os braços sobre o peito, bloqueando a porta.

– O que é que você quer?

– Quero dar a você a chance de transformar um troço bocado sem graça numa pilha de dinheiro nada desprezível. Dólares, senhor Varga. Ou euros, como quiser.

Aquelas palavras tiveram o efeito mágico de sempre. O cenho de Varga se desvaneceu, e, depois de alguns instantes, ele deu um passo para trás, indicando, ao projetar o queixo, que Amitai o seguisse.

– Dólares em troca de quê?

Amitai fez uma avaliação imperceptível dos móveis que povoavam a entrada da casa. Um espelho emoldurado em imbuia, com o vidro quebrado, mas a marchetaria intacta, imitando os raios de luz produzidos por uma estrela (dos anos 1930, aproximadamente, talvez chegasse a dois mil, se autêntico), uma arca em carvalho do tipo usado para guardar as roupas de cama do dote de uma moça (popular em lojas de antiguidade americanas, mas cujo valor não era suficiente para justificar os custos com frete), uma estante folheada da IKEA (sem valor), um cabide de chapéus preso à parede (com pelo menos cem anos de idade, de carvalho e em bom estado, mas artesanal, valendo no máximo uns cem dólares).

– Estou em busca de obras de arte. Quadros – explicou Amitai.

Os olhos de Varga se estreitaram.

– Que quadros? – perguntou, com cautela.

Amitai duvidava que Varga reconheceria a obra de Moholy-Nagy, menos ainda que entenderia o valor agregado ao quadro por conta de sua presença numa fotografia de um grande artista, mas, mesmo assim, tomou a precaução de recortar a fotografia de modo que pudesse mostrar ao homem uma ampliação do quadro fora de contexto. Ficou observando o rosto de Varga ao olhar aquela cópia e foi premiado com um arregalar de olhos e o lampejo de um sorriso ganancioso.

– Por que está procurando isso?

– Ah, você reconhece... Que bom.

– Talvez sim, talvez não. É valioso?

– Talvez sim, talvez não – ecoou Amitai, sorrindo. – Podemos sentar?

Varga conduziu-o até uma sala de estar afastada da entrada. Mais uma vez, Amitai fez um inventário rápido e imperceptível. Dois sofás (vinte a vinte e cinco anos de idade, estofamento rasgado, com valor menor do que o custo de remoção), outra estante da IKEA (ah...), dois pôsteres de filmes americanos em molduras metálicas (uns cem dólares se o cartaz de *Scarface* fosse original), um tapete oriental (finalmente! Um Tabriz clássico da virada do século, com uma ligeira diferença no lote de tingimento em uma das pontas, mas em excelente estado, pelo menos cinquenta mil dólares).

Amitai se sentou em um dos sofás, e Varga se sentou no outro.

– Muito bem. Quanto pelo quadro? – perguntou Varga.

– Você está com ele?

– Quanto?

– Ele está aqui? Posso ver?

– Quanto? – repetiu Varga, elevando o tom de voz.

– Depende. Tem o problema da propriedade.

– Que problema?

– Um tribunal pode chegar à conclusão que o quadro pertence, por direito, aos herdeiros do artista, Vidor Komlós, ou aos herdeiros da modelo, Nina Einhorn. – Amitai observou a expressão de Varga e ficou satisfeito ao notar que ele reconheceu o segundo nome. Decidiu correr um pequeno risco. – Os Einhorn eram os antigos donos dessa casa.

– Essa casa pertence à minha família há várias gerações – rebateu Varga, com rispidez.

Amitai sabia que isso era verdade. A família Varga se agarrara com perseverança à propriedade que haviam roubado, mantendo-a durante as longas décadas de nacionalização comunista, as crueldades do regime Ceausescu e as reviravoltas e distúrbios que se seguiram à sua queda.

– Três gerações – concordou Amitai, sorrindo cordialmente. – Seu avô – começou ele, cogitando depressa e logo rejeitando outras formulações antes de optar pela solução anódina – se mudou pra cá durante a guerra, depois que os Einhorn foram deportados.

Varga cruzou os braços junto ao peito.

– O judeu vendeu a casa pro meu avô. Ele pagou um bom preço.

– Pagou? Excelente. Então, se o caso fosse a julgamento, você teria a transferência de título de propriedade pra mostrar ao juiz.

– Não é assim que a gente faz as coisas na Romênia. Aqui é sem documento.

Amitai balançou a cabeça, como que lamentando.

– É uma pena. Agora que a Romênia faz parte da União Europeia, qualquer processo teria que ser regido pelas leis e cortes europeias. E eles iriam querer ver uma transferência legítima e comprovada de título de propriedade. Principalmente num caso envolvendo o Holocausto.

Aquela palavra, pronunciada para causar o máximo de impacto, produziu o efeito desejado. O homenzinho corpulento começou a coçar a barba, com ansiedade.

– Eu temo que nesse caso um processo possa ter um resultado muito negativo – prosseguiu Amitai. – E uma coisa eu lhe garanto, senhor Varga: isso é algo que minha firma e eu trabalhamos duro pra evitar.

Ele resumiu, de forma breve, os termos do acordo padrão proposto pela Shasho & Filhos.

– Eu fico com dez por cento? – perguntou Varga, furioso.

– Isso.

– E o resto, vai pra quem?

– Para os herdeiros legítimos.

Como sempre, tratava-se menos de uma negociação do que de uma progressão pelos estágios de luto e perda de Kübler-Ross, e Amitai manteve a paciência e a serenidade ao longo do processo. Primeiro, foi a intransigência ("Não tem quadro nenhum!"), depois, a negação ("Eu não entrego nada!"), e por fim o discurso cheio de ódio ("Tenho mais o que fazer do que ficar barganhando com um judeu!"). Enquanto Varga ficava cada vez mais nervoso e agressivo, Amitai só se acalmava. O romeno exigiu que ele saísse de sua casa.

– Eu chamo a polícia, hein? – ameaçou Varga. – Conheço o prefeito. E a polícia faz o que eu mandar.

Aliviado por ter alcançado com relativa facilidade o penúltimo estágio (de raiva, precedendo imediatamente a resignação e a aceitação), Amitai disse:

– E eu me pergunto se o prefeito iria gostar de ter a União Europeia em sua cola.

Uma expressão apreensiva cruzou o rosto de Varga. Era hora de cozinhá-lo.

– Com a sua permissão, Sr. Varga, volto a ligar amanhã para que possamos continuar a nossa conversa sobre o quadro de Komlós.

Varga passou por ele para abrir a porta e segurou-a escancarada.

– Faça o que quiser. Mas o meu quadro? Não entrego mesmo!

Amitai não deu pistas de seu alívio ou de sua alegria ao ter a confirmação de que Varga estava de fato com o quadro. Estava ali, naquela casa. E era apenas uma questão de tempo até que a obra de arte passasse para suas mãos.

– Eu vou deixar com você o meu cartão – disse, abrindo o estojinho prateado com os cartões de visita.

Varga cruzou os braços sobre o peito, numa demonstração tão forçada de que não queria aceitar os cartões quanto o gesto de Amitai ao oferecê-los. Amitai depositou-os numa mesinha de apoio barata (de compensado). Ele cruzou a porta; embora Varga estivesse segurando-a e claramente desejasse que Amitai fosse embora, não se afastou o suficiente, de modo que o quadril de Amitai roçou em sua enorme barriga. Foi o único instante em que o israelense precisou se esforçar para manter a compostura. A sensação daquele corpo contra o seu lhe causou um misto de repulsa e raiva.

A porta foi fechada com força atrás dele, que ficou parado por uns instantes, tremendo. Assim que se acalmou, começou a descer a rua, aos assobios. Tinha lançado a isca.

# • 24 •

– Como você conseguiu ouvir isso e ficar calado? "Barganhar com um judeu?" Ah, vai à merda! Era ele que estava tentando te extorquir!

Natalie engoliu sua bebida, engasgou um pouco e começou a tossir. Amitai lhe ofereceu um guardanapo. Estavam sentados no bar do hotel, uma cadeia americana tão genérica que, não fosse a cerveja romena, poderiam estar no Ramada Inn em Duluth, Minnesota.

Ela se sentia frustrada porque sua expedição à sede dos correios tinha sido um fracasso. Não havia Einhorn algum nas listas telefônicas locais, o que não causava espanto a nenhum deles dois, mas a ausência total do nome deixava Natalie enfurecida e deprimida.

– É um jogo de pôquer – ponderou Amitai. – Ele tenta blefar comigo, e eu tento esconder minha real intenção.

– Um jogo? O avô dele provavelmente matou o filho da Nina e roubou a casa e os bens deles. Esse cara é um maldito antissemita. Ele mora numa casa que sabe que foi roubada, acorda todos os dias num quarto que foi roubado, prepara o jantar numa cozinha roubada. São todos criminosos: ele e a família inteira.

De certa forma para sua surpresa, Amitai percebeu que, ao se revoltar, ela ficava ainda mais atraente. Ele pegou a mão de Natalie e beijou-a. Ela permitiu que assim ficasse por um tempo, mas em seguida arrancou a mão.

– Eu não entendo como você não fica com raiva. Será que perdeu completamente a capacidade de se indignar?

Ele pensou que talvez todos aqueles anos de esforços para dominar os aspectos difíceis da profissão, refrear o temperamento e controlar as emoções tinham acabado por atrofiar seus sentimentos. Como para comprovar exatamente essa sugestão, ele sem querer deu de ombros.

– Ainda nem tenho provas definitivas de que Varga está com o quadro. Você queria que eu tivesse feito o quê? Que eu invadisse a casa e saísse procurando?

Antes de Natalie responder, seus olhos se arregalaram. Amitai se virou para acompanhar o que ela via: o olhar estava direcionado à recepção, onde Dror Tamid, carregando uma maleta, entregava um cartão de crédito ao funcionário.

– Não é possível! – declarou Amitai. – A gente precisa arrumar outro hotel.

– Não. Ele que se dane – disse ela. – Olá, Dr. Tamid – chamou-o, num tom de voz meloso. Tamid se juntou a eles no bar, parecendo inocentemente feliz ao vê-los. – Acho que você está seguindo a gente.

Em hebraico, Amitai disse a Tamid:

– Eu tenho certeza de que você está me seguindo.

– Se você não quisesse ser seguido, não devia ter contado ao concierge do hotel Gellért pra onde estava indo. Você acha que é o único interessado em Vidor Komlós? – Passando a falar em inglês, Tamid se virou para Natalie. – Posso me sentar com vocês? – Sem aguardar permissão, sentou-se num banco ao lado dela. – Barman, uma Coca-Cola!

Quando o barman entregou a bebida a Tamid, ele ergueu o copo na direção de Amitai.

– A um autêntico herói de guerra! – Em seguida, comentou com Natalie: – Você sabia que o seu amigo foi um herói de guerra?

Ela balançou a cabeça.

– Acho que ele não é do tipo de se gabar sobre coisas assim.

– É, mas deveria. Ele tem motivos de sobra pra se gabar. Nosso amigo Amitai ganhou a Medalha de Valor.

Amitai lutou contra si próprio e perdeu uma breve batalha para deixar passar o erro.

– Não é bem isso.

– Claro que é!

– Eu ganhei a Medalha de Bravura. É menos.

– Menos o quê? – perguntou Natalie.

– Menos... Só isso.

– E quantas pessoas ao longo da história de Israel ganharam essa medalha, Amitai Shasho? Cem? Cento e cinquenta? – provocou Tamid.

– Um pouco mais de duzentas.

Tamid riu.

– Está vendo? Ele sabe. "Um pouco mais de duzentas." Ainda assim, é muito impressionante, se considerarmos quantos israelenses serviram nas forças de defesa nos últimos quase sessenta anos. Pergunte o que ele fez, Natalie.

Amitai observou-a travar uma batalha própria, controlando a curiosidade, sem querer obedecer a Tamid. Tudo por lealdade a ele, assim esperava.

– Eu tenho certeza de que ele vai me contar se quiser que eu saiba.

Tamid assentiu, como se a resposta lhe soasse razoável.

– Ou você pode simplesmente pesquisar na internet. Tem um site bem completo, que está até traduzido para o inglês. Fala tudo sobre os nossos heróis de guerra israelenses, inclusive sobre Amitai Shasho. Depois, quando você tiver lido o que ele fez, poderá se sentir tão confusa quanto eu. Podemos, então, debater como um homem capaz de demonstrar tanta coragem pelo seu país e pelo seu povo é capaz de virar totalmente as costas pra eles.

Amitai se levantou e jogou uma nota de dinheiro sobre a mesa.

– Isso paga o seu drinque também, Tamid, além da gorjeta. – Na sequência, disse a Natalie: – Ele é conhecido por dar gorjetas ridículas.

Amitai foi direto para o banheiro assim que chegaram ao quarto. Encheu a banheira com a água na temperatura mais quente que conseguia suportar e ficou submerso, deixando de fora apenas a cabeça e as pontas dos joelhos dobrados. Permaneceu ali durante um tempo, usando os dedos dos pés para girar a torneira de água quente conforme a temperatura esfriava. Ao sair da banheira, sua pele brilhava num tom cor-de-rosa. A toalha era pequena e estreita e mal dava para amarrá-la em volta da cintura. Não havia roupão. Ele se secou da melhor forma que pôde e saiu para o quarto, nu.

Natalie estava sentada, com o laptop aberto sobre o colo. Quando Amitai apareceu, ela começou a ler em voz alta:

– "Durante a operação Prestação de Contas, o tenente Amitai Shasho, servindo como comandante de pelotão na brigada Golani, participou da luta contra terroristas do grupo Hezbollah nos arredores da cidade libanesa de Yater. Diante de uma emboscada, o pelotão do tenente Amitai Shasho sofreu o ataque de morteiros e foguetes e houve algumas baixas. Trabalhando sob pesado fogo inimigo, o tenente organizou a evacuação do pelotão, arrastando dois soldados feridos para um lugar seguro, sendo que um deles sobreviveu. Durante a evacuação, o tenente Amitai Shasho sofreu ferimentos graves na perna e no ombro. Através de suas ações, o tenente demonstrou habilidade, coragem, presença de espírito, camaradagem e dedicação exemplar à sua missão. Por esse ato, foi condecorado com a Medalha de Bravura."

– Não é verdade – rebateu ele.

– Sério? Não aconteceu nada disso?

– Aconteceu, mas...

– Mas o quê?

Ele deu de ombros.

– Eles dão a medalha pra te deixar orgulhoso. Pra te convencer de que valeu a pena.

– E não valeu?

Ele estava de pé, nu no meio do quarto, e se arrepiou.

– Vem cá – disse ela, dando um tapinha na cama.

Ele se sentou na beirada.

– Me conta o que aconteceu. O que é uma emboscada?

– Bom, é... Ficar deitado, na imundície, esperando. Aguardando os terroristas. Ou as pessoas que eles chamam de terroristas. Se você está num país estrangeiro, e as pessoas pelas quais está esperando possivelmente têm mais direito a estar ali do que você, quem é o terrorista?

Ela não se deixaria distrair por questões que cogitavam se Israel invadira o Líbano com ou sem justificativas.

– Vocês foram atacados.

– Sim, fomos alvo de um tiroteio.

Tudo começou da forma como sempre começa. Eles marcharam em direção ao lugar da emboscada, montaram os lança-mísseis e as câmeras infravermelhas, puseram a munição nas metralhadoras e desenrolaram os colchões nos quais se deitariam durante algumas horas de seus turnos, contemplando a noite e vasculhando a gororoba em suas bolsas de iguarias em busca de balas de goma e biscoitos massudos, itens que podiam ser comidos sem barulho, evitando assim revelar a localização da tropa. Foi então que veio o som pesado de mísseis sendo disparados, com explosões muito barulhentas e intensas. Morteiros e foguetes.

– E você salvou os seus homens?

– Eu ordenei uma retirada.

Amitai sabia que se ficassem seriam todos mortos, então conduziu seus homens em meio aos disparos de Katyusha. Teve a vista ofuscada por clarões tão intensos que comprometeram sua visão durante alguns dias. Poeira e sujeira voavam em seu rosto, tapando seus olhos.

– E você teve que carregar dois deles?

– Eu não carreguei ninguém.

– Mas é isso que diz aqui.

– Eu ajudei dois homens a andar. Não foi nada demais.

Arrastaram-se como vermes minúsculos. Ou como amantes. Ele e Lior, barriga contra barriga, e sua perna por cima dos quadris de Miki. Amitai agarrava o colete de Lior com as duas mãos, empurrando-o alguns centímetros para a frente, e então estendia o braço direito para trás e puxava Miki. O braço direito de Miki pendia, inútil, mas ele conseguia mexer as pernas. As pernas de Lior, porém, ficaram para trás, no buraco que se formou após a explosão de um morteiro. Eles carregaram um ao outro, de quinze em quinze centímetros, aproximadamente, por muitos minutos ou horas, pela vida inteira de Amitai.

– Um deles morreu – disse ela.

– Sim.

O sangue jorrava dos cotos de Lior, apesar dos torniquetes que Amitai tinha amarrado. Quando chegaram ao socorro médico, o uniforme de Amitai estava ensopado da cintura para baixo.

Dois médicos cuidaram de Miki, enfaixando seu braço e colocando-o sobre uma maca. Outros dois se agacharam ao lado de Lior e, em seguida, deixaram-no só enquanto examinavam o corpo de Amitai para ver se não havia algum ferimento.

– Você está machucado? – perguntou um dos médicos.

– O Lior é que está machucado. Ele teve as pernas arrancadas, caso você não tenha percebido.

O médico pegou uma tesoura e rasgou a calça de Amitai, expondo sua coxa destruída: gordura branca, carne vermelha e pouquíssima pele. O médico, então, amarrou um torniquete em volta do ferimento e fez o mesmo no buraco que havia no ombro de Amitai, que se contorceu diante da dor que só naquele instante se fazia sentir. Ele olhou para longe, para onde estava Lior, e percebeu que não pingava mais sangue dos cotos amarrados em torniquetes.

– Eu estou tentando entender – disse Natalie. – Por que isso deixa você com tanta raiva? Porque um dos seus homens morreu?

– É.

– Mas você fez tudo que podia, é óbvio. Ou então eles não teriam te dado uma medalha.

Ele tinha obrigado os médicos a levarem-no ao restante de seus homens, que estavam caídos e amontoados, agarrando-se uns aos outros enquanto tinha um que vomitava, outro que chorava. Amitai contou-os diversas vezes, como uma mãe ganso faz com seus filhotes. Passou a mão na cabeça de cada um, nas pernas e nos braços, para garantir que estavam inteiros, consolando-se por pelo menos ter conseguido salvá-los.

Em seguida, ouviu o rosnado de seu comandante pelo rádio. Ele tinha sido ordenado a manter o posicionamento, será que não ouvira? "Pelo transmissor aberto, sim", respondeu ele, mas o Hezbollah também escutava as transmissões. Todo mundo sabia que qualquer coisa dita pelo transmissor aberto era bobagem. Amitai ficou deitado na maca, ouvindo o comandante gritar que ele seria mandado à corte marcial, que seu comando seria extinto e que seus soldados seriam designados a um novo líder, mais corajoso, que não recuaria quando recebesse ordens de manter o posicionamento e que deixaria todos eles morrerem, se essa fosse a ordem recebida.

O vínculo com seu país, com as pessoas que deveria considerar como irmãos, seria rompido se já não estivesse desgastado? Ele se sentiria tão traído caso não tivesse crescido no kibutz Hakotzer, caso não tivesse buscado no exército o que lhe faltava desde a infância, uma comunidade à qual pertencer, um sentimento de lealdade e identificação?

Deitado ali, na imundície da encosta libanesa devastada, Amitai sentiu a ruptura num estalo palpável. Não de sua perna, mas de seu coração.

– A medalha não significa nada – concluiu ele.

Quando lhe avisaram que em vez de ir à corte marcial ele seria homenageado, recebendo uma imagem de espadas e ramos de oliveira cunhada em níquel fosco e acinzentado e presa a uma faixa vermelha, Amitai não sentiu nada. Estava nos Estados Unidos e nem se deu ao trabalho de voltar para a cerimônia. O pai foi quem o representou.

– Bom, significou alguma coisa para os homens que você salvou.

– Não quero mais falar sobre isso.

– Tudo bem – disse ela, com a voz trêmula, e só então ele percebeu que havia gritado.

– Desculpe. Isso tudo é por causa do Tamid. Estou uma fera por ele ter contado essa história a você e por ele estar aqui em Oradea. Está dificultando muito as coisas pra mim. Ele me irritou, mas agora eu estou calmo de novo. Vamos parar de falar nesse assunto. – A voz dele começou a se acelerar e, por mais que tentasse, não conseguia diminuir o ritmo. – A gente precisa pensar nos próximos passos em relação ao Varga. Amanhã vou abordá-lo de novo. Quem sabe a presença de Tamid não acaba ajudando? Tamid vai ameaçar Varga com um processo, e então, quando eu renovar a minha oferta, vou parecer o salvador da pátria.

Não era fácil, porém, desviar a atenção de Natalie.

– Quero que me ajude a entender por que isso deixa você com tanta raiva. Eu quero entender.

Como ele poderia descrever a sensação de estar tão desconectado, tão perdido? Agarrou-a nos braços e afundou o rosto em seu pescoço. Ela o abraçou, alisando suavemente suas costas. Amitai pensou, por um momento, que choraria, mas, em vez disso, tirou a calcinha dela e penetrou-a. Natalie não resistiu nem pareceu surpresa, e ele ficou pensando que acabaria com sua vida se passasse a amar aquela garota.

# 25

A VASTA EXPERIÊNCIA DE AMITAI lhe dizia que, se estivesse mesmo com o quadro e quisesse vendê-lo, àquela altura Varga já teria telefonado. Eram cinco horas da tarde. Ele e Natalie passaram o dia inteiro deitados na cama, no quarto de hotel em Oradea. O cômodo era decorado num tom vermelho vivo e, debaixo deles, a colcha amarrotada tinha a mesma coloração. Não haviam desgrudado os olhos do celular de Amitai, que mais parecia uma pedra, o objeto mais inerte do universo.

– Ele não vai ligar, né? – comentou Natalie, por fim.

Desde que Amitai começou a trabalhar com a recuperação de bens confiscados durante o Holocausto, sua prioridade sempre foi minimizar os riscos. Ia atrás de objetos com valor reconhecido ou com valor potencial atentamente estimado, envolvia-se em negociações de uma forma que às vezes podia gerar o incômodo, mas nunca guardava rancor e caía fora ao primeiro sinal de disputa ou discussão. Além disso, estava sempre disposto a virar as costas. O corretor sem interesse pessoal pelo resultado de uma negociação era o que se satisfazia com mais facilidade.

De acordo com as regras de seu ofício, avaliando a situação com o olhar aguçado pela experiência, a coisa mais sábia a fazer era arrumar as malas e voltar para Budapeste. De todos os ângulos pelos quais vislumbrava aquela missão, via apenas a possibilidade de fracasso, quando não de desastre. Varga era um homem desagradável e, por mais que Amitai tivesse lidado com gente desse tipo antes, havia sempre o risco de ele levar adiante as ameaças e chamar a polícia. Pior: era possível que o quadro acabasse sendo muito inferior à imagem que se tinha dele através da fotografia ou que, apesar de seus méritos, não caísse no gosto dos colecionadores dispostos a gastar centenas de milhares ou até alguns milhões de dólares por um Max Ernst, mesmo Komlós tendo possivelmente influenciado Ernst.

Entretanto, o maior risco era que Amitai estava tão envolvido, tão enredado, tão comprometido pessoalmente com aquela busca, que detestava a ideia de abandonar tudo.

Queria vencer a qualquer custo. Depois de tudo o que acontecera entre os dois na noite anterior, ele temia que, se partissem naquele momento e voltassem a Budapeste, Natalie perderia a confiança nele, e o relacionamento estaria acabado. Queria desesperadamente alimentar as esperanças ilusórias da moça, assim como alimentava as suas. Mas não podia.

– Não, ele não vai ligar – respondeu Amitai.

– Então o que a gente faz?

– Levantamos acampamento. Voltamos pra Budapeste.

– Não, Amitai! Não antes de saber. A gente precisa pelo menos tentar descobrir se o Varga está ou não com o quadro. Não podemos simplesmente...

– Fracassar? Claro que podemos. Essa é a natureza do ramo em que eu atuo. Quando fracasso, nada se ganha nem se perde. Tudo continua a ser como antes. De qualquer forma, não vai ser um fracasso absoluto. Vamos voltar para Budapeste e encontrar algum herdeiro da família Einhorn para que você possa devolver o colar. Você poderá fazer o que o seu avô pediu. Pelo menos isso a gente consegue.

– Não – discordou Natalie. – Nós devemos isso a Nina Einhorn e a Vidor Komlós. Precisamos pelo menos tentar recuperar o quadro. Do contrário, eles terão morrido em vão.

– Mas eles morreram em vão.

– Sim, você está certo, é claro. Mas a gente pode salvar alguma coisa. Para Komlós, pelo menos. Podemos recuperar sua reputação, a que o avô de Varga lhe roubou.

Embora Amitai quisesse fazê-la crer que ele era uma espécie de mágico capaz de encontrar o que estava perdido, recuperar o que havia sido roubado, endireitar o que fora estragado – embora quisesse que ela o amasse –, não podia deixar aquilo passar batido.

– Natalie, a reputação de Komlós não vale nada para o próprio Komlós. Seu nome e seu legado não valem nada nem mesmo para Jill Gillette, sua suposta parente. Ela nunca tinha ouvido falar dele antes de eu encontrá-la e mencionar a possibilidade de ganhar um dinheirinho. É disso que se trata, e não de encontrar quadros desaparecidos ou recuperar reputações roubadas. Dinheiro.

– Eu não acredito nisso. E acho que você também não acredita. Você não me engana, Amitai. Está dizendo que "negócio é negócio", mas eu sei o quanto você se importa. Você quer encontrar o quadro tanto quanto eu. Quer endireitar esse estrago.

– Você sabe disso?

– Sei. E sei de mais uma coisa também. Sei que você se apaixonou por mim.

Ele não deixou transparecer sua surpresa. Era um negociador habilidoso demais para isso.

– Vamos supor que tudo isso seja verdade – propôs ele.

– Tudo?

– É, vamos supor. Em primeiro lugar, se o Varga não ligar, acabou. E ele não ligou. Segundo. Bom, em segundo lugar, o Tamid já deve ter chegado ao cara, e, diante da sua falta de refinamento, sua ignorância sobre o mercado de arte e suas ameaças desastradas de um processo judicial sob a ira do governo israelense, tenho certeza de que ele não só não adquiriu o quadro para o Yad Vashem como também intimidou tanto o tal do Varga que ele nunca vai admitir que está com o quadro. Em terceiro lugar, e isso é o mais provável, pode não haver quadro nenhum. E é por isso que o Varga não ligou.

– Certo, mas você não quer descobrir? – indagou Natalie.

A Mercedes preta parou em frente à casa na estrada Costache Negruzzi. Em seguida, o motorista, usando um chapéu preto característico, saiu do carro e deu a volta para abrir a porta de sua passageira. Num floreio, ajudou-a a descer do veículo. A bela ruiva vestia um casaco preto esvoaçante, um vestido de tricô com decote generoso e botas de salto alto e fino.

– Estou toda errada – disse ela.

– Está ótima – rebateu o motorista.

– Eu devia estar usando tênis e colete laranja.

– Ele não sabe disso.

– Tem certeza?

– A gente não está vendendo a realidade, e sim o sonho. O sonho romeno. Para isso, você está perfeita.

Ela assentiu com a cabeça, mas parecia insegura. O esboço do plano era seu, e Amitai fora o responsável pelo detalhamento, acreditando que a chance de dar certo girava em torno de 30 a 35%. Guardou a estimativa para si mesmo, mas Natalie não era boba e estava aprendendo a decifrá-lo. Embora estivesse entusiasmada durante toda a manhã, agora parecia em dúvida.

– Fica indo pra frente e pra trás – disse Amitai. – E não olhe pra mim. Olhe pra casa.

Ela obedeceu, avançando e recuando na calçada em frente à casa que o avô de Varga roubara de uns judeus de sobrenome Einhorn.

– Diz que é uma bela casa – sugeriu ele.

– Que bela casa!

– Pode ser que funcione.

– Tem o algo a mais que estamos procurando.

– Ótimo. Agora, lembre-se de uma coisa – disse ele, em voz baixa, quase sem mexer os lábios. – O mais provável é que o quadro não esteja pendurado numa parede. Pode estar dentro de algum armário. Ou talvez até no sótão. Essas casas nem sempre têm porão, mas, se tiver, faça com que ele a leve até lá também. Você está com a lanterna?

– Estou.

– Celular?

– Sim.

– Checou pra ver se a câmera está funcionando?

– Chequei.

– Maravilha. Mais um detalhe: a coisa pode ficar feia. O Varga não é flor que se cheire.

– Ele é um antissemita escroto – disse ela, rindo alegremente e fingindo estar extasiada pela casa. – Mas por que Natalie Kennedy se importaria com o que ele pensa sobre os judeus?

Na bolsa Chanel (falsa), ela carregava um bolo de cartões de visita – impressos na hora em uma loja de cópias na rua do hotel – que a identificavam por esse nome, o nome americano mais glamoroso em que conseguiram pensar.

Amitai voltou para o carro. Endireitou a gravata preta e ajustou melhor o chapéu pontudo que comprara, por cinquenta dólares, direto na mão do motorista de uma limusine estacionada em frente ao hotel. Então, ficou observando enquanto ela caminhava em direção à porta, meio trôpega por conta do salto alto.

Abaixou o vidro. Varga não era do tipo que se daria ao trabalho de espiar o motorista da limusine, e, mesmo que o fizesse, Amitai estava confiante de que o disfarce oferecido pelo chapéu era suficiente. Em geral, as pessoas nunca prestam atenção àqueles que as servem. Garçons e motoristas estão entre os seres mais invisíveis do mundo.

– Olá! – Natalie exclamou, animada, quando a porta se abriu. – Você que é o dono dessa casa incrível?

Apesar de Amitai ter visto que foi Varga quem abriu a porta, não conseguiu escutar a resposta que o homem balbuciou.

– Que ótimo! – respondeu ela, vibrando. – Meu nome é Natalie Kennedy e eu trabalho pra Warner Brothers Pictures. Em Hollywood.

A inspiração do plano viera dos pôsteres de filmes que ocupavam a sala de estar de Varga, e Amitai esperava estar certo, ou seja, que o homem realmente fosse fã do cinema americano.

– Eu cuido das locações. Meu trabalho consiste em encontrar lugares pra rodar filmes – explicou Natalie. – Estamos filmando uma produção aqui em Oradea e venho procurando há séculos uma casa como essa! Da virada do século, intacta, sem subdivisões. Honestamente, nunca pensei que fosse encontrar. Você se importa se eu der uma entradinha?

Varga não a deixou passar.

– Olha... – disse ela, observando o entorno como se procurasse vizinhos bisbilhoteiros. – Eu não devia estar te contando isso, mas é um filme de altíssimo orçamento.

Varga disse alguma coisa, e ela riu com entusiasmo.

– Por que você diz isso? Oradea é o lugar perfeito! Toda essa coisa mística europeia. Você não vai mesmo me deixar entrar? Só vou tomar uns minutinhos do seu tempo. E prometo que vai valer a pena. – Ela esfregou o dedão no indicador. – A Warner Brothers paga muito bem pelas locações.

Varga falou de novo, mas Natalie ergueu a mão.

– Quer saber de uma coisa? Tudo bem. Acabei de notar aquela casa ali, do outro lado da rua – disse, apontando para o casarão em frente. – É parecida. Não tão boa, mas, se não tem outro jeito, pode servir. Desculpe ter te incomodado.

Enquanto Natalie se dirigia à casa vizinha para fazer sua lucrativa oferta, Varga teve a chance de admirar sua bunda perfeita.

Dessa vez, Amitai conseguiu ouvir o que ele gritou:

– Por favor, volte aqui! A casa é maravilhosa. É perfeita pra um filme!

Quando Natalie passou por ele para entrar na casa, Varga lhe disse mais alguma coisa, mas Amitai só ouviu a resposta dela.

– Sim, meu tio-avô. Mas é claro que nunca o conheci. Ele foi assassinado alguns anos antes de eu nascer.

Trinta e oito minutos e dezenove segundos depois de Natalie ter entrado na casa que fora tomada dos Einhorn, a porta se abriu de novo, e ela saiu correndo, com as abas do casaco preto esvoaçando bizarramente em seu rastro. Parecia um corvo de asa quebrada. Desceu os degraus, produzindo um tique-taque desajeitado com o sapato de salto alto, abriu a porta traseira do carro e se jogou ali dentro.

– Vambora! – gritou.

Varga irrompeu na porta da frente, movendo-se muito mais depressa do que Amitai imaginava ser possível para alguém com aquela idade e aquele corpanzil.

– Acelera!

Amitai passou a marcha e arrancou com o carro pela rua estreita, emitindo um cantar melodramático de pneus. Natalie se desvencilhou do casaco e pulou para o banco da frente, colocando o cinto de segurança com um ar determinado, como se esperasse colisões e curvas inesperadas.

– Cara, eu preciso que você dirija muito rápido, bem mais rápido que isso.

# 26

Foi necessário dirigir durante quinze minutos por uma estrada bem conservada até chegarem à fronteira. Amitai permaneceu atento ao limite de velocidade e não parava de olhar pelo espelho retrovisor. Só depois de mostrarem os passaportes aos apáticos guardas de fronteira e entrarem na Hungria ele relaxou e pediu que Natalie lhe contasse o que havia ocorrido.

– No começo estava tudo indo bem. Você tinha razão. Ele é totalmente cinéfilo. A casa está cheia de pôsteres: *Scarface*, *American Gangster* e muitos outros. Ele ficou bem feliz em me deixar entrar.

– Não pareceu suspeitar? O Tamid fez contato com ele?

– No início, não suspeitou. E também não falou nada sobre o Tamid. Mas, sei lá, talvez estivesse me sacaneando.

Ela contou a Varga que o filme, cuja direção caberia aos irmãos Coen, seria ambientado no final da década de 1920, nos derradeiros anos da era do jazz. Ao ouvir isso, Varga – por mais que gostasse dos irmãos Coen, como foi levado a admitir – sentiu a primeira pontada de dúvida. Era do jazz na Romênia?

Natalie baixou a voz.

– Está certo, senhor Varga, tudo bem. Fica só entre nós, tá? Posso confiar em você?

Varga pareceu ofendido. Se ela podia confiar nele? Que tipo de pergunta era essa?

– É evidente que numa produção desse porte a trama deve ser mantida em sigilo absoluto. Guardada a sete chaves. Mas se você prometer que não vai contar a ninguém...

Varga assentiu.

– O personagem principal... Nós temos um grande astro...

– É o George Clooney?

Ela fingiu estar impressionada.

– Meu Deus! É ele mesmo! Como é que você...

Varga minimizou seu arroubo de perspicácia.

– Eu sinto como se *você* estivesse à *minha* procura. Seja como for, ele é um músico de jazz norte-americano, um trombonista, que sai de São Francisco e vem à Romênia em busca do amor.

– As romenas são muito bonitas – disse Varga, concordando.

– Exatamente. É um filme histórico, então eu estou interessada nas partes mais antigas da casa. A gente vai trazer vários móveis, claro, além de utensílios domésticos e obras de arte, coisas daquele período. Mas eu adoraria ver se o senhor já não teria alguma coisa aqui na casa que poderíamos usar. Nós pagamos taxas de aluguel um bocado generosas.

Impressionado com as credenciais dela, com suas roupas caras e com a Mercedes preta estacionada em frente à casa, Varga se mostrou um verdadeiro puxa-saco, bastante cortês, ao mostrar-lhe a sala de estar entulhada de móveis feios. Ela fotografou o quarto e tudo o que havia ali, diligentemente, de todos os ângulos possíveis.

Não havia nenhum quadro pendurado na sala de estar nem na sala de jantar, que seria a parada seguinte. Porém, na biblioteca, havia uma paisagem acima da lareira. Fingindo interesse no bricabraque sobre a cornija de mármore craquelado, ela apontou a câmera para o quadro.

No carro, Natalie mostrou a imagem a Amitai, que arriscou uma rápida olhadela.

– Pensei talvez que os Einhorn fossem colecionadores de arte. Que esse quadro valesse alguma coisa. Ou que talvez tivessem comprado outra obra de Komlós.

– Se isso for um Komlós, então entendi muito mal. Ele não é artista coisa nenhuma.

– O quê? Por quê?

– Esse quadro veio num kit. "Pinte pelos números."

– Você está brincando! – exclamou ela, debruçando-se sobre a pequena tela.

– Não está vendo as linhas? Há inclusive um espaço vazio.

Ela ampliou a imagem, semicerrou os olhos e começou a rir.

– Número 26. Tudo leva a crer que deveria ser verde. Ai, ai... De qualquer forma, tirei fotos o tempo todo... Eu ficava dizendo a ele que era exatamente o que a gente vinha procurando, uma autêntica casa romena daquele período. Perfeita para a nossa obra. Chamei de "obra", viu? É assim que o pessoal do cinema diz, e não "filme" ou "película". Depois, perguntei se o andar de cima tinha alguma vista.

Enquanto ele a conduzia ao andar superior, ela não parava de tagarelar.

– Eu só falava em "verossimilhança". E ele não fazia ideia do que isso significava.

Varga a levou até o sótão, onde, disse ele, sua família guardava pertences antigos e quebrados, muitos dos quais poderiam mobiliar a casa. Por uma taxa adicional, é claro.

– Claro – concordou ela.

O sótão acompanhava toda a extensão da casa. Embora empoeirado e sem uso, era muito bem iluminado por uma longa fileira de fortes luzes fluorescentes que cintilavam acima de suas cabeças. Ela tirou fotos e mais fotos das cômodas quebradas escoradas na parede, de cadeiras com assentos rasgados e de baús, sendo que um deles possuía uma etiqueta do porto de Haifa, Palestina. Ao ver a etiqueta – evidência clara, tinha certeza, da família Einhorn –, Natalie sentiu o coração disparar com tanta força que por um instante teve medo de que Varga pudesse ouvi-lo em meio ao rodopio silencioso da poeira dentro do sótão.

– Que incrível! – exclamou, entusiasmada, esperando que a efusão fosse suficiente para explicar o rubor em seu rosto. – O diretor de arte vai pirar.

– "Pirar"?

– Vai ficar feliz, muito feliz.

Depois, desceram as escadas. Ela ainda permaneceu por um tempo na entrada da casa e insistiu:

– Entre em contato comigo. Meu telefone e e-mail estão no cartão.

Natalie então continuou a contar a Amitai o que acontecera na casa:

– E aí, como parecia não haver outros quartos, eu disse que precisava ir ao banheiro.

Havia uma porta estreita, pintada de branco. Ela a abriu e, antes que Varga pudesse fazer qualquer objeção, sabiamente fechou-a atrás de si.

O quadro estava pendurado na parede oposta ao vaso sanitário.

Amitai não se conteve, deixando escapar sua surpresa.

– Pois é! – disse ela. – No banheiro! Assim que vi, dei um pulo. Juro que devo ter sujado tudo de xixi. Eu precisava ganhar tempo, então fiz alguns barulhos como se... Bem, como se estivesse fazendo esforço. Aí cheguei muito perto do quadro. Ele está numa moldura de madeira das mais vagabundas. O Varga nitidamente não faz a menor ideia de quanto pode valer. Olhei bem fundo nos olhos do pavão. Não são só dois pontinhos pretos, como aparentam ser na fotografia, nem como são efetivamente os olhos do bicho. São olhos castanhos, como os olhos de uma mulher. Parecem mais os olhos das penas de um pavão do que os olhos do pavão em si.

Pendurado no quadro da mesma forma como ficava pendurado em Natalie, na terra de sombras entre seus seios, via-se o medalhão de Frau E. Tinha sido retratado de forma minuciosa e hiper-realista, cada pedra e filigrana pintada com uma tinta tão densa que o medalhão lançava uma sombra na tela.

– E a foto? – perguntou Amitai.

– O quê? – perguntou Natalie, nervosa.

– A foto, ora! Você tirou uma foto, não tirou? Por favor, diz que você lembrou de tirar uma foto daquilo que a gente está correndo atrás loucamente.

– Será que eu posso terminar a história?

– Não, não acredito...

– Por favor, deixa eu terminar.

Ela estava se divertindo, pensou ele. Ele estava a ponto de enlouquecer enquanto ela se divertia ao contar a história.

– Está bem. Então o que foi que você fez?

Ela recostou no banco do carro, alcançou o emaranhado de lã preta em que seu enorme casaco se transformara e tirou dali o quadro, em sua simples moldura de madeira.

– Eu pus o quadro nas costas, amarrei o cinto do casaco e saí correndo.

# 27

Eles deixaram o carro com o manobrista do hotel Gellért, e Amitai carregou o quadro nos braços, enrolado no casaco de Natalie, qual um bebê adormecido, uma criança roubada que ninguém podia ver. Ele pôs a trouxinha sobre a cama do quarto, com delicadeza, como para não perturbar o cochilo do que estava embrulhado ali dentro. Então apontou para uma poltrona estofada num canto, ao lado da televisão.

– Senta aí – disse ele.

Natalie se sentou. Agora que já tinha parado de bancar a aventureira – agora que podia ver que ele não estava levando a história numa boa –, sua empolgação sumira, sendo substituída por uma postura mais atenta. Estava esperando, Amitai sabia muito bem, que ele ficasse irado, que brigasse com ela, perdesse a cabeça, explodisse. Mas ele sabia como as mulheres lidavam com essas coisas. Não daria a ela a oportunidade de virar o jogo, tornando-se a vítima. Sem dúvida, era ele a vítima naquela história. Era ao mundo dele – com todos os seus desvios de dinheiro e noções morais cautelosamente ajustadas – que aquela mulher tinha levado, seu idealismo ingênuo, sua noção infantil de justiça e sua falta de autocontrole.

Cuidadosamente, ele desamarrou os braços do casaco, desembrulhando o quadro. Estava virado para baixo, e assim Amitai o manteve sobre o colchão. Pendurou o casaco de Natalie no armário, bem como fez com o seu. Começou a andar de um lado para o outro, sem olhar para ela nem para o quadro na cama. Em silêncio, recapitulou a operação que seria necessária para devolver o quadro. Se ele mesmo o fizesse, acabaria sofrendo um processo. Precisava de um intermediário. Poderia recrutar o Elek? Elek estaria disposto a fazer a viagem, a assumir o risco? Ou será que recusaria, considerando o que revelara sobre sua crença no direito das nações a seu patrimônio artístico?

Não, a missão cabia mesmo a Amitai. Diria que uma mulher havia tentado vender-lhe o quadro, que ele o confiscara e que queria devolvê-lo.

Será que Varga acreditaria? Se sim, talvez ficasse tão agradecido que seria capaz de cogitar a venda. Ou, pensou Amitai, com raiva, o homem chamaria a polícia. Como seria a vida de um israelense numa prisão romena? Mesmo se escapasse de ser preso, o sucesso de seu negócio dependia completamente de sua reputação entre antiquários, gestores de museus e funcionários públicos comuns. Caso o roubo se transformasse em assunto público, ele estaria arruinado na Romênia, na Hungria e sabe-se lá onde mais. E se Tamid descobrisse? O homem o chantagearia. Faria ameaças, dizendo que, se Amitai não lhe desse o quadro para que ele entregasse ao Yad Vashem ou ao Museu de Israel, daria queixa na polícia romena, na Interpol ou na agência que tivesse jurisdição sobre os bens expropriados dos judeus. Tamid ficaria entusiasmado com a chance de arruinar a carreira e a vida de Amitai. Por uns instantes, Amitai ficou imaginando como seria o telefonema para seu tio. A raiva de Jacob e a humilhação pela qual passaria.

Ele parou de andar de um lado para o outro e observou o quadro virado de cabeça para baixo sobre a cama. Depois, começou a rir alto.

– Amitai? – disse Natalie, estupefata. Ao que parece, não era a reação que ela estava esperando. – Por que você está rindo?

– Por que eu estou rindo? Sempre rio quando vejo um bom truque de mágica. E esse, Natalie, esse foi um excelente truque que você tirou da cartola.

Ela olhou para ele, com uma expressão ao mesmo tempo dócil e preocupada, querendo que os ânimos se acalmassem e que fosse incluída na piada, mas com medo de que o desfecho acabasse não tendo tanta graça.

– Foi?

– Foi, sim. Você transformou Vidor Komlós em Bruno Schulz.

Ele ficou observando-a, preparado – caso ela demonstrasse que não havia entendido – para arrancá-la para sempre do coração, sair do quarto e deixá-la sozinha para resolver a confusão que tinha armado. Quando viu que Natalie entendia, Amitai não soube se sentia alívio ou decepção.

– Está certo – disse ela, parecendo determinada a se ajustar à tranquilidade hostil e agressiva dele, se o jogo era esse. – Em primeiro lugar, não arranquei o quadro da parede. Ele estava pendurado num gancho. Então o que fiz não é irreversível. Se você quiser, a gente pode entrar no carro, voltar pra Oradea e devolver o quadro.

Ela continuou sentada, com as mãos nos joelhos, mostrando que estava preparada. Amitai só precisava dar o sinal. Foi quando ele percebeu o tamanho do estrago que ela proporcionara à sua vida de padrões suíços. O momento passou irremediavelmente.

– Em segundo lugar – continuou ela –, digamos que eu tenha mesmo transformado Vidor Komlós em Bruno Schulz. Por que isso seria uma coisa ruim? O Schulz vem a ser um dos artistas judeus mais famosos do século passado. E eu não acho que o que eles fizeram foi algo tão errado assim...

– Você está falando sério? Aqueles *baheimot* do Yad Vashem, aqueles bandidos amigos do Dror Tamid? Eles foram lá, com pés de cabra e picaretas, e arrancaram as porras dos murais das paredes. O estrago foi grande.

– Os murais já estavam no apartamento havia décadas, abandonados, apodrecendo dentro de um armário de cozinha.

– Eles foram encontrados. Estavam sendo desenterrados.

– Não foi isso que aconteceu.

– Ah, não? E você sabe o que aconteceu?

– Sei, sim. O tal cineasta alemão, por incrível que pareça, ficou obcecado por Schulz e pelos murais que decoravam um quarto infantil. Ele estava em busca dos murais, que supostamente haviam desaparecido muito tempo antes, mas que estavam logo ali, dentro do armário desse apartamento medíocre, onde sempre estiveram. Na verdade, não é que tenham sumido, é que ninguém se deu ao trabalho de procurá-los. Nem os poloneses que fazem todo esse estardalhaço dizendo que o Schulz é um gênio polonês, e muito menos os ucranianos. Ninguém foi atrás porque ninguém se importava. Só passaram a se importar quando a gente se atreveu a pegá-los.

– A gente?

– Tudo bem, vocês. Israel. O Yad Vashem. Seja como for.

– Eu, não. Eu sempre me preocupo em agir dentro da lei.

– De que lei? Da lei das pessoas que tomaram os bens alheios? Você sabe o que aconteceu depois que os murais de Schulz foram arrancados? Depois que todo mundo se revoltou contra os terríveis e ousados israelenses que estavam destruindo a propriedade sagrada da Polônia e da Ucrânia? Eles vandalizaram as partes dos murais que o Yad Vashem deixou pra trás. Mas, pelo visto, você está querendo dizer que era um direito deles fazer isso, porque pela lei os murais lhes pertenciam...

– Obrigado, Natalie, você acabou de confirmar o meu ponto.

Ela pareceu confusa e começou a rever o que disse, tentando encontrar a falha.

– Os poloneses e os ucranianos nunca se importaram com os murais de Schulz até o Yad Vashem arrancá-los. Verdade. Cem por cento correto. E, exatamente da mesma forma, os húngaros e os romenos nunca se importaram com Vidor Komlós. Eu vou além: eles nunca nem ouviram falar de Vidor Komlós. Mas você pode ter certeza de que a partir de agora eles vão se importar. Agora que a gente roubou o quadro, Vidor Komlós vai se transformar em *cause célèbre*! Por sua causa. Você acabou de fazer essa merda!

O eco daquele grito retiniu contra as superfícies do quarto de hotel, até contra as tubulações da parede. Depois, veio o silêncio.

Sem pressa, ela se levantou da poltrona e caminhou até a cama, sem falar nada. Ergueu o quadro e desvirou-o, deixando-o ali.

Era, ao mesmo tempo, uma das pinturas mais belas e mais repugnantes que ele já vira. Havia um erotismo explícito no corpo despido da mulher, sensual e maduro. A pele de alabastro ganhava em certos lugares uma coloração rosada. Na cabeça do pavão, as penas tinham cores densas e brilhantes, uma dezena de diferentes azuis iridescentes, de textura complexa. O olho demoníaco e penetrante do pavão era verde em vez de preto, quase castanho. A cabeça do bicho, com aquele olho feminino, praticamente saltava da tela. O quadro era suntuoso e perturbador, exuberante porém austero, sensual ainda que profundamente inquietante, e Amitai tomou consciência de um desejo penoso e erótico. Desejava ardentemente cair nos braços daquela mulher. Sabia que em tais braços um homem que sempre se sentira sem lar poderia por fim se sentir em casa. Ele entendeu por que Varga escolhera o banheiro para pendurar o quadro. Caso lhe pertencesse, também penduraria num lugar íntimo, particular, onde fosse o único com permissão para apreciá-lo.

Natalie descalçou a bota, tirou o vestido, desfez o coque apertado no cabelo e deitou-se na cama, junto do quadro. Amitai se sentou ao lado dela e pôs a mão em sua barriga macia e tépida, absolvendo-a pelo toque.

– Eu não vou devolver o quadro para aquele filho da puta de jeito nenhum! – disse ele.

– Sério?

– Sério. Você tinha razão. Você fez a coisa certa.

– Então o que a gente vai fazer com ele?

– Vamos levar pra casa.

– Como?

O melhor era perguntar *para que casa, para a casa de quem*? Para onde ele levaria aquele quadro que desejou mais do que qualquer outra coisa na vida? Qualquer coisa exceto, talvez, a mulher deitada a seu lado.

– Vou pensar num jeito – disse ele.

# 28

NA MANHÃ SEGUINTE, AMITAI RECEBEU um e-mail da senhora Vázsonyi, da biblioteca judaica. Ela dizia sentir muito em informar que através de sua pesquisa não tinha encontrado nenhum sobrevivente da família de Ignác Einhorn, embora parecesse haver alguma relação, ainda que distante, com a família do barão Móric Einhorn. O ramo nobre do clã conseguira sobreviver à guerra, mas não se saiu muito bem sob o comunismo. Havia rumores de que alguns deles talvez tivessem escapado pela Áustria em direção à América, onde teriam perdido os títulos e mudado de nome. Quanto à família de Nina Einhorn, de sobrenome Schillinger, as notícias eram ainda piores. Apenas uma pessoa, um irmão seu, sobrevivera à guerra. Sua mulher e seus filhos foram mortos pelo Partido da Cruz Flechada, e ele nunca se casou de novo. Morreu solteiro no início dos anos 1960. Ao que tudo indicava, não havia nenhum Einhorn ou Schillinger para quem Natalie pudesse empurrar o medalhão de cinco gramas que tanto pesava em seu pescoço.

A senhora Vázsonyi também escreveu que tinha tomado a liberdade de procurar os herdeiros da outra jovem na fotografia, a anã Gizella Weisz. Nesse caso, obteve mais sucesso. Em maio de 1944, todos os sete irmãos Weisz foram deportados do gueto de Dragomireşti para Auschwitz, pegos pela mesma onda genocida que levara à morte Ignác, Nina Einhorn e suas famílias.

– Eu fico imaginando se a Nina e a Gizella se viram – comentou Amitai. – Em Auschwitz, quero dizer... Se elas algum dia se encontraram de novo.

Natalie ergueu a sobrancelha, surpresa, imaginou ele, com aquela ideia romântica e até mesmo otimista. Ele próprio estava um pouco surpreso.

– Os nazistas deportaram para Auschwitz meio milhão de judeus húngaros em 56 dias – disse Natalie. – Os trens corriam diariamente, e as pessoas, na maioria dos casos, eram levadas da rampa direto para o crematório. A não ser que, por um milagre, estivessem no mesmo trem, as duas não teriam se cruzado em vida pelo campo.

É claro que ele sabia disso. A imagem do rápido reencontro de duas amigas para uma despedida final era feito um presente, um gesto cujo objetivo era alegrá-la na esteira das notícias da senhora Vázsonyi sobre os Einhorn.

– Ainda assim, você está falando sobre algo que costumava acontecer, algo que era típico – ponderou ele, por alguma razão resistente a desistir do argumento. Talvez o gesto fosse, na verdade, para alegrar a si mesmo. – O que aconteceu com a Gizella não foi nada típico.

Descobriu-se que a família Weisz fora salva do extermínio imediato pelo doutor Mengele em pessoa. Consumido por uma rivalidade implacável com outro especialista alemão em nanismo, e obedecendo a uma bizarra ligação sentimental à lenda alemã da Branca de Neve e os Sete Anões, Mengele tomara os sete irmãos Weisz como sujeitos para seus experimentos. Eles ficaram sob sua proteção direta e conseguiram sobreviver, sendo liberados, no fim, por perplexos soldados do exército soviético. Depois da guerra, escreveu a senhora Vázsonyi, todos os sete irmãos Weisz imigraram para Israel.

– Gizella morreu em 1981. – Natalie leu em voz alta o trecho do e-mail. – Tinha 88 anos.

– Uma vida longa e interessante – disse Amitai. – Uma vida trágica.

– Eu só queria que o meu avô tivesse aberto o maldito medalhão e encontrado a fotografia trinta anos atrás. Eu me sinto um fracasso. Essa foi a última coisa que ele me pediu. Na verdade, foi a única coisa que ele algum dia me pediu.

– Ele não teria conseguido vir pra Hungria antes de 1989 e nunca teria descoberto quem era Gizella ou pra onde tinha ido.

– Acho que é verdade.

– E, se ele não tivesse te mandado nessa missão impossível, você não teria me conhecido. – Ela se derreteu junto a ele, que a puxou mais para perto. Depois, virou-a para olhar o quadro. – Eu sei que parece ter sido perda de tempo, como se tivesse fracassado, mas, se não tivesse decidido iniciar suas buscas, você nunca teria me conduzido a essa obra de arte magistral, a essa obra-prima. E, nesse caso, quem é que teria roubado a pintura?

Ele lhe deu um beijo, mas ela se afastou. Ainda não estava pronta nem disposta a ser consolada.

– Olha... – disse Amitai, decidido a dar mais uma chance àquilo, ou a *eles*. – A senhora Vázsonyi disse aqui que os dois irmãos da Gizella tiveram filhos. Então existem descendentes. Não são descendentes de Nina, certo, mas têm parentesco de sangue com a Gizella. Se você quiser, pode dar o colar pra algum sobrinho ou sobrinha dela. Ou, se não estiverem vivos, a algum filho. Eles provavelmente continuam morando em Israel. Então, o que você me diz disto: eu te levo para Israel e a gente encontra um deles e entrega o colar. Que tal?

– Jura? – perguntou ela, arregalando os olhos e depois estreitando-os, como se duvidasse de Amitai, de seu estado de espírito ou de sua sanidade mental, sabendo como ele se sentia em relação àquele lugar, ao lar que perdera. – Ah, não sei, o que você acha?

– Acho que provavelmente estou muito envolvido com você.

– E?

– E isso me preocupa.

– Entendi – disse ela, sorrindo. – Isso me preocupa também.

# · 29 ·

Embora nenhuma das irmãs liliputianas tenha tido filhos – na época, acreditava-se que mulheres daquele tamanho não conseguiriam sobreviver a uma gravidez e um parto –, os irmãos eram férteis e prolíficos. Para um homem acostumado a localizar primos de segundo grau de gente que havia sumido sem deixar rastros, acabando dentro de covas na floresta dos Cárpatos, encontrar Dalia Gur, sobrinha-neta de Gizella Weisz, foi uma tarefa simples.

– Todo judeu anão que vem pra Israel me liga e espera que eu sirva café e bolo – disse Dalia, ao telefone. – Já estou cheia disso.

Amitai prometeu que ele e Natalie não queriam nada, nem bolo. Ao contrário, explicou, a visita tinha por objetivo devolver um item de certo valor, que guardava alguma relação com sua tia Gizella.

Os dois foram parar, então, na cozinha de Dalia Gur, em Kfar Yakov, nos arredores da cidade portuária de Haifa. Era um pequeno moshav, um vilarejo de casas de taipa com telhados de tijolos vermelhos, jardins aparados e áreas de lazer para as crianças. Lembrava a Amitai o kibutz Hakotzer, que, assim como Kfar Yakov, um dia fora uma próspera cooperativa rural. Agora, Kfar Yakov era uma espécie de dormitório em dificuldades: campos sem safra, celeiros fechados, árvores frutíferas sem poda, casas cheias não de fazendeiros, mas de trabalhadores que mal conseguiam sobreviver naquela economia tão precária que um aumento no preço do queijo cottage levou-os às ruas para protestar. Dalia exemplificava essa transição. Seu marido, explicou, nascera no moshav e herdara do pai uma fazenda de gado. O negócio floresceu por um período curto e animador, na época em que as pessoas estavam com medo do mal da vaca louca europeia, mas logo sofreu um baque, vítima dos subsídios da União Europeia e de uma economia rural problemática.

O cômodo em que estavam era escuro e roto, e as venezianas de PVC tinham sido fechadas por causa do sol da tarde. O lugar cheirava vagamente a cebola refogada. Dalia Gur tinha trinta e poucos anos e poderia até ser bonita, não fosse a testa enrugada e os lábios inquietos e franzidos. Seu marido, contou-lhes, ganhava a vida com dificuldade, como *personal trainer* de uma academia de ginástica, enquanto ela trabalhava numa *start-up* de internet, comandando à distância uma equipe de atendimento ao cliente cuja base ficava em Budapeste.

– Não sabemos até quando esse esquema vai funcionar. Em breve, se quisermos garantir nosso sustento, vamos ter que ir pra Índia. – Ela se virou para Natalie e começou a falar em inglês. – E, então, você é o quê? Aluna de pós-graduação? Nas suas pesquisas você encontrou alguma coisa que pertencia à minha tia?

– Não exatamente – respondeu Natalie. – Meu avô serviu no exército americano e trabalhou em Salzburg depois da guerra.

E assim, com a ajuda de Amitai, Natalie contou a Dalia a triste história do Trem de Ouro húngaro, que tinha saído de um país em ruínas carregando o tesouro roubado de um povo assassinado e que não se dirigia a nenhum lugar específico, tendo sido saqueado de novo em sua chegada.

– Era realmente um trem cheio de ouro? – perguntou Dalia.

– Não tinha tanto ouro assim. Eram mais móveis, pratos, casacos de pele e algumas joias. Relógios, colares...

– *Nu* – disse ela. – Mostre!

Natalie não estava usando o medalhão. Pela manhã, envolvera a peça em lenços de papel e colocara dentro da bolsa. Tirou-o e entregou-o a Dalia.

Ela ergueu-o contra a luz e começou a estudá-lo. Amitai fez o mesmo, imaginando qual teria sido o propósito do artesão Lajos Kozma ao fazê-lo e o objetivo de quem o comprou. Como foi parar em volta do pescoço de Nina Einhorn? Nina teria comprado para si mesma? Ou Gizella é que teria lhe comprado? Será que outra pessoa fizera a compra? Nina fora a primeira a usar o medalhão ou teria herdado de alguém? Cada um que tocou no medalhão – o artesão, o comprador desconhecido, a mulher ou as mulheres que o usaram – imaginou um destino para ele, mas ninguém poderia ter imaginado que o destino daquela joia seria aproximar Amitai e Natalie. Ele sorriu, achando graça dos devaneios românticos que não conseguia evitar.

Natalie ergueu a sobrancelha, com uma expressão interrogativa. Ele tomou a mão dela e apertou-a delicadamente.

– É bonito – disse Dalia. – Antigo.

Natalie destravou o fecho invisível. O medalhão se abriu, revelando a minúscula fotografia.

Dalia se curvou e examinou-o. Apertou a parte superior do nariz e olhou mais uma vez.

– É a Gizella? Nossa, está tão novinha! Tão bonita. – Ela segurou a joia na palma da mão, qual gota d'água preciosa numa planície em chamas, e grudou os olhos na fotografia. – A gente tem poucas fotos dessa época, sabe? A maioria se perdeu durante a guerra. Minha nossa! Meu Deus! – Ela enxugou as lágrimas dos olhos. – Eu queria que o meu avô estivesse vivo pra ver essa foto. Eu queria que a Gizella estivesse viva! Ou Gitl, a irmã mais nova. Qualquer um deles...

– Sinto muito – disse Natalie.

– Espera – pediu Dalia. – Vou mostrar mais fotos pra vocês. Tem uma em que a Gizella parece só um pouco mais velha do que nessa.

Da parede do corredor que ligava a cozinha à sala de estar, Dalia tirou um retrato que ficava pendurado em meio a dezenas de outros. Nele apareciam as cinco irmãs Weisz, dispostas em duas fileiras: três na frente, sentadas em bancos diminutos, e duas atrás, em cadeiras comuns.

– Bem, esta aqui – disse Dalia, apontando para uma das irmãs da fileira de trás – é a Bluma, a mais velha. Ao lado dela está a Frieda. Embaixo está a Judit, no meio a Gitl e ao lado dela, está vendo? É a Gizella.

Era, sem dúvida, a mesma mulher. As cinco irmãs usavam vestidos idênticos, de cor clara. Judit portava uma gargantilha de pérolas; as mãos e os braços de Bluma estavam cheios de anéis e pulseiras enquanto Frida e Gitl usavam colares de contas escuras. Gizella era a única que não exibia joia alguma e também a única que tinha cabelo curto, estilo Chanel.

– Essa outra mulher na sua foto... Quem é? – perguntou Dalia.

– É amiga da Gizella. A gente acha que o medalhão era dela.

No rosto de Dalia foi possível ver a expressão de alguém que amassa um bilhete de loteria e o descarta.

– Então não é da minha tia... Que pena!

– E a Gizella não falava de nenhuma amiga especial do tempo em que era jovem? O nome dessa moça era Nina Einhorn. Nina Schillinger era seu nome de solteira.

– Eu não me lembro de a Gizella mencionar nenhuma amiga especial. Mas ela era uma pessoa muito sociável. Participava de vários grupos. Grupo socialista, grupo de bridge, grupo de canto. Estava sempre em alguma associação. – Ela examinou mais uma vez a foto do medalhão. – O que é que está escrito nesses pôsteres?

– Elas estão em frente ao salão de um grande congresso internacional a favor do sufrágio feminino, que aconteceu em Budapeste – explicou Natalie. – Gizella era a secretária particular de uma mulher chamada Rózsa Schwimmer, famosa feminista e sufragista húngara, uma das organizadoras do congresso.

Dalia sorriu.

– Claro! Eu me lembro de ouvir meu avô contar essa história. A Gizella se mudou sozinha pra Budapeste. Ora, isso foi um enorme escândalo! Uma moça, anã, sair de casa dessa forma? Bem chocante, sabe? Mas, quando era nova, a Gizella era feminista e muito independente. Em Budapeste, meteu-se em alguns problemas, talvez relacionados a um homem, não sei bem, e acabou voltando desonrada.

Amitai e Natalie se entreolharam. Ele fez que sim com a cabeça, e Natalie contou a Dalia o que haviam descoberto sobre os eventos da Ópera, o pôster, os panfletos e até mesmo sobre a reportagem do tabloide alegando que Gizella teria usado suas perversões sexuais para distrair os guardas.

Ao ouvir a história, Dalia começou a rir.

– Vocês querem saber? Talvez não acreditem em mim e não queiram ouvir, mas essas senhorinhas eram muito atraentes! – Dalia meneou os ombros e fez bater os cílios. – Ai, a Gitl... Estou dizendo... Estava sempre com um namorado. E a Gizella também. Os homens a amavam. Ela casou três vezes. Pelo menos três, talvez até quatro. Homens de tamanho normal, sabe? Nada de anões. Todos morreram antes dela.

Então, a expressão de Dalia endureceu, e ela devolveu o colar para Natalie.

– Tudo bem. E agora?

– Como assim?

– Está certo, é a Gizella na foto, mas vocês estão dizendo que o colar pertencia à outra moça, Nina. Portanto, o que querem de mim?

A corrente se espalhou no pulso de Natalie e o medalhão ficou oscilando. Amitai esperou que ela respondesse, o que não aconteceu.

– Tem muito valor? – indagou Dalia.

Como Natalie não respondeu, Amitai tomou a iniciativa.

– Depende. As pedras são verdadeiras, mas semipreciosas. A peça pode ser interessante para algum colecionador de lembranças sufragistas, por causa das cores, que representam o movimento, e por causa da fotografia.

– Olhe, não quero parecer incisiva demais – disse Dalia, agora em hebraico. – Mas, como falei, meu marido perdeu o negócio da família, e não tenho garantia de que não vou perder meu emprego amanhã para algum indiano de Bangalore. Temos três filhos. O dinheiro seria útil. Você está certo de que essa joia não era da Gizella?

– Tenho 95% de certeza. Talvez 98% – respondeu ele, em inglês.

– Então me diga, só por curiosidade, quanto ela vale? – perguntou Dalia, ainda em hebraico.

– Acho que dá pra conseguir uns dois mil, no máximo – replicou Amitai, continuando a falar em inglês.

– Dólares ou shekels?

– Dólares.

– Bom, isso é alguma coisa, não é?

– Pode ficar com ele – ofereceu Natalie.

Dalia foi pega de surpresa.

– Você vai me dar o medalhão?

– Vou.

– Para ficar comigo? Para mim mesma?

– Pode fazer o que quiser com ele...

– O que eu quiser? Inclusive... vender?

Natalie ainda segurou o colar na mão por mais alguns instantes, mas em seguida entregou-o para Dalia.

– Tome. É seu. Pode vender ou ficar com ele, não me importa. Prometi ao meu avô que eu daria o colar a alguém que tivesse mais direito do que ele de ficar com a joia. O que você vai fazer não me diz respeito.

Amitai tentou decifrar a expressão de Natalie, mas só conseguiu ver uma amostra de incentivo, talvez até um traço de entusiasmo. Ela queria que fosse assim? Que a joia fosse vendida da mesma forma como todos os bens que ele um dia procurou? Por um preço arbitrário, desprovido de sofrimento e história, apenas a soma e o produto resultante do peso, da condição e do valor de mercado das pedras e do ouro?

Dalia pegou o colar. Por um momento, Amitai pensou que ela fosse colocá-lo, deixando que o peso e a história da peça – assim como a de Lajos Kozma, Nina Schillinger Einhorn, Gizella, a anã, Jack Wiseman e a neta Natalie – adornassem graciosamente seu pescoço. Em vez disso, porém, ela pousou o colar na mesa à sua frente, produzindo um som metálico, e não olhou mais para ele.

– Você me ajuda a conseguir alguém pra fazer uma avaliação?

# 30

NATALIE CRUZARA O MUNDO POR causa do remorso consequente de um roubo com origens no Holocausto. Após corrigir o crime insignificante que, no entanto, pesava uma tonelada para seu avô, ela queria visitar o Yad Vashem. Disse a Amitai que não precisava ir junto, e a princípio ele pensou em botá-la num táxi e passar o dia com os pais ou, melhor ainda, ficar sozinho no hotel, contemplando o quadro. Não ia ao museu e memorial desde garoto, e mesmo nessa época só foi porque as crianças israelenses em idade escolar eram obrigadas a fazer peregrinações periódicas até lá. Ele se deu conta, de repente, de que queria que Natalie estivesse junto quando fosse visitar os pais antes de deixar Israel, de modo que pudesse apresentá-la a eles. Sentia uma vontade inexplicável de acompanhá-la ao Yad Vashem, para ver o que ela veria, tendo ido tão longe.

Quando conseguiram abrir caminho em meio à multidão que tomava conta do estacionamento abarrotado de ônibus de turismo e finalmente chegaram à entrada do museu, Amitai começou a se arrepender, tomado por uma repentina e absurda preocupação de que pudessem esbarrar com Dror Tamid. Como se o homem passasse seus dias patrulhando o museu em busca de negociantes de arte para insultar. Bom, e se ele efetivamente passasse os dias dessa forma e encontrasse com Amitai? Amitai tinha medo de quê? O quadro estava seguro, no cofre do hotel, e Elek havia oferecido ajuda para obter uma autorização quase legítima de saída do país. Depois da conversa com Tamid sobre os quadros de Herzog, Amitai não sabia se Elek aceitaria seu pedido de ajuda, mas seu amigo disse que, embora achasse que as obras de artistas húngaros devessem permanecer na Hungria, como a alternativa nesse caso não seria a galeria de um museu, e sim uma parede no banheiro fétido de um antissemita romeno, não se sentia mal em arquitetar a saída do quadro.

O Yad Vashem estava completamente diferente. O museu tinha sido ampliado e aprimorado. Antes já possuía certa aridez e beleza particulares, mas nada parecido com sua configuração atual. Eles percorreram a estrutura em forma de prisma, indo de galeria em galeria, passando pelas exibições em multimídia, pelas vitrines com utensílios, pelas fotografias ampliadas cobrindo paredes inteiras, pelos carrinhos e rodas de fiar meticulosamente recuperados e por maletas e fragmentos de maquinário industrial. Amitai achou que gastariam algumas horas no museu, mas já era fim de tarde quando encerraram a visita às galerias, a passos lentos, e entraram na Sala dos Nomes.

Na sala circular, ele ficou debaixo da enorme rotunda repleta de fotografias. As imagens pairavam acima de sua cabeça, numa imensa cúpula exibindo fotos de casamento, fotos para documentos, fotos formais tiradas em estúdio, e outras instantâneas, sem muito preparo. Umas em sépia, outras em preto e branco; umas de 1945, outras anteriores. Amitai esticou o pescoço e olhou para cima. Eram rostos e mais rostos e mais rostos, cada vez mais altos até se transformarem em borrões – impedindo-lhe qualquer identificação –, até ele sentir como se estivesse olhando o próprio céu, um céu de semblantes, infinito e cinza. Ele fechou os olhos; por trás de suas pálpebras, os rostos bailaram em círculos lentos, feito constelações abrindo caminho por uma sucessão de noites sem fim. Não tinha comido nada o dia todo, o que talvez explicasse suas vertigens, mas não o profundo sentimento de perda e tristeza que sentia. Sempre trabalhara imerso no Holocausto, mas o mais próximo que se permitia chegar era ter em mãos inúmeros objetos, quadros e prataria, esculturas e joias que tinham sido separados de seus donos e ficado à deriva. Até ali, pensara nas vítimas apenas em termos do que elas possuíam, ponderando o que poderia ser reivindicado e o que precisava ser dado como perdido para sempre.

Quando abriu os olhos, Natalie tinha sumido, e ele se pôs a procurá-la, dando voltas na sala, cada vez mais em pânico, sentindo um medo insensato. Encontrou-a sentada numa cabine de vídeo. Correu até lá e, atrás dela, pôs as mãos em seus ombros. Natalie se inclinou para trás, recostando na barriga dele. Amitai afundou o rosto no cabelo dela, um cabelo arrebatador, e inalou o aroma de verbena e bálsamo.

– Olha isso aqui... Você já conhecia essas Páginas de Testemunho?

– É um banco de dados biográfico. Um registro de todas as pessoas que foram assassinadas. Já usei algumas vezes para saber se um ou outro herdeiro ainda estava vivo. No começo, eram fileiras e mais fileiras de fichários pretos. Depois, eles foram microfilmados, e agora está tudo digitalizado. Às vezes aparece somente um nome. Em outras vezes, dá para achar quase tudo. Data de nascimento, profissão, onde moravam, como morreram. Depende da memória de quem preencheu o formulário. – Ele imaginou em que ela estava pensando enquanto olhava para a tela, com o dedo prestes a tocá-la, separado por apenas um centímetro. – Você quer procurar a Nina?

– Eu estou reunindo coragem.

– Você tem medo de encontrar o quê?

– Sei lá.

– O banco está incompleto. Só tem 2,5 milhões de nomes. Você tem medo de não encontrar nada?

Bem ao estilo judaico, ela respondeu com outra pergunta:

– Você já procurou o nome de Vidor Komlós?

– Já, sim, uns anos atrás, quando comecei a minha busca. O programa sempre mostra o nome da pessoa que preencheu o formulário. Achei que, se existisse uma página para Komlós, talvez pudesse ter sido preenchida por um parente que soubesse o paradeiro do quadro. Só que não encontrei nada.

Com jeito, ele afastou Natalie e tomou seu lugar junto ao teclado. Abriu a tela de busca e digitou o sobrenome "Einhorn" e o nome "Nina". Para o lugar, escreveu "Hungria". Apertou a tecla Enter e sentiu Natalie estremecer a seu lado. Apareceu um nome na tela. Nina Einhorn, de Budapeste.

– Você acha que é ela? – perguntou Natalie. – Apareceu Budapeste, e não Nagyvárad.

Ele clicou na entrada. Nina Einhorn. Sobrenome de solteira: Schillinger. Data de nascimento: 7 de dezembro de 1893. Idade aprox. ao morrer: 51. Local de nascimento: Budapeste, Hungria. Primeiro nome do pai da vítima: Marcus. Primeiro nome da mãe da vítima: Irma. Primeiro nome do marido da vítima: Ignác. Residência fixa: desconhecida. Profissão da vítima: desconhecida. Localização e atividades durante a guerra: desconhecidos. Circunstâncias de morte: desconhecidas. Local de morte: desconhecido. Data de morte: desconhecida.

No formulário, havia uma seção para informações sobre a pessoa que estava fornecendo os dados. Ela declarava ter pleno conhecimento de que a informação prestada era verdadeira e de boa fé. No caso de Nina Einhorn, a pessoa que afirmava isso era Gizella Weisz. Na linha que pedia o tipo de relação, ela tinha escrito "amiga".

Natalie pôs os dedos na assinatura em letra cursiva e romana, embora o formulário tivesse sido preenchido em hebraico.

– A Gizella não sabia nada sobre a Nina, nem mesmo que tinha se mudado para Nagyvárad. Elas devem ter perdido contato depois que Gizella foi presa. Depois que Ignác a salvou e que ela foi mandada pra longe.

Amitai rolou a página para cima, chegando ao início da tela. Havia uma fotografia escaneada e anexada à ficha: a imagem – agora já tão familiar – de Nina como uma orgulhosa jovem sufragista, num vestido branco, com o pôster do congresso tremulando logo atrás. Alguém, talvez a própria Gizella, tinha cortado a segunda moça que aparecia na fotografia. Tudo o que se via de Gizella era um pedaço da manga da camisa branca no canto da moldura.

Eles leram e releram a Página de Testemunho de Nina Schillinger Einhorn, por mais que trouxesse tão poucas informações.

– Qualquer um pode preencher o formulário ou é preciso ser um sobrevivente? – indagou Natalie.

– Qualquer um que tenha informações, acredito eu.

– E por que você nunca fez uma entrada para Vidor Komlós?

Isso nunca lhe ocorrera.

– Não sei. Parece um pouco de presunção. Quem sou eu para prestar testemunho sobre a vida dele?

– E quem melhor do que você?

Muito provavelmente, não havia mais ninguém vivo que tivesse conhecido Vidor Komlós, pensou ele. Da família, só sobrara um único parente distante, encontrado por Amitai, uma pessoa que nunca ouvira falar sobre o artista, muito menos chegara a conhecê-lo. Nada de amigos vivos. Natalie estava certa. Komlós não contava com ninguém melhor para lembrar sua existência do que aquele filho de judeus sírios, ladrão de obras de arte, de coração partido e, depois de um longo dia, tonto de fome.

Eles preencheram juntos a Página de Testemunho, usando o que sabiam sobre Vidor Komlós, que não era, afinal, muito menos do que Gizella Weisz tinha relatado sobre Nina Einhorn. Escreveram o nome de

Komlós e de seus pais, sua data de nascimento, o endereço de sua família, sua profissão e a data aproximada de sua morte.

Já no estacionamento, quando Amitai abriu a porta do carro para Natalie, ela desabafou:

– Eu comecei tudo isso porque o meu avô sentia que tinha prejudicado alguém, e, para honrá-lo, eu precisava honrar esse sentimento. Aceitei a ideia de que poderia consertar a situação se achasse a mulher de quem ele havia tomado o colar, ou alguém que tivesse relação com ela, e devolvesse a peça. Imaginei as coisas voltando a se equilibrar. – Ela se virou para olhar o museu. – Mas é claro que não se tratou de nada disso, né? O meu avô está morto. Ele nunca vai saber o que foi que eu fiz ou deixei de fazer com o colar. Essa obsessão só serviu como repositório para o meu luto por ele. E pelo meu casamento, eu acho.

– Você tinha essa noção desde o princípio?

– Acredito que sim, mas acho que só agora entendi que, durante toda a minha vida, minha experiência com o Holocausto foi exatamente a mesma coisa: um repositório útil para os sentimentos. Em virtude da minha religião, eu estava livre pra adotar essa tragédia colossal e sem precedentes como se fosse minha. Por causa do Holocausto, eu tive permissão ou, melhor, o direito de sentir toda a dor de que a minha vida abençoada e confortável me poupou. Só que essa nunca foi a minha tragédia. Coletivamente, como judia, sim. Mas pessoalmente? Não.

Amitai balançou a cabeça, quase rindo, porque naquele mesmo instante sentia, pela primeira vez, que a tragédia dos judeus da Europa lhe pertencia *sim*. Antes desse dia, sua falta de conexão pessoal com o Holocausto tinha transformado aquilo tudo numa história distante, sem maior relevância do que qualquer outra. Porém Natalie, o medalhão, o quadro, a Sala dos Nomes e a responsabilidade assumida por Komlós nas Páginas de Testemunho, tudo isso, enfim, ajudou-o a perceber que, apenas em virtude de ser judeu, mesmo um judeu de outro lugar e de outra época, aquela era sua história também. Não pessoalmente, mas coletivamente. Fazia parte dele, assim como ele fazia parte de todos os judeus que se projetavam em direção ao teto infinito da Sala dos Nomes. Ele e Natalie estavam no mesmo lugar, mas haviam partido de pontos diferentes.

# 31

Na graciosa galeria envolta por arcos de mármore do Museu de Belas-Artes de Budapeste, Amitai e Natalie seguravam taças de champanhe enquanto ouviam a longa série de discursos ligeiramente maçantes dos diretores do museu, de seus curadores e de membros do governo. Elek estava com eles, tendo recebido, nos jornais de Budapeste, o crédito – apesar de seus protestos em contrário – por ter arquitetado o retorno de *Retrato de Frau E.*, de Vidor Komlós, a seu país de origem. Naquele dia, receberia das mãos do próprio prefeito uma medalha, que ele venderia o quanto antes em sua loja, assegurou a Amitai e alegou que lhe pertencia qual um broche em seu peito.

Havia pouca gente, não mais do que uns vinte ou trinta húngaros amantes da arte, que resolveram comemorar a descoberta e a exibição do único quadro remanescente, até onde se sabia, de um grande artista que sempre fora desconhecido demais até para ser esquecido. Contudo, esse estado de coisas logo mudaria, acreditava Amitai. Antes de trazer o quadro de Israel para a Hungria, ele e Natalie tinham passado por Paris e mostrado a obra para alguns proeminentes críticos de arte e curadores de museus, inclusive para Werner Spies, o maior especialista do mundo na obra de Max Ernst. Spies estabelecera a conexão decisiva entre Ernst e Komlós, recordando uma conversa que havia tido com Dorothea Tanning, mulher de Ernst. Ela não chegara a conhecer Komlós, evidentemente. Ela e o marido se conheceram em Nova York. Dorothea se lembrava do momento em que o marido soube da morte de Komlós. Foi Chagall quem lhe contou. Tinha ouvido a história pela boca de um imigrante húngaro que conhecera numa festa. Dorothea contou a Spies que Ernst ficou muito chateado e que lhe disse que, embora os dois só tivessem se visto uma ou duas vezes, quando Komlós esteve em Paris, mantinham uma amizade intensa, cuja fonte era o fascínio que compartilhavam por pássaros. Foram tantos os artistas mortos durante a guerra: Max Jacob, Ernst Kirchner, Otto Freundlich.

Max Ernst se refugiara, mas, quando soube da morte de Komlós, disse Dorothea, ficou especialmente triste.

– Ela contou como Ernst conheceu Komlós? – perguntou Amitai a Spies.

– Acho que foi através de Klee ou Kandinsky. Alguém da Bauhaus.

– Moholy-Nagy?

– Pode ter sido.

Assim, com a ajuda especializada de Spies, Amitai situou Komlós na rede de importantes artistas do século XX, e, por mais que fossem poucos os laços, ele tinha certeza de que, assim que ficasse conhecido, Komlós seria reverenciado.

Quando Amitai ligou para o tio-avô para contar, primeiro, como tinha adquirido o quadro e, depois, sobre sua decisão de não o vender, e sim doá-lo para o museu húngaro, Jacob ficou furioso. Ameaçou o sobrinho-neto de tudo quanto era coisa, inclusive não apenas de demiti-lo como também de cortar suas relações com o ramo nova-iorquino da família Shasho e com toda a comunidade sírio-americana de judeus.

– Se você me desobedecer dessa forma, meu sobrinho, nunca mais nenhum Shasho vai falar com você – ameaçou.

Amitai talvez ficasse mais preocupado com essa possibilidade se já não fosse certo que perderia o emprego e a família na América por conta de um item que tinha no bolso naquele exato momento. Tinha ido buscar a peça pela manhã, enquanto Natalie pensava que ele estava imerso nas salas de banho do Gellért. Elek lhe mandara dezenas de imagens de anéis de diamante no estilo *art nouveau* húngaro, entre os quais ele escolheu um com uma pedra grande e redonda disposta sobre uma filigrana prateada. Elek tinha substituído as pequenas safiras azuis no círculo em volta do diamante por ametistas e peridotos intercalados.

– Olha, eu vou cobrar o mesmo, sendo safira ou ametista – disse Elek. Sua perspicácia comercial não fora totalmente apagada pela gratidão a Amitai por devolver o Komlós à Hungria.

– Eu não esperaria nada diferente – rebateu Amitai.

No momento em que pusesse o anel no dedo de Natalie, daria adeus à sua família em Nova York. O cabelo ruivo que ela herdara da avó tinha origem – algumas gerações para trás – num pequeno vilarejo às margens do rio Barrow, no condado de Kilkenny, e o decreto dizia que nenhum judeu sírio-americano poderia encontrar-se com Amitai novamente se ele se casasse com essa neta de uma convertida. Embora se importasse pouco com a reação do tio, Amitai se preocupava com a posição de seus pais, e, quando levou Natalie para conhecê-los, em Israel, chamou o pai num canto não para lhe pedir permissão, e sim uma benção, por mais que a mulher com quem pretendesse se casar não fosse judia, de acordo com os padrões do patriarca da família Shasho.

O pai dele não manifestou objeção alguma, e Amitai deixou as coisas desse jeito, embora às vezes, ao longo dos anos, fosse cogitar qual teria sido a resposta de seus pais caso não tivessem sido postos, ainda crianças, aos cuidados da Juventude Aliyah e enviados a um kibutz em Israel. O que aconteceria se tivessem acabado no Brooklyn, como muitos de seus primos?

Até aquele momento, Elek já tinha tomado várias doses de champanhe e estava excepcionalmente tonto ao erguer a taça.

– Mais um brinde! A Amitai Shasho, por ter enfrentado o formidável Dror Tamid, insistindo que o quadro fosse devolvido à Hungria.

Tamid fizera tudo para convencer Amitai – por meio de ameaças e insultos, súplicas e chantagens – de que o quadro de Komlós pertencia, por direito, a Israel, onde deveria ficar.

– Komlós era judeu. Foi torturado pelos nazistas e assassinado pelos húngaros – declarou Tamid. – Só em Israel é que seu trabalho poderá ser visto no contexto moral apropriado.

Amitai ficara tentado a rebater, perguntando a Tamid quem colocaria Israel em seu contexto moral apropriado, mas se sentiu incapaz de desprezá-lo completamente. Afinal de contas, tudo o que ele dissera era verdade. Se a Hungria tivesse encarado Komlós como um cidadão igual a qualquer outro, ele não teria terminado a vida na miséria das brigadas judaicas de trabalho forçado. Por outro lado, se Komlós não fosse judeu, ou se o antissemitismo da Hungria e de sua aliada alemã não tivesse prevalecido, Komlós poderia ter sido recrutado para o exército húngaro, vindo a morrer no front russo. Poderia ter se deparado com inúmeros destinos diferentes, em nada melhores do que a morte que o encontrou. Por fim, Amitai decidiu tentar o impossível. Por mais que fosse uma presunção de enorme magnitude, permitiu-se imaginar o que Komlós desejaria.

Chegou à conclusão de que todo artista queria que seu trabalho fosse reconhecido como importante e influente, como historicamente relevante. Nesse sentido, Elek convenceu o Museu de Belas-Artes de Budapeste a emprestar o quadro para o Centro Georges Pompidou, em Paris, e para a Neue Galerie, em Nova York, de modo que fizesse parte de exposições sobre as influências dos surrealistas.

No entanto, Amitai não sentiu a mesma confiança ao escolher a residência fixa do quadro. Não havia registros sobre o que Komlós achava de sua terra natal, se pensava em si mesmo como húngaro ou, sendo artista, como cidadão do mundo. Por fim, a doação – inspirada em grande parte na defesa que seu amigo Elek fizera pelo direito da Hungria de manter o controle sobre seu patrimônio artístico – mostrou-se a Amitai como a forma mais fácil de honrar o nome de Komlós. A presença do quadro na Hungria – e a euforia internacional que ele esperava ver quando a história fosse contada e a pintura passasse a ser admirada – serviria para lembrar que esse grande artista húngaro, parte fundamental do legado cultural do país, era judeu.

Com esse objetivo, Amitai estabeleceu uma condição para que o quadro fosse doado: que o museu incluísse na descrição da obra referências específicas à religião de Komlós e à sua morte nos campos de trabalho forçado. Elek manifestara a Amitai sua esperança de que essa notação inspirasse o museu a revisar a descrição dos El Greco da coleção Herzog, incluindo informações igualmente honestas sobre suas origens. Quanto a essa possibilidade, Amitai era menos otimista do que o amigo.

Assim que Elek se afastou, cambaleando para a esquerda, Natalie pegou o braço de Amitai e deu um beijo em seu rosto.

– Eu acho que era a coisa certa a se fazer – disse ela.

– Você "acha"? – Ele riu. – Levando em conta o quanto custou pra calar a boca do Atilla Varga, eu esperaria um pouco mais de certeza.

Amitai tinha praticamente zerado sua conta bancária, entregando suas reservas de uma década e meia para encher os bolsos do romeno e evitar que ele fosse à imprensa ou à polícia e denunciasse os dois judeus como ladrões e mentirosos. A despesa, no entanto, valeu a pena. Quando os jornais estrangeiros, acompanhando a denúncia de Tamid, procuraram Varga para saber o que tinha a declarar, ouviram a história de um guardião cuidadoso, de uma oferta justa por parte de um negociante honesto e do retorno do quadro a seu lugar de direito.

– Se você precisa que eu tenha certeza, posso fazer isso por você – declarou ela. – Tenho certeza de que você encontrou o lar certo para o quadro.

– Lar...

– Isso.

Aquela palavra tão pequena possuía uma complexa teia de significados. Natalie tinha razão. O quadro finalmente estava em casa. Assim como ele, pensou Amitai.

– Eu queria te pedir uma coisa – disse ele, pondo a mão no bolso.

*Parte Três*

# BUDAPESTE

*1913*

# 32

Na primavera de 1913, quase uma década atrás, um colega me pediu que assumisse o tratamento psicanalítico de sua sobrinha, uma jovem de 19 anos que, segundo sua descrição, sofria de neurastenia agravada por dispepsia crônica recorrente, de fundo histérico. Minha amizade com o referido colega – proeminente médico de Peste, especializado nos distúrbios do rim e da uretra – era de longa data e havia razoável intimidade entre nós. Éramos membros do conselho administrativo da Associação Médica Magiar Israelita, e, assim como eu, ele estudara na faculdade de medicina da Universidade de Viena. Meu último ano nessa respeitável instituição coincidiu com o primeiro ano do *Herr* Dr. S., e ambos nos alojamos na pensão Wettendorfer, que era uma das poucas pensões a, ao mesmo tempo, abrigar estudantes de medicina judeus e disponibilizar sanitários dentro dos quartos. Já do irmão do *Herr* Dr. S. eu não era tão próximo, embora trafegássemos por círculos sociais similares. Antes de assumir seu tratamento, tive o privilégio, em algumas ocasiões, de encontrar a jovem e encantadora Nina S. Fui tomado pela impressão de se tratar de uma moça normal em termos físicos, apesar de inclinada, talvez, por conta de sua inteligência exacerbada, a uma irritabilidade neurótica quando em companhias estimulantes. A família S. tem excelente reputação, possuindo entre seus membros um número considerável de financistas abastados e advogados e pelo menos um conselheiro da corte. Foi, portanto, com enorme interesse, e inclusive com prazer, que aguardei a chegada de Nina S. em meu consultório, na manhã de 5 de maio de 1913.

Gostaria de poder dizer que a senhorita S. saudou nosso encontro com ânimo e otimismo equivalentes. Ao entrar na sala, porém, ela estava irritadiça, quase furiosa. Seu vestido, ao estilo do movimento de Reforma, sem espartilho e mais fluido e folgado, era de lã grossa e cinza-escuro, combinando com sua atitude. O dia estava agradável, o prenúncio de uma primavera particularmente aprazível, no que dependesse de minha torcida.

Não pude deixar de notar que os trajes da moça contrastavam de forma evidente com as musselinas alegres e de motivos florais usadas por minhas filhas no mesmo dia. Embora a senhorita S. negasse estar com calor, tomei a liberdade de abrir as janelas, concedendo-lhe o benefício da deliciosa brisa perfumada com toques de lilás.

A senhorita S. se recusou a tomar seu lugar no divã, apesar do belo arranjo de flores que minha esposa, atenciosa, pusera na mesinha ao lado, com as últimas violetas da estação. Em vez disso, preferiu empoleirar-se com rigidez numa cadeira, mantendo os lábios cerrados, formando uma linha fina, quase uma façanha levando-se em conta seu farto lábio inferior.

– Como posso ajudá-la, minha cara? – perguntei, com um tom de voz muito mais avuncular do que forense.

Nos anos anteriores, conforme eu progredia em minhas sessões de análise com o brilhante Sándor Ferenczi e aprendia com ele a utilidade da reciprocidade empática na relação analista/analisando, passei a tratar meus pacientes com o amor e o afeto que lhes faltava e pelos quais ansiavam. Embora saiba que os S. são pais dedicados, e até mesmo indulgentes com seus três filhos, eu estava certo de que a senhorita S., como todos os meus pacientes, responderia melhor ao afeto do que à formalidade. No entanto, minha preocupação irritou-a, no lugar de confortá-la, e então ela se encrespou.

– Sinto dizer, Dr. Zobel, que o senhor foi enganado pelo meu pai e pelo meu tio. Na verdade, eu não preciso de sua ajuda, pelo menos não no sentido médico – disse ela.

– Ah, sim. Mas você precisa de outra espécie de ajuda?

– Só preciso que o senhor convença o meu pai de que não me encontro nos primeiros estágios de demência precoce.

– Seu pai certamente não teme um diagnóstico tão drástico como esse. Saiba que seu tio não me disse nada nesse sentido.

A senhorita S. tinha pele clara e cabelo louro, além de uma cútis de porcelana nada comum às pessoas de nossa raça. A pele delicada deixava transparecer sua disposição, e as bochechas e o pescoço ruborizaram-se, ganhando uma coloração rosada.

– O senhor sabe o que motivou meu pai a insistir nesta consulta?

– Seu tio levantou a hipótese de neurastenia.

– E na sua opinião eu pareço neurastênica?

Ela não tinha um aspecto esgotado; na verdade, irradiava energia. Apenas isso, porém, não descartava o diagnóstico do tio. Embora seja um dos principais sintomas do distúrbio, a fadiga nem sempre está presente. A agitação e a irritabilidade exibidas pela senhorita S. poderiam ser decorrentes de estados de depressão e ansiedade.

– O seu tio também me disse que você sofre de dores no estômago – falei, numa voz tranquila.

– Ele falou que essas dores são dispépticas e recorrentes?

– Vejo que a senhorita é bem versada na terminologia.

O desembaraço de Nina não me surpreendeu. A familiaridade com o jargão médico é característica de certo tipo de paciente hipocondríaco.

– Assim espero. Estou me preparando para entrar na faculdade de medicina no ano que vem.

– Está? Eu não sabia.

– Sim, estou, apesar de meu pai e meu tio não serem favoráveis à presença de mulheres na profissão.

Desde 1895, quando o estatuto ministerial passou a permitir que mulheres ingressassem na faculdade de medicina em Budapeste, houve um grande influxo de estudantes do sexo feminino, embora eu mesmo ainda não tenha me deparado com elas nas minhas aulas de neurologia e psiquiatria. Por mais que não confessasse à minha paciente, sou obrigado a admitir minha reticência quanto à presença de moças estudantes em minha profissão. Existem áreas – tais como os campos de higiene, pediatria e até mesmo obstetrícia – bastante apropriadas à mente e à sensibilidade feminina. As mulheres são naturalmente predispostas a cuidar da família, dos filhos e dos meios reprodutivos, e muitas são capazes de desempenhar tais funções de forma competente e talvez até mais sensível do que os homens. Entretanto, tenho minhas preocupações quando se trata de expor essas jovens de classe e discernimento aos rigores e à dura realidade física da medicina moderna. Muitas das partes corriqueiras e necessárias ao treinamento de um aspirante a médico seriam ofensivas e perturbadoras para tais moças. Acredito que posso ser perdoado por me rebelar contra a imagem de meninas como a senhorita S. ou minhas próprias filhas – oriundas de lares judaicos conservadores e respeitáveis – examinando pápulas pustulentas de pacientes com sífilis em estágio secundário.

Eu era obrigado a concordar com a antipatia do Sr. S. quanto à escolha profissional da filha e sentia-me aliviado por minhas meninas não demonstrarem inclinações da mesma natureza. Na realidade, naquela mesma manhã, minha mulher e eu tínhamos decidido aceitar, em nome de nossa filha mais velha, Erzsébet, o casamento sugerido por uma parente de idade que ganhava a vida promovendo tais arranjos. O rapaz em questão era, por sinal, estudante de medicina, e, enquanto eu refletia sobre as ambições da senhorita S., me distraí por um momento com a grotesca possibilidade de Erzsébet encontrar seu pretendente pela primeira vez não na sala de estar de sua mãe, e sim no auditório de autópsia, as mãos dos dois imersas nas vísceras de um cadáver.

Optei, porém, por não me indispor com minha jovem paciente, permitindo que percebesse minhas dúvidas sobre a adequação de suas aspirações.

– Você, como aprendiz de médica, concorda com o diagnóstico do seu tio sobre os seus sintomas?

– Não. A dor, embora recorrente, não é dispéptica. Também não sofro de úlceras abdominais. O que eu tenho não passa de cólica menstrual intensa – disse ela, fazendo uma pausa e chegando a ficar vermelha.

Pude ver que ela estava duplamente constrangida, tanto pelo tópico em si quanto por sua vergonha em discuti-lo, o que confirmava minhas ideias sobre mulheres elegantes e cultas na profissão médica. É absolutamente compreensível, até desejável, que uma moça fique corada ao se referir a tais assuntos, mas um médico não pode ter esse tipo de pudor.

A senhorita S. se apressou em explicar:

– É que o meu pai não entende que a maioria das mulheres apresenta esses sintomas. Não se trata de doença. É algo normal.

Mantendo um tom de voz prosaico, de modo a demonstrar que achava a nossa conversa totalmente decorosa – um analista, afinal de contas, deve versar sem indignação ou repulsa sobre todos os assuntos, inclusive sobre as perversões sexuais mais bizarras, e sem dúvida sobre algo tão corriqueiro quanto menstruação –, respondi a ela:

– Um pouco de cólica é normal, concordo. Porém, não é raro que dores intensas durante o período menstrual sejam de natureza histérica, e não física, exigindo, portanto, tratamento e análise. – Evitei, naquele momento, abordar a fonte mais provável de sua dor: masturbação excessiva e um consequente sentimento de vergonha. Chegaria o momento certo, quando já confiasse em mim, de conduzi-la a essa conclusão lógica. – A dor é muito forte? – continuei.

A senhorita S. não respondeu imediatamente, mas depois disse, com má vontade:

– Muito, muito forte.

– Você não gostaria que fosse mais fraca?

– Claro.

– Bem, então talvez eu possa ajudá-la. Sugiro que nos encontremos algumas vezes para explorar essa sua dor, para investigar se ela pode ter origem em algum trauma psíquico, em vez de físico, por exemplo. Se conseguirmos amenizá-la, será ótimo. Caso contrário, o que mais teremos perdido além de umas poucas horas de nosso tempo na companhia um do outro, o que certamente não é desagradável?

Ela franziu a testa.

– Mas eu não serei hipnotizada.

– Por que não?

– Porque eu não quero.

– Certo. Não preciso hipnotizá-la, mas devo dizer que está eliminando uma das ferramentas mais poderosas do analista. Talvez mude de ideia.

– Não vou mudar.

– Existem muitas outras formas para alcançar o nosso objetivo de aliviar suas dores. Conversas, investigação, massagem...

– Massagem?

– O Dr. Sigmund Freud obteve resultados assombrosos utilizando massagens suaves no tratamento de histeria. Isso é algo que podemos explorar. Se você quiser, evidentemente.

Ela permaneceu em silêncio por alguns instantes, ponderando, imaginei, o aborrecimento mensal causado por sua dor vis-à-vis a humilhação de ceder à insistência do pai quanto ao tratamento.

Finalmente, disse:

– Dr. Zobel, eu queria pedir uma coisa apenas.

– O que é, minha cara?

– Eu queria que se o senhor chegasse à conclusão de que não há tratamento psíquico para os meus sintomas e que eles são puramente físicos e normais, em suma, se me achar uma pessoa sã, que diga isso ao meu pai.

– É claro. Como seu médico, é minha obrigação informar o seu pai sobre o meu diagnóstico. Eu não faria nada diferente.

– Ótimo.

– Você disse acreditar que o seu pai tem receio de que você sofra de demência precoce. Por que acha que ele levantou essa hipótese?

– O meu pai é um grande leitor.

– Ah, é? Então ele possui esse traço em comum com o irmão. Seu tio e eu costumávamos compartilhar livros.

– Recentemente, ele ganhou um livro de um sujeito chamado Alexander Pilcz.

– Certo, o Pilcz. Ele é membro do departamento de psiquiatria da Universidade de Viena, onde seu tio e eu estudamos.

– Você o conhece?

– Eu conheço o trabalho dele.

Alguns anos antes, Pilcz publicara um estudo de psiquiatria comparativa que à época foi considerado um dos trabalhos de referência naquele campo. Eu, particularmente, não achei muito úteis seus inúmeros gráficos e tabelas sobre a predisposição de diferentes raças a certos transtornos psiquiátricos. Talvez isso se deva ao meu desconforto, como membro da raça israelita, em relação a suas conclusões. Afinal, não é lá muito agradável ouvir que, por conta da raça, alguém é mais suscetível à loucura ou ao atraso mental. Em 1906, quando o trabalho de Pilcz foi publicado, rascunhei uma carta para a *Revista da Faculdade de Medicina de Viena*, questionando as conclusões do médico sobre a predisposição judaica a psicoses hereditárias e degenerativas e, especialmente, à imbecilidade juvenil. No entanto, logo depois de consultar minha esposa, achei que não era uma boa ideia mandar a carta (que, como ela disse, parecia mais inflamada do que analítica). Os campos da psiquiatria e da psicanálise já estão povoados de discórdia e discussão, e ao longo dos anos me dei conta de que é melhor fazer o possível para evitar se indispor com os colegas. Ouso dizer que isso é particularmente importante para um médico da raça israelita, uma vez que nossos colegas gentios às vezes vão logo nos acusando de competição desleal. Seja como for, o antissemitismo inofensivo na obra de Pilcz parece extremamente pitoresco hoje em dia, e se eu fosse me preocupar em escrever cartas rebatendo todos que manchassem a reputação da minha religião, não teria tempo para comer nem dormir, quanto mais para trabalhar.

– O livro do Pilcz convenceu papai de que eu, como tantas outras judias, estou fadada a cair doente, com demência precoce, e passar o resto da vida num hospício, em meio a camisas de força, gritando obscenidades e arrancando meus cílios.

Eu ri diante do exagero daquela imagem, e ela me agraciou com um acanhado sorriso. Encantei-me ao ver a senhorita S. adotando para si minha atitude brincalhona. Sem se dar conta, a moça estava gostando da nossa conversa. Embora a modéstia geralmente me impeça de dizer isso, eu seria relapso se não alertasse o leitor sobre a minha facilidade com esse tipo de paciente. Mulheres jovens vicejam aos meus cuidados porque me sinto à vontade com elas. Por ser pai de meninas, possuo uma afinidade natural com as representantes do gênero mais dócil, e a recíproca é verdadeira.

– O senhor quer saber as evidências que ele tem?

– Quero.

Ela começou a enumerá-las usando os dedos.

– Número um: eu insisto em estudar medicina, sinal infalível de insanidade latente, não acha? Número dois, e isso aos olhos dele é uma ofensa ainda maior, minha recusa em cogitar o casamento com o rapaz que ele e minha mãe escolheram para mim quando eu ainda usava fraldas.

– Você está prometida a alguém? – interrompi.

– Não, não é que esteja prometida, mas mamãe e uma de suas primas vêm tramando o casamento entre seus filhos desde que nós éramos bebês, e papai está, na verdade, ainda mais ansioso por essa união.

– Eu conheço o rapaz?

– Provavelmente. É Ignác E.

– Filho do barão Móric E.?

– Não. Ele é filho de Jenő e Berta E., de Nagyvárad. Primo distante do barão. Mas eles são bem abastados, como minha mãe jamais cansa de repetir pra mim. Eu devo continuar apresentando as evidências do meu pai para a minha demência ou minha recusa ao pedido de casamento de um membro da ilustre família E., independente de ser um ramo menor da família, de uma cidade mais distante, já o convenceu de que o meu pai está certo?

Eu entendia a frustração daquele pai quanto à recusa da filha em consentir com o casamento. O futuro noivo de minha Erzsébet – embora fosse um bom rapaz, de família com reputação ilibada dentro da comunidade – estava longe de ser tão ilustre quanto o marido potencial de Nina. Ainda assim, caso Erzsébet resolvesse implicar com ele, eu ficaria bastante contrariado. De todo modo, demência precoce? Improvável.

– Prefiro não entrar no mérito da adequação do jovem E. Por favor, prossiga.

– A terceira evidência de minha suposta insanidade é que me recuso a apertar meus espartilhos com tanta a força a ponto de meus olhos saltarem pela cabeça, como fazem as outras moças da minha idade. A quarta prova é que gasto minha mesada na assinatura da revista *A mulher e a sociedade*. A quinta, que não apenas assisti a uma palestra da Sra. Rózsa Schwimmer como também sugeri a meu pai que considerasse entrar para a Liga Masculina pelo Sufrágio Feminino...

Ao ouvir isso, não pude conter uma risada alta. Ver o pomposo e conservador Marcus S. – vice-presidente da Congregação Israelita de Peste, homem sempre vestido de sobrecasaca preta, jamais xadrez, e que preferiria usar uma bota na cabeça a trocar sua cartola por um elegante chapéu-coco – defendendo junto ao rei o direito de voto às mulheres da Áustria e da Hungria era, talvez, a ideia mais divertida que eu tinha ouvido nos últimos meses.

– E, por fim – continuou a senhorita S., recebendo minha risada com a sobrancelha erguida –, a sexta evidência é que fiz amizade com Gizella Weisz, que, além de feminista e discípula de Rózsa Schwimmer, é também anã.

– Anã?

– É, anã. E qual é o problema? Metade dos amigos do meu pai é de imbecis diplomados, então por que ele deveria considerar minha amizade com uma anã como sinal evidente de insanidade?

– Você está sendo um pouco dura com o círculo social de seus pais, não acha? Embora não sejamos amigos, tenho grande estima por seu pai. Talvez eu seja também um imbecil?

– Talvez sim, doutor Zobel. Infelizmente, ainda não o conheço tão bem para dizer.

O relógio do corredor soou.

– E eu, infelizmente, devo dizer que o nosso horário chegou ao fim. Mas podemos continuar a conversa amanhã, tudo bem? Que tal às dez horas?

Ela ficou de pé, num salto.

– Certo. Podemos nos encontrar de novo, mas pela manhã tenho hora marcada com o meu professor para me preparar para o *matura*, então precisaria ser à tarde.

Eu me lembrava muito bem da tensão que senti durante meus exames finais do ginásio. Nada mais, nada menos que três alunos da minha sala tentaram suicídio nos dias imediatamente anteriores. Considerando que ela estava no meio desse preparo árduo, a senhorita S. me parecia incrivelmente controlada. Ainda que eu soubesse que a neurose era um excelente disfarce, fui levado a pensar que a garota, embora uma provável neurastênica, era tão sã quanto eu.

– Claro. Precisarei ajustar minha agenda, mas eu lhe aviso logo cedo.

Embora minhas pacientes da tarde, todas elas dondocas, não fossem reclamar muito se eu bagunçasse seus horários, era melhor evitar dizer que a mudança se devia a uma jovem estudante em preparação para seus exames finais. Isso elas talvez não tolerassem de bom grado.

A senhorita S. estendeu a mão, e eu a beijei.

– Obrigada, *Herr* Dr. Zobel. A experiência não foi tão horrível quanto eu imaginava.

– Minha cara Nina... – Esperei um pouco para avaliar se ela ficaria ofendida com o uso informal de seu primeiro nome. Como não pareceu ultrajada, segui em frente. – Se o máximo que conseguirmos fazer for minimizar essas expectativas ruins, já vou considerar válido o tempo que passarmos juntos.

# 33

Nina apareceu em nossa segunda sessão vestida como se fosse para um evento social. Em contraste com o traje sem graça que havia usado no dia anterior, ela estava bonita e tinha inclusive adotado o espartilho apertado que alegara achar tão repugnante. Eu sou filho de um comerciante de tecidos e neto de um modesto alfaiate – herança bastante comum para um médico judeu de vida confortável nesses dias tranquilos de assimilação israelita à sociedade magiar –, portanto, conheço bem as roupas femininas, e a indumentária de Nina custava pelo menos quinhentos kronen. Sua figura esguia ganhava destaque graças à blusa branca de crepe de seda com plissado acordeão e havia um toque divertido de lantejoulas penduradas ao espartilho de sutache dourado e de trançado preto, ao estilo aliança de casamento, que apertava sua cintura. Não pude deixar de pensar em minhas queridas Erzsébet e Lili, amarrando-se desesperadamente em seus espartilhos, prendendo os malditos com tanta força que eu temia uma constrição permanente de seus intestinos. Além disso, dificilmente conseguiriam uma cintura tão fina quanto a de Nina; já seria difícil chegar ao dobro da medida. Não era apenas por isso que eu esperava que Erzsébet e Lili não vissem minha jovem paciente passando pelo apartamento para chegar ao consultório. Minhas filhas estavam, havia algumas semanas, envolvidas numa campanha desenfreada por uma touquinha decorada com penas da Numídia, e eu, seu oponente cruel e desalmado nessa batalha, me recusei a assentir com qualquer coisa além de penachos de urubu. O chapéu de Nina, um gorro adorável e audaciosamente pequeno, feito de tafetá de seda azul-celeste, tinha como enfeite uma quantidade ostensiva de penas da Numídia. Caso minhas filhas o vissem, receio que ganhariam força e energia para mais alguns meses de guerra.

Infelizmente, o humor de Nina não acompanhava a alegria de seus trajes. Ela estava, na verdade, mais melancólica e mal-humorada do que no início de nossa conversa no dia anterior, e eu temia que todo o meu trabalho para conquistar sua simpatia tivesse ido por água abaixo.

– Tem alguma coisa perturbando você – comentei assim que ela se sentou na cadeira, rejeitando de novo o divã. – Está arrependida da decisão de prosseguir com os nossos encontros?

– Não. – Ela abriu sua bolsinha de seda decorada por contas azul-celeste e pegou um estojo de prata, de onde, para meu espanto, tirou uma cigarrilha. Pôs a cigarrilha num suporte de marfim e colocou-a entre os belos lábios. Inclinando-se à frente, perguntou: – Você tem fósforo?

– Nina! – exclamei. – Você certamente não fuma.

Ela não era, é claro, a primeira dama que eu via fumando, embora não acreditasse que mulheres com esse hábito merecessem o honorífico.

Envergonhada, ela devolveu a cigarrilha ao estojo.

– Há muitas mulheres que fumam.

– Muitas? É mesmo?

– Algumas.

– Trata-se de um novo modismo nos circuitos feministas?

– Não é nada novo. E, seja como for, doutor, não é como se eu estivesse em público, no meio da rua ou dentro de um café. Ninguém está vendo.

– E você frequenta cafés, Nina?

Minhas dúvidas quanto ao pai dela estavam desaparecendo rapidamente. O que tinha parecido uma reação excessiva a pequenas rebeliões normais de uma moça começou a se delinear como uma avaliação sensata sobre seu estado de espírito. Fumar! Ainda por cima em cafés!

– É evidente que não costumo frequentar o café Lloyd, mas estive lá hoje, tentando engolir uma torta *dobos* detestável.

O desdém pelo estabelecimento escorria de seus lábios como a calda de chocolate que cobre a sobremesa.

– Você não gosta desse café?

– É que ele é tão previsível. Um advogado no Lloyd... É quase tão original quanto um escultor no Japão.

– Onde você preferia ter ido?

Ela hesitou e depois riu de si mesma.

– Ao café Japão, com os artistas e escritores. Ou ao Nova York!

– Mas, em vez disso, você foi ao Lloyd. Com quem?

– Passei a tarde na companhia do Sr. Ignác E., com minha mãe a tiracolo, é claro, porque ela jamais me deixaria sair sozinha com um homem para comer uma fatia de torta. Quem sabe o que poderia acontecer?

– Eu pensei que o Sr. E. morasse em Nagyvárad.

– Os pais dele são de Nagyvárad, mas já moram em Budapeste há algum tempo. Provavelmente para aproveitar o parentesco com o barão.

– Essa não parece ser uma suposição muito generosa de sua parte. Com certeza existem outros motivos para alguém permanecer na capital.

– Imagino que sim – disse ela, cruzando e descruzando os belos tornozelos no sapato de verniz com tiras. Eu jamais autorizaria que minhas filhas usassem um salto tão alto.

– Você não quer se deitar no divã? É bem confortável. Minha querida esposa foi quem bordou a fronha do travesseiro, e o tapete turco é muito macio.

– Não – respondeu Nina, parecendo um pouco mais em dúvida do que na última vez em que recusara minha oferta.

– Então, você se encontrou com o Sr. E. para comerem uma fatia de torta. Foi divertido?

– Nem um pouco.

– Então por que você foi?

– Porque o meu pai disse que não permitiria que eu fizesse as minhas provas se não fosse ao encontro.

Para fins deste caso clínico, farei o meu melhor no intuito de narrar o encontro de Nina com o jovem E., conforme ela me contou, e pedirei ao leitor que me perdoe eventuais floreios. Tudo se baseia no que sei sobre as pessoas envolvidas, o local do encontro e a história das famílias. Quaisquer indulgências que me permito estão destinadas apenas a acentuar o mérito literário deste caso clínico, o qual, para ser útil, precisa fornecer mais do que uma transcrição mecânica da fala de minha paciente. Entendo aqueles analistas que discordam, insistindo que o único propósito de um caso clínico é anotar as palavras do analisando, como um estenógrafo faria, mas eu sou da escola que enxerga a verdade como o objetivo de nosso projeto comum, e, embora pareça fazer pouco sentido, a verdade às vezes exige licença na apresentação dos fatos.

O convite para encontrar o Sr. Ignác E. para um café com torta no Lloyd não foi direcionado à senhorita Nina, e sim à sua mãe, ficando subentendido que a jovem estaria presente. Aquele não era o primeiro encontro proposto pelo rapaz, mas era o primeiro com o qual Nina concordava, e apenas porque seu pai impusera isso como condição para que ela fizesse o *matura* e as provas para ingresso na faculdade de medicina. Ela vinha se preparando havia mais de seis meses; na verdade, ao longo dos três anos em que esteve matriculada no prestigioso ginásio feminino de Veres Pálné, da Associação de Treinamento de Mulheres Húngaras.

No decorrer dos anos, Nina havia passado muitas horas na companhia massacrante (em suas palavras) do jovem senhor E., mas apenas em festas de família, jantares e bailes, ocasiões em que o propósito não era exclusivamente a interação social entre eles dois. Num baile, Nina conseguia escapar do pretendente. Mesmo num jantar, ela podia virar o rosto e dirigir-se ao cavalheiro à esquerda, sem ser considerada rude demais. Porém, com os joelhos quase encostando debaixo da mesinha redonda de mármore do café, as bordas de seus pires coladas e os pedacinhos das tortas de avelã quase se misturando nos pratos, Nina não teve escolha: precisou conversar e olhar nos olhos do rapaz que considerava seu castigo, e não seu pretendente.

O pobre coitado enxergava o encontro como uma oportunidade para cortejar a moça, o que deixou claro ao presenteá-la com um delicado arranjo de violetas, parecido, creio eu, com o que pedi à minha mulher que preparasse para pôr na mesinha ao lado do divã no meu consultório. As violetas, ao que parece, são as flores primaveris preferidas tanto de quem faz a corte quanto de quem trata a psique. Para a mãe de Nina, Ignác ofereceu uma quantidade vistosa de tulipas vermelhas e narcisos amarelos.

– Permita-me beijar sua mão – disse o rapaz, baixando os lábios para tocar os dedos de Nina, finos e cobertos por luvas de pelica.

– É bom vê-lo, primo. Como vão meus tios?

– Ah, Nina... – interrompeu sua mãe. – Nossas famílias não são tão próximas assim. A Berta é minha prima de segundo grau, e não sua tia, o que faz de Ignác seu primo em terceiro grau, não é mesmo? A relação é muito distante. – A senhora S. se sentou, tirou um bordado de dentro de sua bolsinha volumosa e começou a passar a agulha pelo tecido. – Agora, crianças, não me distraiam. Estou trabalhando numa parte especialmente complexa desse presente de Natal para o seu pai. Conversem baixo e, quando o garçom vier, peçam para mim uma xícara de café com bastante creme e um *zserbó*.

– A gente não está no café Gerbaud, mamãe. Eles não vão ter *zserbó*.

– Eles têm algo parecido – disse Ignác, fazendo sinal para o garçom. Fez o pedido da senhora S. e virou-se para Nina. – E para você, Nina? Recomendo a torta *dobos*. Eu me lembro de que é a sua preferida.

– Não, obrigada. Só vou querer um café, sem creme.

– Não seja boba, Nina – interveio sua mãe, sem tirar os olhos do bordado. – Você adora torta *dobos*.

– Estou sem fome.

– Vocês, garotas, e seus modismos. – Ela se inclinou na direção de Ignác, sugerindo cumplicidade. – Talvez você possa me explicar, querido Ignác, por que as moças de hoje em dia são tão obcecadas com a aparência? Elas são contra comer açúcar, já ouviu falar? A Nina nem acompanha mais a mim e ao pai dela à noite para uma bebida adocicada e um bolo. Patético, não acha?

– Mamãe, pensei que você estivesse muito ocupada com o seu bordado.

O garçom demonstrou impaciência, e Nina fechou o cardápio.

– Tudo bem. Uma torta *dobos*.

– Também quero uma – disse Ignác.

Assim que o garçom foi embora e a senhora S. voltou a se concentrar no bordado – que demandava, ao que parecia, muito menos de sua atenção do que ela havia dito –, Ignác presenteou Nina com um embrulho amarrado em papel transparente e preso por um pedaço de barbante.

– Não precisava trazer nenhum presente pra mim.

– Mas eu sei o quanto você gosta de poesia, e isso é o que há de mais novo, de acordo com o vendedor da Kellner.

Nina abriu o pacote. Dentro havia um livro enorme, com encadernação em couro escuro.

– O *Inferno*?

– Dante! – respondeu Ignác, contente por ela ter reconhecido a obra e feliz com a escolha que fizera.

– Você está me dando um exemplar do *Inferno* de Dante?

– Traduzido por Mihály Babits. Ele é muito bom.

– Você já leu bastante coisa do Babits? – perguntou Nina, com toda a inocência. – Talvez já tenha lido os poemas e as histórias dele na *Nyugat*...

– É... Sim, claro.

– Hum... – Nina passou os olhos pelo elegante salão. – E aqui, no café Lloyd, as pessoas leem a *Nyugat*?

A maioria dos homens aglomerados nas mesas do salão revestido de painéis escuros tinha um jornal ou periódico aberto à frente enquanto outras dezenas de publicações estendiam-se sobre suportes de jornal em madeira, como toalhas numa casa de banhos. Grande parte era composta por jornais diários, variando de conservadores a radicalmente conservadores, embora Nina tenha avistado a capa azul e amarela característica da *Budapesti Szemle*, a mais antiga e prestigiosa revista literária. Alguns homens pareciam estar audaciosamente imersos no *A Hét*. Não se encontrava por ali, entretanto, a sofisticada e cosmopolita *Nyugat*, com seu epônimo foco literário voltado para o Ocidente. Não era possível vê-la nas mesas dos poderosos do mundo financeiro e jurídico de Budapeste enquanto satisfaziam seu vício por doces e por cafeína no salão lotado do café Lloyd.

– Tem mais alguma poesia de que você gosta? – perguntou Ignác.

Nina tirou da bolsa um pequeno volume.

– Você já leu alguma coisa da Charlotte Perkins Gilman?

– Ainda não tive esse prazer.

– Ela é americana. Esse é o primeiro livro de poesia dela traduzido pro húngaro.

Ele aceitou, com certa hesitação, o exemplar oferecido.

– O melhor livro dela é um romance chamado *O papel de parede amarelo*. Você lê em inglês?

– Não muito bem.

– Bom, imagino que tenha sido traduzido para o alemão.

Nina tinha certeza de que sim, porque, apesar da insinuação, lia muito mal em inglês e fora forçada a explorar o mundo aterrorizante de Gilman por meio de uma tradução.

– Então pode ser que eu leia – considerou Ignác.

– Você devia ler. É sobre uma mulher que fica louca por causa das restrições impostas pelo marido.

Nesse momento da narrativa, Nina virou-se para mim e disse:

– E você, Dr. Zobel, leu o livro de Gilman?

– *O papel de parede amarelo*? Não posso dizer que tive esse prazer.

– Mas devia ler. Pode lhe dar alguma ideia sobre o que acontece a uma mulher quando é forçada a um "repouso" involuntário em vez de permitirem que siga sua paixão pelo trabalho.

Acredito que o encontro entre Nina e Ignác prosseguiu sem muito progresso. No final, Nina havia caído no estado em que chegou ao meu consultório, embora reconhecesse que o Sr. E. não deve ter notado sua agitação. Ele sugeriu que Nina e a senhora S. acompanhassem ele e a mãe à opereta na noite de sábado, para assistir à peça *Mulher perfeita*, com a participação dos proeminentes artistas de vaudeville Fedák Zsuzsa e Király Ernő. Antes que Nina pudesse insistir em sua falta de interesse pelo tango e por óperas sobre tango, sua mãe aceitou o convite.

Sentada na ponta da cadeira em meu consultório, Nina tirou as luvas de pelica e colocou-as ao seu lado. Pôs as mãos na cintura e, soltando um gemido suave, pressionou o espartilho. Reconheci o gesto de minha própria esposa e de minhas filhas, que muitas vezes não esperavam nem um segundo depois que as visitas iam embora para fuxicar as barbatanas, tentando aliviar a dor causada pela vestimenta.

– Por favor, Nina, deite-se. Você vai se sentir muito mais confortável – propus.

– Ah, está bem! – disse ela, como se na última meia hora eu não tivesse feito nada além de perturbá-la para pôr os pés para cima.

Ela se esticou no divã, cruzou os tornozelos e, alcançando a nuca com a mão, chegou a abrir os botões mais altos de sua camisa.

– Melhor assim? – perguntei.

– Sim, melhor – admitiu Nina, meio a contragosto.

– Diga-me, minha cara. O que te perturba tanto quando se trata de Ignác E.? Ele a faz lembrar alguém ou alguma coisa?

– Ele só me faz lembrar o quanto é uma pessoa enfadonha.

– Eu fico me perguntando se não existe alguém ou alguma coisa nos recônditos de sua mente, alguma experiência ou pessoa que o pobre do senhor E. a faz lembrar. Você continua inflexível em sua recusa à hipnose?

– Continuo.

– Então talvez possamos tentar uma técnica analítica alternativa. Eu direi uma palavra e você simplesmente falará a primeira coisa que vier à sua mente. Está pronta?

Em vez de responder, ela suspirou.

– Sim – falei.

– Sim, podemos tentar.

– Não. Quero dizer que a palavra é "sim".

– "Sim"?

– Isso. Ou seja, sua resposta é "sim" para a palavra "sim"?

– Não. Minha resposta para a palavra "sim" é "não".

– Tudo bem. A próxima palavra é "não".

– Sim.

– Feliz.

– Triste.

– Mãe.

– Pai.

– Pai.

– Furioso. – Ela hesitou. – Ai, meu Deus.

– Não se preocupe. É apenas um exercício. Não existe resposta errada. Vamos em frente. Bolsa de valores.

– Pai.

Ela parecia aliviada por conta da natureza inofensiva da resposta.

– Amor.

– Patético.

– Essa é a sua resposta?

– É.

– Continuemos. Casamento.

– Recibo.

– Nina, o objetivo não é chocar nem tentar me convencer de qualquer coisa. Basta dizer a primeira coisa que lhe vem à mente.

– Eu estou dizendo a primeira coisa que me vem à mente. Como poderia ser diferente? Acabo de passar a tarde com um comprador que só faltou levantar meus lábios pra examinar o estado dos meus dentes. Estou sendo vendida como se fosse uma égua reprodutora, *Herr* Dr. Zobel. Leiloada pra quem der o maior lance.

– Ignác E. não é tão rico assim, é?

– Ah, certo. Estou sendo vendida, mas nem mesmo para quem der o maior lance. Sou mais barata, embora, é claro, meu pai não pense assim, levando em conta o quanto ele reclama sobre o valor do meu dote. Não é absurdo, Dr. Zobel? Meu pai insiste em que eu case e ao mesmo tempo reclama, dizendo que o meu dote vai levá-lo à falência.

– Por que você acha que o seu pai quer tanto que você se case com o Sr. E.?

– Porque o pai de Ignác é diretor de uma instituição bancária de tamanho parecido com a empresa do meu pai, e, se unirem forças, eles poderão competir com empresas maiores. Meu pai não tem dinheiro para comprar a empresa E., mas ele e Jenő E. não apenas são casados com duas primas como também possuem filhos de sexos opostos em idade para casar.

– Talvez os motivos que você atribui a seu pai sejam excessivamente venais. Pode ser que ele apenas ache que, como as duas famílias têm muita coisa em comum, levando em conta os laços familiares próximos, o casamento tem tudo para ser bem-sucedido.

Logo que terminei de falar, percebi que estava sendo desonesto ao não reconhecer a avaliação precisa de Nina sobre os motivos do pai. É claro que o homem precisa considerar as implicações financeiras na escolha do marido para a filha. Seria irresponsável não agir assim.

– Olha que fui generosa com o meu pai, hein? As motivações verdadeiras dele são ainda mais venais do que falei. Por mais que nunca vá admitir, o que ele quer, mais do que qualquer outra coisa, é ter alguma conexão familiar com o barão Móric E.

– Seu pai com certeza sabe que o barão é agora um bom cristão magiar e pouco se dá com os membros judeus de sua família.

– Nunca subestime o meu pai, Dr. Zobel. É possível que ele tenha planos de que Ignác e eu façamos a conversão só para retomar as relações com o ramo nobre da família. Ele inclusive já falou em mudar nossos nomes.

O sobrenome S., como muitos sobrenomes de nosso povo, revela a religião na primeira sílaba galiciana. Com o meu sobrenome de origem germânica – embora minha família também venha da Galícia –, acontece o mesmo. Até na época mais igualitária, antes da Primeira Guerra Mundial, quando a discriminação dos tempos atuais, muito mais sombrios, era quase impensável, havia algumas profissões em nossa grandiosa nação magiar nas quais era difícil progredir tendo um sobrenome como Zobel ou S. Caso não me dedicasse a uma profissão que exibe um percentual tão alto (mais de 40%!) de praticantes de origem israelita, eu talvez tivesse sucumbido à tentação de alterar meu sobrenome.

Se nós, membros da tribo de Moisés, desejamos ser vistos com igualdade absoluta, não devemos nos diferenciar em nada dos outros súditos da Coroa de Santo Estevão. Detalhes como vestimenta e idioma podem parecer triviais, mas são capazes de nos isolar das comunidades ao nosso redor. Basta pensar, por exemplo, no grupo de judeus da Galícia do qual descendem muitos de nós. Embora não possamos negar que existe antissemitismo na Hungria – principalmente na esteira dos expurgos de judeus e da recém-aprovada *numerus clausus*, restringindo a 5% o índice de judeus matriculados em universidades –, ainda há uma longa distância em relação aos pogroms experimentados no passado pelos nossos ancestrais ou hoje em dia pelos nossos primos do Leste Europeu. Essa diferença existe porque a maioria de nós mudou a forma de se vestir, de conversar, enfim, muitos aspectos de nosso estilo de vida, com o intuito de se adequar a essa sociedade que nos recebeu tão bem. Antissemitas e liberais húngaros reclamam com frequência que Budapeste está infestada de judeus, que a imprensa e a bolsa de valores estão sob nosso controle, que a literatura húngara está sendo "judaicizada". Apesar disso, e mesmo diante do clima atual, estamos seguros na Hungria, em grande parte devido à nossa assimilação.

– Muitas famílias judias mudaram seus sobrenomes recentemente – falei a Nina. – Nem todas fizeram isso como prelúdio à conversão. Na verdade, muitos judeus respeitáveis acreditam que a conversão pode se adequar às suas vidas e ambições.

Minha própria irmã Sarolta foi batizada na Igreja Católica há pouco tempo, por insistência de seus filhos, mas os motivos de abandonarem a fé de nossos patriarcas são os mais questionáveis. Meus sobrinhos são um bando de arrivistas sociais extremamente repugnantes.

– Dr. Zobel, o senhor lê *A mulher e a sociedade*?

– Aquela revista feminista? Já li com atenção algumas vezes. Minha irmã mais velha assina. Você ia gostar da Jolán, Nina. Ela trabalha. É professora de matemática. Você ia achá-la interessante.

Diferente de minha irmã mais nova, Sarolta, que se casou antes de completar 18 anos, Jolán nunca chamou a atenção de homem nenhum ou pelo menos de homem nenhum com quem estivesse disposta a se casar.

– Para o homem é diferente – dizia ela quando eu a censurava pelo que acreditava ser uma seletividade extrema. – Se vocês escolhem mal, o pior que pode acontecer é passarem uma hora ou duas por dia encarando, à mesa de jantar, a decisão ruim que tomaram. Já uma mulher que comete esse erro é obrigada a passar o resto da vida esfregando os borrões das roupas de baixo de um sujeito detestável.

– Pelo amor de Deus, Jolán! – gritava nossa mãe. – Que boca. Que boca mais suja!

– Sem mencionar que dificilmente você terá de esfregar os borrões das roupas de baixo de alguém – completava eu. – Com certeza contará com uma lavadeira.

– Estou falando metaforicamente, mas nem literalmente nem metaforicamente eu esfregaria as roupas íntimas de alguém que não amo.

Embora seja muito inteligente e espirituosa, Jolán possui uma língua ferina e nunca precisou aceitar as investidas de nenhum pretendente, quanto mais verificar o estado de suas roupas de baixo. Em vez disso, ela resolveu seguir a carreira de matemática, por mais que, sendo mulher, suas oportunidades fossem limitadas. Como nenhuma faculdade húngara a aceitou, ela foi estudar no Instituto de Matemática de Erlangen, na Alemanha, com uma matemática chamada Emmy Noether. Por fim, frustrado o seu desejo de completar o doutorado por conta dos limites impostos pelo instituto para a quantidade de alunas do sexo feminino, Jolán voltou para Budapeste e começou a dar aulas de matemática numa escola particular, só para mulheres.

– Eu adoraria conhecer a sua irmã – disse Nina. – Além das minhas professoras no ginásio, não conheço muitas mulheres que trabalham. Só aquelas que conheci por intermédio dos encontros da Associação Feminista.

– Posso apresentá-las. Talvez consigamos reacender sua paixão pela torta *dobos*, já que estará em companhia mais agradável.

– Talvez, mas tenho a impressão de que não há salvação. Eu perguntei sobre a revista porque eles publicaram um artigo sobre casamento numa edição recente. Não dizia o nome da autora, apenas que era feminista. Ela escreveu sobre a hipocrisia de se usar a palavra "amor" para descrever o casamento contemporâneo. Ressaltou que num casamento não se trata de amor, mas de uma transação econômica. A família da noiva escolhe um pretendente de situação financeira adequada e, em seguida, paga-lhe para que leve a filha.

Sendo eu um pai prestes a embarcar nas negociações para o casamento de uma filha, recebi com certo desconforto essa descrição tão grosseira do processo. Felizmente, como analista, eu já dominava a arte de me comportar com neutralidade, e Nina não notou meu embaraço.

– Você sabe, Dr. Zobel, qual será o meu dote?

– Como eu poderia saber?

– É provável que seja muito parecido com o dote da sua filha.

– Sem dúvida envolverá uma quantia muito maior.

Um simples médico não pode, é claro, oferecer o mesmo que um ás da bolsa de valores.

– Cem mil coroas. Meu marido terá direito a cem mil coroas. Depois, espera-se que me dê uma mesada de três mil coroas.

O valor me deixou perplexo; era uma ordem de grandeza muito maior do que eu havia pensado em oferecer ao pretendente de Erzsébet. Fiquei em dúvida. Será que eu precisava reconsiderar? Estaria demonstrando inexperiência e avareza? O número que eu tinha cogitado não era suficiente?

– Além disso, ainda tem o meu enxoval – continuou Nina.

Em sua boca, a palavra pareceu obscena.

– Você sabia que além dos lençóis e das minhas roupas ainda arco com a mobília completa para um apartamento de quatro quartos? Todos os armários, todas as bacias, as cabeceiras de cama, os sofás estofados. Tudo.

Deus meu, pensei. Se quisesse proteger minha conta bancária, deveria torcer para que esse exagero fosse exclusivo à família de Nina, e não um reflexo das expectativas dos rapazes em geral.

– Cada aspecto do meu dote e do meu enxoval é considerado parte de uma transação, Dr. Zobel. Se eu morrer dentro de seis anos, sem ter tido filhos, minha família poderá recuperar a quantia integralmente. Se eu morrer depois de seis, mas antes de nove anos, ainda sem filhos, eles recebem de volta dois terços. E por aí vai.

– Minha querida, hoje em dia o dote não é mais tão formal e cheio de regras como antigamente. É muito mais uma forma que a família da noiva tem para ajudar o jovem casal a manter e equipar a casa, em vez de uma simples contabilidade.

– A autora do artigo diz que é uma farsa considerar esse tipo de negócio como qualquer coisa além de uma transação econômica. Um casamento verdadeiro só pode acontecer entre duas pessoas economicamente independentes. O casamento ideal é livre de interesses pecuniários e só tem a ver com amor verdadeiro.

– Esse ideal parece muito bonito no papel, mas, na prática, como uma mulher pode ser independente em termos financeiros? Isso não passa de fantasia.

– Quando eu tiver o meu diploma de medicina, conseguirei ganhar meu próprio sustento, com independência. E então vou poder escolher me casar com um homem que eu ame. Se eu me casar, será por amor. Nada de dinheiro. Amor!

Àquela altura, o rosto de Nina estava tão vermelho quanto as beterrabas que minha falecida mãe – que sua memória seja abençoada – preparava para o *borscht* aos domingos. O suor escorria de sua testa, e ela estava ofegante.

Era hora de acalmá-la.

– Vamos retomar nossa associação livre – propus. – A próxima palavra é "banana".

– "Banana"?

– É.

– "Banana"?

– É, Nina. "Banana."

– Amarelo.

– Trem.

– Viagem.

– Mala.

– Viagem.

– Monóculo.

– Dr. Zobel e seu olho errante. – Ela cobriu a boca com a mão. – Ai, Dr. Zobel, me desculpe.

– Não tem problema, minha cara. Você está se envolvendo no processo e é exatamente assim que deve ser.

Continuamos com a associação livre, mas, ainda que o recurso tenha ajudado a aliviar a agitação de Nina, não posso dizer que ela ou eu tenhamos tirado alguma conclusão a partir do procedimento. Durante a sessão, não surgiu nenhum ato falho, o que poderia levar a entendimentos novos e mais profundos tanto da parte do analista quanto do analisando. Portanto, estabeleci que, se quisesse fazer algum progresso com a paciente, teria de recorrer a outros métodos, inclusive à interpretação de sonhos. Enquanto ela reunia suas coisas e se preparava para deixar meu consultório, pedi que mantivesse um caderninho ao lado da cama, para anotar seus sonhos.

– Você deve anotá-los imediatamente, antes de se levantar da cama. Senão, irá esquecer tudo.

Nina parecia animada para explorar essa ferramenta analítica, e nós encerramos a sessão bastante curiosos sobre o que nos aguardava no encontro seguinte.

# • 34 •

No mês seguinte, Nina e eu continuamos o processo de análise, consumindo grande parte do tempo com discussões sobre um sonho recorrente. No sonho, que se repetiu quase todas as noites ao longo de três semanas, Nina corria pela estação ferroviária de Budapeste, chegando à plataforma exatamente no momento em que o trem partia sem ela. A princípio, ela não conseguia lembrar o destino do trem, mas ao ser pressionada falou que talvez fosse Viena. Juntos, discutimos a possibilidade de que o sonho simbolizasse sua preocupação em não perder uma oportunidade importante na vida. A faculdade de medicina, disse ela, prontamente, lembrando-me de que tanto seu tio quanto eu cursamos a faculdade em Viena. Eu expliquei a ela que a interpretação mais óbvia nem sempre é a mais correta na análise dos sonhos, e às vezes acontece de ser precisamente o oposto do que parece óbvio. Sabe-se que viagens de trem, em especial aquelas que passam por túneis, simbolizam o ato sexual. Na minha opinião, o sonho de Nina revelava não um medo de perder uma oportunidade profissional, e sim a chance de ter uma vida sexual normal, envolvendo casamento e filhos. Ela resistiu a essa interpretação, embora tenhamos discutido o assunto por vários dias. Ela inclusive levou a uma das sessões um exemplar de *A interpretação dos sonhos*, do Dr. Sigmund Freud, um livro com o qual tenho muita familiaridade, é claro, uma vez que venho trabalhando há anos na tradução dessa obra seminal para o húngaro. Aceitei essa missão a pedido do Dr. Sándor Ferenczi, que supervisionaria o trabalho. A ideia era comemorar a formação da Sociedade Psicanalítica Húngara. A tarefa mostrou-se mais lenta do que meu mestre e eu prevíamos, mas espero terminá-la num futuro não muito distante.

Nina me mostrou uma passagem que tinha sublinhado.

– O Dr. Freud escreve que empreender uma viagem é um dos símbolos mais genuínos da morte. Então, perder o trem pode significar simplesmente que o meu cérebro está querendo me tranquilizar, garantindo que não vou morrer.

– Até concordo que sonhos assim, em que a pessoa perde o trem, por exemplo, podem trazer consolo quanto ao medo da morte, mas não estou muito certo de que seja esse o seu caso. Você pensa muito sobre a morte, Nina?

– Não, nunca. E alguma garota de 19 anos que não esteja doente ou no exército pensa em morte?

– Algumas, sim. Existem, inclusive, crianças que temem a morte.

– É claro que eu temo a morte, e quem não teme? Mas não me preocupo com ela. É diferente.

– É verdade – concordei, e mais uma vez imaginei se havia mesmo algo errado com a minha paciente, tirando o relacionamento difícil com o pai.

Dias depois, no entanto, senti alívio ao confirmar a importância do nosso tratamento quando lhe chegaram novamente as regras menstruais, levando-a a sofrer de cólicas muito mais dolorosas que o habitual. Pude minimizar um pouco sua dor, por meio de massagens abdominais suaves e compressas de água quente, ao mesmo tempo em que sugeri que as dores eram psicogênicas. O relativo êxito dessa terapia contribuiu para a minha intuição de que a origem das dores se encontra em um trauma contíguo; assim, naquela sessão e nas seguintes, incentivei Nina a vasculhar a memória em busca do episódio desencadeador.

Ela recordou a chegada da primeira menstruação com uma enorme riqueza de detalhes, e, por mais que inicialmente eu nutrisse esperanças de localizar o trauma nessa primeira experiência, ela parece ter decorrido sem maiores problemas. A mãe tinha preparado a filha para aquele momento com franqueza e tato admiráveis, e Nina não se lembra de ter ficado ansiosa com a expectativa da experiência. Tampouco sentiu medo quando desceu o sangue. Ao contrário, ela se lembra de aguardar ansiosamente pelo dia em que "viraria mocinha". A única surpresa foi a intensidade da dor. Sua mãe a instruíra a se preparar para as cólicas e pedira à empregada que renovasse a bolsa de água quente com frequência nas primeiras noites, mas, ao que tudo indicava, a intensidade das dores de Nina surpreendeu a todos. Ainda que nossas primeiras conversas não tenham conseguido produzir uma conclusão e, com isso, um alívio completo dos sintomas dela, permaneci confiante de que com mais sessões de análise chegaríamos juntos ao trauma que estava na raiz de sua nevralgia ovariana.

Em junho, passamos quase uma semana sem nos ver, um intervalo que prefiro evitar. É exatamente a intensidade da relação entre médico e paciente que rende à análise sua utilidade específica. Mas infelizmente Nina não me deu opção. Do dia 15 ao 21, Budapeste recebeu o Congresso Internacional do Sufrágio Feminino, e Nina ficou completamente absorvida pelos eventos. Sua amiga Gizella Weisz, secretária pequenina de Rózsa Schwimmer, conseguiu que ela atuasse como assistente durante o congresso. Nina assumiu suas tarefas com a maior seriedade, ausentando-se do meu consultório durante todo aquele período.

Eu teria ficado sem vê-la nesse tempo, não fosse minha curiosidade em relação ao congresso. As assembleias não eram abertas ao público, e eu não estava muito interessado em nenhuma das palestras secundárias. No entanto, fui até o local do evento certa tarde, simplesmente para observar o maior encontro mundial de sufragistas e feministas. Não estava sozinho em minha curiosidade. Parecia que toda a cidade havia se reunido na praça, e até mesmo o prefeito estava presente, apertando as mãos tanto de sufragistas quanto de seus oponentes. Fiquei surpreso e contente com a diversidade de mulheres participantes. Havia muitas como minha irmã, mulheres da burguesia cuja relativa prosperidade concedia-lhes a liberdade e a posição necessárias para insuflar suas irmãs mais pobres a exigirem seus direitos, mulheres sem tempo ou inclinação para reivindicar o que quer que fosse. Mas também havia grupos de mulheres trabalhadoras, costureiras e funcionárias de fábricas, incluindo até mesmo camponesas, exatamente as mulheres que eu imaginava serem ao mesmo tempo ignorantes e ocupadas demais para frequentar reuniões daquele tipo. Vi camponesas do interior da Hungria e de outros rincões da Europa vestidas em trajes tradicionais de cores vivas, feitos e bordados a mão.

Já tinha quase perdido as esperanças de encontrar minha jovem paciente em meio às hordas de feministas em festa quando notei um grupo de moças usando vestidos brancos e faixas roxas. Cada uma delas segurava nas mãos um bastão de quase três metros de altura, em cujo topo tremulavam pôsteres com os nomes de diferentes línguas. Brandindo a placa que dizia

DEUTSCH, e com a seriedade de um porta-estandarte de general, estava minha Nina. Orgulhosa, seu belo rosto cingia-se de sorrisos. Conforme eu abria caminho pela multidão, vi uma mulher idosa e corpulenta aproximar-se dela. Nina se abaixou, balançando a cabeça sem parar, e em seguida passou os olhos pela massa de gente. Seu olhar recaiu sobre um dos escoteiros que haviam sido recrutados para atuar como guias junto aos membros do congresso. Ela fez sinal para ele e transferiu a senhora de idade aos seus cuidados. O trabalho dela, conforme explicou quando me aproximei, era ajudar qualquer participante germanófona que precisasse de auxílio ou orientação.

– Imagino, então, que muitas mulheres falem a língua, porque você está assoberbada – falei.

Ela riu.

– Não, de jeito nenhum. Quero dizer, estou, sim. Estou trabalhando à beça. Mas é maravilhoso. Dr. Zobel, você não vai acreditar quando lhe disser quem eu conheci.

Nina começou a enumerar uma longa lista de damas teutônicas, das quais eu nunca ouvira falar, mas que eram todas "de extrema relevância" para a causa do sufrágio universal. Ao que parecia, nas 48 horas anteriores, as mentes femininas mais brilhantes do mundo germanófono tinham pedido a ajuda de Nina para encontrar o banheiro.

– E as palestras, Dr. Zobel? – Ela gemeu, quase eufórica. – Eu aprendi mais nos últimos dias do que em toda a minha vida.

– Verdade?

– Sim. Você sabia que uma das primeiras médicas foi uma mulher chamada Agnodike, na Grécia antiga? Ela atuava como ginecologista e obstetra em Atenas, numa época em que as mulheres não podiam exercer a medicina.

– Nunca tinha ouvido falar dela.

– É verdade! Ah, só um minutinho! – Ela se virou para atender à dona da pequena mão que tocava em seu braço. – *Wie kann ich Ihnen helfen*? – disse Nina. Na verdade, porém, não se tratava de nenhuma dama em busca de *Hilfe*. Quem estava ali era a própria senhorita Gizella Weisz, a criatura pequenina que conseguira a vaga de trabalho para Nina no congresso. Nina se curvou para beijar o rosto da amiga e depois, segurando a mão dela, virou-se para mim: – Dr. Zobel, queria apresentar a você a senhorita Gizella Weisz, minha amiga. E o mais importante: ela é a secretária particular da Sra. Schwimmer!

– Ah, sim, a grande figura – falei, num tom de voz um pouco provocador. Não é que eu não admirasse a Sra. Schwimmer. Ela era muito respeitada antes de sua devoção ao pacifismo radical se tornar amplamente conhecida e de ser obrigada a sair da Hungria e ir para Viena e, por fim, pelo que sei, para os Estados Unidos. Provoquei Nina e sua amiga pequenina porque a admiração que demonstravam pela Sra. Schwimmer me lembrava a de minha irmã. Tão devota que quase chegava à hagiografia.

– A Sra. Schwimmer é, de fato, uma grande figura – rebateu a senhorita Weisz, repreendendo-me.

– Sim, é claro que é. Perdoe-me. Minha intenção não era faltar com o respeito.

– O que você está fazendo aqui, Dr. Zobel? – interrompeu Nina. Senti-me lisonjeado ao ver que ela tentava nos distrair para evitar qualquer possibilidade de briga entre seus dois amigos.

– Vim dar uma olhada no evento.

– E o que está achando? – perguntou a senhorita Weisz, ainda séria.

– Estou achando incrível. Inspirador. É muita gente reunida para promover uma causa excepcional.

– E o senhor defende o sufrágio feminino? – indagou ela.

– Eu conheço algumas mulheres muito mais preparadas para votar do que vários homens com liberdade de impor sua ignorância à nação.

Eu estava aproveitando um momento de autoadmiração por ter me esquivado com habilidade da resposta, mas percebi que nem a senhorita Weisz nem Nina tinham sido ludibriadas.

Foi então que se aproximou de nós um homem usando uma longa capa. Carregava uma câmera, e seu tripé abria uma clareira na multidão diante dele.

– Uma foto, senhor? – perguntou a mim. – Do senhor e de sua... – Ele hesitou uns instantes. – De sua filha? E da anãzinha?

Empertiguei-me todo, atingindo minha altura reconhecidamente insignificante, e disse:

– Meu senhor, essa anãzinha, como acabou de chamá-la, é simplesmente a secretária particular da Sra. Rózsa Schwimmer.

Ele quis me agradar com um ar de surpresa e me amolecer com um aceno de chapéu.

– Mil desculpas, senhor. E senhoritas. Posso oferecer a vocês uma fotografia com desconto?

As duas resistiram, mas percebi que, apesar da postura do fotógrafo, estavam loucas para imortalizar a participação no glorioso evento. O fotógrafo pediu que Nina retirasse a faixa, para manter a "harmonia" em relação à amiga, então ela me entregou a faixa e a placa. Elas fizeram pose, e Gizella ficou em cima de uma caixa virada de cabeça para baixo, providenciada pelo assistente do fotógrafo. Por mais que tentassem manter expressões adequadas à seriedade do evento, era impossível conter a alegria. Exibiam sorrisos generosos, olhares cheios de brilho e rostos iluminados.

Adiantei ao fotógrafo uma parte do pagamento, guardei o cartão dele e combinei que pegaria as fotos no fim do mês. Em seguida, as garotas foram arrastadas depressa dali pelas colegas de trabalho de Nina. Aparentemente, precisavam delas na extremidade mais distante da praça, onde chegava ao fim o encontro matinal da sessão executiva do congresso.

# 35

Quando retornou ao meu consultório na segunda-feira, 23 de junho, Nina estava animadíssima. Narrou com riqueza de detalhes o que aconteceu durante o congresso, detendo-se demoradamente no discurso de abertura, proferido pela Sra. Carrie Chapman Catt, presidente americana da Aliança Internacional pelo Sufrágio Feminino. Se, no dia em que nos encontramos na praça, Nina tivesse me contado sua reação a esse discurso, eu a incentivaria a não participar mais do congresso. Levadas a um estado de frenesi neurótico por conta das exortações da americana, que afirmava que todas as mulheres educadas, refinadas e bem-sucedidas deveriam sair às ruas não para implorar, e sim para exigir, o direito ao voto, Nina e Gizella – carregando cópias de seu jornal feminista – correram para as ruas da cidade, ignorando a preocupação solícita dos escoteiros que atuavam como guias. Não precisavam de ninguém que as levasse em casa, insistiram as duas. Nem de carruagens ou orientação para tomarem o bonde ou o metrô que funcionava debaixo da avenida Andrássy. A bem da verdade, não voltariam para casa.

A ideia, maluca e impensada – fruto de pensamentos agitados e sistemas nervosos estimulados em demasia –, era invadir o opulento café Nova York, caminhar de forma varonil até as pilastras douradas e pedir para se sentarem sozinhas, sem damas de companhia. Por mais rebelde que fosse, tenho certeza de que Nina não teria armado esse circo sozinha. Foi a senhorita Weisz quem a encorajou, alegando que já tomara café várias vezes com a Sra. Schwimmer sem nenhuma companhia masculina e que se os homens não precisavam de ninguém que os acompanhasse, as mulheres tampouco precisariam.

Posso imaginar a cena das duas adentrando no café: Nina parecendo uma noiva, usando renda e linho branco, e Gizella em trajes parecidos. No entanto, por conta de seu tamanho, estaria mais para uma criança em seu batizado do que para noiva. Ignorando os grunhidos de desaprovação dos senhores mais velhos que frequentavam o café, as jovens se sentaram a uma mesa no meio do salão.

Nina estava toda aprumada, com os ombros para trás e o queixo erguido. Observou as cortinas suntuosas, o relógio acima da porta, os frisos nas paredes, fazendo tudo para não cruzar o olhar com algum conhecido ou, pior, com alguém que pudesse denunciá-la a seus pais. Nina e Gizella não eram, de modo algum, as únicas mulheres no café. Havia algumas mesas ali que costumavam ser ocupadas por "atrizes" e por outras moças de profissão um tanto suspeita, o que teria chocado minha paciente de pretensões sofisticadas, soubesse ela da existência desses tipos. Fiquei horrorizado com a atitude de Nina e Gizella. Mesmo na cidade cosmopolita de Budapeste, mesmo entre a burguesia esclarecida, mesmo considerando-se as conquistas de jovens solteiras no sentido de liberdades antes impensáveis em termos de estudos e companhias, era escandaloso que uma moça de família frequentasse um lugar público tão conhecido acompanhada apenas de outra moça.

Alguns minutos depois, um rapaz se aproximou da mesa em que estavam. Usava um blazer amassado e surrado e exibia uma mancha de tinta no colarinho da camisa, como para anunciar seu status de escritor. Era um dos jovens talentos para os quais o maître mantinha uma provisão sempre a postos de resmas de papel, onde eles podiam despejar seus pensamentos abastecidos a cafeína e álcool.

– Senhorita Weisz! Que prazer vê-la por aqui. – Ele segurou a mãozinha dela e, num floreio, inclinou-se para beijá-la. – Permita-me beijá-la.

– Boa noite, Endre – respondeu ela.

Gizella Weisz possuía o típico somatótipo acondroplásico – cabeça desproporcional, fronte proeminente, tronco de proporções normais, pernas e braços encurtados, mãos largas em configuração de tridente e falanges e metacarpos curtos –, mas era muito bonita. Ou, melhor dizendo, conseguia exercer certo magnetismo apesar de sua deformidade. Usava o abundante cabelo preto preso no alto da cabeça. Pintara os olhos de cílios fartos com um lápis preto e passara batom nos lábios. O estilo teatral teria causado consternação caso se tratasse de uma jovem de estatura média. Descontando-se os ideais radicais e feministas – o rosto pintado, o vestido ao estilo do movimento de Reforma e os cigarros no estojo de prata –, a senhorita Weisz era, assim como Nina, uma moça judia criada de forma adequada numa família boa e, quem sabe, abastada. Mais tarde, descobri que ela vinha de um vilarejo no norte da Transilvânia e que seu pai, também anão, era um erudito de algum renome, especialista em assuntos rabínicos. Gizella, portanto, deveria ter um comportamento mais apropriado.

– Você não vai me apresentar à sua adorável amiga? – perguntou o rapaz.

– De jeito nenhum. Você é uma ameaça e a última pessoa que ela deveria conhecer.

– Por favor, venham se sentar à nossa mesa.

Ele apontou para um dos nichos junto à parede, onde algumas mesas haviam sido postas lado a lado, ocupadas por um grupo de jovens pretensamente literatos que fumavam cigarros e fofocavam. Como se estivesse respondendo ao olhar do rapaz, um jovem se pôs de pé, pegou um pedaço de papel-jornal da pilha de jornais e livros espalhados pela mesa e começou a recitar um poema a todo volume.

– Vamos lá? – Gizella perguntou a Nina. – Até que eles formam uma claque divertida, mas não posso prometer que não tentarão nos seduzir. O Endre é um baita mulherengo.

O rapaz pôs a mão no peito e gritou:

– Defenderei sua honra até a morte!

– Bobinho... – disse Gizella.

– Não... Veja só! – Ele apontou para a linha branca que formava uma prega na pelagem escura de sua sobrancelha esquerda. – Uma cicatriz de combate! Honra é tudo pra mim.

– Na semana passada, você me disse que a poesia é que era tudo pra você. Afinal, fica com qual das duas?

– As duas – respondeu ele. – Honra e poesia. Venham.

Ele arrastou a cadeira de Gizella para trás e ajudou-a a se levantar. Nina se levantou sozinha, mas segurou o braço que ele ofereceu e permitiu que a acompanhasse até o nicho, onde o aglomerado de rapazes prontamente abriu espaço para elas.

Os rapazes ficaram conversando com Nina e Gizella madrugada adentro. Endre, em particular, grudou em Nina, sentando-se perto dela e, a certa altura, subindo na cadeira para declamar um trecho do poema "Dante", de János Arany.

Nesse ponto do relato de Nina, eu a interrompi:

– "Dante"? Estranha coincidência, não?

Um rubor agradável tomou conta do rosto dela.

– Por quê?

– Porque esse rapaz declamou o "Dante", de Arany, apenas um mês depois, mais ou menos, de outro rapaz ter dado a você um exemplar do *Inferno*.

Nina mordeu o lábio, e eu fiquei esperando. Por fim, ela disse:

– Não foi coincidência.

– Não? – perguntei, escondendo minha emoção por saber que confiava em mim para fazer uma confidência importante e até mesmo embaraçosa.

– Eu contei ao Endre, quer dizer, ao Sr. Bauer, sobre o presente do Sr. E.

– Por que você comentou com ele sobre um presente que recebeu de outro rapaz?

Ela deu de ombros.

– Pensei que ele fosse achar engraçado.

– "Engraçado"?

Ela vasculhou a bolsa e pegou um estojinho de prata e ficou abrindo-o e fechando-o algumas vezes. Em seguida, desabafou:

– Foi um presente tão absurdo! O *Inferno* de Dante. Tanta coisa pra dar...

– Você não gosta de Dante?

– Nunca li, na verdade. Não me interesso por ele. Meu interesse é pelos poetas contemporâneos!

– Como Arany?

János Arany, como nós dois sabíamos, morrera havia mais de trinta anos.

– Como Charlotte Perkins Gilman, como Anna Akhmatova!

– Você gostou da declamação do jovem Sr. Bauer?

– Foi muito divertido.

– É? Em que sentido?

– Ele declamou de forma bastante dramática. Sarcasticamente, acredito.

– Seu jovem Endre não aprecia o Arany?

– O Endre não é meu, e eu não sei o que ele aprecia ou deixa de apreciar. Era só uma brincadeira. Também recitou poemas que ele mesmo escreveu.

– E eram do seu gosto?

Ela abriu mais uma vez o estojinho, voltando a fechá-lo.

– Eram, sim. Com certeza mais do meu gosto do que o *Inferno* de Dante.

Nina e Gizella ficaram no café até depois de uma hora da manhã, quando seus jovens pretendentes se ofereceram para acompanhá-las no caminho para casa. As duas resistiram, sabiamente, concordando apenas que achassem um táxi.

– Seus pais não ficaram preocupadíssimos? Você com certeza não tem o hábito de chegar em casa tão tarde.

– "Preocupadíssimos"? Talvez. Mas o meu pai estava mesmo é furioso.

Nem era preciso que Nina me contasse isso. Por coincidência, eu havia encontrado o pai dela na manhã de sábado, na sinagoga da rua Dohány. Não costumo frequentar os serviços religiosos – talvez seja aquele tipo de judeu que só comemora três festas, daquela espécie que gera muita reclamação por parte dos líderes israelitas –, mas todos os anos, no *Yahrzeit* do meu pai, acompanho minha mãe e minhas irmãs à sinagoga para que possamos recitar o *Kaddish* em nome desse homem que se importava muito mais com a religião do que com qualquer um de nós. Até a minha irmã Sarolta se reuniu conosco nessa ocasião, embora a pobre mulher tenha sido obrigada a esconder o rosto debaixo de um véu grosso para evitar ser reconhecida e denunciada ao padre ou, pior, aos seus filhos, donos de uma determinação repugnante.

Minha mãe e minhas irmãs subiram e ficaram na galeria inferior dedicada às mulheres – existem duas, no total – enquanto tentei sentar-me discretamente, mais para a parte final da suntuosa nave cujo aspecto se assemelhava antes a uma basílica do que a uma sinagoga. Infelizmente, um funcionário pegou meu braço e me propeliu à frente. Numa manhã qualquer de sábado, em junho, nem mesmo uma sinagoga dessas – a maior da Europa, lar de uma comunidade judaica grande e próspera – conseguia reunir um número razoável de gente. Os rumores de que ali havia 44 quilos de ouro 24 quilates não bastavam para convencer os não praticantes a se sentarem debaixo dos eminentes arcos.

Fechei os olhos enquanto esperava que o órgão e o coro sinalizassem o início do serviço, mas fui logo interrompido por um sussurro raivoso.

– Dr. Zobel! Imré!

Relutante, abri as pálpebras e vi o pai de Nina à minha frente, coberto por um enorme talit e por um ar de indignação justificada. Travei uma pequena e deselegante luta para tentar ficar de pé – considerando que um homem com a minha circunferência nunca se acomoda muito bem num banco de madeira, por mais espaçoso e graciosamente entalhado que seja –, mas o Sr. S. pôs a mão em meu ombro. Sentou-se ao meu lado e inclinou a cabeça em direção à minha. Quando aproximou a boca de meu ouvido, tive de conter um arrepio. Os lábios fartos que na filha eram tão esplêndidos, eram carnudos e pegajosos no pai.

– Você chama isso de progresso, Dr. Zobel? – murmurou ele, indignado. – Meu irmão prometeu que seu tratamento por meio de conversas daria um fim às rebeldias da minha filha, mas o fato é que ela está pior do que antes.

– Aconteceu alguma coisa, Sr. S.?

– "Aconteceu alguma coisa"?

Ele imitou com crueldade meu tom de voz e minha pronúncia. Não tenho a menor vergonha de ter crescido falando ídiche. Minha família é oriunda da Galícia, mas ninguém pode pôr em dúvida nossa lealdade ao lar magiar. Sou um húngaro patriota, apesar de qualquer traço estrangeiro que o meu sotaque ainda carregue.

– Aconteceu, sim – continuou o Sr. S., lançando saliva em minha pobre orelha. – Ao longo de toda essa semana, ela perambulou pela cidade. Em vez de estar em casa, dormindo, como deveria, foi vista na companhia de artistas e subversivos! Subversivos, Dr. Zobel!

Da melhor forma possível, tentei lembrar ao pai de minha paciente que eu havia assumido a responsabilidade de tratar os transtornos – físicos e psíquicos – de sua filha e que eu fora franco desde o início, explicando que a psicanálise não servia para curar a rebeldia juvenil. Mesmo assim, como pai de meninas, eu podia concordar que o comportamento de Nina era inaceitável.

– Isso é muito mais do que rebeldia juvenil – insistiu o Sr. S. – A Nina perdeu a cabeça. Está completamente volúvel. Tem se comportado como uma... – Ele estremeceu. Só mulheres de má fama frequentavam cafés desacompanhadas. O que a pobre Nina estaria fazendo com sua reputação? – O meu irmão me assegurou de que o comportamento dela é um sinal de angústia psíquica profunda. Demência precoce, Dr. Zobel! É disso que se trata.

Resisti à vontade de apostar com o Sr. S. que o irmão dele, urologista, tinha menos experiência com minha especialidade do que eu com a dele, e, em vez disso, prometi que iria conversar sobre o assunto com Nina.

– Nós fizemos bons progressos na interpretação de sonhos – contei ao Sr. S., talvez sendo pouco honesto, já que me sentia um tanto frustrado por Nina se recusar a enxergar o sonho de perder o trem sob sua verdadeira luz. – Tenho certeza de que à medida que o tratamento progredir, o senhor notará cada vez mais resultados tangíveis.

– Casamento, Dr. Zobel – disse ele, levantando-se de forma desajeitada. – Esse é o objetivo. Seu tratamento deve fazer com que a Nina abandone suas ambições neuróticas e aceite seu papel de esposa judia recatada e mãe de família.

Eu deveria ter sido mais firme com o Sr. S.? É verdade que ambições desproporcionais às próprias habilidades costumam ser sinal de grandiosidade neurótica, mas ainda não me deparara com qualquer indicação de que Nina se encaixava nessa descrição. Pelo contrário. A garota tirou notas altas no ginásio. Preparava-se diligentemente e, pelo que se sabe, com bastante êxito para o *matura* e para as provas de admissão à faculdade de medicina. Até mesmo seu tio, que não aprovava o desejo da menina de estudar medicina, admitia que os professores de Nina a consideravam altamente qualificada. Além disso, fora ele mesmo quem a descrevera para mim como alguém de "inteligência rara e admirável".

Era compreensível que o pai preferisse uma vida mais convencional para a filha. Eu também faria objeções caso minhas filhas quisessem seguir alguma carreira, especialmente uma profissão que exige tanto. Sem dúvida ficaria tão chocado quanto ele se elas saíssem desacompanhadas à noite. No entanto, a questão continuava sendo descobrir se a rebeldia da moça e a vontade de desafiar os pais eram, por si só, evidências de neurose. Eu ainda não possuía elementos suficientes para responder a essa pergunta. É verdade que a maioria das jovens não apresenta muita dificuldade para se curvar aos conhecimentos e à experiência dos mais velhos. Ainda assim, a cada dia que passava, conforme eu conhecia melhor minha paciente, ficava mais impressionado com sua perspicácia, sagacidade e verve. Longe de serem desproporcionais, suas ambições me pareciam absolutamente realistas: não configuravam evidências de neurose, e sim uma avaliação genuína e correta do próprio potencial.

Contudo, neurótica ou não, não era aceitável ficar fora de casa até altas horas da madrugada, na companhia de rapazes de reputação suspeita. Eu orientei Nina, dizendo que ela devia resistir bravamente a essas tentações.

– Nem que seja pelo simples motivo de que esse comportamento é ruim para a sua saúde. Você precisa descansar para que possamos prosseguir com nosso trabalho.

Nina mexeu no estojinho uma última vez, enfiou-o dentro da bolsinha e disse:

– Você tocou num assunto importante.

– É mesmo?

– Eu me afeiçoei a você, Dr. Zobel. E muito. Você é um homem gentil, e gostei muito do tempo que passamos juntos. Mas minha opinião não mudou. Nada mudou. Ainda não consigo entender o objetivo do nosso trabalho.

Peço perdão pela minha falta de modéstia, mas devo dizer que meus serviços médicos são muito procurados em Budapeste e alhures. Nunca antes precisei forçar meu tratamento a algum paciente e à sua família. Nem preciso explicar a impaciência com que respondi a ela.

– Precisamos discutir isso mais uma vez, Nina?

Diante de minha veemência, ela pareceu vacilar e mordeu o lábio.

– Você não quer se curar das terríveis cólicas menstruais que já lhe causaram tanto mal? – continuei.

– Quero. É só que...

– O quê?

– Não tenho certeza se esse tipo de tratamento pode ajudar.

– Você é médica?

– Você sabe que eu não sou.

– E eu? Eu sou médico?

Impaciente, ela armou um leve beicinho.

– Sou ou não sou?

– Claro que é.

– Bom, então quem precisa ter certeza das coisas? Um médico experiente e treinado ou uma jovem paciente?

Fiquei esperando, mas ela não respondeu.

– Nina, minha cara – ponderei, com mais delicadeza –, que tipo de médica você será se continuar resistindo aos conselhos de um profissional?

Depois de um tempo, ela suspirou e disse:

– Acho que uma péssima médica.

Fico ligeiramente envergonhado ao confessar meu alívio por conseguir derrotá-la naquela discussão.

– Exato. Péssima. Agora, vamos retornar a um assunto que será prontamente útil para resolver sua dor de fundo histérico. – Peguei meu caderno e folheei as páginas. – Nós já falamos sobre sua experiência com a menstruação em si, e acho que concordamos que não se encontra aí o trauma inicial.

Esperei que ela concordasse. Como não disse nada, insisti:

– Certo?

– Certo.

Ignorei a hesitação em sua voz.

– Eu gostaria de explorar melhor uma questão que o Dr. Sándor Ferenczi, meu colega, descobriu estar presente com bastante frequência em casos como o seu.

– Casos como o meu?

– Casos de histeria. – Titubeei um pouco, mas segui em frente conforme planejara. – Nina, devo insistir que você se deite no meu divã. Isso é crucial para a próxima fase do nosso trabalho.

Foi apenas no ano anterior que passei a adotar o divã analítico propugnado por Freud. Antes, meus pacientes se sentavam numa cadeira do outro lado da mesa ou, se eu precisasse fazer algum tipo de massagem, deitavam-se na maca. No caso de pacientes debilitados demais para sair da cama – fosse em casa ou no hospital –, eu ficava sentado logo ao lado, numa cadeira arrastada até a lateral da cama, segurando com frequência suas mãos. Contudo, um ano antes de começar a tratar de Nina S., fui convidado a assistir a uma palestra de Freud na Associação Psicanalítica de Viena (instituição que ainda não havia respondido ao meu pedido de candidatura) e convenci-me a favor do divã, graças à argumentação do bom médico. Desde que passei a seguir seu exemplo, percebi que ao estar livre do contato visual com o analista, o paciente ganha mais segurança, especialmente para tratar de assuntos de natureza sexual. É natural que mulheres mais novas desviem os olhos quando se sentem envergonhadas. Deitadas num divã – com o analista fora do campo de visão, numa cadeira logo atrás –, elas podem se entregar à ilusão de estarem sozinhas, o que lhes permite discutir com mais liberdade suas experiências sexuais.

Nina finalmente concordou em se deitar. Depois da agitação por ter desprezado a autoridade do pai e ter passado a noite na companhia de rapazes desconhecidos, imaginei – de forma acertada, como se veria – que ela estava pronta para avançarmos. Logo, antes de me sentar atrás dela, saí da sala e pedi à minha enfermeira que liberasse os pacientes que ainda aguardavam na sala de espera. Assim que voltei, pude ouvir a enfermeira encorajar meus decepcionados pacientes a voltarem depois do almoço para as consultas da tarde.

– Agora, Nina – falei, sentando-me atrás dela –, iremos discutir algo difícil, que chega a ser aterrador. Quero deixar claro que jamais a colocaria nessa situação se não achasse que ela pudesse revelar a origem traumática de sua dor.

Ela inspirou, um pouco trêmula, com o peitoral palpitando debaixo da blusa de seda.

– Relaxe. – Pus a mão em sua testa e alisei seu cabelo. – Respire. Inale pelo nariz e exale pela boca.

Ela respirou fundo por alguns instantes, e sincronizei minhas inalações e exalações com os movimentos respiratórios dela.

– Nina, agora eu gostaria de tratar de algumas questões sexuais.

Igual a todas as minhas jovens pacientes, ela teve uma reação visceral ao ouvir a palavra. Sua pele estremeceu levemente debaixo de minha mão. Pus as mãos em volta de seu rosto, tentando acalmá-la. Cabe aqui uma nota, de natureza técnica. Assim como meu mentor, o Dr. Ferenczi, acredito piamente na importância das demonstrações de afeto entre analista e analisando. Aprendi com ele a pensar nos pacientes traumatizados como crianças que precisam urgentemente de um abraço afetuoso do pai ou da mãe. É por essa razão que costumo abraçar ou afagar meus pacientes. Penso que isso pode facilitar o tratamento e a cura.

– Nina, você conhece o trabalho do meu estimado colega Dr. Sándor Ferenczi?

– Eu sei quem ele é. Meu tio tentou convencê-lo a me tratar antes de vir até você.

Aquilo me surpreendeu. Eu achava que o Dr. S. havia implorado para eu assumir o tratamento de sua sobrinha por conta de nossa antiga relação. Se eu soubesse que era sua segunda opção, talvez não tivesse feito um esforço tão grande para ajustar minha agenda de modo a satisfazer um velho amigo. Mas, nesse caso, não teria a chance de conhecer uma jovem tão encantadora e cheia de vida.

Pus de lado meu orgulho ferido e disse:

– O Dr. Ferenczi e eu muitas vezes trocamos impressões sobre os nossos casos.

– Vocês fizeram isso no meu caso?

– Reservamos as consultas para os nossos pacientes mais problemáticos.

– Fico feliz em saber que o meu caso não é problemático.

Usando minha mão para pressionar suavemente sua testa, retornei ao assunto anterior.

– O Dr. Ferenczi e eu já tivemos a oportunidade de discutir longamente uma teoria voltada para um dos principais fatores causais no desenvolvimento das psicopatologias. Na opinião dele, com a qual estou inclinado a concordar, esses sintomas histéricos são muitas vezes causados pelo trauma de uma sedução sexual durante a infância.

– Sedução sexual?

– O Dr. Ferenczi descobriu que muitos pacientes, principalmente aqueles que sofriam de condições narcisísticas, fronteiriças ou psicóticas, passaram por algum tipo de sedução sexual por parte do pai, da mãe ou de alguém com esse papel.

– Você também chegou a essa conclusão com os seus pacientes?

– Talvez com menos frequência do que o Dr. Ferenczi, mas é verdade que costumam recorrer a ele em casos extremos. São casos mais complexos, portanto. Mas, mesmo em minha prática, me deparei com um número desconcertante de garotas seduzidas pelos pais.

A reação de Nina me surpreendeu. Em vez de se debulhar em lágrimas, como ocorrera a outras pacientes quando se viram confrontadas a essa terrível verdade, Nina começou a rir.

– Você está querendo saber se o meu pai me seduziu? Meu pai? De verdade, Dr. Zobel?

– Nina, eu garanto que isso não é nem um pouco raro. Nem posso afirmar quantas garotas já confessaram exatamente isso que você acha impensável e de que tanto ri.

– Confessaram? E por que deveriam confessar alguma coisa? Elas não cometeram nenhum crime. Se alguém tinha que confessar alguma coisa, sem dúvida eram os pais.

– Escolhi mal a palavra, Nina. Será que a sua tentativa de me distrair não indica um medo de responder a essa pergunta?

– O meu pai nunca me seduziu, Dr. Zobel. Acho que ele estava ocupado demais seduzindo suas várias amantes e era impossível pensar em mim nesses termos.

– Seu pai tem amantes?

– É claro. E vocês todos não têm? Minha mãe diz que uma amante é tão necessária para um homem da nossa classe quanto um suporte decente para cachimbo ou uma sobrecasaca.

– Você e a sua mãe já conversaram sobre as indiscrições do seu pai?

– Não temos esse hábito, mas houve um escândalo alguns anos atrás, quando o meu pai se envolveu com a governanta da minha irmã mais nova. Você deve ter ouvido falar.

Eu não sabia de nada, o que me espantou. Minha mulher – uma esposa segura graças à atenção que recebia do marido, que, em termos sexuais, a achava tão atraente aos 49 anos quanto aos 19 – adorava compartilhar esse tipo de fofoca comigo. Fiquei surpreso por não saber da história.

– Você pegou seu pai e a governanta em flagrante? Testemunhar uma cena desse tipo pode ser exatamente a fonte traumática que estamos procurando.

– Não. Fiquei sabendo na escola. A senhorita Lanier, a governanta, tinha um parentesco distante com uma das minhas colegas de sala, e foi nessa família que ela se refugiou quando sua condição se tornou evidente. Greta, minha colega, e eu estávamos competindo pelo primeiro lugar em aritmética, e não morríamos de amores uma pela outra. Ela contou para a turma toda sobre o caso do meu pai com a senhorita Lanier. Ainda assim, consegui derrotá-la na competição de aritmética daquela semana. Pequeno consolo, não é? De qualquer forma, isso aconteceu muito depois de começarem as minhas terríveis cólicas menstruais.

– Você falou em "condição"? Tinha um bebê na história?

Creio que não havia razão terapêutica para fazer essa pergunta, mas eu sabia que, quando contasse o caso, minha mulher iria querer saber como tudo terminou.

– Ela perdeu o bebê. Agora, se o meu pai ainda se encontra com ela, não sei dizer. Mas ele tem outras. Ou pelo menos eu acho que ele tem. Talvez por isso fique tão horrorizado com a ideia de eu frequentar o café Nova York. Deve ser lá que ele encontra as concubinas.

– Sem dúvida elas frequentam o Nova York, mas acho que ele não está preocupado de você cruzar com esse tipo de mulher por lá. Pelo visto, ele tem medo é de confundirem você com uma delas.

Nina riu.

– Você está tão escandalizado assim, Dr. Zobel? Acha que as pessoas podem pensar que sou uma mulher de vida fácil, uma despudorada?

– O que me preocupa é você não dar o devido valor à questão do pudor. Uma vez perdido, ele é irrecuperável.

– Parece a minha mãe falando.

– Você mais uma vez me distraiu do assunto. Está com medo de falar sobre o quê, Nina? Por que está fugindo do assunto? O seu pai não te seduziu quando você era criança, mas outro adulto fez isso? Seu tio, talvez?

– Meu tio! Que horror. Não, Dr. Zobel. Ninguém me seduziu. Eu ainda sou pura.

Fui obrigado a sorrir diante do tom jocoso de sua voz, mas continuei a pressioná-la.

– Você tem certeza absoluta de que não passou por nenhuma experiência sexual durante a infância? Nenhuma?

Ela olhou para baixo, na direção das mãos.

– Nina? Você teve alguma experiência desse tipo quando criança? Com alguém que cuidava de você, quem sabe? Ou um irmão?

– Não. Quer dizer, aconteceu um episódio, sim, mas eu não conhecia o sujeito.

Vitória! Finalmente! Precisei de muita determinação para manter um tom de voz controlado e impassível.

– É mesmo? Gostaria que me contasse mais sobre isso.

– Não tem nada pra contar. Foi num piquenique. Eu devia ter uns 6, 7 anos. Estava remando num riacho, junto com outras meninas. Lembro que nossas mães falaram para não molharmos os vestidos, então tiramos a roupa e ficamos só de anágua e calcinha. Acho que era pra uma das minhas primas mais velhas tomar conta da gente, mas ela tinha ido a algum outro lugar. Eu olhei pra cima e vi o pai de uma das garotas parado na margem do rio, a poucos metros de nós. Tinha desabotoado a calça e estava segurando o... Bom, segurando aquela coisa na mão.

Apesar de sua sinceridade e de seu verdadeiro interesse pelas coisas científicas e médicas, Nina S. ainda era uma garota nova, inocente e mimada, incapaz de pronunciar a terrível palavra.

– Você viu o pênis dele?

– Acho que eu não sabia o que era. Só sabia que era estranho. Ele era estranho. Agora é claro que sei. Mas não tenho certeza sobre o que eu sabia naquela época.

– E o que aconteceu?

– Eu gritei, chamando a minha mãe. Quando ela chegou, o homem já tinha ido embora. Contei pra ela o que aconteceu, e ela ficou muito brava.

– Ela foi atrás dele?

– Acho que ela não acreditou em mim. De todo modo, ela brigou comigo por ter tirado a roupa, me vestiu na mesma hora e me levou pra casa. Lembro-me de ter ficado muito chateada por perdermos os fogos. Acho que era o aniversário do rei, pode ser? O fato é que soltariam uns fogos naquela noite, assim que o sol fosse embora, e, como a minha mãe ficou muito nervosa, não deixou a gente continuar lá.

Pensando nas possibilidades de trauma, esse não era tão dramático quanto eu tinha imaginado. Acreditava que uma garota como Nina precisaria de muito mais em termos de incidentes traumáticos para inspirar dores e cólicas tão terríveis. Entretanto, soube naquele instante que havíamos descoberto a origem de sua nevralgia ovariana de fundo histérico.

Expliquei a Nina que, agora que tínhamos conseguido identificar a fonte traumática de sua dor, ela diminuiria e, quem sabe, até sumiria por completo. Alguns dos meus doutos colegas podem tomar essa ideia como exageradamente otimista, mas todos hão de concordar que o poder de sugestão é uma ferramenta necessária ao analista. Para mim, era importante Nina entender que estávamos progredindo no processo de cura.

# 36

Enfrentei a sessão seguinte com Nina num difícil estado de inquietação. Minha refeição do meio-dia – normalmente agradável – tinha sido perturbada por uma contenda familiar incomum. Na tarde do dia anterior, minha mulher tinha levado Erzsébet e Lili para visitar a mãe do rapaz que a casamenteira nos apresentara como opção. O encontro seria uma oportunidade para que ela conhecesse Erzsébet e tirasse sua temperatura, por assim dizer; ou seja, para que estabelecesse contato com sua possível nora. E para que tirasse também, imagino eu, a temperatura de minha esposa, embora as duas já se conheçam há tempos, como participantes da Organização Feminina Israelita de Peste. O rapaz não deveria aparecer, ocupado que estava com seus estudos de medicina. Contudo, as aulas daquele dia tinham sido canceladas por conta de uma manifestação comandada por uma organização estudantil nacionalista, num prenúncio, hoje sabemos, dos terríveis protestos que acabariam por limitar o número de judeus que podiam se matricular em universidades húngaras. Assim, o rapaz não apenas estava em casa quando minha esposa e minhas filhas chegaram como também passou uma hora na sala de estar junto com elas. Em outras circunstâncias, poderia ter sido a oportunidade ideal para os dois conversarem sob os olhares atentos de suas mães. Entretanto, o inesperado encontro se provou um desastre, e minha filha – em geral uma moça muito doce – passou o almoço do dia seguinte inteiro arengando a sua mãe e a mim sobre suas objeções ao terno de András Nordau. Depois de muito choro e muitos lenços de papel molhados (da parte de Erzsébet, não de minha parte), fui levado a entender que suas objeções se deviam a um glóbulo de saliva branca que ficava grudada ao lábio superior do rapaz e que se ligava, de tempos em tempos, ao lábio inferior por intermédio de uma fina linha.

– É só ele esfregar a boca – falei à minha filha histérica.

Minha ponderação foi ignorada e não se alcançou nenhum resultado, uma vez que Erzsébet saiu correndo, deixando para trás, na mesa, um prato intocado. Como abomino desperdícios de qualquer espécie, não tive escolha senão esvaziá-lo eu mesmo.

Portanto, não só estava angustiado como também ligeiramente dispéptico quando Nina chegou. Embora eu tivesse planejado usar a sessão para repassar suas lembranças sobre o incidente traumático no piquenique, eu não estava preparado para aguentar os ataques de mais uma mocinha com seus próprios problemas. Assim que Nina entrou em meu consultório, não consegui conter um sorriso diante de seus trajes, apesar de meu estado incomum de confusão mental e física. Ela estava vestindo um macacão cáqui grosseiro, mais justo nos tornozelos, revelando um centímetro da meia-calça clara no topo de suas botas de cano curto. Além disso, usava uma blusa estilo marinheiro, com uma larga gravata de seda azul-marinho. Na cabeça, um pequeno chapéu-palheta, enfeitado também por uma faixa azul-marinho.

– Eu não tive tempo de me trocar – explicou ela, apontando para a roupa.

– Você passou a manhã toda trabalhando nas embarcações do Danúbio?

– Muito engraçadinho. A Associação Feminina promoveu um passeio de barco esta manhã.

– Por isso, então, os trajes náuticos...

– Você gostou?

– Nunca vi nada parecido.

– Chama-se macacão. Eles são muito populares nos Estados Unidos, principalmente entre as operárias. São muito confortáveis.

– Parece confortável, mesmo. E como você conseguiu adotar a moda do proletariado americano?

– Comprei o tecido no bazar que aconteceu no salão de exposições do Congresso Sufragista e encomendei com a costureira. Pedi dois: um pra mim e um pra Gizella. Mamãe quase teve um ataque apoplético quando me viu usando isso. Mas eu acho eles maravilhosos.

– E a Gizella? Ela também ficou maravilhosa?

– Gizella não quer usar. Ela é muito preocupada com o que veste e disse que, se botasse o macacão, ficaria parecendo um menininho. Mas hoje, no passeio, todas as garotas mais novas queriam um.

– Você gostou do passeio?

– Gostei muito. O barco navegou pelo rio durante um tempo e depois almoçamos e assistimos a uma palestra debaixo dos carvalhos da ilha Margarita.

– Uma palestra?

– Uma palestra fascinante. Sobre as mudanças no status social e legal das serviçais. Dr. Zobel, você sabia que as nossas criadas ficam totalmente indefesas diante das investidas dos patrões? Você não ia acreditar nas histórias que a Sra. Grossman contou.

– É mesmo? E quem é essa Sra. Grossman?

– Janka Grossman. Ela escreveu sobre os direitos das serviçais para a revista *A mulher e a sociedade*. Tenho certeza de que você sabe que os rapazes de Peste são incentivados a usar as criadas para... para fazer sexo.

O nojo com que ela pronunciou a palavra não era, eu temia, um bom sinal para seu futuro marido.

– Chocante! – respondi, recordando com ternura minha querida Marta, a jovem ajudante de cozinha cujos cuidados culinários e sexuais foram parte importante de minha vida juvenil.

– E, quando engravidam, as criadas são simplesmente mandadas de volta para seus vilarejos e precisam se virar sozinhas.

Garota sabida e experiente, Marta costumava se levantar do nosso ninho de amor debaixo do edredom cálido de sua pequena cama localizada num canto da despensa e se limpar por dentro e por fora com uma solução de bicarbonato de sódio e água quente. Até hoje ela trabalha para minha mãe. A Marta de minhas noites juvenis – com sua cinturinha fina e seus seios avantajados – se transformou, há muito tempo, numa velhota roliça e barriguda, com apenas um dente na boca e a vasta cabeleira loura reduzida a uma trança grisalha tão fina quanto o meu dedo mindinho. Contudo, seus olhos vívidos continuam os mesmos, e ela ainda guarda uma profunda afeição por esse garoto crescido, com quem os anos não foram mais generosos.

– Você achou a palestra muito interessante. Talvez até empolgante?

– Foi inspiradora. Perturbadora.

– "Perturbadora" – repeti, refletindo. – Numa das nossas últimas sessões, você me contou sobre as indiscrições sexuais de seu pai. A palestra a fez lembrar disso? Ele teve ou tem alguma ligação com as criadas da família, além daquela governanta? Você já testemunhou algum encontro desses?

– Você parece ter certeza de que a minha raiva é fruto de eu ter "testemunhado" alguma coisa. Será que não posso simplesmente sentir nojo desse tipo de atrocidade sem ter testemunhado o que quer que seja?

– Talvez, mas reações tão viscerais assim costumam indicar um trauma latente.

– Você e os seus traumas, doutor!

– E nós não descobrimos juntos o trauma sexual que estava na origem de suas dores menstruais?

– Não sei. Depende do que você entende por "descobrir". Não havia nenhuma lembrança perdida ou submersa. Eu nunca esqueci aquele homem no riacho. Foi horrível e desagradável, mas por mais que eu tente, não consigo achar esse episódio tão dramático a ponto de explicar cólicas dolorosas.

– É difícil entender o nosso inconsciente. Ele funciona de forma totalmente diferente de nosso estado alerta. Certa vez, tive uma paciente que não conseguia tolerar o gosto de laticínios simplesmente porque, alguns anos antes, tinha visto um gato lambendo o leite de uma tigela, um episódio que na época só lhe provocou um pouco de nojo. Quando se lembrou desse episódio, o sintoma desapareceu, e ela pôde voltar a desfrutar de seu café com creme.

– Bom, resta saber se os meus sintomas vão desaparecer ou não.

– Quando deve vir sua próxima menstruação?

– Daqui a umas duas semanas.

– Estou bem esperançoso.

– Você é muito otimista, doutor.

– É, talvez eu seja. Posso pedir que você embarque um pouquinho no meu otimismo?

– Por que não?

– Leve em conta novamente a relação de seu pai com as criadas. Você tem certeza de que não houve nenhum episódio, talvez há muito esquecido, que fez com que a palestra de hoje te deixasse tão interessada?

Nina franziu a testa.

– Bem... – disse ela, depois de refletir por alguns instantes. – Acho que me lembrei de uma história que ouvi uns anos atrás. Um dos motivos que me levaram a querer estudar medicina com tanta determinação.

Recostei-me na cadeira, torcendo para que estivéssemos chegando mais uma vez a um marco importante.

– É mesmo?

– É. Não é nada que eu tenha testemunhado; melhor dizendo, apenas ouvi falar sobre o episódio, por terceiros. O que testemunhei foi o tormento que ele causou.

– Prossiga!

Às vezes, é extremamente difícil manter a postura equilibrada e desinteressada que se espera de um analista.

– Foi um pouco depois de eu ter entrado para o ginásio. Um dia, acordei atrasada para as aulas da manhã porque a nossa criada, Etel, não me chamou. Meti uma roupa e disparei até a cozinha. Fiquei muito preocupada por estar atrasada e gritei com a Etel por ter se esquecido de mim. Quando cheguei, ela estava sentada com a Riza, a cozinheira, e elas estavam chorando. Não queriam me contar o que tinha acontecido, mas obriguei a me dizer. Eu era uma criança muito voluntariosa, e elas estavam acostumadas a me obedecer.

– Posso imaginar.

Ela arqueou uma das sobrancelhas delineadas, mas continuou.

– Uma garota que elas conheciam, serviçal de um vizinho nosso, tinha morrido. Riza disse que a garota tinha sido obrigada a ir a uma "fazedora de anjos", mas que, no fim, foi ela quem virou anjo. Era uma boa pessoa, do mesmo vilarejo de Etel. Riza e Etel estavam em estado de choque. A polícia prendeu a parteira que realizou o procedimento, e, mais tarde, fiquei sabendo que ela foi condenada a um ano de prisão pelo crime. Um ano por ter matado uma jovem. Mas sabe o que foi pior?

– O que pode ser pior do que essa triste história?

– O homem que a seduziu era o filho mais velho do patrão dela, um rapaz que eu conhecia de muitos e muitos anos, desde que sua família tinha se mudado para um dos apartamentos no piso superior do nosso prédio. Ele foi obrigado a pagar uma multa de cem coroas à corte. Só isso. Não teve que passar nem um dia na prisão.

– Que horror. – Fiquei surpreso de o rapaz ter recebido qualquer punição, por menor que fosse. A forma como seduziu a serviçal deve ter sido muito descarada para que sua identidade fosse descoberta. – Mas ainda não entendo como isso te inspirou a querer seguir a carreira médica.

– Aquilo foi um ultraje, Dr. Zobel! – exclamou Nina, aumentando a voz. – Desafio você a procurar uma única mulher que não se sentiria ultrajada por uma história dessas.

– Tenho que concordar. Mas por que medicina? Por que não direito, para processar cafajestes dessa estirpe?

– Você com certeza sabe a resposta.

– Garanto que não sei.

– Porque as mulheres não podem estudar direito em Budapeste. A faculdade não admite mulheres, e o meu pai preferiria me enterrar viva a me mandar estudar as leis em Zurique ou Viena. Seja como for, minha mente é mais propensa às coisas científicas e práticas. Quero arregaçar as mangas e ajudar mulheres como essa pobre criada.

– Você faria abortos? – indaguei, perplexo.

– E por que não?

Mantive um silêncio estupefato.

– Se acalme, doutor. Essa não é a minha ambição. O que eu quero é ser uma médica a quem as mulheres possam recorrer com os mais variados problemas e dores, porque acredito, ou melhor, eu sei que elas se sentem mais à vontade para compartilhar suas intimidades com outras mulheres. Serei uma boa médica não apesar do meu sexo, Dr. Zobel, e sim por causa dele.

Embora não fosse de meu interesse, acabei pensando se ela não teria razão. Todos os médicos do sexo masculino conhecem os percalços inerentes quando precisam tratar mulheres, especialmente mulheres mais velhas, cujos pudores em geral impedem até mesmo o desenrolar de um exame dos mais genéricos. Quantas vezes não ouvi meus colegas ginecologistas reclamarem da frustração que sentem ao tentar tratar uma mulher que se recusa a tirar a saia até mesmo na presença do mais impassível dos médicos? Alguns inclusive buscaram meus conselhos para descobrir maneiras de convencer suas pacientes de que o médico não tem nenhuma satisfação sexual ao esgaravatar vaginas envelhecidas e malcheirosas.

E quanto à minha especialidade? Hoje, passada uma década desde aqueles meses em que tratei Nina S., ainda é pequeno o número de mulheres que exercem a arte e a ciência da psicanálise. Será que uma mulher não se sentiria mais à vontade para confidenciar seus segredos mais profundos a uma médica? Sinto receio da resposta a essa pergunta e procuro conforto na esperança de que o elemento crucial da transferência possa ficar comprometido pelo fato de a analista ser mulher. Um psicanalista habilidoso se torna, ao mesmo tempo, uma figura paternal e um objeto de desejo. Sem essa transferência, o tratamento é impossível. Uma relação maternal não é, de modo algum, parecida e traz consigo possibilidades e atributos muito mais desagradáveis.

# 37

Nos últimos tempos, estava na moda entre alguns psicanalistas defender a manutenção de certa distância entre analista e analisando fora do consultório. Inclusive ouvi alguns dizerem que, sempre que possível, o analista deveria evitar o tratamento de amigos e pessoas próximas. Como seguidor do grande Sándor Ferenczi, discordo totalmente. A intimidade com os pacientes e o amor por eles são a chave para um tratamento efetivo, e as relações sociais são eficazes para criar esse laço, e não danosas.

Além disso, sou contra a manutenção dessa distância pelo simples fato de ser algo impraticável. A população judaica de Budapeste – por mais assimilada que seja – ainda guarda, de muitas maneiras, o sabor de uma comunidade pequena ou, até mesmo, de uma grande família. Sim, somos um milhão de judeus na Hungria, mas às vezes parece que todos se conhecem, como se fôssemos primos de terceiro, quarto ou quinto grau. Isso também se aplica à minha profissão, em que quase metade dos médicos são meus correligionários, dois terços deles com consultórios particulares como o meu.

As circunstâncias peculiares da Budapeste judaica (ou Judapeste, como o prefeito de Viena apelidou de forma sarcástica – e, talvez, precisa – essa magnífica cidade) não permitem que um analista evite manter relações sociais com seus pacientes. Era inevitável que a minha família e a família de Nina se cruzassem em eventos sociais, principalmente levando-se em conta que ela se tratava comigo a pedido do tio, meu conhecido de muitos anos. Então foi assim que, no sábado seguinte, minha querida esposa, nossas duas filhas e eu almoçamos na casa do Dr. S., tio de Nina. Também estavam presentes minha irmã Jolán, que costumava jantar conosco aos sábados, Nina, os pais e irmãos dela, e Jenő, Berta e Ignác E., o rapaz com quem os pais de Nina queriam que ela se casasse. Longe de estar preocupado em romper a distância psicanalítica (o que eu acreditava ser inútil e, na verdade, prejudicial), eu ansiava por observar minha paciente fora do ambiente do consultório. Queria saber como interagia com os pais e irmãos e ver como se comportava em relação ao rapaz cujas investidas lhe pareciam tão repugnantes.

Honestamente, também estava aliviado por levar minha esposa e minhas filhas a um evento em que a conversa não recairia sobre os problemas envolvendo os pretendentes de Erzsébet. Minha filha continuava expressando suas objeções em relação ao rapaz que a mãe dela e eu escolhêramos, inventando uma desculpa atrás da outra. Em mais alguns dias, descobriríamos que o verdadeiro problema era que ela se afeiçoara a outro jovem.

Fomos os primeiros a chegar – a devoção de minha mulher à pontualidade faz dela uma espécie de anomalia entre nossos compatriotas magiares –, mas não tivemos de esperar muito até que os demais convidados aparecessem. O apartamento do Dr. S. fica no *étage noble*, assim como o meu e como os apartamentos da maioria dos homens que praticam nossa profissão e possuem a mesma posição social que nós. O progresso da família de Nina rumo ao andar superior, a um lance de escadas, era ruidoso, e seus irmãos mais novos não se esforçavam nem um pouco para controlar o entusiasmo. A mãe brigava com eles a todo volume, gritando que acabariam por perturbar a vizinhança e sofrer a ira do tio. O Sr. S. não emitia som algum, mas a força de seus sapatos nos degraus de mármore fazia a construção sólida e antiga tremer. Apenas Nina conseguia manter uma distinta sobriedade. Nina e sua amiga, a encantadora senhorita Weisz.

Nossos conhecidos que já descreveram a Sra. S. como uma megera fizeram um desserviço não apenas a uma mulher bonita e refinada – cuja agitação e irritabilidade são mais neuróticas do que malévolas –, mas também a todas as mulheres de nossa fé, de forma geral. Um dia, ainda escreverei uma monografia sobre o virulento antissemitismo no cerne da representação das mulheres judias contemporâneas, membros da burguesia, como pessoas devotas de pompa e luxo, desprovidas de honra e deferência pelos maridos e perspicazes apenas a serviço de interesses próprios. Será que reconheceríamos a mesma condenação se trocássemos a palavra "mulher" por "judeu"? Quantas vezes aqueles que odeiam a raça israelita não se referiram a nós como superficiais, venais, narcisistas, femininos, fracos e sexualmente predatórios? Todos esses adjetivos também lançados como injúria contra o sexo frágil. Para fins do caso clínico de Nina S., porém, devo reconhecer que sua mãe é uma mulher de personalidade egoísta, até mesmo narcisista, mas que adora os filhos e se dispõe inclusive a enfrentar o marido para defender os interesses deles. Decorre daí seu desejo de que Nina realize o sonho de cursar a faculdade de medicina e, ao mesmo tempo, sua preocupação de que tal ambição possa "emancipar" sua filha e, portanto, impossibilitar um matrimônio que reverbere positivamente em seus pais.

Concordo com seus detratores que, num jantar, a Sra. S. pode ser uma companhia cansativa aos olhos de quem não consegue exibir interesse pelos tópicos de conversação que mais a fascinam, notavelmente a história, os tormentos, as vitórias e as ambições dos diversos membros da família S. Felizmente, eu estava bastante entusiasmado para conversar com ela sobre esses tópicos, em especial sobre Nina. Assim como a filha, a Sra. S. possui uma vivacidade encantadora quando se trata de prosear, e foi com grande nível de detalhe que ela explicou como Gizella Weisz tinha ido parar no jantar daquela noite.

A família estava se arrumando para o compromisso quando a criada anunciou a chegada da senhorita Weisz. (Aproveitei a oportunidade para elogiar o vestido da Sra. S., uma combinação de lã fina e chiffon, de uma cor a qual meu querido pai, já falecido, costumava se referir como "glicínia", diferente da menos vibrante "lavanda" e da mais escura e mais forte "berinjela". Ela se mostrou agradecida pelo elogio, embora nós dois soubéssemos que não fazia mais do que sua obrigação.)

– Precisamos estar na casa do seu tio em menos de uma hora – gritou a Sra. S. para Nina enquanto a filha dava os últimos retoques no cabelo. – Peça desculpas a sua amiga e mande-a embora.

– Eu convidei a Gizella pra ir com a gente.

– Como é?

– Eu convidei ela pra jantar.

– Mas você não pode convidar uma amiga para jantar na casa do seu tio. Você perdeu qualquer noção de decoro?

– Eu liguei pra tia Sophie, e ela disse que a Gizella era bem-vinda. Na verdade, disse que estava louca pra conhecê-la.

A Sra. S. entrou apressadamente no quarto da filha, com o vestido ainda desabotoado e duas amostras de pele pulando do espartilho apertado.

– Em primeiro lugar, você sabe que não pode usar o telefone sem pedir permissão. E, em segundo lugar, se a sua tia falou que estava louca para conhecer sua amiga, foi apenas porque Sophie sempre gostou de circo. Você devia ter vergonha de transformar um jantar de família num show de horrores.

– E depois sou eu que não tenho noção de decoro? – sussurrou Nina, baixinho, sob a própria respiração.

– Eu ouvi, hein?

– Não me importo. A tia Sophie não está interessada em Gizella por ela ser anã. Está interessada porque ela trabalha para Rózsa Schwimmer. No mês passado, a Sra. Schwimmer falou numa reunião da diretoria da Organização Feminina Israelita de Peste, e tia Sophie ficou muito impressionada. Ela inclusive decidiu assinar a revista *A mulher e a sociedade* para ler os artigos da Sra. Schwimmer.

– Isso não tem cabimento! – disse a Sra. S., virando-se de costas para Nina e indicando, com um peremptório gesto de ombros, que a filha abotoasse seu vestido. – A Sophie não é subversiva.

Nina começou a fechar, de baixo para cima, a longa fileira de pequenos botões de osso.

– A Sra. Schwimmer escreve várias coisas que não são nem um pouco subversivas. Eu tenho certeza de que até você concordaria com muito do que ela diz.

– Um disparate.

– Por exemplo, você acha que as mulheres devem receber educação, não acha?

– Você sabe que sim.

– Pois a Sra. Schwimmer também acha. E você despreza a moda dos chapéus enormes.

– Não tem nada mais estúpido do que uma mulher andando pelas ruas com um dirigível pregado à cabeça, obrigando as pessoas que passam a se esquivarem em meio ao tráfego para evitar serem decapitadas.

– No mês passado, a Sra. Schwimmer publicou, no jornal, um editorial contra esses chapéus bizarramente grandes, afirmando que a única razão para uma mulher usá-los é querer deixar as outras mulheres com inveja.

– Elas usam isso porque são umas bobas que não entenderiam de moda nem mesmo se a cidade inteira de Paris caísse em seus enormes chapéus.

– Pronto – disse Nina, esticando a gola de chiffon do vestido da mãe. – Já está abotoado. Agora preciso cumprimentar a minha amiga. Seja gentil, mãe.

O Sr. S. ficou mais estarrecido do que a mulher com a presença de Gizella, mas se limitou a fechar a cara e sair na frente da família, andando rapidamente pela avenida Andrássy e obrigando todos os outros a trotarem para conseguir alcançá-lo. Os irmãos S. moravam em prédios quase idênticos, separados por alguns quarteirões, mas na mesma avenida. Tive o privilégio de ser recebido nos cômodos públicos desses apartamentos – nas salas e no escritório do Dr. S. –, mas eles são tão parecidos com o meu que sei exatamente o que se encontra por trás das portas fechadas. Assim como o meu apartamento, aqueles incluem cozinha, banheiro, pelo menos dois ou três quartos para a família e ainda alguns quartos nos andares mais altos, onde as serviçais de todos os apartamentos do prédio moram juntas, com conforto e a uma distância suficiente dos patrões.

Fazia menos de dez anos desde que minha esposa e eu compráramos um apartamento nesses moldes. O imóvel veio com móveis pesados em carvalho, relógios e outros objetos de decoração, como os onipresentes retratos a óleo de ancestrais verdadeiros ou não, sendo cada cômodo decorado num estilo diferente: a sala de estar, no estilo império; a sala de jantar, em estilo Biedermeier; a sala de convivência, em estilo moderno. Tudo isso para exibir da melhor forma a sofisticação de minha mulher em termos de moda e decoração. Antes de chegarmos a esse estado de relativa opulência, morávamos no mesmo prédio, mas um andar acima, num apartamento menor e menos gracioso, com um pé-direito que, apesar de alto, não chegava a impressionar. Antes ainda, moramos num prédio localizado numa rua menos prestigiosa, ainda no bairro de Lipótváros, onde minha pobre esposa tinha de subir três lances de escada, mesmo grávida de Erzsébet e de Lili, carregando sacolas. Quantas vezes não a encontrei descansando junto ao corrimão, a caminho do terceiro andar, sem reclamar uma única vez, mas sempre olhando com cobiça e sem disfarce para os apartamentos mais cômodos, nos andares mais baixos?

O Dr. S. colecionava obras de arte do movimento Jugendstil e mantinha, na sala de estar, um quadro arrebatador. Ele ocupava uma posição de destaque, acima da cornija de uma lareira minuciosamente entalhada. Tratava-se da imagem de um sátiro ou um duende coberto por uma pelagem listrada de laranja e preto, segurando nos braços uma fada da árvore de pele clara e cabelo de pétalas de rosa. Uma roupa à base de folhas mal dava conta de cobrir seu corpo nu. No ponto em que tocavam o duende, os braços da fada transformavam-se em galhos longos e brancos. As asas de borboleta escondiam engenhosamente a fenda entre suas pernas. A pintura era erótica, não só por conta dos proeminentes mamilos rosados da fada de traços finos, mas também pelo contraste entre a delicadeza dela e a brutalidade da figura coberta de pele. Minhas filhas ficaram fascinadas pela pintura, porém não mais do que Nina, que, embora certamente já tivesse visto o quadro uma centena de vezes, não parecia conseguir desgrudar os olhos dele.

Como psicanalista, sinto-me à vontade em relação à inconsciente vida erótica das jovens, principalmente das jovens histéricas. É normal sentir uma leve atração pelo erótico, mas ser dominada por ele é evidência de ginefilia, de uma espécie de inveja em relação ao homem e até mesmo de bissexualidade, causada, como sabemos, pelos efeitos deletérios da masturbação. Ao ver o fascínio de Nina pelo quadro, decidi que não deixaríamos de tratar desse assunto tão delicado em nosso encontro seguinte.

Cumprimentei Nina com um beijo em sua mão. Quando me curvei para alcançar com os lábios os dedos miúdos e roliços de sua amiga Gizella, minha coluna deu um estalo, e as duas abriram um sorriso.

– Pobre de mim! Estou velho para esse tipo de galanteio.

– Você, Dr. Zobel? – disse Gizella, piscando com força seus olhos de vastas pestanas. – Tenho certeza de que o senhor cruzou a marca dos 40 anos não faz nem um dia.

– Um dia, uma década. Que diferença faz? – respondi. – A idade do homem só é determinada pelas mulheres que aceitam estar em sua companhia.

– Bem, então está definido – rebateu Gizella. – Você tem 21. Igual a mim.

– E não 19, como nossa encantadora Nina? – indaguei.

– Agora você está querendo me causar ciúme. Eu estava com a impressão de que Nina era apenas sua paciente e de que fui eu quem o fez cruzar a sala.

Gizella estava segurando entre os dedos um grande pingente pendurado a uma pesada corrente de ouro em volta de seu pescoço. Um belo trabalho do Jugendstil em esmalte e em ouro, cheio de filigranas, o pingente trazia um pavão estilizado, em tons fortes de roxo e verde, com toques de branco e pedras preciosas das mais variadas tonalidades.

– Que beleza esse colar! – declarei.

– Quem me deu foi minha patroa, a Sra. Schwimmer, por ocasião do meu aniversário. – Ela deslizou a unha por uma emenda invisível, abrindo o pingente. – Não é bem feito? Trata-se de um medalhão, mas não dá pra perceber. – Ela segurou o medalhão de modo que eu pudesse observar as fotografias pequeninas que estavam ali dentro. – Este aqui é o meu pai.

Com a ajuda da lupa que eu mantinha dentro do bolso do colete, pude ver que o pai da senhorita Weisz dava uma impressão de força e coragem, embora fosse preciso superar o choque inicial ao ver um rabino em miniatura, usando o traje formal da Galícia: tranças longas nas laterais da cabeça, barba espessa, chapéu de pele e sobrecasaca preta. Estava em cima de uma cadeira, mas o aparato só fez com que parecesse ainda menor.

– Impressionante – afirmei.

– Meu pai era um homem muito bonito.

Era verdade. Debaixo da barba, havia um homem bonito, de nariz aquilino, lábios grossos e sensuais, como os da filha, e os mesmos olhos pretos. Tinha um rosto interessante, embora, evidentemente, não se pudesse dizer o mesmo de seu corpo curvado e deformado.

– É, parece que sim – confirmei.

– Para um anão – acrescentou ela.

– Um homem muito bonito – confirmei, com firmeza.

A Sra. S. pareceu muito incomodada com meu ligeiro flerte direcionado à amiga de sua filha e veio nos cercar até que acabei oferecendo a ela meu lugar no sofá, ao lado de Nina. Gizella tinha se empoleirado num banquinho estofado que Sophie gentilmente lhe oferecera.

A mulher do médico juntou-se a nós, trazendo uma bandeja de prata na qual estavam dispostos alguns quadradinhos de matzá com pasta de salmão defumado, decorados com cebolinha. As mulheres declinaram, mas eu me servi daquele *hors d'oeuvre*.

– Humm... – disse para Sophie. – Está uma delícia.

– Estou com uma cozinheira nova espetacular. Ela é bastante provinciana, mas seu último emprego foi na embaixada da França. Apenas ajudava na cozinha, só que o chef era parisiense e ensinou muita coisa a ela.

– Sophie, você é mesmo muito sortuda com suas criadas – comentou a Sra. S. – A Riza trabalha para mim desde sempre, mas qualquer coisa diferente de um simples *paprikás* acaba com ela. Você precisava ver a catástrofe que foi o fígado de ganso frito servido ontem à noite.

– Estava bom, mamãe – disse Nina.

– Estava preto! E tão ressecado quanto o calcanhar de uma velha.

– Ora, minha cunhada! Veja como está falando! – disse Sophie. – Assim o Dr. Zobel vai pensar que somos uma família de roceiros!

– Ou que somos animais da roça – emendou Nina.

– Meu sogro não era roceiro, não – retrucou a Sra. S., determinada a ignorar a piada e, ao mesmo tempo, defender as credenciais burguesas de sua família. – Ele era comerciante de grãos.

– Quando eu era menina, o vô me ensinou a usar um arado – disse Nina.

– Isso era só pra impressionar, querida – comentou Sophie. – Irma, você se lembra da seleção de cavalos de carruagem do nosso sogro? Aqueles belíssimos hanoverianos pretos e a grande caleche? Quantas e quantas vezes, quando ainda éramos jovens noivas, não o fizemos nos levar pra cima e pra baixo pra que exibíssemos nossos chapéus esplêndidos?

A chegada dos integrantes da família E. interrompeu o devaneio das cunhadas.

O Sr. Jenő E. era um homem de circunferência substancial, até mais substancial do que a minha, se ouso dizer. Sua cabeça calva era pontilhada por certa quantidade de pintas marrons. De voz alta, era um sujeito simpático e talvez especialmente inteligente. De sua mulher, Berta, ficava difícil reunir qualquer impressão, tão letárgica que era. Seu aperto de mão foi frouxo e, como forma de cumprimento, não fez mais do que um beicinho.

Ignác E. parecia ser um rapaz bom e cheio de saúde. Era alto como o pai e tinha os ombros largos e o peitoral saliente de um atleta. Nadador talentoso, membro da equipe olímpica da Hungria, conquistara o quarto lugar nos quatrocentos metros livres em Londres, em 1908, chegando terrivelmente perto de ganhar uma medalha. Seu cargo de tesoureiro do Atlético Clube Húngaro consumia-lhe quase o mesmo tempo que seu emprego como um dos únicos advogados judeus da Promotoria Real de Budapeste. Ignác me descreveu sua última aquisição, algo que chamava de calção elástico Jantzen, e estava confiante de que o artefato aumentaria sua velocidade nas competições.

Sinto dizer que não compartilho da obsessão atlética que consome tantos israelitas húngaros, para quem o amor pelo esporte só está atrás do amor pela nação. Sempre me pergunto se esse desejo de exibir proeza física, de competir e, acima de tudo, de ganhar não é sintoma de um sentimento crônico de inferioridade. Afinal de contas, muitos dos robustos rapazes judeus que participam de clubes de esgrima, associações de natação, sociedades de rúgbi e equipes de polo aquático são descendentes de galicianos corcundas que se preocupavam mais com o desenvolvimento do intelecto e da caderneta bancária do que com o físico. Ainda assim, a norma em nossa comunidade são homens como Ignác E., e não eu, e depõe a favor dele ter ido tão bem no esporte que escolheu praticar.

Pus-me a cogitar se esse espírito atlético não era algo que Nina e o jovem Ignác possuíam em comum. Embora eu não tivesse notícias de que Nina praticasse qualquer atividade esportiva, ela uma vez me contou que ainda menina tinha ganhado alguns prêmios no arco e flecha. Além disso, exibia uma bela versão feminina dos ombros largos e da cintura estreita que tornavam Ignác um rapaz tão atraente.

Minhas divagações sobre os interesses em comum dos dois foram interrompidas por uma briga enérgica entre eles. Por mais que a princípio fosse difícil determinar exatamente a gênese da discórdia, logo percebi que o jovem devia ter atacado verbalmente o círculo social que a senhorita Weisz havia apresentado a Nina fazia pouco tempo.

– Subversivos e vagabundos? – inquiriu Nina, com uma voz estridente e ultrajada.

– Eles se insurgem contra o governo! – declarou Ignác. – Não guardam segredo de que querem ver o rei deposto.

– Devem, sim, guardar segredo – rebateu a senhorita Weisz, calmamente. – Do contrário, estariam comendo pão e água na prisão de Budapeste, e não consumindo café com creme no Nova York.

– A Nina não conhece realmente essa gente – interveio a Sra. S. – E ela nunca vai ao Nova York. Pelo menos, não sem companhia.

Os jovens ficaram olhando para ela, atordoados pela mentira flagrante.

– Eu já contei a ele que estive lá, mamãe.

– Uma vez só! Você esteve lá uma única vez e apenas porque ela te levou – afirmou a Sra. S., lançando um olhar para Gizella.

– Senhorita Weisz, não sei como seus amigos subversivos ainda não foram parar na prisão, dado que o órgão em que trabalho processa subversivos e agitadores todos os dias. Eles só não estão sendo processados por serem preguiçosos demais. Eles falam muito mais do que fazem. No ginásio, tive colegas assim, e posso afirmar, sem medo de queimar minha língua, que nenhum deles tem a decência de trabalhar um único dia sequer ao longo do ano.

– Posso lhe trazer a sopa quente? – provocou Nina. – Mas você deve tomá-la logo, sem soprar nem um pouquinho, porque posso garantir, com a maior certeza do mundo, que eles trabalham, sim.

– Rabiscar uns sonetos e submetê-los para publicação em revistas de dois centavos, produzidas pelos amigos, não é trabalho. E é só pra isso que prestam esses dândis do café Nova York. Poesia e anarquismo.

– Uma existência ideal! – exclamei, com certa jovialidade forçada. – Desde que seja acompanhada por um prato de *kiflie* e um expresso bem forte.

Furiosa demais para apreciar minha piada, Nina disparou:

– Se você ridiculariza esses homens, Ignác, homens que passam o dia tentando criar algo belo, então me diga o que *você* faz o dia inteiro? O que é que *você* cria?

– Eu crio uma sociedade justa.

– Você processa os destituídos e protege os abastados. Você protege os gigantes do mundo financeiro às custas dos mais pobres. Não faço ideia de como consegue conviver consigo mesmo.

– Nina! – censurou a Sra. S. – Peça desculpas a Ignác imediatamente.

– Desculpas por quê? Por dizer a verdade?

– Por ser grosseira!

Ignác se curvou, rígido.

– Não é preciso se desculpar. Na verdade, sou eu que devo desculpas à senhorita S. Não sabia que ela era tão próxima do grupo que frequenta o café Nova York. Se soubesse que eram seus amigos, não teria feito minhas críticas.

– Não são meus amigos! – rebateu Nina, enfurecida. – Mas conheço eles o suficiente para saber que não são diletantes. Certo, Gizella?

– Talvez alguns até sejam diletantes – respondeu a senhorita Weisz, surpreendendo a todos nós. – Embora alguns trabalhem tão duro, espero, quanto você, Sr. E. Meu grande amigo Endre Bauer não é apenas poeta. Ele também trabalha como auxiliar de escritório. E, à noite, dá aulas de latim e grego. Endre é pobre e sustenta a mãe e pelo menos três irmãs com o ordenado que recebe. Acho que ele vive à base de café e ar fresco.

Ignác, sentindo-se envergonhado, talvez, ao contemplar a diferença entre suas horas de trabalho e o esforço de um poeta cujo ganha-pão vem de copiar documentos e servir de tutor aos filhos dos mais abastados, disse:

– Peço desculpas, mais uma vez, pelos meus comentários.

– Ah, faça-me o favor! – exclamou Nina. – Pare de se desculpar. Nós sabemos que não é o que deseja.

– Nina! – rosnou a Sra. S.

Nunca antes o sino que anunciava o jantar fora recebido com tamanho alívio.

No entanto, o mal-estar daquela noite ainda não havia chegado ao fim. Conforme nos aproximamos da mesa de jantar, Sophie S. veio até nós, tentando distribuir cinco homens e um menino no meio de oito mulheres de tal forma que irmãos e irmãs não ficassem lado a lado, bem como maridos e esposas. Sempre detestei essa insistência em separar marido e mulher durante os jantares. Minha agenda de trabalho é tão cheia, e meu tempo de lazer, tão limitado, que sinto falta da proximidade em relação à minha esposa, que, na maioria dos dias, vejo apenas de forma rápida, por alguns minutos durante o café da manhã e quando não tenho compromisso no horário de almoço. Nós continuamos – apesar da idade avançada e da desaprovação de nossa criada – dividindo a cama, mas são raros os dias em que ela está suficientemente imersa na leitura de um romance ou na feitura de um bordado a ponto de estar acordada quando chego em casa à noite, voltando do café. Tudo isso para dizer que, em geral, preferiria estar sentado ao lado dela. Porém, minha posição, entre a Sra. S. e a senhorita Weisz, permitiu que eu testemunhasse de perto o tumulto que se deu quando Nina e Gizella decidiram não erguer suas taças assim que o Dr. S. propôs um brinde ao rei, como costumava fazer.

– À Sua Majestade apostólica, imperial e real, Francisco José I, imperador da Áustria, rei da Hungria! – disse o Dr. S., levantando sua taça.

Como eu estava ocupado erguendo a minha taça, só percebi que as moças não tinham respondido ao brinde quando o tio de Nina chamou a atenção dos convidados para o fato.

– Não gostou do vinho? – perguntou o Dr. S., com uma expressão dura. – Posso lhe servir algo mais doce? Uma pálinka adoçada com mel, talvez?

– Não, tio, obrigada. O vinho está bom – respondeu Nina.

– Então por que você não bebeu?

A senhorita Weisz deu um pequeno gole, mas Nina não a acompanhou.

– Prefiro não beber.

– Mas você acabou de falar que o vinho está bom.

– O vinho está bom. É o brinde que não me agrada.

– Como assim, não agrada? Isso tem a ver com o rei? Você desaprova o rei da Hungria? É isso que está dizendo?

– Eu desaprovo qualquer governante que não permite que metade dos eleitores exerça o direito de votar.

Na ponta da mesa, minha irmã, que compartilha as crenças de Nina, levou a taça aos lábios, de modo a esconder um sorriso. Os outros convidados não pareciam tão entretidos.

– Nina! – berrou o pai dela, fazendo as mulheres em volta da mesa darem um salto, e Ignác se esquivar.

– Sinto muito, papai, mas como mulher...

– Você não é mulher coisíssima nenhuma. É uma garota histérica e tola, que não sabe de nada. Está me escutando? Nada!

Aqueles que não estiverem familiarizados com os sentimentos dos súditos judeus em relação ao rei talvez se surpreendam com a disposição desse pai em humilhar a filha na frente dos outros, especialmente na frente da família com quem desejava uni-la em matrimônio, mas o fato é que, para nós, israelitas húngaros, e para nossos irmãos na Áustria, Francisco José era mais do que um rei. Nós, judeus, havíamos passado pelo comando de diversos reis, sem grandes mudanças. Antes de Francisco José, vivíamos em estado de inquietação, aguardando os inevitáveis pogroms e as expulsões, a ascensão dos fanáticos e dos genocidas, desde a profanação do Segundo Templo por Antíoco Epifânio, o massacre dos judeus da Renânia perpetrado pelos cruzados teutônicos, a Inquisição espanhola de Torquemada o sofrimento imposto pelo nosso Leopoldo I. Assim, até mesmo uma moça jovem e tola como Nina – fascinada pelas tolices igualitárias e socialistas cuspidas por subversivos frequentadores de cafés – sabia o que o rei Francisco José fizera pelo seu povo. Sabia que fora ele quem nos concedeu direitos iguais, informando à maioria, por meio de um decreto, que não toleraria nenhum tipo de discriminação religiosa. Foi graças à sua tolerância e proteção que florescemos na Áustria e na Hungria. Era por causa dele que podíamos ouvir o termo "Judapeste" e responder sem medo, e sim com alegria e orgulho. E era exatamente por ele não estar mais entre nós que os governantes desta nação se sentiam à vontade para promulgar um estatuto tão repugnante quanto o *numerus clausus*, que tornou a vida bem menos segura e agradável para os judeus da Hungria. A lealdade, o patriotismo e o amor pelo país e pelo rei inspiraram a fúria do Sr. S. em relação à filha. Ela, por sua vez, certamente fora movida pela loucura quando decidiu sair da mesa, esbanjando arrogância.

– Peço licença – disse a senhorita Weisz, saltando tão rápido das almofadas que haviam colocado sobre sua cadeira que nem tive tempo de ajudá-la. Seguiu a amiga, deixando o cômodo. Escutamos em silêncio quando a porta do apartamento se fechou com força atrás delas.

Ignác E. pousou a testa na mão e começou a suspirar, parecendo exausto demais para um rapaz de sua idade.

– Ai, meu querido – sussurrou a mãe dele.

– E você, o que tem a dizer? – rosnou para mim o Sr. S.

– Eu?

Ele conteve a língua, sem dúvida porque não desejava destruir o que ainda restava da reputação da filha mencionando que ela era minha paciente. Mesmo assim, me pus a falar.

– Creio que a senhorita S. e sua amiga ainda podem estar sob a influência da empolgação causada pelo Congresso Internacional do Sufrágio Feminino. Foram tantos os discursos políticos, tantas mulheres radicais se insurgindo aqui e ali... Moças tão novas se influenciam com facilidade, e imagino que cenas como essa estejam se repetindo pelas salas de jantar de Buda e Peste. Mas garanto aos senhores e às senhoras que esses acessos de entusiasmo político estão com os dias contados. Em breve, muito em breve, nossas jovens encontrarão outro alvo, mais adequado, para despejar suas energias.

Minhas filhas olhavam timidamente para baixo, na direção dos pratos, mas tive a impressão de ver algo diferente no olhar de Erzsébet. Fiquei com esperanças de que a desobediência de minha paciente não fosse transmitida à minha filha, que, independentemente de suas objeções, casaria, de qualquer forma, com András Nordau, mesmo que a mãe tivesse de amarrá-la e arrastá-la até a *chuppah*.

Minha irmã Jolán também quis falar:

– Eu participei de alguns eventos do congresso e posso confirmar a atmosfera geral de entusiasmo. E, como dou aulas para moças, concordo que elas são facilmente influenciáveis.

– Sabe o que funciona às mil maravilhas para distrair uma jovem nesse estado de humor? – disse a minha querida esposa. – Um chapéu. Isso mesmo, um chapéu opera milagres, não é, meninas? Para desviar a mente de coisas bobas.

Retraí-me todo, certo de que minha mulher ouviria alguma repreensão da parte do furioso Sr. S., mas, antes que ele tivesse tempo de falar qualquer coisa, Lili ergueu os olhos e disse:

– Mamãe, você leu meus pensamentos. Eu estava aqui imaginando que, se tivesse um chapéu com penas da Numídia, não me sobraria espaço algum na cabeça para qualquer outra coisa. Para política principalmente.

Ah, aquela era a minha garota, atenuando a tensão com tanta elegância!

– Acho que é hora de brindarmos – propus, erguendo a taça.

Os irmãos S. estavam atônitos, mas a educação mandava que respondessem ao gesto erguendo também suas taças.

– Aos chapeleiros de Budapeste! – saudei. – Que tenham vida longa!

– Aos chapeleiros! – responderam os convidados ao redor da mesa. Em seguida, a cozinheira chegou, trazendo a sopa.

# · 38 ·

Imaginei que, depois daquele jantar atribulado, Nina e eu teríamos muito o que conversar. Eu estava um bocado curioso para saber, por exemplo, como foi sua reação à ira do pai e se isso tinha desencadeado alguma sensação ou sintoma físico.

A explosão de raiva de minha paciente acabou gerando discórdia em minha própria casa, e não uma discórdia que poderia ser resolvida comprando-se um chapéu novo, por mais espalhafatoso que fosse. Naquela mesma noite, mais tarde, Erzsébet bateu à porta de nosso quarto. Vestindo uma camisola branca de algodão e usando tranças no cabelo, me fez lembrar de quando era criança, e senti-me nostálgico ao recordar a forma como ela aninhava sua cabecinha frágil contra o meu ombro, seu cabelo cheirando a sabonete de lavanda, e me ouvia contar histórias para dormir. Naquele momento, no entanto, o rosto redondo e alegre de minha filha estava incrivelmente sério, e ela pediu nossa permissão para falar. Nós concordamos, é claro, e ela confessou que o motivo de sua objeção a András Nordau não eram seus lábios sempre úmidos, nem seus pés enormes (característica sobre a qual começara a se queixar fazia pouco tempo), mas algo muito mais sério.

– E o que é, então? – indagou minha esposa, deixando transparecer a frustração com nossa filha, em geral uma garota obediente.

Com lágrimas nos olhos, Erzsébet explicou que considerava András um rapaz bom, muito bom, e até atraente. O problema era que ela estava apaixonada por outra pessoa.

– Apaixonada? Não seja ridícula – disse minha esposa.

– Apaixonada por quem? – perguntei, tentando manter o equilíbrio, apesar de minha perplexidade.

O rapaz em questão era alguém que conhecíamos bem, filho de um primo distante meu, e morava, por coincidência, no mesmo prédio que nós. Esse meu primo era dono de uma editora e, ainda que não fosse rico, era um homem respeitável. Apesar de ser uma espécie de livre-pensador, era moderado no temperamento e na política, e tudo indicava que o filho seguira seus passos tanto na profissão quanto na índole. Em suma, o rapaz era um par perfeitamente aceitável para Erzsébet, não fosse o fato de já termos escolhido outro e, mais importante, de sua mãe ser protestante. Não. Não estou sendo justo com essa mulher. A mulher de meu primo se convertera ao judaísmo para se casar com ele e era, segundo consta, uma esposa judia muito zelosa. Porém, mesmo que eu siga a linha neológica por inclinação e tradição, minha querida esposa vem de uma família ortodoxa – e apesar de ela própria ter rejeitado todas aquelas restrições e, nas raras ocasiões em que vai à sinagoga, ficar muito mais à vontade em nossa congregação do que na congregação em que foi criada –, era impossível contemplar a ideia de ver a filha se casando com alguém que seus pais nem mesmo considerariam judeu.

Não é preciso dizer que a confissão de Erzsébet resultou em mais lágrimas e no pedido, por parte de minha mulher, de que nossa filha nunca mais pusesse os olhos sobre o rapaz em questão. Sabiamente, guardei para mim a observação de que, dado que morávamos no mesmo prédio, nem mesmo minha habilidosa esposa seria capaz de conseguir tamanha proeza.

Embora eu não fosse confidenciar a Nina meus problemas familiares, nem sequer consegui inquiri-la sobre o que acontecera em sua casa após o jantar na casa de seu tio. Ela chegou na hora marcada para a consulta, mas nem se sentou. Ficou parada no meio do consultório, obrigando-me a também permanecer de pé. Estava segurando as finas luvas de pelica entre as mãos, torcendo-as com tanta brutalidade que precisei me esquivar.

– Não vou poder ficar, Dr. Zobel.

– Você tem outro compromisso? – Peguei minha agenda encadernada em couro e folheei as páginas. – Marcamos outro horário ainda hoje ou você prefere retomar amanhã, no seu horário?

– Não, senhor.

– Minha cara, não deve haver nenhum tipo de formalidade entre nós. Você claramente tem algo a me dizer. Vamos lá, diga.

– Não posso mais vir aqui.

– Seu pai a proibiu?

– Não. Talvez proibisse, se eu o tivesse visto. Meu pai é do tipo que gosta de atribuir culpas e tenho certeza de que vai pôr alguma culpa em você.

– Você não o vê desde o jantar? Isso foi há dois dias.

– Eu não estava em casa.

Fiquei surpreso e horrorizado ao saber que uma moça da idade das minhas filhas estava fora de casa havia tanto tempo.

– Nina! E onde você está? Com quem? Isso é muito sério. Muito sério, mesmo.

– Não se preocupe, doutor. Eu estou bem, estou segura. Estou com a senhorita Weisz no quarto que ela aluga de um parente, na rua Király.

Torci a cara ao pensar naquela bela e encantadora jovem morando numa rua povoada de trabalhadores e negociantes da pior espécie.

– Seus pais sabem onde você está?

– Não, e espero que você não conte a eles. Não tive escolha. Precisei cortar relações com os meus pais.

– Nina! Sente-se um pouco, por favor. Você certamente sabe que está precisando de uns conselhos. Uma garota da sua idade não pode simplesmente "cortar relações" com os pais. Nada do que você fez é irreversível. Ainda dá tempo de voltar para casa – ponderei, querendo muito que isso fosse verdade.

– Não vou voltar pra casa, Dr. Zobel.

– Você está com medo, minha querida? Não fique assim. Seu pai estava muito nervoso, é verdade, mas a essa altura sua fúria já cedeu. Eu vou com você para garantir sua segurança.

– Você não está entendendo, doutor. Eu não estou com medo de voltar pra casa. A verdade é que não quero voltar. As coisas progrediram em outra direção.

Senti um temor gélido subir pela minha espinha. O que ela teria feito?

– Há mais alguém nesse lugar com você? Um homem? Deus do céu, Nina, você está morando com aquele rapaz subversivo? Como é mesmo o nome dele? Endre?

– Dr. Zobel, o que o senhor pensa de mim para me fazer uma pergunta dessas? Eu já disse que estou com a minha amiga.

– Então que "coisas" são essas a que você se refere? O que progrediu?

Nina estendeu a mão para mim.

– Doutor, muito obrigada pela companhia e pelos conselhos nesses últimos meses. Não posso dizer que estou curada das minhas cólicas menstruais, mas mesmo assim achei as nossas sessões muito interessantes. Vou me lembrar delas e de você com carinho.

– Pelo amor de Deus, mocinha, o que está prestes a fazer, proferindo esses discursos de despedida? O que está tramando?

Ela foi embora sem mais uma palavra.

Eu não sabia o que fazer. Como pai que sou, sentia que a atitude certa era procurar os pais de Nina e informá-los sobre o paradeiro da filha. Na época, eu não fazia ideia do perigo que ela corria; preocupava-me apenas que ela e a senhorita Weisz pudessem estar planejando uma fuga, talvez para Viena ou, quem sabe, Paris. Se eu fosse apenas um amigo da família, procuraria o pai dela imediatamente. Porém, eu era também médico de Nina e, como tal, tinha a obrigação de manter confidencialidade. Gastei alguns preciosos minutos pensando até onde ia essa obrigação. Caso eu descobrisse, durante um exame, por exemplo, que Nina sofria de uma doença fatal, teria contado logo a seus pais, mesmo se considerasse insensato contar ao próprio paciente. Será que tínhamos chegado a esse mesmo nível? O perigo que ela corria era suficiente para justificar a minha indiscrição? Os pais dela a conheciam muito bem e certamente pensariam em procurá-la primeiro na casa da senhorita Weisz. Em pouquíssimo tempo, chegariam à conclusão de que ela devia estar lá. Tentei me tranquilizar, imaginando que eles sabiam de seu paradeiro, mas que tinham preferido – pelo menos naquele momento – deixá-la por lá, sem ser perturbada.

E se a senhorita Weisz os tivesse impedido de entrar? E se a anã os tivesse convencido de que Nina não estava com ela? Posso até imaginar a reação de minha esposa diante dessas circunstâncias. Ficaria fora de si, tomada de angústia e medo.

Então por que eu estava titubeando? Decidi avaliar, sem compaixão, as minhas motivações. Será que a paciente em si inspirava minha inclinação à confidência? Eu queria protegê-la da ira do pai em prol dela ou de mim mesmo? Eu temia a raiva de Nina se ela descobrisse que eu tinha contado tudo a seus pais? Quem sabe eu não tinha deixado de ser um observador e sábio conselheiro e alguma coisa tinha mudado em meu coração, talvez também no dela? Teria perdido o controle sobre a minha contratransferência, sucumbindo às emoções? Estaria desejando aquela linda moça?

Não! Não! Nina era minha paciente, uma jovem histérica incapaz de tomar decisões inteligentes. A voz dentro de mim que argumentava em favor de seu equilíbrio, de sua sanidade mental, de seu direito de fazer o que bem quisesse e ir aonde bem quisesse era apenas uma expressão do meu fracasso como psicanalista, a recusa em reconhecer e em enfrentar minha contratransferência. Não tive escolha: decidi procurar o pai dela.

Assim, parti às pressas para o apartamento dos S. na avenida Andrássy, onde deixei um bilhete com a criada, revelando ao Sr. S. o paradeiro de Nina. Com a missão cumprida e a consciência aliviada, voltei ao trabalho, mas não consegui prestar muita atenção aos pacientes daquele dia. Era difícil ignorar a sensação ridícula de que eu havia cometido uma traição imperdoável.

# 39

Quando voltei a vê-la, Nina estava tomada por lágrimas e muco, com a vida aos frangalhos e o futuro provavelmente destruído. A agitação e a ansiedade que vivenciei naquele período turvam as minhas lembranças, mas farei o melhor para recriar os eventos da época conforme o relato de Nina e também segundo as notícias de jornal. Desde aquela terrível semana, tive a oportunidade de conversar sobre o que aconteceu com alguns dos envolvidos, incluindo Gizella Weisz, que tive o prazer (e o alívio) de encontrar alguns anos depois, em Bad Gastein, na Áustria, onde eu havia me recolhido para desfrutar das águas termais e onde ela e os outros membros de sua talentosa família de cantores se apresentariam. Sobre os eventos que descrevo, minha conversa mais direta e longa foi com Ignác E., que me procurou pedindo discrição. Quando se trata da publicação de casos clínicos, é comum que os nomes e as feições dos pacientes sejam alterados, mas, nesse caso em particular, por conta da infâmia do incidente e das características específicas dos envolvidos (uma anã anarquista!), o simples anonimato pode não ter sido suficiente para proteger a identidade de Nina e de sua família. Em respeito aos desejos de Ignác, decidi publicar o caso somente agora, mais de uma década depois do ocorrido, quando as mudanças em nosso governo já foram tantas que nenhum mal pode atingir os participantes, mesmo se alguém se dispuser a descobrir quem eles eram.

O leitor queira me perdoar, mais uma vez, se descrevo os fatos como se eu mesmo tivesse estado presente. Acredito que minha audácia seja compreensível, uma vez que possuo intimidade tanto em relação aos eventos quanto em relação à psique e à personalidade da principal envolvida.

Minha suposição de que a mensagem deixada ao Sr. S. resultaria no retorno imediato de Nina ao seio da família estava equivocada. Ao contrário, ao trair a confiança dela, posso tê-la forçado a se jogar nos braços daquela gente que representaria sua ruína. Embora acredite que os eventos de julho de 1913 já estivessem sendo planejados antes da fuga de Nina, ao longo dos anos perguntei-me várias vezes se eu, involuntariamente, não teria dado o pontapé inicial para a catástrofe de minha ex-paciente. Se eu tivesse ficado em silêncio, quem sabe ela não optasse, no fim, por não se envolver numa ação tão radical e imprudente?

Não tenho como saber. Tudo o que sei, com certeza, é que, quando o Sr. S. chegou ao alojamento da senhorita Weisz, para solicitar o retorno imediato da filha, não lhe permitiram que entrasse. Não fosse a musculatura intimidante do filho da zeladora, ele talvez tivesse entrado à força. O Sr. S. foi, então, à polícia e voltou menos de uma hora depois, acompanhado dessa vez por dois policiais armados, mas as duas moças já haviam fugido, sem deixar rastro sobre o local onde se abrigariam. É possível que nem elas soubessem para onde se dirigiriam depois de sair dali.

O Sr. S. queria que a zeladora e o filho fossem presos por terem interferido na autoridade legítima de um pai sobre a filha, mas os policiais acharam convincentes os argumentos da mulher. Como ela poderia saber que o Sr. S. era mesmo o pai da garota, e não um pretendente furioso? Ou coisa pior! Afinal de contas, ela não conhecia aquele homem e, como a garota tinha dito que se chamava Maria Horváth, nem o mesmo sobrenome eles tinham em comum. Além disso, acrescentou a zeladora aos policiais, os dois não se pareciam. O Sr. S. era um homem de pele morena, obviamente de origem judaica. Parecia-lhe impossível que Maria, aquela loura bonita, fosse judia.

– "Escrava branca" foi o que pensei. E por que não pensaria assim? Afinal, é isso que muitas acabam virando, não é mesmo? Não podem me culpar por tentar proteger uma garota húngara de boa índole de um sujeito desse tipo – disse ela, depreciativa, apontando o polegar na direção dele.

Para a fúria do Sr. S., os policiais fizeram que sim com a cabeça, sabiamente, soltando uma lufada de ar através de seus bigodes escovados.

– Ela tem razão, senhor – disse um deles.

– Ela só estava tentando proteger a sua filha – interveio o outro. – Você, na verdade, deveria agradecer a ela.

– Agradecer? – O Sr. S. estava enfurecido. – Agradecer? À mulher que manteve minha filha longe de mim, que a mandou sei lá pra onde?

– Não, isso eu não aturo nem mais um minuto – disse a zeladora. – Não mandei sua filha pra lugar nenhum. Ela foi por conta própria, ela e a pequenina Gizella. – Dirigindo-se aos policiais, a mulher disse: – Da pequenina eu vou sentir muita falta, com certeza. Coisinha minúscula, do tamanho de um bebê, com uma cabeleira impressionante. Ia quase até os joelhos! Ela me deixava usar óleo de nozes para penteá-lo, como faço no meu. Sentava num banquinho e eu espalhava o óleo ao longo de seu cabelo enquanto ela me contava as histórias de sua família, todos eles anõezinhos igual a ela. Ah, como vou sentir saudades! Tenho certeza de que vou. – Ela cravou os olhos no Sr. S. Nunca o perdoaria nem esqueceria que fora por causa dele que acabou perdendo sua pequenina Gizella.

O Sr. S. se queixou sobre o comportamento ofensivo dos policiais a um conhecido que trabalhava no gabinete do prefeito, mas nada foi feito contra eles. Das duas, uma: ou o sujeito não era tão influente quanto fizera crer ao amigo ou os chefes dos policiais concordavam com os subalternos que a atitude da zeladora e do filho – apesar de desastrosa e, no fim das contas, equivocada – era absolutamente compreensível. A mulher tinha dito a verdade. O papel conspícuo de donas de bordéis e alcoviteiras judias ligadas à prostituição na Europa central e no Leste Europeu, no fim do século XIX, havia muito servia como fonte para a retórica antissemita.

Portanto, o Sr. S. não encontrou a filha. Nunca poderia imaginar que ela e Gizella se refugiariam no mal-afamado bairro de Tabán, nas ladeiras ao sul da Colina do Castelo, em Buda, precisamente no apartamento que Endre Bauer dividia com três amigos, homens que, como ele, eram ex-membros do Círculo Galileu e haviam passado a acreditar que o pensamento liberal e o radicalismo social da organização eram demasiado cerebrais e, portanto, inúteis. Defendiam que era chegada a hora de partir para a ação política radical.

Segundo as informações de Nina e Gizella, a amizade com os rapazes que as receberam permaneceu apenas platônica. Elas foram categóricas quanto a isso, e não tenho razão para duvidar, principalmente porque, nos anos que se seguiram, cheguei à conclusão de que a libido de Nina – despertada prematuramente pelo trauma que ela vivenciou no episódio do riacho e por um excesso de masturbação durante a infância (embora não tenhamos explorado esse assunto e, portanto, eu esteja fazendo uma suposição) – tendia à homossexualidade. A homossexualidade é um dos traços fundamentais da constituição obsessivo-compulsiva, e, embora o único sintoma em minha paciente fosse sua devoção aos estudos acadêmicos, era provável que na época Nina estivesse sob a influência de um lesbianismo passageiro que a protegia de qualquer envolvimento sexual com os rapazes e, aliás, de desenvolver uma transferência completa em relação a mim. Nina teria rejeitado essa conclusão, insistindo que seu carinho por Gizella era apenas fraternal, mas meus leitores sem dúvida hão de saber que inclinações homossexuais costumam ser da ordem do inconsciente.

Endre e um de seus conterrâneos, um ruteno do nordeste da Hungria, chamado Miloš, desocuparam o pequeno quarto em que moravam, cedendo lugar às garotas. Transferiram suas cômodas ao salão que os moradores do apartamento usavam para fins recreativos e para tomar o café da manhã. Pode-se imaginar a reação de Nina a essas acomodações de solteiro. Ela era, afinal, produto da burguesia judaica e, portanto, estava acostumada a contar com a ajuda de serviçais e lavadeiras. Garotas como Nina dormiam sobre lençóis passados a ferro, cheirando a lavanda, debaixo de edredons macios, com a cabeça apoiada em travesseiros de penas de ganso. Ela deve ter estranhado muito os lençóis amarelados e sujos e os grosseiros cobertores de lã, que provavelmente conferiram à sua pele leitosa uma sensação de aspereza. Mesmo assim, superou a repulsa e inclusive aceitou essas privações como prova de liberdade em relação à tirania imposta pelas expectativas e regras de seu pai e pela insistência dele em enxergar as ambições da filha não como prova de um intelecto disciplinado e capaz, mas como as alucinações de uma neurótica.

Nina e Gizella se esconderam no apartamento durante quinze dias, sem sair nem para respirar um pouco de ar fresco. Num movimento cauteloso, os rapazes subversivos trocaram o café Nova York – ao qual eram fiéis – pelo café Japão. Essa manobra – criticada por Endre, mas defendida por Miloš, mais cético e, logo, mais esperto – impediu que as moças fossem descobertas. Os detetives atemorizantes, mas sem muita imaginação, contratados pelo Sr. S. passavam quase todas as noites no café Nova York, tomando café e comendo algum doce, esperando pacientemente a chegada de Nina. De tempos em tempos, perguntavam aos clientes sobre o paradeiro de "uma loura bonita e uma anã de cabelo escuro". Quem sabe o tipo de informação que algum dos amigos de Endre e Miloš poderia deixar escapar, estando sob a influência das taças de pálinka que bebiam regularmente?

Por sorte, os estúpidos detetives nunca se deram ao trabalho de perturbar os frequentadores do café Japão, apesar de sua fama como ponto de encontro preferido dos mais diversos subversivos, incluindo até as mulheres do movimento feminista de Budapeste que não tinham medo de serem vistas em tal lugar sem a companhia de algum parente do sexo masculino.

O plano foi aperfeiçoado no café Japão e repassado no apartamento, onde as garotas já estavam, àquela altura, cansadas da companhia uma da outra e com vontade de mudar de ares e aliviar o tédio, resultado inerente do confinamento num alojamento apertado exatamente num período de grande tensão. O plano era complexo e exigia a participação de mais de seis pessoas, incluindo, entre outros, um funcionário da Ópera de Budapeste, uma antiga prostituta, uma costureira que era amante ocasional de Miloš, o motorista de um próspero comerciante e um acrobata de circo de meia-idade, que certa vez trabalhara com um tio de Gizella. Foi Nina, com sua bela caligrafia estudantil, que escreveu à mão, no pôster, o singelo slogan: "Voto para todos! Nós exigimos o sufrágio universal!"

No dia da ação, Nina e Gizella puseram vestidos luxuosos. Gizella escolheu um dos seus, mesmo, e Nina usou um modelo parisiense muito refinado, que a costureira de Miloš pegou emprestado do guarda-roupa de uma baronesa vienense tão rica e mimada pelo marido húngaro que seria preciso que uma equipe de contadores trabalhasse durante seis meses para catalogar o conteúdo de seu closet. Mesmo se Nina cruzasse com a baronesa na ópera, era provável que a grande dama nem reconhecesse o próprio vestido. Acompanhando as moças, no papel de suposta dama de companhia, estava a prostituta senil, cujo requintado traje de luto também fora surrupiado pela costureira, mas pertencia a outra cliente.

Uma hora antes do momento em que as cortinas subiriam, Nina, Gizella e a prostituta fantasiada partiram para a missão, escoltadas por Gulya, o acrobata, que parecia ligeiramente desconfortável em seu disfarce como pai burguês e segundo acompanhante. Endre e Miloš haviam saído precisamente meia hora antes, já que pegariam um bonde até a ópera, enquanto uma carruagem aguardava pelos outros. Naquela vizinhança de cortiços escuros e sombrios, era raro ver uma carruagem, e a indignação do motorista por ter de dirigir pelas ruelas estreitas e esburacadas foi, de certa forma, amenizada pela novidade de ajudar duas moças atraentes – sendo uma delas uma miniatura perfeita – a subirem no veículo.

Os quatro chegaram à Ópera e se juntaram à multidão que tentava subir os degraus em direção à entrada composta de três portais, entre as estátuas de Franz Liszt e Ferenc Erkel que enfeitavam as duas extremidades da magnífica fachada neorrenascentista. Imagino que Nina e a senhorita Weisz estavam tão ansiosas e entusiasmadas que mal conseguiram reparar no saguão glorioso, com suas majestosas escadarias duplas, suas colunas de mármore cinza e seus arcos de cor rubi. Mas é claro que Nina, ao menos, já estivera lá muitas vezes.

A aparência de Gizella causou furor, como sempre. Senhoras elegantes espreitavam e sussurravam por detrás de seus leques enquanto os homens, por sua vez, nem tentavam disfarçar os olhares de cobiça. Seu vestido caro e a companhia de duas pessoas, porém, garantiam à multidão que a presença da anã na ópera, por mais curiosa que fosse, era perfeitamente aceitável, e, embora tenha sido notada, ela não foi abordada.

Gizella era muito pequena para enxergar por cima da aglomeração de gente, e Gulya tinha um sotaque provinciano demais (e o sotaque da prostituta também era totalmente inadequado), então restou a Nina encontrar o bilheteiro correto. Ela fora instruída a procurar um homem de cabelo alaranjado e bigodes pontudos. Ao apresentar as entradas, deveria dizer: "Minha tia comprou esses bilhetes. Espero que os lugares sejam bons."

Tudo correu conforme o planejado. O bilheteiro, carrancudo, acenou com a cabeça, pegou os bilhetes baratos na mão de Nina e, em vez de arrancar os canhotos e direcioná-la aos assentos no alto da galeria, entregou-lhe quatro entradas de papel-cartão grosso e de cor creme, com o número de um camarote impresso em dourado.

– Aproveite o espetáculo, senhorita – disse ele.

Ela agradeceu e, então, os quatro conspiradores subiram a monumental escadaria para chegarem ao camarote recém-designado.

Embora os camarotes contassem com o complexo sistema de refrigeração, o melhor que havia no mercado – com ventiladores que sopravam através de blocos de gelo dispostos debaixo do assoalho e mandavam o ar gelado para cima por meio de grelhas que ficavam sob as poltronas –, a empolgação de Nina era tanta que a atmosfera parecia pesada e abafada.

Ela adoraria ter levado um leque. As palmas de sua mão estavam suadas, e ela não via a hora de tirar as longas luvas de cetim. Abanou-se com o programa e observou a massa de gente. A certa altura, achou ter reconhecido um antigo colega de sala em um dos lugares na parte de baixo, então afundou imediatamente no encosto da poltrona, escondendo-se ao máximo na escuridão do camarote forrado de veludo.

Depois de alguns instantes, como combinado, Gulya foi à área reservada aos fumantes, onde se encontrou com Endre e Miloš. Dizia-se que a névoa produzida pela fumaça de centenas de charutos e cigarros era tão espessa que amantes podiam se encontrar ali sem correr o risco de serem descobertos. Nina esperava que tais rumores fossem verdadeiros, uma vez que, no plano deles, Endre, Miloš e Gulya deveriam esperar naquela área, escondendo-se em meio à fumaça.

Os primeiros acordes da ópera *Erzsébet Báthory* foram ouvidos no teatro. Talvez fosse apropriado, dadas as circunstâncias, que a ópera daquela noite fosse uma variação de Sándor Szeghő sobre o mito do vampiro, um retumbante fracasso que recebeu críticas muito negativas e logo deixou de ser encenado, resultado este apenas parcialmente associado à balbúrdia causada por Nina e pelos outros conspiradores.

Os pais de Nina, como a maioria das pessoas de seu círculo social, iam com frequência à ópera, e, desde pequena, a menina muitas vezes os acompanhava. Minhas próprias filhas, embora não sejam musicais, adoram os figurinos e os cenários a ponto de conseguirem manter o interesse pelo menos até o intervalo. Para Nina, no entanto, era a música que a extasiava. Exatamente como se espera de uma moça de sua classe, ela estudara piano desde a infância e, como acontece a muitos indivíduos que possuem o dom para as ciências e a matemática, tinha muita habilidade para a música. E era a única da família a possuir essa desenvoltura. Houve um momento em que o professor de piano sugeriu a seus pais que ela talvez fosse um prodígio, mas, ainda que tocasse excepcionalmente bem, e que até compusesse, a ciência sempre lhe chamara mais a atenção. Portanto, quando se tornou uma estudante dedicada, sua educação musical caiu para o segundo plano.

Naquela noite, porém, Nina não conseguia escutar a música. Estava tomada de entusiasmo e, para sua surpresa, apenas com um pouco de medo. Quando os acordes da primeira ária pairaram no ar, trêmulos, ela e Gizella, sem se olharem, puseram-se de pé. Abandonando a prostituta, cujos serviços já tinham sido finalizados, as duas saíram de fininho do camarote, num farfalhar de anáguas de seda, arrastando as caudas dos vestidos pelos carpetes que abafavam os rangidos suaves do assoalho de madeira polido.

As moças caminharam rapidamente pelo corredor, em direção ao salão vermelho e ao camarote real, logo atrás. Tirando as noites ocasionais em que o monarca dualista ou algum membro de sua família estava presente, o camarote ficava vazio, sendo protegido apenas por um único oficial da guarda familiar dos Habsburgo, armado com uma espada decorativa que jamais fora puxada. Quando elas passaram, resolutas, pelo corredor, na direção dele, o guarda ergueu a mão, dando um aviso:

– É proibido entrar aqui – disse ele, em alemão. Foi então que Gizella caiu no chão, soltando um grito angustiado.

O guarda, um cortês senhor de idade, em seu último posto antes da aposentadoria, estaria em pouco tempo arrependido da combinação de cavalheirismo e curiosidade que o levou a deixar sua posição e prestar socorro à adorável anãzinha. Quando sua atenção já estava completamente tomada por Gizella, que não parava de emitir gemidos e havia suspendido a saia do vestido para lhe mostrar um tornozelo em miniatura em suposta agonia, Nina berrou as palavras combinadas:

– Ó, minha querida amiga, minha pequenina! Por favor, ajude-a!

Gizella escolheu esse momento para girar o corpo nos braços do guarda, revelando sua perna coberta por uma meia-calça preta e deixando que ele vislumbrasse um vestígio da fenda escura no alto de sua coxa. Com o guarda distraído, Endre, Miloš e Gulya entraram sem que ninguém notasse no salão vermelho. Depois, passaram pelas portas duplas até chegarem ao camarote real.

– Por favor, ajude-a! – repetiu Nina para o guarda. – Carregue-a até o saguão e chame um médico!

O guarda olhou, com cautela, para o corredor vazio.

– Mas eu não posso largar o meu posto.

– Por favor! – pediu Nina.

– Não tenho permissão. Eu fico com ela enquanto você chama um funcionário.

Nesse momento, Gizella gritou bem alto, tomada por uma dor inexistente.

– Ela vai incomodar a plateia! – disse Nina. – Bom, esquece, eu mesma vou levá-la.

Nina era uma moça forte, totalmente capaz de carregar Gizella – que era do tamanho de uma criança –, mas fingiu fazer um enorme esforço ao erguer a amiga a poucos centímetros do chão, deixando-a cair em seguida. Gizella choramingou com força, e o guarda empalideceu.

– Pare! – gritou ele. – Pelo amor de Deus, assim você vai machucá-la! – Sem nenhuma dificuldade, ele pegou Gizella nos braços. – Fique aqui e tome conta da porta. Mandarei alguém num instante. Ninguém nunca tenta passar, mas, se tentarem, simplesmente bloqueie o caminho.

Estou certo de que conheço Nina o suficiente para presumir que ela teve seu momento de remorso quando a gentileza do guarda cuja carreira ela estava prestes a destruir provou-lhe que, da mesma forma que é preciso quebrar os ovos para fazer uma omelete, é preciso destruir alguns inocentes para fazer uma revolução.

Assim que o pobre homem desapareceu pelo corredor, Nina entrou no camarote, onde encontrou os companheiros trabalhando a todo vapor. A cortina estava abaixada, impedindo que a plateia visse o que se passava ali. O acrobata Gulya tinha removido suas luvas, sapatos e meias e estava trepado em uma das colunas que flanqueavam a cortina. Estava preso ali, com os dedos dos pés fincados nos sulcos das sancas.

Nina levantou a saia. Ela e Gizella tinham dobrado e enrolado o pôster, colocando-o dentro de um flexível tubo de tecido preso à parte inferior do espartilho de Nina. Ela o entregou a Endre, que ficou olhando sua pele delicada, saliente e desnuda, e só então ela se deu conta de que estava diante de um homem, com a saia levantada acima da cintura e as roupas íntimas expostas. Enrubesceu furiosamente, deixando cair a saia.

Endre retomou a compostura e arremessou o pôster para Gulya, que esticou o braço de modo a alcançá-lo. Por um momento arriscado, parecia que o acrobata iria cair, mas ele enterrou os pés e manteve a posição. Tirou um martelo do bolso – cuja cabeça de ferro estava coberta por feltro para amortecer o ruído – e transferiu um prego dos lábios para a mão.

Segurando-se apenas com as coxas e os dedos dos pés, pregou um dos lados do pôster. Quando já estava preso, Miloš sussurrou, irritado:

– Haja paciência, seu belo bufão! Você pregou do lado errado.

Nina esticou o pescoço e viu que Gulya tinha, de fato, fixado o canto do pôster de tal modo que o texto estava visível para eles, dentro do camarote. Caso Miloš não tivesse reparado, a plateia só veria uma tela branca quando abrissem as cortinas.

Gulya arrancou o pôster, virou-o para o outro lado e usou o martelo para prendê-lo novamente.

– Rápido! – gritou Nina. – Não temos tempo.

Gulya escorregou pela coluna, agarrando com os dentes a extremidade livre do pôster. Miloš se agachou na base da outra coluna, com as mãos sobre os joelhos. Gulya deu quatro passos aos pulinhos e, usando as costas de Miloš como trampolim, escalou a outra coluna. Foi até o topo e pregou o outro lado.

Escorregou para o piso, desenrolando aos poucos o pôster. Assim que tocou no solo, Miloš e Gulya tomaram seus lugares em lados opostos.

– Pronto? – perguntou Miloš.

Endre tirou um punhado de panfletos de dentro do bolso da sobrecasaca. Nina não sabia nada sobre o plano de distribuir tais panfletos nem fora consultada sobre a mensagem escrita neles. O apelo do pôster – "Voto para todos! Nós exigimos o sufrágio universal!" – era simples. Já o panfleto incitava a algo completamente diferente, exigindo o fim da parasitária monarquia Habsburgo, denunciando a Assembleia Nacional como ferramenta de repressão e incentivando uma revolução por parte dos trabalhadores de todas as nacionalidades contra um sistema que permitia os privilégios de poucos com base na escravidão de muitos. Propunha que a sociedade fosse estabelecida sobre novas bases, em que tudo seria compartilhado por todos e em que cada um, produzindo de acordo com suas habilidades e força, poderia consumir de acordo com suas necessidades.

Ao mesmo tempo em que Miloš e Gulya abriram as cortinas, revelando o pôster com a caligrafia cuidadosa de Nina, Endre jogou os panfletos pelo balcão.

Por um momento, não houve reação alguma. Então, aos poucos, a plateia notou os papeizinhos brancos que caíam como neve do camarote real. Levantaram a cabeça e viram o pôster. Tiveram de se esforçar para ler o cartaz no escuro.

Os cantores, ofuscados pelas luzes do palco, continuaram a emitir suas falas.

– Cadê ele? – berrou Endre, furioso. Como se fosse uma resposta, as luzes do teatro se acenderam, revelando as demandas dos conspiradores pelo sufrágio universal.

Nesse momento, as portas do camarote se abriram com um estrondo e o guarda, acompanhado de dois funcionários, entrou.

– Corre! – gritou Miloš.

Nina levantou a barra do vestido e correu, esquivando-se do braço forte de um dos funcionários, que estavam determinados a capturar os homens arruaceiros e, portanto, não foram atrás dela. Ela atravessou a passagem que levava à escadaria real privativa e desceu às pressas os degraus de mármore, só um pouco à frente dos guardas que logo lotariam o lugar. O homem de cabelo alaranjado tinha feito seu trabalho, apagando as luzes do saguão e acendendo as luzes dentro do teatro, e assim Nina conseguiu, conforme planejado, desaparecer em meio ao público enquanto as pessoas saíam e ficavam no escuro. Ela correu em direção à porta, misturando-se aos frequentadores de óperas cuja diversão daquela noite – envolvendo vampiras e música ruim –, fora interrompida por um grupo de subversivos.

Um homem, que estava ao seu lado, amassou um dos panfletos e jogou-o no chão. Ela pegou o papel e, ainda escondida no meio da aglomeração, correu para a rua Dalszínház e virou na Lázár, onde encontrou o motorista do comerciante aguardando, como planejado. Ela abriu a porta e desabou no banco de trás.

– Onde é que estão os outros? – indagou o motorista.

– Não sei. A Gizella não está aqui?

Gizella deveria aproveitar o tumulto para fugir. Se tudo tivesse corrido bem, ela teria sido a primeira a alcançar o veículo de fuga. Extremamente angustiada pela amiga, Nina começou a chorar. O plano era que o carro não esperasse por mais de dez minutos depois de soarem os alarmes e as sirenes de polícia, independentemente de quem tivesse chegado. Nina ainda tentou argumentar com o motorista, mas o sujeito tinha servido por quase uma década num regimento hussardo e sabia que, acima de tudo, um soldado deve se ater aos planos. Assim, foram embora, Nina e o motorista – únicos membros do grupo que seria conhecido como os Conspiradores da Ópera –, para evitar serem capturados.

Só depois de terem partido Nina leu o panfleto inflamatório.

– Meu Deus! – disse ela, em voz alta, enquanto a carruagem sacolejava pelas ruas de Budapeste. – O que foi que fizemos?

# 40

Eu adoraria pensar que foi o clima de confiança e afeto desenvolvido durante as consultas com Nina o que a trouxe até minha casa naquela noite, mas, em prol da honestidade, devo dizer que é mais provável que ela tenha me procurado simplesmente porque não tinha outro lugar para onde ir. Estava com medo; se a polícia tinha mesmo prendido Gizella, Endre, Miloš, Gulya e, quem sabe, até a prostituta, não demoraria muito para descobrirem a identidade e o endereço deles, então Nina preferiu não voltar para o apartamento em Tabán. Essa decisão se mostrou fundamental para salvá-la, posto que, em uma hora, a polícia estava de fato na porta do apartamento e começou a prender todos que ali estavam, incluindo não apenas os dois outros moradores oficiais – que não estavam envolvidos diretamente na ação –, mas também um primo de um deles, rapaz recém-chegado de uma cidade distante e que havia escolhido aquela noite infausta para entregar uma trouxinha com as camisas lavadas do primo e um paletó remendado. Fosse o pobre rapaz um pouco mais negligente em relação à promessa feita à tia, teria evitado passar sessenta dias terríveis e cheios de dor na prisão de Budapeste, conseguido manter todos os dentes na boca por pelo menos mais alguns anos e talvez até decolado na brilhante carreira de pintor com a qual sonhava quando largou tudo para morar na cidade grande. Mas a realidade é que voltou para casa despojado dos dentes da frente e de sua dignidade e que, dali em diante, passou a trabalhar não como artista, e sim como faz-tudo no moinho de grãos do tio.

Nina pensou em voltar para casa, mas temia que, quando o envolvimento de Gizella se tornasse público, sua participação não ficasse em segredo por muito tempo, e não queria de modo algum levar a ira da polícia ao seio de sua família. Então, foi a mim que ela procurou, e foi apenas por extrema sorte que me encontrou em casa sozinho. Naquela época, eu, já um senhor de meia-idade, depois de jantar com a minha família, tinha o hábito de voltar ao trabalho, mas raras vezes retornava ao consultório que ficava em frente ao apartamento. Passava uma ou duas horas visitando pacientes enfermos que já não conseguiam vir ao meu encontro. Nas noites em que não circulava por Peste, de leito em leito, me retirava para o café, onde lia revistas médicas ou escrevia notas sobre casos clínicos, que comecei a reunir recentemente para publicação. Naquela noite, por acaso, minha mulher e minhas filhas tinham ido visitar uma vizinha, liberando a camareira e a cozinheira para irem a um espetáculo de vaudeville, e, portanto, eu estava sozinho em casa.

Quando soou o sino do porteiro, eu o ignorei, lembrando apenas no segundo tinido que havia dispensado minhas ajudantes. Resmungando por causa da intromissão, atendi o interfone que fora instalado fazia pouco tempo para poupar nosso porteiro, já avançado em anos, de subir as escadas de modo a anunciar as visitas.

– É uma senhorita S. para o senhor – disse ele, com a voz abafada pelo aparelho.

Eu ordenei, é claro, que mandasse Nina subir e corri para abrir a porta. Não a via desde que deixara meu consultório, duas semanas antes, e minhas tentativas de falar com seus pais foram malogradas. Logo, estava extremamente preocupado.

– Minha menina, minha menina! – Eu a abracei, segurando-a contra o peito, com as mãos espalmadas sobre o delicado tecido de seda de seu vestido. Ela tremia quando sussurrei em seu ouvido: – Minha querida, minha adorada.

Um cacho de seu cabelo atingiu meus lábios e pude sentir seu perfume de gardênia e um traço quase imperceptível de suor acre.

Os joelhos de Nina cederam. Pus a mão em volta de sua cintura, para firmá-la, e levei-a até o divã. Deitei-a sobre o tapete turco, cobrindo-a com um cobertor. Em seguida, com os joelhos estalando e crepitando devido ao esforço extraordinário, sentei-me no chão, ao lado do divã, e alisei o cabelo dela, tirando-o de seu rosto suado e ruborizado. Pousei meus lábios em sua testa, dando-lhe um beijo avuncular.

– Minha cara, o que houve com você? Diga ao seu querido Imré o que aconteceu. (Tenho certeza de que as pessoas familiarizadas com a escola da análise mútua, baseada em afeto e compaixão e criada e praticada por meu estimado amigo e colega Sandór Ferenczi, acharão minha atitude e minhas palavras absolutamente profissionais.)

– Por favor, Dr. Zobel, eu preciso da sua ajuda.

– Conte comigo. Diga-me, então, o que aconteceu? Foi algum homem? Você foi... deflorada?

Ela acenou com a mão, sinalizando que esse não era o motivo.

– Não, não... Mas não posso contar. Peço que não me pergunte. Só queria, por favor, que me arrumasse um lugar pra ficar. Até amanhã ou talvez por mais alguns dias. Só até eu arranjar um lugar pra ir.

Como a maioria das mulheres, Nina não chorava com beleza, mas com um desaguar de lágrimas e muco, o rosto manchado de vermelho e branco. Devido à minha profissão, eu já fora exposto a uma farta amostra de lágrimas, de ambos os sexos, mas sempre achei difícil resistir ao choro de uma jovem. Assim, concordei imediatamente em dar-lhe abrigo e, ao mesmo tempo, manter em segredo seu paradeiro. Naquele momento, só consegui pensar na possibilidade de algum homem tê-la feito mal. Nem me ocorreu que seus dramas fossem de ordem criminal e política, e não romântica.

Onde colocá-la passou a ser meu problema imediato. Minha esposa, por ser mãe, não admitiria a ideia de manter um segredo desses da Sra. S. Eu conseguia ouvir sua voz em meu cérebro com toda a clareza, como se ela estivesse efetivamente ali: "Como você se sentiria se alguém escondesse Erzsébet ou Lili de nós?" Pensei em familiares e conhecidos, tentando achar alguém que possuísse discrição impecável, a quem eu pudesse confiar a responsabilidade de cuidar de uma garota no estado perturbado em que Nina se encontrava. Cheguei, inevitavelmente, ao nome de minha irmã, Jolán.

Jolán tinha voltado da Alemanha decidida a deixar a casa de nossa mãe. Na época, fiquei furioso, rejeitando sua explicação de que em pouco tempo a idade de mamãe e sua saúde exigiriam mais devoção filial e que, portanto, ela queria "vivenciar a solidão" enquanto ainda podia. "Você vai ter tempo suficiente pra isso quando mamãe morrer!", eu insistira, sem sucesso. Minha indomável irmã ignorou minha oposição veemente e se mudou, tranquila, para um apartamento de quartos malconservados, mas mobiliados com requinte, a uma curta distância da escola onde trabalhava. Agora só me restava agradecer por sua intransigência!

Jolán não tinha telefone – ela se mostrava resistente a qualquer tecnologia que permitisse à nossa mãe atormentá-la mais do que o necessário –, então Nina e eu tivemos de ir até sua casa sem aviso. Ela nos recebeu à porta, enrolada num quimono japonês, com o cabelo preso numa longa trança sobre o ombro. Com esse penteado, era possível ver, de repente, o quanto era grisalho. Muito mais até – embora possa parecer vaidade minha – do que o meu cabelo, apesar de eu ser quase quatro anos mais velho. Como escrevo estas linhas uma década depois do ocorrido, preciso dizer que Jolán já se foi, vítima de um câncer de mama, e que o pouco de cabelo que me resta está branco como a neve. Na época, lembro-me de achar sua aparência envelhecida e de ficar preocupado, pensando que talvez não estivesse forte o bastante para dar conta da responsabilidade que despejei em sua porta.

– Que diabos você está tramando, Imré, vagando assim pela cidade no meio da noite? – indagou ela.

– A culpa é minha – disse Nina, atrás de mim, onde estava escondida em meio à escuridão do corredor.

– Deixe a gente entrar, depressa – pedi.

O apartamento de Jolán ficava no quarto andar, logo abaixo do andar reservado, mesmo nesses prédios mais simples, para as serviçais, e eu tinha medo de que alguém aparecesse e visse minha jovem fugitiva. Na época, eu nem suspeitava de que Nina pudesse ter feito alguma coisa capaz de atrair a atenção da polícia. Tudo o que eu sabia é que havia prometido protegê-la, e estava preocupado que, por alguma infeliz coincidência, ela fosse reconhecida. A rede de fofocas entre a criadagem é algo notório.

No fim, Nina ficou aos cuidados de Jolán, e eu fui peremptoriamente dispensado e mandado para casa, onde passei uma noite desagradável, agitado, rolando de um lado para o outro e jurando que minha teimosa irmã seria obrigada a ter um telefone, gostasse ou não da ideia.

No dia seguinte, minha agenda estava lotada de pacientes, e, para não despertar a curiosidade de minha mulher, fui obrigado a permanecer no consultório durante todo o primeiro período da manhã. Neste ponto, devo ressaltar que fico bastante consternado ao esconder certas coisas de minha querida esposa. Ao longo das décadas de nosso casamento, a Sra. Zobel tem sido mais do que uma companheira e amante; tem sido uma verdadeira amiga, no sentido mais verdadeiro da palavra, uma pessoa em quem se pode confiar e em cujos conselhos se pode acreditar. Era-me penoso decepcioná-la, mas eu a conhecia muito bem. Esposa dedicada, era ainda mais dedicada como mãe, e seus pensamentos estariam com a Sra. S. Não conseguiria deixar de contar à pobre mulher que sua filha estava a salvo.

Quando minha agenda permite, costumo fazer uma pequena pausa, às dez da manhã, para desfrutar de uma xícara de café e de meia hora em silêncio lendo os jornais matutinos. Pensei em abrir mão do ritual e correr para o apartamento de minha irmã, do outro lado da cidade, mas havia alguns pacientes marcados para depois do intervalo, e a discrição pedia que eu mantivesse meus compromissos. Cheguei ao café Szabadság, escolhi alguns jornais no suporte assim que passei pela porta e sinalizei ao garçom que me trouxesse um café.

– *Mit Schlag, Herr Doktor*? – perguntou o vienense.

– E por que não?

Só às vezes me entregava a esse prazer, porém, mesmo antes de abrir os jornais, senti que naquela manhã eu podia me dar ao luxo de um pouco de creme no café.

Nas capas de todos os jornais que eu normalmente lia – *Diário de Peste*, *Nação Húngara* e *Sun*, minha concessão em termos de tabloide –, as manchetes vinham em letras garrafais: "Ataque à Ópera, o orgulho de Budapeste", dizia o *Diário de Peste*. "Anarquistas invadem o camarote do rei!", anunciava o *Nação Húngara*. O *Sun*, como sempre, foi ainda mais longe: "Jovem anã bolchevique e conspiradores causam estragos na Ópera!"

Nina, Nina, pensei. O que foi que você fez? Pelo amor de Deus, o que foi que você fez?

# 41

Jolán determinou o curso de ação que salvou Nina e Gizella de serem processadas e presas, mas que acabou resultando – para tristeza das duas, mas para alívio da família de Nina – no rompimento permanente entre as amigas. Nina nem esperou a chegada dos jornais no dia seguinte. Assim que eu fui embora, ela contou à minha irmã o que tinha feito, explicando, como Jolán me disse depois, que a mensagem acabou saindo enviesada.

– A ideia era que fosse sobre o sufrágio universal. Sobre o direito de todos ao voto, independente de classe social ou gênero. Mas os meus...

– Seus cúmplices? – completou Jolán, lacônica.

– Meus amigos imprimiram alguns panfletos incitando os trabalhadores a uma revolução contra o império. Os motivos são legítimos – apressou-se em explicar. – Há muita injustiça no mundo. Tanta pobreza! Mas revolução? Eu não me vejo como revolucionária!

– Dar às mulheres o direito de votar não é algo revolucionário?

– É, sim... Mas... Eu tenho medo de que eles sejam mal interpretados, como se estivessem incentivando uma derrubada violenta do governo.

– E você tem medo de que bolcheviques, anarquistas e revolucionários violentos sejam punidos com mais severidade do que sufragistas.

– Exatamente.

Embora outros países carregassem a fama de tratar com crueldade as mulheres que lutavam pelo direito ao voto, a monarquia dos Habsburgo – por mais defeitos que tivesse aos olhos dos amigos subversivos de Nina – nunca havia torturado ou aprisionado qualquer mulher que se manifestasse em favor do voto. Na Inglaterra, sufragistas foram presas e, quando fizeram greve de fome para protestar contra o brutal tratamento recebido, foram alimentadas à força com extrema violência, recebendo, para isso, tubos nasais muito mais largos do que o necessário. Em Budapeste e Viena, contudo, as sufragistas não sofreram praticamente nenhum mal. O prefeito, conforme eu já disse, esteve inclusive presente no congresso sufragista. Evidente que nem a Assembleia Nacional nem o rei tinham qualquer intenção de conceder o voto às mulheres, mas, ainda assim, repressões violentas não faziam parte do repertório de respostas do império austro-húngaro. Pode-se argumentar, suponho, que as feministas magiares eram mais tímidas do que suas colegas estrangeiras, adeptas da greve de fome, mas acho que Rózsa Schwimmer e suas irmãs discordariam dessa classificação. Não, Francisco José e seu governo tinham sido generosos e haviam tratado as sufragistas com mente aberta, mas o mesmo com certeza não valia para bolcheviques e anarquistas que não escondiam o desejo de usurpar-lhe o poder. E como poderia ser diferente, uma vez que o rei perdera sua amada rainha pela faca traiçoeira de um anarquista?

Os primeiros raios de luz já começavam a surgir, e Nina e Jolán estavam exaustas.

– Preciso me apresentar às autoridades, não tenho escolha – disse Nina. – Não posso obrigar meus colegas a esconderem minha identidade.

– Mas isso não faz sentido. De que vai adiantar agir assim? É só mais um pescoço pra ser enforcado.

Nina se encolheu, mas em seguida endireitou a postura.

– Se for esse o caso, não posso permitir que morram sozinhos.

– Vamos esquecer essa interpretação à la Sarah Bernhardt, pode ser? Eu estava falando metaforicamente. Não sei se os seus cúmplices estão correndo o risco de serem mortos. Ninguém foi ferido durante a ação, certo?

– Claro que não! A gente jamais machucaria alguém.

– Então eles só terão de enfrentar longas penas de prisão. Mas vou dizer uma coisa: honestamente, não sei se eu preferiria morrer ou passar uma década fazendo trabalhos pesados. Seja como for, a gente precisa agir com bom senso.

– Tudo bem, então – respondeu Nina, irritada. – Vamos ao bom senso. O que me diz? Se eu não me entregar, e os meus amigos forem obrigados a dar o meu nome, as coisas ficarão feias pro meu lado. Se, ao contrário, eu me entregar voluntariamente, a corte me dará algum crédito pela honestidade.

– Talvez sim – rebateu Jolán. – Mas não tenho certeza, e nem você. O que a gente precisa, minha querida, é da ajuda de um advogado. E sei exatamente a quem recorrer.

* * *

Muitas pessoas em Budapeste e inclusive em outros países, como na Alemanha e na Inglaterra, leram sobre a prisão de Gizella Weisz, sufragista, secretária de Rózsa Schwimmer e anã. Participantes do Congresso Internacional do Sufrágio Feminino lembravam-se de Gizella. E quem não lembraria? Sua estatura e sua beleza a tornavam inesquecível. Talvez houvesse quem também se lembrasse de sua amiga inseparável; as duas geralmente usavam vestidos brancos iguais e se amontoavam na parte de trás do auditório, quando o trabalho permitia, loucas para ouvir os palestrantes e testemunhar os debates. Imagino as participantes do movimento sufragista por toda a Europa tomando café da manhã e lendo, aos berros, as notícias dos jornais daquele dia, telefonando então umas às outras para fazer perguntas urgentes e compartilhar suposições. Com certeza, algumas das participantes da delegação alemã – à qual Nina servira como assistente – se lembravam, ou acreditavam se lembrar, do nome da amiga de Gizella. "Lili?", é provável que tenham perguntado entre si. "Nina?" A incrível Rózsa Schwimmer sem dúvida sabia como se chamava a amiga de sua secretária. E havia os conhecidos de Nina que tiveram a chance de conhecer a anã em sua companhia. Sua família, amigos da comunidade de feministas e sufragistas de Budapeste, algumas amigas do ginásio e outras mulheres com quem estudava para o *matura* e para as provas de admissão à faculdade de medicina. E, é claro, também os E., que haviam jantado com Gizella e testemunhado o rompimento de Nina com os pais. Toda essa gente certamente se preocupava com a possibilidade de Nina S. estar envolvida no imbróglio da melhor amiga – ou podia até saber dos fatos –, mas ninguém, nem uma pessoa sequer, fez denúncias à polícia.

Contudo, apesar de ninguém ter ido às autoridades, não foi possível manter as suspeitas em segredo. São poucos os que resistem ao fascínio de uma fofoca, poucos os que obedecem nossa tradição religiosa de evitar o *lashon horah*, o falar mal dos outros. Houve rumores e boatos e muitos nem haviam sido completamente abafados quando Nina percorreu a nave da sinagoga da rua Dohány em direção à *chuppah* feita com o *talit* do bisavô de seu marido.

Assim que li, no café, sobre os terríveis acontecimentos na Ópera, corri para o apartamento de minha irmã; soube depois que ao mesmo tempo chegava para mim um telegrama mandado por ela, pedindo que eu fosse até lá imediatamente. Ao chegar, concordei com o plano das duas, mas acredito que, mesmo se tivesse minhas dúvidas, elas não aceitariam resistências.

Do apartamento, fui depressa para a promotoria real de Budapeste. Só aguardei um breve instante na antessala decorada e logo fui convidado a entrar por um assistente.

Ignác E. se levantou assim que entrei na sala, enxotou o assistente e fechou a porta.

– Meu Deus, doutor! O que foi que ela fez?

A gravata dele estava torta, e, pelas abas de seu paletó desabotoado, pude ver círculos de suor manchando a parte da blusa sob as axilas. Esse rapaz privilegiado nunca passara por nenhum momento de privação na vida e, graças às boas relações de sua família e à sua inteligência mais que razoável, conseguira alcançar um nível em sua carreira profissional nada comum para um homem de sua idade e, mais importante ainda, de sua raça. Sua consternação era prova da intensidade de sua afeição por Nina, apesar das atitudes dela e do desdém com que costumava tratá-lo.

– Ela está envolvida nessa história, não está? – perguntou ele.

– Está. Acho que sim. Mas, por favor, acredite em mim, Ignác. A Nina não é nenhuma subversiva.

– Eu queria acreditar em você, mas veja isso. – Ele me passou a edição do *Nação Húngara*, em que tinha sido reproduzida uma imagem do panfleto jogado a partir do camarote real. – Essas são palavras de bolcheviques e anarquistas.

– A Nina não sabia do panfleto. Sim, ela cometeu um crime, mas achava que seu protesto era apenas em prol do sufrágio universal. Os rapazes não contaram nada sobre o panfleto nem pra ela nem pra senhorita Weisz.

Uma expressão de alívio tomou conta do rosto de Ignác, mas só por um breve momento.

– E o cúmplice ruteno? O sujeito é um revolucionário conhecido!

– Tenho certeza de que Nina não estava ciente.

– O sujeito é... amante dela?

– Não! Claro que não! Nem o outro rapaz, o tal Endre Bauer. É apenas um amigo.

Ao ouvir a palavra, Ignác cuspiu, enojado.

– Sabe de uma coisa, Dr. Zobel? Eu tinha a ingênua impressão de que eu era amigo dela.

– Mas você é, sim. E é por causa dessa amizade que ela me pediu que viesse até aqui.

– Ela pediu que você me procurasse? – perguntou ele, esperançoso. Independentemente do que Nina sentia pelo rapaz, a afeição dele era verdadeira.

– Pediu. Ela quer desesperadamente a sua ajuda.

– Ah, sim, claro. Ela precisa de aconselhamento jurídico.

– É, aconselhamento jurídico. Mas também precisa da sua amizade. Ela está praticamente sozinha, Ignác. Precisa de um amigo.

No coração de Ignác, duelavam impulsos contrários: por um lado, a vontade de punir a garota que rejeitara suas investidas; por outro, o desejo de salvar a mulher que ele admirava e que um dia poderia amar.

– Dr. Zobel, o senhor promete ser honesto comigo?

– Prometo.

– Então, diga-me, a castidade dela... A castidade dela foi manchada? Ela continua pura?

– E você ainda precisa perguntar?

– Sim, creio que preciso.

Então eu lhe disse o que esperava ser verdade.

Ignác E. determinou que, em primeiro lugar, deveríamos falar com a senhorita Weisz; por sorte, minha profissão oferecia a ele uma desculpa difícil de forjar. Ignác avisou aos seus superiores sobre uma petição do médico particular da senhorita Weisz, pedindo para visitá-la a fim de examinar sua condição física. Ele, por sua vez, solicitava permissão para acompanhar o médico, de modo a garantir que nenhuma regra fosse violada. Os pedidos foram apreciados e reforçados, ainda, por uma petição adicional de um promotor experiente, conhecido da Sra. Schwimmer. Por fim, foram acatados.

Após obter rapidamente a documentação necessária, com as assinaturas e lacres oficiais, partimos os dois para a Delegacia Central de Polícia, onde encontramos a senhorita Weisz presa numa cela pequena e fétida, com paredes de pedras úmidas e cheias de mofo e de rabiscos desesperados feitos por antigos ocupantes. Ela estava sentada na beira de um colchão de palha rasgado, com os pés flutuando no ar, acima do chão imundo. O lugar estava mais para masmorra medieval do que para delegacia moderna, e até mesmo Ignác – que, por ser promotor, estava mais do que familiarizado com os tipos de acomodação oferecidos pelo reino a seus criminosos – sentiu asco do tratamento infligido à senhorita Weisz.

Pelo menos tinham permitido que ela mantivesse as próprias roupas, o que provavelmente só acontecera porque não havia alternativas para o seu tamanho.

Por mais que a jovenzinha estivesse ereta, cheia de orgulho, seu alívio ao nos ver foi óbvio. Seus olhos transbordaram em lágrimas, o que ela prontamente deu um jeito de limpar, piscando sem intervalo. Como um ator, procedi a um exame físico rápido, porém completo. Não havia nenhum osso quebrado, mas seus pulsos e tornozelos estavam cortados e muito feridos por conta das algemas de ferro usadas pelos policiais para contê-la. As costelas também estavam machucadas, e ela se encolheu toda quando a examinei com as mãos. Insisti para que cuspisse num lenço de linho que pus debaixo de seu queixo. O cuspe estava tingido de vermelho. As gengivas – que pude ver quando a importunei para que abrisse a boca – sangravam, e alguns dentes estavam bambos.

– Alguém bateu em você? – perguntei.

– Eu caí.

– Você foi empurrada?

Ela deu de ombros.

– E os outros? – indagou.

– Seus cúmplices foram presos e também estão detidos aqui – respondeu Ignác.

A pele dela, cor de oliva, empalideceu, ganhando um tom amarelado e abatido.

– Imaginei que fossem deles os gritos que ouvi a noite toda.

– Os homens estão sendo tratados como se espera – ponderou Ignác, ressaltando bastante a palavra "homens".

– E? – disse ela, com uma voz que reverberou como um sino na estrutura de pedra. Anos depois, não me surpreendi ao descobrir que a senhorita Weisz era uma cantora talentosa que, mediante algum treinamento e num mundo sem preconceito contra os deficientes, talvez chegasse a mezzo-soprano.

– Bom, isso é tudo que temos a dizer – respondeu Ignác.

A senhorita Weisz olhou para mim, como se implorasse. Ela temia os ouvidos intrometidos, então não disse o nome de Nina, mas eu sabia que estava bastante preocupada com a amiga.

– Está tudo bem, queridinha – falei.

– Bem? – repetiu ela.

– Sim. Bem.

– Em segurança?

– Por enquanto, sim – asseverou Ignác. – Mas tudo depende de você. Coopere com as autoridades e diga tudo o que sabe sobre os homens que participaram da ação – explicou, novamente com clara ênfase na palavra "homens". – Dessa forma, tudo continuará bem.

– Não vou dizer nada a ninguém.

– Mas é claro que não – intervim. – Claro que não. Você só vai dizer o que precisa ser dito sobre esses homens que se aproveitaram, de forma vergonhosa, da sua inocência e que a usaram para promover determinados assuntos com os quais você não concorda.

– Não vou dizer nada. Sobre ninguém.

Ignác cravou os olhos nela. Estava do outro lado da cela, o mais distante que as paredes apertadas permitiam.

– Você vai falar o que a gente te disser para falar, se você preza sua própria vida.

– Eu prezo a liberdade, Sr. E. Honra e liberdade, dignidade e justiça. Mas a vida por si só? E o que há para valorizar nisso?

– Senhorita Weisz, minha querida, por favor, não fale bobagem. Olhe em volta. É aqui que gostaria de terminar seus dias? Nesta cela horrível ou em outra parecida? – Um besouro preto passou ao lado do meu sapato, e eu o esmaguei com a sola do calçado. – Em meio aos insetos mais repugnantes?

– Os ratos só aparecem depois que o sol se põe – disse ela.

– Você sofre de imbecilidade? – provocou Ignác.

Eu balancei a cabeça, olhando para ele, e peguei a mão de Gizella para acalmá-la.

– O Sr. E. tem razão em estar preocupado. Ele está preocupado com o seu futuro. O seu futuro e... o futuro dos outros.

– O Sr. E. pode ficar tranquilo, pois não falarei sobre nada nem sobre ninguém, seja lá o que ele e seus amigos promotores pedirem.

A porta da cela se abriu e vimos o rosto do carcereiro.

– O senhor vai precisar de mais tempo? – perguntou a Ignác.

– Não – respondeu o promotor, saindo dali.

Apertei mais uma vez a mão de Gizella e me posicionei para sair também.

– Dr. Zobel?

– Sim, minha querida, diga.

– Eu posso lhe pedir... Será que você...

– O quê?

Ela ficou bastante corada e levou a mão trêmula ao rosto. Então, suas lágrimas começaram a cair.

– Eu preciso de uns panos. Alguma coisa para... – Ela apontou para a saia molhada e manchada.

– Ah, suas regras...

– Isso – disse ela, chorando bastante. – Eu já solicitei uma enfermeira, mas...

– Não se preocupe. Vou providenciar isso imediatamente. Você está sentindo alguma dor?

– Não.

– Pelo menos já é um alívio – rebati, virando-me novamente em direção à porta.

– Doutor, espere!

Ela pôs a mão no corpete, tirando dali algo que havia escondido. Estendeu-o para mim. Eu peguei o pingente de pavão que ela tinha usado na noite do desastroso jantar.

– Você pode dar isso à minha amiga? Por favor.

Eu assenti e fechei as mãos em volta do medalhão.

– Você sabe o que dizem sobre as penas de pavão? – perguntei a ela.

– Que elas trazem má sorte. A Sra. Schwimmer sempre disse que isso era uma superstição boba. Ela dizia que, quando se quer mudar o mundo, é preciso abraçar aquilo que as outras pessoas temem.

– Eu darei o presente à sua amiga.

Contudo, não foi o que fiz. Pelo menos não naquele momento. Seja lá o que a Sra. Schwimmer dissesse ou deixasse de dizer sobre sorte e superstição, eu achava que tanto a senhorita Weisz quanto minha querida Nina precisavam, sim, de um pouco de boa sorte.

– Ser mulher não é fácil, não – comentei com Ignác quando estávamos sentados no banco traseiro de seu Rolls-Royce inglês.

Ele riu de forma um pouco ácida.

– Os problemas específicos dessa criatura foram criados por ela. Não têm nada a ver com o fato de ser mulher.

Eu olhei para o pescoço peludo do motorista dele.

– Pode falar à vontade – disse Ignác. – Meu pai importou o James de Londres, junto com o carro. O homem até fala alguma coisa em alemão e em francês, mas não sabe uma palavra em húngaro.

– Acredito que a senhorita Weisz não irá delatar nenhum dos amigos.

– Todo mundo acaba delatando, Dr. Zobel. São pouquíssimas as pessoas que resistem com firmeza a um interrogatório. Em todos os meus anos de prática jurídica, nunca vi isso acontecer.

– Mas, com todo o respeito, o senhor é novo. Não trabalha há tanto tempo assim. Talvez a senhorita Weisz possa surpreendê-lo.

– Trata-se de uma grande conspiração, com muitos participantes, e a maioria está sob custódia. Com os outros acontecerá o mesmo. E alguém acabará falando. Só existe uma forma de salvar a Nina.

Senti um alívio profundo. Meu medo era de que não houvesse solução alguma para proteger minha querida paciente.

– Qual?

– Ela precisa falar primeiro.

# 42

Naquela tarde, fizemos uma reunião no apartamento de minha irmã. Os modestos quartos jamais tinham abrigado tantas figuras ilustres. Além de Ignác, participaram o pai dele, Jenő E., o pai e o tio de Nina, um primo da família, o famoso advogado Zoltán Thuz, que se vangloriava de possuir boas relações com a polícia de Budapeste e que tinha a grande vantagem de ser um convertido ao catolicismo cujo confessor era ninguém mais, ninguém menos que o arcebispo János Csernoch de Esztergom. O barão Móric E. – embora nunca fosse comparecer a uma reunião dessas – enviou seu secretário pessoal. E, é claro, eu também estava lá.

O motivo de nossa reunião e de nossas preocupações poderia até estar ausente, uma vez que sua opinião quase não foi solicitada. Quando a sala ficou cheia, Nina se sentou numa cadeira de espaldar alto, com os olhos voltados para o colo, onde torcia e destorcia os dedos. Tinha penteado o cabelo para trás e feito um coque baixo e apertado. Tomara emprestado de minha irmã uma camisa verde-oliva e uma saia da mesma cor, que lhe caíam como um saco. Apenas seus pés a denunciavam. Jolán tem pés minúsculos, uma característica de todos os Zobel, homens e mulheres, e assim Nina mantinha o sapato de salto alto e de cetim escarlate que combinava com o vestido roubado. A única alternativa seria ficar descalça.

O Sr. S. não cumprimentou a filha ao entrar na sala. Foi bastante seco até comigo. Os outros senhores se mostraram mais generosos, mas apenas Ignác se aproximou de Nina. Pegou a mão dela e levou-a aos lábios. Em seguida, inclinou-se junto ao seu ouvido e sussurrou algumas palavras. Mais tarde, quando lhe perguntei o que tinha dito, ele respondeu:

– Eu falei que tudo ficaria bem e que podia confiar em mim para cuidar dela agora e sempre.

Quando fiz a mesma pergunta a Nina, ela disse que suas palavras, na verdade, foram:

– Vai levar algum tempo, minha querida, mas eu sei que algum dia te perdoarei.

As negociações eram complexas e envolviam certas questões específicas de direito, sobre culpabilidade penal e provas, além de um debate acalorado sobre o dote médio de uma moça de categoria similar. No fim, decidiu-se que o dote seria dez vezes maior do que antes. Era tão caro que seu pai seria obrigado a recorrer à família e ao banco para pedir empréstimos. Se isso não fosse suficiente, teria de vender a casa de veraneio da família nos Cárpatos. Os advogados estavam confiantes: se Nina prestasse testemunho secreto contra seus cúmplices, considerando a influência que eles possuíam em conjunto, conseguiriam preservar sua liberdade e manter em segredo sua identidade.

– E se esses sujeitos resolverem voltar? – perguntou o pai dela. – Se tentarem chantageá-la?

O primo do Sr. S., o famoso advogado, descartou a possibilidade.

– Pode ficar tranquilo. Nunca mais ouviremos falar sobre eles.

– E a senhorita Weisz?

Diante daquela voz suave e trêmula, os homens se voltaram para Nina, estupefatos.

– A senhorita Weisz? – repetiu ela, mais alto. – Ela precisa ser solta.

– Fique quieta! – gritou o Sr. S.

Nina ergueu os olhos, numa expressão desafiadora.

– Não vou concordar com nada disso se não prometerem que a senhorita Weisz será libertada.

– Minha querida – ponderou Zoltán Thuz –, sua amiga está nas mãos das autoridades. Ela foi presa na cena do crime. Seria preciso um esforço muito maior para conseguir soltá-la.

– Mas não é impossível – disse Ignác, delicadamente.

– Não – rebateu Thuz. – Não é impossível, mas é um bocado difícil.

– Nina, se eu lhe der a minha palavra de que faremos o melhor para salvar a senhorita Weisz, você concordará com os termos estabelecidos? – indagou Ignác.

– E eu posso confiar em você? – perguntou Nina, virando-se para ele.

Jenő E. não se conteve.

– Você, que se provou completamente desleal, está questionando a honra do meu filho?

– Eu só posso lhe dar a minha palavra, nada mais – disse Ignác. – Mas a minha palavra é confiável. Tenho certeza de que até você reconhece isso.

Nina o encarou por um bom tempo. Em seguida, fez que sim com a cabeça.

– Tudo bem, eu concordo. Mas, por favor, Ignác, salve a minha amiga.

# 43

Nina me visitou mais uma vez, alguns meses depois de seu casamento, para o qual não fui chamado. Essa exclusão não chegou a me surpreender; embora eu soubesse ter sido vital para sua salvação, não esperava que a família reconhecesse isso, uma vez que tal feito implicava admitir que ela precisou ser salva. Minha mulher ficou magoada por não encontrar nenhum convite na caixa de correio, mas em pouco tempo já estaria atarefada com os preparativos para o casamento de nossa filha. Erzsébet foi uma noiva linda, exatamente como sonha qualquer pai, e seu jovem noivo era introvertido e elegante, uma combinação perfeita para agradar qualquer moça, e também qualquer sogra. A princípio, minha querida esposa resistiu à decisão que tomei sobre o casamento de Erzsébet, mas, quando percebeu que eu estava firme em meus propósitos, mudou de opinião. Uma editora bem-sucedida oferece um bom emprego, a partir do qual se pode sustentar uma família, e, por mais que meus colegas de profissão saibam melhor do que ninguém que o amor não é garantia de felicidade no casamento, ele tampouco impede essa possibilidade. Bem, o fato é que Simon Goldziher nos fez avós três vezes e que Erzsébet parece bastante satisfeita com seu par. Por um breve período, chegamos a nutrir esperanças de que Lili tomasse o lugar de Erzsébet no coração de András, o pretendente rejeitado, mas ele acabou se casando com uma moça de Debrecen. Posso dizer que fomos poupados de uma tragédia: András serviu como médico na Primeira Guerra Mundial e morreu durante o cerco de Przemyśl. Lili fez um bom casamento – não tão feliz quanto o de sua irmã –, juntando-se ao herdeiro de uma fortuna razoável proveniente do mercado têxtil.

Quando me visitou em meu consultório pela última vez, Nina contou que o marido e ela tinham passado três meses em Bad Gastein, descansando, exatamente no mesmo refúgio onde eu encontraria Gizella Weisz anos depois.

– E posso ver que você está grávida – falei.

– Como você sabe? – perguntou ela, surpresa. – Ainda está no começo. Não contei nem pra minha mãe.

Eu apontei para seus seios.

– Um aumento nos seios costuma ser o primeiro indício de gravidez, até mesmo antes do atraso das regras.

Ela pôs a mão no busto, que de fato estava bastante avolumado debaixo da organza transparente de sua blusa.

– E o seu casamento? É feliz?

Ignorando minha pergunta, ela se virou para minhas estantes de livros e deslizou o dedo pelas lombadas.

– *Anatomia descritiva e cirúrgica* – disse, pegando o livro. Folheou as páginas por uns instantes, encantada pelas ilustrações complexas. – Eu tinha esse livro. Mas meu nível de inglês não é suficiente pra entender tudo.

– E você não tem mais o livro?

– Meu pai levou meus textos médicos. Deu todos eles a um rapaz pobre e merecedor, que está cursando a faculdade de medicina. Além disso, ofereceu-lhe também uma bolsa para completar seus estudos.

– Ah, sim.

– Então, veja, Dr. Zobel, graças a mim haverá mais um médico no mundo. Médico e não médica, mas mesmo assim isso me conforta.

– Entendo.

Então, aproximei-me dela. Sua saia roçou na lã de minha calça. Eu ardia por dentro diante da injustiça do que fora perdido, desperdiçado. Sabia que Nina seria uma boa mãe e uma boa esposa, mas teria sido uma médica excepcional. Tinha um talento fora do comum, uma mente brilhante. Eu achava, e continuo achando, um absurdo o desperdício de seus dons, não apenas por ela, mas também para a miríade de pacientes que nunca poderá curar, as descobertas que jamais fará, as vidas que não salvará. Quantas pessoas morrerão, ou já não morreram, por conta dos talentos perdidos de mulheres inteligentes e habilidosas, empurradas para o enfadonho trabalho doméstico e reprimidas por demandas paternas e pela recusa de oportunidades? Muitas. Tantas que não dá para contar, não dá para vislumbrar. Muitas.

Tirei um lenço do bolso e fingi assoar o nariz para disfarçar as lágrimas por trás de uma súbita crise alérgica.

– São os ventos de outono – murmurei. – Eles trazem a poeira das planícies, que faz mal aos meus seios nasais. – Assoei o nariz mais uma vez e devolvi o pedaço de pano ensopado ao bolso. – E a senhorita Weisz? Você teve alguma notícia dela?

Fiel à sua palavra, Ignác tinha conseguido libertar Gizella, embora com base em certas premissas que ela deve ter achado humilhantes. A jovem anã era como uma criança, o advogado tinha argumentado com seus superiores da promotoria. De baixa estatura e mente limitada, fora facilmente manipulada por subversivos mal-intencionados. O argumento não era muito diferente do que fora usado em nome de Nina, embora nesse caso influência e propina tenham tido mais impacto em sua situação final do que no caso de Gizella. Além de nunca ter sido processada, Nina não teve o nome divulgado na imprensa. Gizella, ao contrário, não tinha ninguém que pudesse pagar por sua liberdade, então precisou confiar na piedade da corte. Teve de consentir com a forma como Ignác a descreveu: praticamente uma idiota, enferma de corpo e de alma. Era esse o preço humilhante da liberdade.

– Nós nos vimos antes de ela ir embora de Budapeste.

Uma das condições para que Gizella fosse solta era abandonar Budapeste e voltar para sua família, na Transilvânia. Quando soube que a amiga estava prestes a ser expulsa, Nina foi à estação de trem, em segredo, algo que fez com bastante dificuldade, uma vez que não tinha mais autorização para sair em público desacompanhada. Na manhã do dia em que Gizella partiria, Nina se recolheu em seu quarto, alegando estar sofrendo com a recorrência de suas cólicas menstruais.

– Mas você tem certeza? – perguntou sua mãe. – Ainda não está na hora...

– Tenho, tenho certeza – respondeu Nina. – Talvez a preocupação das últimas semanas tenha feito com que viesse antes.

– Você tem panos suficientes?

– Tenho, sim. Só quero ficar deitada, com o quarto escuro e a sós.

– Vou pedir à camareira que suba com uma garrafa de água quente.

Em troca da água quente, Nina entregou uma pilha de roupas encharcadas com o sangue tirado de uma pequena incisão que fizera na parte interna da coxa. Em seguida, saiu escondida pela janela do quarto, que dava para o patamar da escada, e embrenhou-se na escadaria dos criados. A sorte estava ao seu lado: não havia ninguém no patamar, na escadaria ou na rua, e ela escapuliu às pressas, escondida debaixo de um chapéu grande e de um véu.

Quando chegou à estação, tinha pouquíssimo tempo. Em breve, a camareira estaria de volta para buscar mais uma pilha de roupas de cama sujas e renovar o estoque de água na garrafa.

Nina viu Gizella através da janela do vagão feminino de segunda classe. A anã estava sentada no assento duro, de madeira, com a coluna firme e ereta. Sua cabeça estava nua. Para a perplexidade de Nina, o cabelo da amiga – outrora deslumbrante, com os inúmeros cachinhos que eram seu orgulho – tinha sido tosado, num corte masculino, de presidiário. Gizella olhava pela janela do vagão, mas sem prestar atenção. Nina parou na plataforma abaixo. O vidro estava encardido, e, quando bateu nele, suas luvas de couro branco e macio ficaram tingidas de cinza.

Gizella deu um pulo, mas imediatamente retomou sua expressão nula. Com um movimento mínimo, inclinou a cabeça para o interior do vagão. Nina afastou-se um pouco, de modo a enxergar melhor, e viu um policial posicionado junto à porta interna do vagão. Para sua surpresa, não sentiu medo, apenas determinação.

– Abra a janela – articulou com os lábios.

Gizella balançou a cabeça, de forma rápida e quase imperceptível, mas com firmeza.

– Por favor.

Gizella olhou para o guarda. Hesitou por um instante, como se estivesse pensando, e então puxou a guilhotina da janela.

Nina escutou os oficiais – eram dois, ao que parecia – gritarem alguma coisa.

– Está quente demais – gritou Gizella, em resposta. – É só pra entrar um pouquinho de ar.

Nina esperou, preocupada, achando que um policial pudesse aparecer, mas a proibição de entrar no vagão feminino era tão firme que eles apenas rosnaram para Gizella, dizendo que a janela só podia ficar aberta uns poucos centímetros.

Era o suficiente, no entanto, para elas conversarem.

– Você está bem? – perguntou Nina. – Eles te machucaram?

– Não.

– E o seu cabelo...

Gizella deu de ombros.

– Você tem notícias dos outros? Ninguém me conta nada. Até me proibiram de ler os jornais.

– Trabalho forçado.

– Todos eles?

– Sim.

– Inclusive Tanya?

– Sim, ela também.

A pobre costureira, que havia roubado apenas para beneficiar seu amante, foi condenada a sete anos de prisão, uma injustiça que atormentaria Nina em sua liberdade. Através de Jolán, Nina mandava pacotes e mais pacotes à mulher, porém poucos chegavam até ela. Estava determinada a ajudá-la a obter a liberdade, mas nunca teve oportunidade de levar esse desejo adiante. Tanya morreu cinco anos depois da sentença, quando a gripe espanhola assolou o campo de prisioneiros onde ela trabalhava costurando uniformes para os soldados que lutavam a batalha final do império austro-húngaro.

Os companheiros de quarto de Endre e Miloš, inocentes, seriam liberados quase um ano depois de passarem pelo purgatório da detenção preventiva. Endre, Miloš e Gulya foram soltos, com grande alarde, em 1919, quando Béla Kun e sua ditadura do proletariado tomaram o poder na Hungria. Endre Bauer se tornou funcionário da Autoridade de Investigação Política, onde tomou para si a missão de aterrorizar Ignác E. Caso o regime tivesse durado mais do que algumas semanas, ele talvez conseguisse arquitetar a detenção de Ignác e, quem sabe, de Nina. No final, era ele quem estava do lado errado da forca. O Terror Branco, que tomou o lugar da utopia socialista passageira na Hungria e salvou Ignác, provou-se um desastre para a maioria dos judeus, inspirando o *numerus clausus* e só Deus sabe o que mais. Pouco se conhece sobre o que aconteceu com os outros conspiradores. Miloš foi para a Rutênia e desapareceu. Gulya voltou para o circo, onde acredito que ainda esteja, como patriarca de uma família de acrobatas talentosos.

– Pobre Tanya – disse Gizella.

– Pois é. Pelo menos a velhota está a salvo.

De fato, a prostituta que havia atuado como dama de companhia nunca foi capturada. Às vezes, quando passo por algumas dessas mulheres e vejo uma especialmente velha, imagino se não é ela.

– Disseram que foi o Ignác E. – comentou Gizella. – Preciso agradecer a ele por ter sido solta. Foi ele quem te salvou também, não foi?

– Foi.

– E você vai se casar com ele?

– Vou.

– Não faça isso.

– Não tenho escolha.

– Sempre existe escolha. Fuja, Nina. Vá estudar medicina. Tornar-se médica. É tudo que você sempre quis.

– Eu não tenho pra onde ir.

– Vá pra América!

– Não posso.

Por um momento, Nina ficou sonhando com uma vida nova num mundo novo. Um pequeno consultório numa cidade anônima. Uma casa para assistência social, como aquelas sobre as quais lera no jornal feminista, onde poderia tratar pobres mulheres imigrantes e quem sabe inspirar algumas a seguirem seus passos. Logo depois, permitiu que o sonho se dissolvesse, feito remédio efervescente num copo de água, deixando para trás apenas um resíduo amargo.

– Você prometeu casar com ele em troca da minha liberdade? – indagou Gizella.

– Em troca da minha também.

– Mau negócio.

– Não.

– Você está trocando uma prisão por outra.

– Uma gaiola de ouro não é uma prisão.

Ao dizer essas palavras, Nina soube que eram ao mesmo tempo falsas e verdadeiras. O tédio e as futilidades da vida de uma esposa em Budapeste – e mesmo de uma artista anã na Transilvânia – não podiam ser comparados aos tormentos do trabalho forçado. Mesmo assim, as algemas, por mais que sejam delicadas e bem trabalhadas, sempre irritam a pele.

Produzindo um tinido forte e deixando um rastro de vapor e fumaça, o trem começou a se movimentar. Nina tirou as luvas, ficou na ponta dos pés e encostou a mão no vidro. Estava arenoso e frio. Receosa, Gizella olhou para os carcereiros e imitou o gesto da amiga. As duas permaneceram assim, conectadas pelo vidro de uma janela que se aqueceu ligeiramente diante daquele toque recíproco, até o trem iniciar sua partida vagarosa e vacilante.

– Desde então, nunca mais a vi – disse Nina. – Nem tive notícias dela. Não sei se ela me escreve e meu pai fica com as cartas. Inclusive telefonei para a Sra. Schwimmer, mas nem ela sabe sobre o paradeiro de Gizella.

– Eu tenho uma coisa pra te dar.

Fui até a minha mesa, peguei a chave guardada no esconderijo e abri a gaveta fechada à qual ninguém tinha acesso, nem mesmo minha mulher. Tirei dali um pequeno embrulho enrolado em papel transparente e amarrado firmemente por um barbante. Com meu estilete, cortei o barbante e abri o embrulho, revelando uma bolsinha feita de uma amostra de veludo pesado e chamativo. Dentro dela, havia um pingente esmaltado, no qual estava pintado um pavão reluzente, decorado por pedras roxas, verdes e brancas.

– O medalhão da Gizella! – vibrou Nina, correndo para o meu lado.

Ela exalava um cheiro cítrico de verbena, pungente e revigorante.

– Abra – sugeri, colocando o medalhão e sua corrente na mão dela.

Ela deslizou a unha pela lateral do pingente e acionou o fecho escondido. O medalhão secreto se abriu.

– O que é isso? – perguntou ela, examinando a fotografia. – Não é a mesma foto!

Entreguei-lhe minha lupa, e ela passou um bom tempo olhando para a imagem minúscula de duas jovens, uma baixa, a outra alta. Uma morena, a outra loura, com vestidos brancos iguais. Atrás delas, tremulavam os pôsteres do Congresso Internacional do Sufrágio Feminino.

– A Gizella confiou a mim o medalhão, mas eu ainda não tinha tido a oportunidade de entregá-lo a você. Tive medo de mandar pra sua casa.

– É, o meu pai teria destruído. E a foto?

– Você não se lembra do fotógrafo que tirou essa foto na tarde em que eu estive no congresso? Peguei o cartão dele e o encontrei. Ele revelou a fotografia em tamanho reduzido, de tal maneira que coubesse no medalhão.

Eu também tinha pagado por uma reprodução maior, que passou a morar na minha gaveta trancada e que, de vez em quando, eu colocava entre as páginas do meu exemplar de *Anatomia de Gray*. Recorria a esse livro sempre que estava preocupado com algum diagnóstico complexo e precisava me lembrar das bases de minha formação médica ou quando queria ver o rosto de Nina. Anos depois, na sequência de meu encontro com Gizella em Bad Gastein, fiz uma cópia da fotografia – a um custo bem alto – e mandei para ela, aos cuidados do diretor da trupe liliputiana. Fiquei decepcionado por nunca ter recebido um agradecimento, mas talvez a fotografia nem lhe tenha sido entregue.

– Vai usá-lo agora? – perguntei.

– Vou, sim. Agora e sempre – respondeu ela.

Nina me entregou o medalhão. Envolvi-o em seu pescoço perfumado, e a joia se assentou no decote empoado.

Enquanto meus dedos brigavam com o fecho, senti o cheiro dela e seu cabelo macio roçando meu rosto. Quando finalmente consegui fechar a corrente, não me movi; continuei perto dela, sentindo a extensão de seu corpo contra o meu. Por um instante, sonhei que deslizava as mãos por sua cintura, que envolvia seus seios com as palmas das mãos, que tocava com os lábios seu pescoço alvo e macio.

Meus estimados colegas, leitores deste caso clínico, não pensem que não consigo imaginar a reação de vocês ao parágrafo anterior. Posso ouvir o estalar de línguas e ver os olhares condenatórios enquanto tomam minhas palavras sinceras por contratransferência fracassada. Vocês acham que caí no buraco escuro do inconsciente, que está à espreita de todos os psicanalistas. Criticam-me por projetar minha história traumática em minha paciente. Insistem em que Nina não passa de um objeto para minhas percepções distorcidas de relacionamentos passados. Vocês me insultam usando uma palavrinha abjeta: "inapropriado". Mesmo aqueles, entre vocês, que são discípulos de meu estimado e adorado Sándor Ferenczi me veem da mesma forma. Vocês talvez celebrem minha "reatividade emocional". Talvez me elogiem por ter criado um contexto emocional corretivo, inundado de empatia, no qual meus pacientes podem ser educados e até curados. Porém, jamais reconheceriam a natureza de meus sentimentos por Nina. Chamam isso de contratransferência. Pois não é.

Trata-se de outra coisa. Algo não retribuído. Que nunca será posto em prática.

Amor.

*Epílogo*

# NOVA YORK

*1948*

Apenas metade do salão estava ocupado, e as cadeiras próximas ao palco – revestidas de veludo amassado –, estavam quase todas livres. Ainda assim, Jack preferiu se sentar ao fundo. Achando que ficaria constrangido por usar seu traje xadrez de professor numa respeitada casa de leilões, ele optara por vestir, naquela manhã, um terno de três botões, moderno, com lapela triangular, combinando com uma ousada gravata de listras, amarrada em nó inglês. Agora se sentia formal demais para a ocasião. O cenário não era como o formigueiro frenético de joalheiros elegantes e antiquários em estilo dândi que havia imaginado. Pelo contrário. Pouca gente tinha comparecido ao leilão, e os negociantes e compradores maltrapilhos, sentados nas cadeiras, não demonstravam o menor entusiasmo pelo conteúdo do catálogo. Pareciam entediados.

Se o trem em que estava no dia anterior não tivesse sofrido uma interrupção de serviço entre 7h12 e 7h57 e se ele não tivesse esquecido seu livro na bancada da cozinha depois de lavar a xícara de café, Jack não teria sido levado a ler o *New York Times* de cabo a rabo, da primeira à última página, e provavelmente jamais teria visto o anúncio no caderno de artes informando ao público que as galerias Parke-Bernet sediariam um leilão de pedras preciosas, relógios, utensílios de prata, porcelana e selos. De acordo com o anúncio, os itens do leilão eram "bens de vítimas de guerra" – formulação que Jack achou curiosa e, inclusive, desonesta –, e a arrecadação seria destinada ao Comitê Intergovernamental para Refugiados.

Embora não tivesse conseguido descobrir se aqueles bens eram, de fato, dos malditos vagões do Trem de Ouro húngaro, Jack estava tão ansioso para assistir ao leilão que havia pensado em desmarcar a aula da manhã. A maioria dos estudantes que cursava Grego Antigo I durante o verão tinha sido reprovada no ano anterior, e ele sabia que todos ficariam aliviados ao se verem um dia longe dos substantivos de segunda declinação em ômicron. No entanto, ele era escrupuloso demais para satisfazer a indolência dos alunos ou sua própria ansiedade. Esperou a aula terminar, mas decidiu pular suas costumeiras horas na escrivaninha da biblioteca Butler, onde vinha escrevendo sua tese de doutorado.

Havia perdido o início do leilão e, portanto, qualquer anúncio que pudesse ter sido feito sobre a origem dos bens à venda. Já no segundo lote, porém, ele teve certeza de que estava no lugar certo. Onde mais, se não no Trem de Ouro, o Comitê Intergovernamental para Refugiados teria conseguido aquela quantidade de porcelana húngara da marca Herend? Embora algumas peças grandes tenham sido leiloadas individualmente, o resto foi vendido em lotes: centenas de vasos, estatuetas, tigelas, jarras e aparelhos de jantar. Os itens foram rapidamente vendidos, e o leiloeiro não parecia insatisfeito com os lances. Houve menos interesse, no entanto, pelos lotes de 16 a 28: eram dezenas de relógios, também vendidos em lotes. Quando o leiloeiro bateu o martelo, confirmando a venda de milhares de relógios masculinos de ouro por míseros dois dólares cada, Jack ficou tão chocado que quase perdeu a chamada para o lote seguinte, número 29, "Joias esmaltadas".

Conforme os lances foram aumentando, ele pôs a mão no bolso, como se quisesse garantir que o pingente ainda estava lá. Mais de dois anos antes, na manhã em que saiu de Salzburg rumo a Hamburgo, onde deveria entrar na primeira das três embarcações que o levariam a Hoboken, Nova Jersey, Jack tinha ido ao depósito para entregar as chaves a seu substituto, um jovem oficial responsável pelo controle de bens, que estaria presente quando, no ano seguinte, outro jovem americano – dessa vez um advogado que trabalhava como oficial de reparação para o Comitê Intergovernamental para Refugiados – chegasse com uma equipe de quatro avaliadores e um especialista em joias para catalogar e inventariar o conteúdo do trem. Ao longo de dez dias, esses homens se esmeraram de forma veloz pelo depósito, avaliando tudo em lotes, e não individualmente, técnica escolhida depois que um representante da loja de departamentos Gimbels visitou o depósito e anunciou que seria preciso empregar toda sua equipe, trabalhando o dia inteiro, não por semanas ou meses, mas durante anos, para examinar, classificar e avaliar apenas as peças de prata, sem contar o resto do que havia no trem.

No último dia de Jack em Salzburg, o destino dos bens que estavam no Trem de Ouro húngaro – alcunha criada apenas recentemente – ainda não havia sido decidido. Para ele, ficara muito claro que os itens jamais acabariam nas mãos dos herdeiros de seus donos anteriores. Após observar os trens lotados de refugiados judeus desaguando todos os dias em Salzburg, Jack acreditava que, no fim, os Estados Unidos escolheriam o caminho mais fácil e mais sensato em termos financeiros, entregando todos os bens à Agência Judaica, para serem vendidos. O lucro seria usado para cuidar dos refugiados e facilitar seu restabelecimento o mais longe possível da tênue responsabilidade americana. Tão longe quanto a Palestina, por exemplo.

A verdade é que, àquela altura, Jack achava que essa talvez fosse a melhor solução para o problema do Trem de Ouro. Identificar os proprietários individuais de cada peça seria um trabalho monumental. Além disso, centenas de milhares de judeus húngaros estavam mortos e outros milhares estavam deixando suas casas e seu país, fugindo dos soviéticos, exatamente como deveriam ter fugido de seus conterrâneos na década anterior. Talvez vender o conteúdo do trem em prol dos refugiados fosse a solução que mais se aproximasse da justiça. O argumento dos judeus húngaros remanescentes, que diziam que os bens deveriam ser entregues a eles para que vendessem, fazia sentido, mas somente se a influência soviética sobre a Hungria, maléfica e florescente, fosse ignorada. Será que as pessoas eram tão ingênuas a ponto de acreditar que as coisas entregues aos húngaros chegariam às mãos dos judeus? Aliás, a solução da Agência Judaica não era a mesma que Ilona tinha defendido naquela última dura conversa que tiveram, antes de ela desaparecer para sempre de sua vida?

Jack se lembrou dessas considerações quando, anos depois, leu no *New York Times* sobre a deserção de oficiais experientes do Ministério das Finanças da Hungria, os quais na sequência forneceram informações sobre a localização derradeira dos bens mais valiosos encontrados no Trem de Ouro, as joias e o ouro roubados por Árpád Toldi e confiscados pelos franceses. Quase dois mil quilos de ouro e pedras preciosas foram prontamente devolvidos pela França ao governo húngaro, que estabeleceu, com a mesma prontidão, que não havia como determinar a propriedade daqueles itens e que, portanto, não havia motivos para presumir que tinham pertencido aos judeus. A comunidade judaica de Budapeste – que durante muito tempo e com muita determinação solicitara ao governo da França a devolução daquelas peças – não recuperou um grama de ouro sequer, nem um único diamante.

Naquela manhã de primavera de 1946, em Salzburg, enquanto esperava seu substituto aparecer, Jack percorreu os corredores do depósito uma última vez e chegou ao canto abafado onde guardara os itens mais valiosos: os relógios de ouro, as joias e uma pequena quantidade de pedras preciosas. Encontrou a caixa de relógios vindos de Nagyvárad e tirou-a do lugar onde a escondera meses antes. Abriu a caixa e passou os dedos pelo endereço estampado na frágil seda cor-de-rosa. Imaginou se algum dia teria motivos para ler novamente o nome "Nagyvárad". E por que teria? A cidade havia sumido do mapa com mais certeza do que a mulher que ele amava. Agora se chamava Oradea, uma cidade romena. A húngara Nagyvárad e os judeus que lá viviam não existiam mais.

Ele estava quase fechando a caixa e pondo-a de volta na pilha quando achou a bolsinha preta de veludo que continha o pingente esmaltado de roxo, verde e branco, formando a imagem de um pavão, prenúncio de má sorte. Desembrulhou o pingente e segurou-o, sentindo de novo sua mão se aquecer, como acontecera na primeira vez em que tocara na joia, muito tempo antes, quando ainda era um homem diferente, com uma ideia diferente sobre o que é má sorte. Sem se permitir pensar sobre o que estava fazendo, embrulhou o pingente no veludo e colocou-o no bolso. Depois, voltou pelos corredores, deixou as chaves sobre a mesa improvisada que construíra para si mesmo na entrada do depósito, rabiscou um bilhete para o homem que assumiria seu lugar naquela missão infrutífera e bateu em retirada.

Jack logo se sentiu envergonhado pela falta de caráter e discernimento que lhe haviam permitido roubar a joia. Se não tivesse deixado Salzburg naquele dia, talvez voltasse correndo ao depósito para devolver o pingente a seu lugar. Agora, passados dois anos e toda uma vida, ele ouviu o leiloeiro definir um preço para o lote de milhares de joias esmaltadas que estavam no Trem de Ouro. Um dólar e cinquenta centavos por unidade.

Um dólar e cinquenta centavos.

No jornal do dia seguinte, Jack leria que o leilão não arrecadara as centenas de milhões de dólares esperados, e sim menos de dois milhões, o suficiente para dar comida e teto aos judeus refugiados da Europa por aproximadamente uma semana. Seu plano era entregar o colar à casa de leilões, de modo que pudesse ser vendido e que o lucro fosse usado em benefício dos sobreviventes dos campos, os refugiados, crianças, homens e mulheres como Ilona. Mas, no fim, o que ele roubara se mostrou praticamente sem valor. Um dólar e cinquenta centavos. Suficiente para o quê? Para alimentar uma única pessoa durante um dia?

O fato é que a verdadeira riqueza da comunidade judaica da Hungria não tinha sido embalada em caixas nem colocada dentro do trem. Para uma filha, qual é o valor de um par de castiçais de Shabat passado adiante por sua avó e por sua mãe, geração após geração, ao longo de um século ou, quem sabe, de mil anos? É impossível calcular o preço. E o que dizer, então, de dez mil pares de castiçais semelhantes, quando todas as avós, todas as mães e todas as filhas estão mortas? Não valem mais do que o peso da prata derretida. A riqueza dos judeus húngaros, dos judeus de toda Europa, não deveria ser procurada nos vagões do Trem de Ouro, mas nas próprias avós, mães e filhas, nos médicos e advogados, nos negociantes de grãos e nos psiquiatras, nos escritores e nos artistas que haviam criado uma cultura de sofisticação e de conquistas intelectuais e artísticas. E essa riqueza, com verdadeiro valor, estava praticamente extinta.

Jack deixou a casa de leilões com o pingente ainda no bolso. À noite, colocaria a joia na gaveta onde guardava seus lenços, lugar onde ela permaneceria por anos e anos, como um marcador de livro em meio a páginas brancas passadas a ferro. Ao longo da vida, ele abriria algumas vezes a bolsinha de veludo. Nos anos seguintes à guerra, segurar o pingente desencadearia um rastro de saudade, um vestígio de remorso. Mas até mesmo esse sentimento minguaria, perdendo o significado com o tempo, diante do acúmulo de outras lembranças e outros amores. E então, num belo dia – seu último dia – ele entregaria a Natalie, sua neta, a joia e seu complexo legado de lembranças e esquecimentos, na esperança de que, nas mãos dela, aquilo se transformasse num agente de redenção, permitindo-a mover-se para além da miopia do luto, ajudando-a a transformar saudade em propósito.

Porém, naquele dia, no início do verão de 1948, usando seu terno alinhado, na esquina da Fifty-Seventh Street, Leste, Jack tirou o pingente do bolso e segurou-o de tal modo que as pedras nas penas do pavão reluzissem diante do sol. Seu tesouro não passava de um engodo, sem valor algum. Apesar disso, ele curiosamente não se importava com essa depreciação. Roubara o colar porque a joia o fazia lembrar Ilona, embora nunca tenha pertencido a ninguém que ela conhecesse e por mais que ela mesma o tenha rejeitado. Porém, o que cintilava sob o sol de Nova York não era uma lembrança de uma mulher que ele amava e que jamais voltaria a ver. Era apenas um talismã do rompimento irreversível daquela relação e da perda incalculável do mundo inteiro de Ilona. Um homem mais impulsivo talvez jogasse o pingente na imundície salobra do East River. Jack devolveu-o ao bolso e voltou andando para casa.

# AGRADECIMENTOS

NÃO FOSSE PELO CONVITE DA adorável Eleni Tsakopoulos Kounalakis para visitá-la em Budapeste, este livro nunca existiria. Ela proveu uma ajuda inestimável, tanto em termos inspiratórios quanto editoriais. Além de tudo, é uma amiga extremamente generosa e leal.

Outras pessoas, na Hungria, facilitaram meu percurso, incluindo Judit Acsady e a incansável Lena Csóti. Sem a assistência delas durante a pesquisa, eu estaria perdida. Agradeço também a Judith Friedrich, John Cillag, Marsha L. Rozenblit e András Gerő. Eu não poderia ter escrito este romance sem me guiar por Ronald Zweig, cujo livro *The Gold Train* é um primor em termos de pesquisa. Sou grata também a Gábor Kádár, coautor – junto com Zoltán Vági – de outro livro que muito me ajudou, *Self-Financing Genocide: The Gold Train, the Becher Case and the Wealth of the Hungarian Jews*, e à sua generosa esposa, Christine Schmidt. Anna Kluth me auxiliou com a pesquisa em Salzburg. Chris Doyle, Matthew Ritchie, Gwenessa Lam e Diana Shpungin deram o seu melhor para corrigir minha ignorância evidente quando o assunto é arte. Dean Schillinger ajudou com as questões médicas. Julie Orringer e Andrew Sean Greer fizeram leituras meticulosas em momentos críticos. Michael Sheahan, com a orientação de Chris Doyle e a ajuda de Tristan Salman, montou para mim o estúdio mais lindo do mundo, onde escrevi grande parte deste livro. A incrível editora Lisa Highton contribuiu com ponderações finais e preciosas.

Sou muito sortuda por estar nas mãos de duas das mulheres mais generosas e solidárias do mercado editorial: Mary Evans e Jenny Jackson. Preciso agradecer também a Rachel Vogel e Sarah Lutyens por seus esforços desmedidos em prol do livro – e de mim –, a Lydia Buechler, a todas as pessoas maravilhosas da Knopf e a Kaela Noel e Jennifer Kurdyla.

Sou abençoada por contar com o amor e o apoio incondicionais de minha mãe, Ricki Waldman, além de seu olhar afiado de revisora.

Duas semanas na residência MacDowell equivalem a seis meses de criatividade e produtividade na vida real e estou admirada até agora por existir um lugar assim e por ser possível passar um tempo lá.

A ajuda que tenho em casa de Rachel Lemus, Brandy Muñiz e Xiomara Batin tornou meu trabalho concebível.

Sem o apoio completo e irrestrito, a inteligência tranquila e o bom humor infinito de Amy Cray, eu não seria capaz de amarrar meus próprios sapatos, o que dirá escrever um romance.

Sophie Chabon, Zeke Chabon, Rosie Chabon e Abe Chabon aguentaram firme durante longos períodos de ausência e irritabilidade, o que não se espera de crianças. Se Sophie não tivesse me acompanhado a Dachau e me animado com sua curiosidade insaciável e seu manancial de simpatia, eu nem teria coragem de ir até lá.

Por fim, meu marido, Michael Chabon, faz cada dia, cada pensamento e cada palavra melhores do que eu jamais mereceria.

*1ª edição* Setembro de 2014
*papel de miolo* Lux Cream 70g/m²
*papel de capa* Cartão Supremo 250g/m²
*tipografia* Adobe Garamond Pro